EXCALIBUR

Herausgegeben von
Melissa Andersson
und
Gerd Rottenecker

Die letzte Rune im Droemer Knaur Verlag:

1. *Das Ruinentor* (Band 70143)
2. *Der Fahle König* (Band 70144)
3. *Der Runensteinturm* (Band 70141)
4. *Die Flammenfestung* (Band 70142)

Weitere Bände in Vorbereitung.

Mark Anthony

DIE LETZTE RUNE
3

Der Runensteinturm

Ins Deutsche übertragen von
Andreas Decker

Knaur

Die amerikanische Originalausgabe erschien 1999
unter dem Titel »The Last Rune: Into the Fire, Part 1«
bei Bantam Books, New York

Besuchen Sie uns im Internet:
www.droemer-knaur.de

Deutsche Erstveröffentlichung 12/99

Umschlagkonzept: Melissa Andersson
Umschlaggestaltung: Agentur Zero, München
Umschlagillustration: Keith Parkinson/Dieter Jüdt, Trier
Karte: Detlev Henke, Bielefeld
Lektorat: Ralf Reiter
Satz: Ventura Publisher im Verlag
Druck und Bindung: Clausen & Bosse, Leck
Printed in Germany
ISBN 3-426-70141-3

2 4 5 3 1

Für Bert Covert –
ein Gefährte auf vielen wunderbaren Abenteuern
in magischen Reichen

KARTE

DAS WINTERMEER
Ur-Torin
DIE FROSTEBENE
TORINGARTH
Fal Imbri
IMBRIFALE
Das Runentor
Fal Threndur
(Eisenzahnberge)
DIE SCHATTENKLUFT
Burg Todesfaust
Der Fluß Fellgrim
(MALACHOR)
EMBARR
DIE ÖDNIS
Kelcior
Barrsunder
Der Winterwald
Der Schlangenschwanzfluß
Der Fluß Farwander
KÜSTE
EREDANE
Der Weiße Turm
Spardis
Fal Erenn
(Morgenrotberge)
Galt
GALT
PERRIDON
Erendel
Westwald
Der Dämmerwald
Der Graue Turm
DIE STURM-
Fal Sinfath
(Zwielichtberge)
Calavere
Ar-Tolor
DAS MEER DER
MORGENRÖTE
Der Königinnenpfad
CALAVAN
TOLORIA
Der Schwarze
Turm
Borelga
Der Fluß Dimduorn
DIE FREIEN STÄDTE
Der Fluß Kelduorn
Gendarra
Der Große
BRELEGOND
Weißsteingipfel
Die Schleierberge
Nach Tarras
DAS SOMMERMEER
DIE DOMÄNEN
und Umland
Meilen
0
25
50

EINLEITUNG

In einer Herbstnacht verändert sich das Leben von Travis Wilder, einem Saloonbesitzer in der kleinen Stadt Castle City, für alle Zeiten. Sein Freund Jack Graystone bittet ihn, einen unscheinbaren Stein zu hüten, und stirbt Augenblicke später beim Angriff unheimlicher Wesen. Nur die Hilfe des mysteriösen Wanderpredigers Bruder Cy, der mit dem Kind Samanda und Schwester Mirrim durchs Land reist, rettet Travis das Leben. Der Prediger befördert ihn nach Eldh, eine Welt voller Magie, deren Entwicklung dem irdischen Mittelalter entspricht – und von der Jacks Mörder kommen.

Zur gleichen Zeit stößt in Denver die Ärztin Grace Beckett auf die Männer mit den Eisenherzen. Grace, die in einem Waisenhaus in Castle City eine traumatische Kindheit verlebte, tötet in Notwehr einen von ihnen. Das Eingreifen des geheimnisvollen Hadrian Farr ermöglicht Grace die Flucht. Die endet jäh in Castle City, wo sie bereits von Bruder Cy erwartet wird.

Travis lernt auf Eldh den Barden Falken Schwarzhand kennen, der zusammen mit dem Ritter Beltan und der Zauberin Melia auf dem Weg zum Rat der Könige auf Schloß Calavere ist. Von ihm erfährt er eine erstaunliche Geschichte.

Vor tausend Jahren schlugen die vereinten Domänen Eldhs mit Hilfe der mächtigen Runenmeister den Angriff des Fahlen Königs zurück und sperrten ihn in seinem

Reich Imbrifale ein. Doch die Runenmeister gibt es nicht mehr, und ihre magische Kunst ist größtenteils in Vergessenheit geraten. Der Fahle König greift mit Hilfe seiner Getreuen, den Männern und Frauen mit den Herzen aus Eisen und den *Feydrim*, den von ihm versklavten Elfen, erneut nach den Domänen. Zu seinem Entsetzen muß Travis nicht nur entdecken, daß Jacks Stein einer der verlorenen magischen Steine Eldhs ist, den der Fahle König für seine Rache braucht, sondern daß Jack ein mächtiger Zauberer war, der ihm seine Macht übertragen hat.

Auch Grace kommt nach Schloß Calavere, wo sie jeder für eine Adlige hält. Die sonst so verschlossene junge Frau schließt hier überraschende Freundschaften, wie mit der jungen Baronesse Aryn, deren rechter Arm von Geburt an verkrüppelt ist, und dem Ritter Durge von Embarr. König Boreas, der Herrscher der Domäne Calavan, setzt Grace beim Rat der Könige als Spionin ein. Doch niemand will glauben, daß der Fahle König und seine Helfer die Welt bedrohen.

Zu ihrer Überraschung entdeckt Grace durch den Kontakt mit den Hexen Eldhs, daß auch sie und Aryn über die *Gabe* verfügen und sich die *Weltenkraft* zunutze machen können, das magische Netz, das alle lebenden Dinge miteinander verbindet.

Beim Fest der Wintersonnenwende, der längsten Nacht des Jahres, schlägt das Böse zu. Nach einem verzweifelten Kampf mit dem Fahlen König kann Travis mit seiner Magie das Tor zu Imbrifale erneut verschließen.

Obwohl Travis eine Reihe von Freunden gefunden hat, ist sein Heimweh nach Castle City und der Erde doch stärker, und er kehrt zurück. Grace bleibt als Herzogin von Beckett auf Eldh. Aber die beiden Welten schweben noch immer in tödlicher Gefahr …

»Sei auf der Hut –
es wird dich verzehren.«

ERSTER TEIL

Castle City

1

Der sengende Wind kam aus dem Nichts und verbrannte die Berge.

In den Straßengräben des leeren, zweispurigen Highways raschelte trockenes Gestrüpp; alles Leben war aus ihm herausgebrannt worden, bevor es überhaupt die Chance zu wachsen gehabt hatte. Der April war genau wie der Mai von der gleichgültigen Sonne verdorrt worden, und im Juni war das Hochgebirgstal so braun wie Ende September. Der Sommer hatte den Frühling in seinem Bettchen erstickt; in diesem Jahr würde das grüne Kind nicht mehr wiederkehren.

Ein Mann trat aus dem Hitzedunst wie eine dunkle Ascheflocke, die in die flirrende Luft über einem Feuer geschleudert wurde. Der Wind riß an den schwarzen Fetzen, die seinen abgemagerten Körper bedeckten, und tanzte dann fort. Der Mann stolperte weiter.

»Jakabar, wo bist du?«

Die Worte klangen wie das Krächzen eines Geiers, und die aufgesprungenen Lippen des Mannes bluteten, als er sprach. Er hob den Kopf und blickte mit obsidianfarbenen Augen zum flimmernden Horizont – Augen, in denen die Iris und das Weiße fehlte. Er hob eine papiertrockene Hand, um das Gesicht zu beschatten und die zerklüftete Wüste auszusperren.

In der wallenden Hitze bewegte sich etwas.

»Jakabar?«

Hinter dem fernen, silbern schimmernden Wall aus heißer Luft, der die Straße überspannte, gewann ein Umriß an Konturen, dann durchdrang er ihn und raste auf den Mann zu.

Die Bestie näherte sich mit erschreckender Geschwindigkeit und gewann mit jedem der unregelmäßigen Herzschläge des Mannes an Größe, bis sie seine Sicht ausfüllte und ein Brüllen jedes andere Geräusch übertönte. Auf der roten Panzerhaut spiegelte sich das Sonnenlicht; das Ding hielt sich dicht am Boden, wie zum Sprung bereit. Seine Augen blitzten zweimal auf, dann stieß es ein durchdringendes Jaulen aus, das den Schädel des Mannes ausfüllte und ihn an Ort und Stelle festnagelte. Er regte sich nicht, wartete darauf, daß die Kiefer der Bestie zuschnappten, daß Knochen brachen und Fleisch zerfetzte.

Eine Windböe riß an ihm; Steinchen prasselten auf seine Haut. Das Gras neigte sich wie die Sklaven vor einem schrecklichen Herrscher und erhob sich wieder, als die Welt verstummte. Der Mann drehte den Kopf, um nach hinten zu sehen, aber das Ungeheuer verlor schon wieder an Größe, als es davonraste.

Er blickte nach vorn und vergaß die Bestie. Wieder stieg das Fieber in seinem Inneren, kauterisierte Gedanken und Erinnerungen, brannte all das fort, was ihn ausmachte. Er konnte die kleinen Flammen sehen, die über seine papierdünne Haut tanzten. Bald. Nach all dieser Zeit würde es bald soweit sein.

Er wollte sich wieder in Bewegung setzen, aber etwas hielt ihn fest. Er strengte sich an, hob einen Fuß.

Von den Sohlen seiner abgestoßenen Stiefel zogen sich schwarze Fäden wie Pech zu dem Loch in der Straße, in die er eingesunken war. Er riß den anderen Stiefel los und stolperte weiter. Er wußte nicht, in welch seltsamem Land er gelandet war. Er wußte nur, daß er Jakabar finden mußte.

»Sei auf der Hut«, flüsterte er. »Es wird dich verzehren.«

Der Mann taumelte den Highway in den Bergen entlang, und im Asphalt blieb eine Reihe eingeschmolzener Fußspuren zurück.

2

Jetzt, wo er wieder zurück war, war es beinahe so, als wäre er niemals fort gewesen.

»Er kommt«, flüsterte Travis Wilder, als er aus der Tür des Mine Shaft Saloons trat.

Er beugte sich über das Geländer des hölzernen Gehsteigs und hielt das Gesicht nach Westen, auf die felsige Pyramide zu, die sich wie ein Wächter über die kleine Stadt in den Bergen erhob.

Der Castle Peak. Oder das, was er als Castle Peak bezeichnete, denn im Laufe der Jahre hatte der Berggipfel viele Namen getragen. In den achtziger Jahren des vergangenen Jahrhunderts hatten ihn die Arbeiter aus den Silberminen Ladyspur's Peak genannt, nach der Lady mit den Sporen, zu Ehren einer allseits beliebten Nutte. Der örtlichen Legende zufolge hatte ein Revolverheld aus Cripple Creak Ladyspur nicht für ihre Dienste bezahlen können, und sie erschoß ihn in einem fairen Duell mitten auf der Elk Street. Sie selbst starb kurz darauf an Cholera und wurde so beerdigt, wie sie gelebt und gearbeitet hatte: mit den Sporen an ihren hochschäftigen Stiefeln.

Davor hatte der Berg auf in St. Louis hergestellten Landkarten – phantasievoll übertriebene Dokumente, die die Träumer über die grüne Prärie herbeilocken sollten – Argo Mountain geheißen, obwohl das einzige Gold, das jemals auf dem Castle Peak gefunden worden war, aus dem warmen Licht des Sonnenauf- und Sonnenuntergangs bestand.

Kurz vor dem Goldrausch von 1859 war ein paar Jahre lang der Name Mount Jeffrey im Gespräch gewesen, ein Name, den der Berg mit einem unbedeutenden Mitglied der Long-Expedition von 1820 geteilt hatte – ein Lieutenant, der eines Nachmittags mit einer Flasche Whiskey auf den Gipfel geklettert war. Als Lieutenant Schuyler P. Jeffrey fünf Jahre später in einem Mietshaus in Washington D.C. an einer Blutvergiftung starb, hatten sich sein Name und der Berg schon längst wieder getrennt. Obwohl die leere Whiskeyflasche, die er weggeschmissen hatte, noch immer da lag.

Die Indianer vom Stamm der Ute, die von den bewaldeten Hügeln aus zugesehen hatten, wie Longs Leute das Tal durchquerten, hatten ihren eigenen Namen für den Berg: Umwölkte Stirn, wegen des Nebels, der oft den Gipfel verhüllte. Falls jedoch die Menschen, die vor den Ute dort gelebt hatten, dem Berg einen Namen verliehen hatten, war er mit ihnen verschwunden. Und davor … hatte es keine Namen gegeben.

Ein Berg. Viele Namen. Schließlich hatten der steile Berg und die Stadt beide den Namen von Mr. Simon Castle angenommen, der im Osten sein Vermögen als Verleger begründet hatte und mit dem Traum nach Westen gekommen war, hier ein großartiges neues Königreich zu gründen. Er baute das Silver Palace Hotel und das Opernhaus, um acht Jahre später nach Philadelphia zurückzukehren, nachdem seine Frau an Tuberkulose gestorben und sein Herrenhaus außerhalb der Stadt vom

Blitz getroffen worden und bis auf die Grundmauern niedergebrannt war.

Castle Peak. Der Name paßte, zumindest für den Augenblick, so lange, bis ein neuer Name daherkam. Und danach, wenn es wieder keine Menschen mehr geben würde und das Tal allein träumte, würde er nur wieder einfach der Berg sein.

Travis ergriff das Geländer. Er schloß die blauen Augen hinter der Nickelbrille, als er es sich vorstellte: Hoch oben auf dem Steilhang sprossen die ersten Espen, wisperten sich Blätter silbergrüne Geheimnisse zu, dann ertönte nur Augenblicke später das leise Dröhnen, wenn der Canyon sich räusperte und sich die Kiefern in einem anmutigen Tarantella wiegten. Er kam.

Travis wußte auf jeder Welt, wann der Wind nahte.

»Ich wußte, daß du zurückkommst«, hatte Max an jenem weißen Januartag gesagt, als Travis noch immer mit den von den Reisen abgenutzten Kleidern einer anderen Welt bekleidet den Mine Shaft betreten hatte.

Es war am Morgen gewesen, und der Saloon war bis auf die beiden Männer leer.

»Ich wußte es, Travis, obwohl … obwohl Jace sagte, du wärst zusammen mit Jack in dem Feuer gestorben. Ich habe alles für dich weitergeführt – die Bar, die Hypothek, die Bücher …«

Max' Worte waren irgendwo in seiner Brust erstorben, aber das war schon in Ordnung.

»Es sieht großartig aus«, hatte Travis gesagt, als er seinen Freund umarmte. »Alles sieht großartig aus.«

So war Travis nach Hause gekommen.

Die folgenden Tage waren seltsam und zerbrechlich gewesen. In gewisser Weise fühlte er sich genauso fehl am Platz wie auf Eldh, wo er in Begleitung von Falken Schwarzhand gereist war. Dinge wie Toiletten mit Wasserspülung und elektrisches Licht und Pickup-Trucks hatten alle etwas Exotisches an sich. Aber genau wie auf Eldh wußte er, daß er sich daran gewöhnen würde. Er brauchte nur etwas Zeit.

Im Gegensatz zu dem neugierigen Barden fragte in Castle City niemand Travis nach seiner Geschichte – wo er denn mehr als zwei Monate gesteckt hatte und warum er zurückgekommen war. Aber die Menschen in Castle City stellten niemals viele Fragen. Es spielte eigentlich keine Rolle, wo man gewesen war, sondern nur, daß man da war.

Von ihnen allen wollte Jacine Windom noch am ehesten Informationen haben, aber die Fragen der uniformierten Polizistin waren zwar so scharf wie die Bügelfalten ihrer khakifarbenen Hosen gewesen, bewegten sich aber nur in eine ganz bestimmte Richtung.

»Waren Sie in der Nacht des Feuers im Magician's Attic?« fragte Deputy Windom eines Nachmittags im Saloon. Sie saß kerzengerade auf einem Barhocker, Notizblock und Bleistift in der Hand.

»Das war ich«, antwortete Travis.

»Wissen Sie, was das Feuer verursacht hat?«

»Jack kämpfte mit einem Eindringling. Ich war draußen – Jack hatte mir befohlen, den Antiquitätenladen zu verlassen. Als ich mich umdrehte, stand alles in Flammen.«

»Konnten Sie den Eindringling genau sehen, bevor Sie flohen?«

»Nein. Das konnte ich nicht.«

Das hatte er erst später, als sie ihm von Angesicht zu Angesicht gegenüberstanden. Im Weißen Turm der Runenbinder hatte er in fremdartige Augen geblickt und den Tod gesehen. Aber das sagte er Jace nicht.

Travis wartete auf die nächsten Fragen, aber Jace klappte ihren Block zu und stand vom Hocker auf.

»Ich glaube, das reicht, Travis. Ich rufe Sie an, wenn Sheriff Dominguez noch etwas wissen will.« Deputy Windom ging in Richtung Tür.

»Hat man ihn gefunden?« Travis schaute auf und erwiderte den Blick aus Jaces braunen Augen. »Hat man Jack gefunden?«

Sie preßte die Lippen aufeinander, dann nickte sie steif. »Auf dem Friedhof hat man einen Stein für ihn errichtet.«

»Ich werde ihn besuchen, Jace. Danke.«

Deputy Windom ging zur Tür, aber nicht, bevor sie sich noch nach Max umsah. Der Blick, den die beiden austauschten, verriet Travis, daß er in einer Sache recht behalten hatte: Jacine hatte ihren Hengst eingefangen. Max trug jetzt Jeans, Wranglers.

Aber vielleicht war es ja gar nicht schlimm, sich für einen anderen Menschen zu verändern. Manchmal glaubte Travis, eine solche Möglichkeit zu begrüßen, obwohl er nicht die geringste Vorstellung davon hatte, was er werden wollte oder für wen er sich ändern sollte. Aber spielte das überhaupt eine Rolle? Vielleicht war es ja einfach nur die Veränderung an sich, die wichtig war.

Nach seiner Unterhaltung mit Jace waren die Tage wieder einfacher geworden. Travis' Hütte außerhalb der Stadt war an jemand anderen vermietet worden, also hatte er die leeren Räume oberhalb des Mine Shaft in Beschlag genommen. Das alte Apartment war schmal und zugig, und die Küche bestand aus einer Kochplatte und einem Spülbecken, aber das würde erst einmal reichen. Travis brauchte nun weniger als früher; er hatte sich daran gewöhnt, nur mit leichtem Gepäck zu reisen.

Max hatte Travis' verbeulten grünen Pickup hinter dem Saloon geparkt, und eines Tages hatte Travis den Mut gefunden und versucht, den Wagen zu starten. Er hatte den Schlüssel im Zündschloß gedreht und gelacht, als der Motor mit einem Dröhnen ansprang.

Danach hatte er sich im Alltag des Mine Shaft verloren. Moira Larsons Buchklub traf sich jede Woche im Saloon – steife Romane über Klassenunterdrückung waren dem scharfen und lebendigen Humor Evelyn Waughs gewichen. Die Cowboys der Dude Ranch hatten sich von Single Malt Scotch zu Martinis weiterentwickelt. Und Molly Nakamura brachte Gästen noch immer geduldig bei, wie man Papier zu Origami-Tieren wie Chamäleons und Affen faltete, und sie streichelte noch immer zärtlich über die Mutanten, die sie zustande brachten.

Alles in allem war es gut, und es fiel leicht, wieder seine alten Gewohnheiten anzunehmen. Und dennoch …

Gelegentlich – beim Putzen der Bar oder dem Fegen

des Bodens oder dem Einsammeln leerer Biergläser – ertappte sich Travis dabei, wie er aus dem Fenster zu den felsigen Abhängen des Castle Peak hinaufsah und an den Wind dachte, der vom Berg herunterblies. Wie er ans Reisen dachte.

Diese Reise ist vorbei, Travis. Du bist jetzt hier, wo du hingehörst.

Er öffnete die Augen und atmete tief ein. Über ihm zischten elektrische Leitungsdrähte. Abfall tanzte die aufgesprungene Oberfläche der Elk Street entlang, zu funkelnden Auguren choreographiert. Ja, er kam.

Er drehte das Gesicht in den herannahenden Wind, bereit, seine frische Umarmung zu fühlen, die Möglichkeiten zu erahnen, die auf seinen Schwingen reisten. Die Hirse, die zwischen den Planken des hölzernen Gehsteiges wuchs, erzitterte. Rochen aus Zeitungsseiten schwebten schwerelos über dem Boden. Touristen griffen nach ihren Hüten mit den grellen Produktnamen …

… dann senkten sie die Hände und gingen weiter.

Eine einzelne, heiße Windbö rollte die Elk Street entlang und erstarb dann in einem schlaffen Luftschwall. Die Drähte hörten auf, ihre Musik zu machen. Die Hirse verstummte. Die Zeitungsrochen landeten auf dem Boden.

Schweißtropfen rannen Travis' Stirn hinunter, und die staubtrockene Luft trank sie und ließ nur eine Salzkruste auf der Haut zurück. Da war kein neues Erwachen, keine Ahnung unendlicher Möglichkeiten. Nur die Sonne, die Zement und Holz und Staub backte, bis alles nach alten, trockenen Knochen roch. Er konnte sich nicht daran erinnern, daß es jemals so heiß gewesen war. Der Himmel war zu hart, das Tal zu leblos.

Travis hob die Hand und berührte den polierten Knochen, der an dem Lederband um seinen Hals hing. In die Oberfläche waren drei parallele Linien eingeritzt. Er strich mit dem Daumen darüber. Ja, es war fast so, als wäre er nie weg gewesen. Aber er war weg gewesen. Und nichts würde jemals wieder wie früher sein.

Travis seufzte, ließ den Talisman los und ging zurück in den Saloon.

3

Die kühle Luft im Mine Shaft war Balsam für Travis' Haut. Er begab sich hinter die Bar, griff in den Kühler und nahm sich eine Flasche Root Beer. Er drückte sie gegen die Wange, zuckte bei der kalten Berührung zusammen, seufzte und schloß die Augen.

»Weißt du, Travis, die meisten Leute machen die Flasche zuerst auf. Macht das Trinken leichter.«

»Die Leute können manchmal so langweilig sein.«

Schnaubendes Gelächter ertönte. Travis öffnete die Augen und sah Max, der einen Karton mit Gläsern auf die Bar stellte.

»Du bist seltsam, Travis.«

»Das ist eine Erleichterung. Eine Minute lang fürchtete ich schon, ich hätte es nicht mehr drauf.«

Max rollte mit den Augen und fing an, Gläser auszupacken.

Travis verschränkte die Arme, lehnte sich zurück und sah seinem Angestellten bei der Arbeit zu. Max hatte den Saloon in den langen Monaten von Travis' Abwesenheit gut geführt. Sogar besser als gut. Und während Max offensichtlich stolz auf diese Tatsache war, hatte er an diesem winterlichen Tag im Januar nicht gezögert, Travis die Leitung zurückzugeben.

Travis war gern wieder in die Rolle des Saloonwirts geschlüpft. Wie alles andere auch aus seinem alten Leben vermittelte es ihm ein warmes und behagliches Gefühl.

Und wie alles andere auch schien es seit seiner Rückkehr anders zu sein. Der Saloon hatte für mehr als zwei Monate Max gehört, ganz egal, was die Hypothekendokumente sagten.

Travis griff in eine Schublade, holte ein zusammengefaltetes Stück Papier hervor, legte es auf die Theke und schob es über das von Messereinkerbungen verunstaltete Holz Max zu.

Max starrte das Papier an, dann schaute er auf. »Was ist das?«

»Sieh selbst.«

Der ehemalige Buchhalter nahm es mit einem Stirnrunzeln. »Du hast doch nicht wieder die Buchhaltung gemacht, Travis, oder? Ich habe sie endlich halbwegs in Ordnung …« Er biß die Zähne zusammen und warf Travis einen traurigen Hundeblick zu.

Travis lachte. »Nein, Max. Ich habe nicht die Buchhaltung gemacht. Ich habe nicht mal herausgefunden, wo du die Bücher versteckst. Außerdem ist das in dieser Partnerschaft dein Job.«

Max blinzelte. »Partnerschaft?«

»Nicht, wenn du den Vertrag nicht unterschreibst.« Travis hielt ihm einen Kugelschreiber hin. »Mach schon.«

Max zögerte, dann akzeptierte er den Stift. Er entfaltete den Vertrag, als handele es sich um eine alte Schatzkarte, legte ihn auf die Bar und setzte mit sorgfältiger Handschrift seinen Namen darunter, genau neben Travis' Unterschrift. Er faltete den Vertrag zusammen und hielt ihn hin.

»Danke.«

Travis nahm den Vertrag und warf ihn in die Schublade, dann sah er Max ernst an. »Du hast es verdient, Max. Der Mine Shaft gehört dir genauso sehr wie mir.«

Max nickte, dann grinste er plötzlich. »Bedeutet das also, daß in Zukunft einige der Telefonanrufe in diesem Saloon für *mich* sein werden?«

Travis legte seinem Freund die Hand auf die Schulter. »Ich weiß, du bist aufgeregt, aber sei jetzt bitte nicht albern.«

Bevor Max etwas erwidern konnte, ging Travis in Richtung Hinterzimmer und pfiff dabei fröhlich vor sich hin. Nur weil Max ab jetzt sein Partner war, hieß das noch lange nicht, daß er ihn nun nicht mehr quälen würde.

Später am Nachmittag verließ Travis den Mine Shaft, um in McKay's General Store ein paar Türangeln für die quietschende Hintertür des Saloons abzuholen. Auf dem Rückweg machte er einen Abstecher ins Mosquito Cafe – wo aus einer schnellen Tasse Kaffee drei gemütliche Cappuccinos wurden, als diverse Ortsansässige reinkamen und ihn einluden.

Sobald er die von der Klimaanlage gekühlte Zuflucht des Cafes verlassen hatte, wünschte er sich, er hätte die Cappuccinos auf Eis bestellt. Die rote, aufgequollene Sonne sank der steinernen Brüstung des Castle Peak entgegen, als wäre sie zu schwer, um noch einen Augenblick länger am Himmel hängen zu können. Flirrende Hitzeschleier stiegen von der Elk Street auf; sie ließen Travis' vom Koffein geschärfte Sinne schwanken. Er wischte sich mit einem Taschentuch den Schweiß von der Stirn.

Als er den Mine Shaft erreichte, fiel ihm eine Harley-Davidson auf, die neben Max' rostendem Volvo parkte. Auf die eine Seite des nachtschwarzen Tanks war ein Keltenkreuz gemalt, von einem der Handgriffe baumelten ein paar vom Wind zerzauste Federn und geschnitzte Knochenperlen. Das Motorrad kam ihm irgendwie bekannt vor, aber er konnte sich nicht daran erinnern, wann und wo er es gesehen hatte. Er schob die Tür auf und trat in das willkommene Halbdunkel des Saloons.

Der Laden hatte sich in der Zwischenzeit gefüllt. Die Daughters of the Frontier waren zu ihrem vierzehntägigen Treffen gekommen, wie immer in ihre rot abgesetzten Overalls gekleidet; ihr blaues, an Zuckerwatte erinnerndes Haar schmolz in der Hitze. Zwei von ihnen spielten eine Partie Pool mit zwei hübschen, glattrasierten jungen Männern – nach ihren Doc-Martens-Stiefeln, den Freizeithemden und dem erstaunten Ausdruck auf ihren Gesichtern zu urteilen, kamen sie aus Denver. Das hatten sie davon, die Töchter der Grenze herauszufordern. Niemand in Castle City war dumm genug, mit diesen Billardhaien ein paar Stöße zu wagen.

Drüben neben der Jukebox tanzten Davis und Mitchell Burke-Favor zu dem tragischen Gesang Patsy Clines einen Two-Step. Wie immer trugen die beiden Männer zueinander passende Cowboyhemden mit geometrischen Mustern und makellos saubere Wranglers. Mindestens einmal jede Woche fuhr das Paar von ihrer südlich von

Castle City gelegenen Ranch für einen Abend in die Stadt. Sie bewegten sich in dem schnellen, mühelosen Einklang, der ihnen vor einem Dutzend Jahren in San Francisco die Meisterschaft im Two-Step eingebracht hatte. Ihre wettergegerbten Gesichter waren so zerklüftet und ruhig wie die Prärie.

Travis blieb auf dem Weg zur Bar stehen, sah den beiden Männern beim Tanzen zu und seufzte unwillkürlich. Er war meistens allein durchs Leben gegangen. Würde er jemals so im Einklang mit einer anderen Person sein? Er wußte es nicht. Manchmal hoffte er es. Andererseits, wenn es ums Tanzen ging, hatte er sowieso zwei linke Füße.

Ein Aufschrei riß seine Aufmerksamkeit von den beiden Männern fort. Er zuckte zusammen. Max versuchte, für die Cowboys von der Dude Ranch eine Runde Martinis zu mixen. Einer von ihnen verzog den Mund unter dem gepflegten Schnurrbart, als eine vorwitzige Perlzwiebel von einer Cocktailgabel wegkatapultierte und auf der Krempe seines gerade eben mit Dampf in Form gebrachten schwarzen Stetsons herumrollte. Travis setzte sich in Bewegung, um Max zu retten.

Minuten später hatten die Cowboys ihre Drinks und gingen zu ihrem Tisch, um Domino zu spielen.

Max warf sich ein Barhandtuch über die Schulter. »Danke, Travis. Ich schulde dir was.«

»Ich weiß.« Travis griff unter die Bar, holte das Martini-Rezeptbuch hervor und gab es Max. »Und du kannst anfangen, deine Schulden damit zu bezahlen, indem du hier liest, wie …«

Er erstarrte, als ein Ritter, eine Lady und ein Tiermann den Mine Shaft Saloon betraten.

»Travis?«

Max' Stimme schien wie aus einem langen Tunnel zu kommen. Travis konnte nur wie erstarrt zusehen, als das Trio sich einen Weg vorbei an den Tischen suchte.

Das kann nicht sein. Sie können nicht hier sein.

Die Lady ging mit hoch erhobenem Kinn, trotz der Hitze in ein Kleid aus grünem Samt gekleidet. Das Oberteil des Gewandes drückte ihre Brüste nach oben zu einem horizontalen Sims, und zuviel Sonne hatte die beiden Fleischkugeln gerötet. Der Ritter war klein, aber kräftig. Sein ernstes Gesicht war schweißbedeckt, und Travis war fest davon überzeugt, daß sich das Kettenhemd des Mannes heiß anfühlte, falls er es berührte. Der Tiermann schlurfte hinter dem Ritter und der Lady her; seine zusammengekrümmte Gestalt war in stinkende Felle gekleidet und sein Haar mit blauem Lehm verschmiert. Das Trio hielt direkt auf Travis zu. Wußten sie also Bescheid?

Aber sie können es nicht wissen. Sie sollten nicht mal hier sein. Sie sollten eine Welt weit fort sein.

Die drei erreichten die Bar. Travis konnte sich nicht bewegen. Der Ritter legte eine Hand auf den Griff seines Schwertes und sprach.

»Ich möchte ein Coors, ein Glas vom Haus-Chardonnay und ...« Der Ritter sah den Tiermann an. »Was wolltest du noch mal?«

»Ein Guinness«, sagte der Tiermann.

Die Lady runzelte die Stirn. »Wie kannst du dieses Zeug nur trinken, Ted? Das ist doch reines Gift.«

Der Tiermann grinste; die Zähne in seinem schmutzigen Gesicht waren weiß und gerade. »Mach es nicht runter, bevor du es probiert hast.«

Travis konnte sie nur anstarren, seine Gedanken rasten. Erst dann bemerkte er das Handy am Gürtel des Ritters, die Bauchtasche um die Taille der Lady und die Schuhe an den Füßen des Tiermannes: Nylonsandalen mit Gummisohlen.

Aber natürlich – er erinnerte sich an die Zelte und Stände, die man erst kürzlich östlich von der Stadt aufgebaut hatte. Es war Juni. Das Mittelalter-Festival hatte begonnen. An den meisten Abenden würde eine Gruppe der dort beschäftigten Mitwirkenden auftauchen, um nach einem Tag schweißtreibender Arbeit etwas zu trinken.

Max berührte seinen Arm. »Travis, stimmt was nicht?«

Er hatte nicht reagiert, und der Ritter runzelte die Stirn.

»Nein, Max. Alles in Ordnung.«

Er begann, sich um die Bestellung zu kümmern, und der Ritter lächelte und warf einen Zwanziger auf die Bar.

»Verdammt. Ist das heiß draußen«, sagte er.

Der Tiermann warf einen Blick auf die roten Brüste der Lady und grinste. »Sieht so aus, als hättest du einen bösen Fall kriegsbedingter Brustverstümmelung, Sarah.«

Sie richtete das Oberteil und zuckte leicht zusammen. »Ich weiß. Das habe ich Alan zu verdanken, er hat die Sonnenschutzcreme vergessen.«

»Tut mir leid«, murmelte der Ritter, und die drei gingen mit ihren Gläsern.

Travis sah ihnen nach, dann bemerkte er, wie Max ihn musterte. Max hatte den Kopf schief gelegt, sagte aber kein Wort und drehte sich schließlich um, um ein kleines Faß wegzuräumen.

Unwillkürlich blickte Travis nach unten auf die Wildlederstiefel, die aus seinen Jeans ragten, die Stiefel, die Lady Aryn für ihn hatte machen lassen. Sie waren eines seiner wenigen Erinnerungsstücke an Eldh, genau wie der geschnitzte Knochen – die Rune der Hoffnung –, den er um den Hals trug, und die halbe Silbermünze, die Bruder Cy ihm gegeben und die ihn zurück zur Erde gebracht hatte und die er immer in der linken Hosentasche trug.

Er schloß die Augen und sah hohe Zinnen über von Mauern eingesäumten Feldern. Manchmal brannte er darauf, jemandem zu erzählen, wo er wirklich in diesen zwei Monaten gewesen war. Aber wie konnte er? Die einzige Person in Castle City, die ihm geglaubt hätte, war tot.

Ich vermisse dich, Jack.

Er öffnete die Augen und machte sich daran, ein Tablett Gläser zu spülen.

Aus dem Fernsehgerät über der Bar dröhnte eine Werbung, der lauter gestellte Ton übertönte das Gemurmel der Unterhaltungen. Automatisch blickte Travis nach oben. Es war schwer zu sagen, für was genau geworben wurde. Szenen blitzten vorbei, zeigten fröhlich lächelnde Menschen bei verschiedenen Aktivitäten – sie fuhren

Boot auf einem See, spazierten, kochten das Abendessen. In jeder Szene hing eine Mondsichel am Himmel oder hinter einem Fenster und warf einen silbrigen Glanz auf das, was diese ach-so-glücklichen Menschen gerade taten.

Das Bild wurde schwarz, ein Firmenlogo erschien: eine Mondsichel, die zu einem stilisierten großen D wurde.

»Duratek«, sagte eine männliche Stimme in beruhigendem Tonfall. »Welten voller Möglichkeiten, ganz in ihrer Nähe.«

Travis runzelte die Stirn. Was sollte das denn heißen?

Max kam aus dem Hinterzimmer, das als Lagerraum diente, und Travis zeigte auf den Fernseher.

»Würdest du das Ding bitte ausmachen? Stell lieber das Radio an.«

Max schaltete den Fernseher mit der Fernbedienung aus und das alte AM-Radio an. Eine Sekunde später klingelte das Telefon, und Max stürzte sich darauf, bevor Travis auch nur eine Bewegung machen konnte.

»Der Mine Shaft«, sagte Max. Er verstummte, dann schenkte er Travis ein selbstzufriedenes kleines Lächeln. »Nein, aber ich bin der Mitbesitzer, also kann ich Ihnen bestimmt helfen …« Er drehte sich um und sprach weiter.

Travis stöhnte. Jetzt, wo Max sein Partner war, würde er unausstehlich sein.

Er beugte sich wieder über seine Arbeit. Aus dem Radio kam Musik. Das Lied spielte auf allen Kanälen; ein Balsam für Ohren, die keinen düsteren Alternativ-Rock mehr hören konnten. Die nahtlose Mischung aus Altem und Neuem ließ Travis lächeln. Vielleicht kamen ja doch zwei verschiedene Jahrhunderte zusammen. Wie zwei verschiedene Welten.

Seine Nackenhärchen stellten sich auf. Instinktiv sah er hoch.

Sie betrachtete ihn aus rauchgrünen Augen, die über hohen Wangenknochen funkelten. Er stellte das Glas in seiner Hand ab, und die Frau auf dem Barhocker lächelte. Sie hatte kurzgeschnittenes Haar, das zugleich dunkel und wild war, und trug eine schwarze Lederjacke, Jeans und Motorradstiefel. Er konnte noch gerade eben den Rand einer Tätowierung ausmachen, die sich um ihr Schlüsselbein schlang – eine Schlange, die sich zu einer Acht verkrümmte und ihren Schwanz verschlang.

»Deirdre? Deirdre Falling Hawk?«

»Mein sanfter Krieger«, sagte sie.

Dann lehnte sie sich über die Bartheke und küßte ihn, lähmte ihn wie einen Hirsch, der im grellen Strahl der Taschenlampe eines Jägers gefangen ist.

4

Travis hatte sie drei Jahre zuvor kennengelernt. Es war in den letzten Junitagen gewesen, als das hektische Summen soeben geborener Insekten zu einem gemütlicheren Brummen geworden war und jeden Nachmittag Wolken über den quarzblauen Himmel trieben und das Tal mit Donner erfüllten. Sie kam eines Abends durch den Eingang des Saloons und brachte das leise Klirren eines kupfernen Windspiels mit. Ihr Haar war damals lang gewesen, wie eine Welle mitternächtlichen Wassers, aber sie hatte dieselbe Lederjacke getragen und dieselben Motorradstiefel, und auf der Schulter ruhte derselbe Holzkasten.

Sie sagte, sie hieße Deirdre Falling Hawk und sei Bardin.

Im vergangenen Monat hatte sie bei dem großen Mittelalter-Festival ein paar Meilen den Highway runter gearbeitet. Jetzt, da das Festival geschlossen war, war sie in der Hoffnung, Arbeit zu finden, nach Castle City gekommen, bevor sie weiterzog.

»Die Berge schenken mir Lieder«, sagte sie. »Ich hasse es immer, sie zu verlassen.«

Travis wußte nur, daß er noch niemals etwas so Schönes gehört hatte, als sie auf der polierten Mandoline, die sie aus dem Kasten geholt hatte, eine Melodie spielte. Er räumte die Kisten von der Plattform neben dem Klavier, die einst als Varietébühne gedient hatte, und stellte dort einen Stuhl auf. In den nächsten beiden Wochen saß Deirdre Falling Hawk jeden Abend auf der kleinen Bühne und spielte auf ihrer Mandoline. Sie war von sowohl irischer wie auch indianischer Abstammung, und sie brachte beide Traditionen in ihre einfache, im Gedächtnis haftenbleibende Musik ein. Nach diesem ersten Abend verbreitete sich die Neuigkeit schnell, und jeden Abend drängten sich die Einheimischen in der Bar, um sie ein Repertoire spielen zu hören, das Madrigale aus dem dreizehnten Jahrhundert, keltische Balladen und Mythen der Prärieindianer umfaßte, die sie mit ihrer melodischen Stimme rezitierte.

Während der Tage sah Travis nur wenig von ihr. Aber ein paarmal hielt sie ihre Harley an, wenn sie auf der Elk Street an ihm vorbeifuhr.

»Spring drauf, mein sanfter Krieger«, pflegte sie dann zu sagen.

Mein sanfter Krieger. So nannte sie ihn immer, nachdem er ihr die Geschichte der antiken Nickelbrille erzählt hatte, die er trug und die einst dem Revolverhelden Tyler Caine gehört hatte.

Er kletterte hinter ihr auf das Motorrad, und sie donnerten den Canyon hinauf und legten sich schräg in die Kurven. Und schließlich, eines Nachts, saßen sie da und unterhielten sich noch lange, nachdem der Saloon geschlossen hatte, tranken Whiskey und tauschten kleine Träume aus. In einem stillen Augenblick hätte Travis beinahe die Hand ausgestreckt, um über ihr Haar zu streichen. Beinahe. Seine Hand verharrte und griff dann unbeholfen nach dem Glas.

Er war sich später nie sicher gewesen, warum er es nicht getan hatte, warum er nicht zugelassen hatte, daß sich seine Finger in der Weichheit ihres Haars verfingen, warum er sie nicht an sich gezogen und geküßt und sie auf einer Decke auf dem mit Sägespänen bedeckten Boden geliebt hatte. Aber Liebe war eine Art Macht, nicht wahr? Und Macht war, wie er nur zu gut wußte, eine gefährliche Sache.

Am nächsten Abend hörte er Deirdre nach ihrem Auftritt auf ihrem Motorrad die Elk Street entlangbrausen. Er hatte sie niemals wiedergesehen.

Bis zu diesem Augenblick.

Er musterte sie. »Ich hätte wissen sollen, daß der Hobel da draußen dir gehört.«

»Der ist neu. Ich habe ihn letzten Sommer in Cody bekommen.« Ihre Lippen verzogen sich zu einem durchtriebenen Lächeln. »Ich habe ihn beim Pokern einem Hell's Angel aus L.A. abgenommen.«

»Erinnere mich daran, mich niemals von dir zu einer Partie Fünf-Karten-Stud überreden zu lassen.«

»Keine Sorge, Travis. Ich würde dich gewinnen lassen. Zumindest ein- oder zweimal.«

Er deutete auf den Holzkasten, der an ihrer Schulter hing. »Bist du gekommen, um zu spielen, Deirdre?«

»Vielleicht. Kommt auf die Gage an.«

Travis schlug auf eine Taste der antiken Registrierkasse, dann kratzte er sämtliches vorhandene Geld zusammen. Er zählte es auf dem Tresen.

»Wie wäre es mit zweiundfünfzig Dollar und siebzehn Cent?«

Deirdre stand auf, strich das Geld ein und stopfte es in eine Tasche. »Sieht so aus, als hättest du gerade eine Künstlerin gebucht, Travis.« Sie drehte sich um und ging langsam zu der Bühne neben dem Klavier; sie bewegte sich mit der Geschmeidigkeit eines Rehs.

Max legte im gleichen Augenblick den Hörer auf die Gabel, obwohl offensichtlich war, daß er schon seit Minuten nicht mehr gesprochen hatte. »Eine gute Freundin von dir?«

Travis füllte zwei Tassen mit dampfendem Kaffee. »Eigentlich nicht.«

»Natürlich«, sagte Max. »Der Kuß hat euch verraten. Auf diese Weise grüßen sich in New York völlig Fremde.«

»Ich habe nicht gesagt, daß sie eine Fremde ist.«

Max' Sichelbart umrahmte ein breites Lächeln. »Entscheide dich, Partner.«

Travis beschloß ihn zu ignorieren, trug die Tassen hinüber zu Deirdre, stellte sie auf dem Klavier ab und setzte sich rittlings auf die davorstehende Bank.

»Es ist schön, dich zu sehen, weißt du«, sagte er.

Sie hob die dunklen Augenbrauen. »Tatsächlich?«

Wieder dachte Travis an jene Nacht, als er sie hatte berühren wollen und es nicht getan hatte. »Ja, das ist es. Ich wollte immer … Ich habe mir immer gewünscht, daß …« Daß er was? Er war sich nicht sicher.

Sie lächelte. »Ich habe vor langer Zeit gelernt, meine Entscheidungen nicht zu bedauern.«

Sie holte die Mandoline aus dem Kasten hervor und fing an, sie mit geschickten Fingern zu stimmen. Sie war blank poliert, aus dunklem Holz gefertigt und glänzte mit einer Patina, die von langer Benutzung kündete.

»Und, wer ist die Glückliche, die dich schließlich gekriegt hat?«

Er schüttelte den Kopf. Sie warf Mitchell und Davis Burke-Favor einen verschmitzten Blick zu, die Schulter an Schulter von der Jukebox wegschritten.

»Also gut, wer ist der Glückliche?«

Er lachte und schüttelte erneut den Kopf. Ihr Lächeln verblaßte zu einem wissenden Ausdruck.

»Du bist also allein.«

Er zuckte mit den Schultern. »Hast du nicht gesagt, man soll seine Entscheidungen nicht bereuen?«

»Und ist es eine Entscheidung?«

Travis rieb sich die rechte Hand. Auf diese Frage wußte er keine Antwort. Schließlich zeigte er auf die Mandoline. »Weißt du, ich hatte einen Freund, der dieses Instrument geliebt hätte. Er war Antiquitätenhändler. Jack hat mir immer gesagt, die beste Methode, das Hier und Jetzt zu verstehen, bestünde darin, es mit den Augen einer fernen Zeit oder eines fernen Orts zu sehen.«

Deirdre schlug einen leisen Akkord. »Sowohl für das Volk meiner Mutter wie auch das meines Vaters ist Geschichte etwas sehr Wichtiges. Die Mandoline gehörte dem Großvater meiner Mutter. Er hat sie aus Irland mitgebracht. Jedesmal, wenn ich darauf spiele, denke ich an ihn, und wie mutig er war, einen Ozean zu überqueren, um in ein Land zu kommen, das er nie zuvor gesehen hatte.« Ihre Finger spielten eine sehnsüchtige Melodie. »Dein Freund Jack scheint ein kluger Mann zu sein.«

Travis war nicht auf den Kloß vorbereitet, der sich in seinem Hals festzusetzen schien. »Ja, das war er. Die hier stammt von ihm. Erinnerst du dich?«

»Die Brille des Revolverhelden.« Deirdre lächelte heiter, und ihre Musik wurde zu einem Klagelied.

Travis lachte. Er konnte sich immer noch genau an den Tag erinnern, an dem Jack ihm die Brille gegeben hatte. Er hatte im Magician's Attic in einem Kasten herumgekramt, nachdem er seinem alten Freund geholfen hatte, den Keller aufzuräumen. Da hatte er sie gefunden – verbogen, matt angelaufen, mit zersprungenen Gläsern. Er hatte sie Jack gezeigt.

Da hat sie sich also versteckt. Gut, daß du sie gefunden hast, Travis. Ich glaube, die gehört dir.

Es war eine seltsame Bemerkung gewesen, aber Jack sagte viele seltsame Dinge, also hatte Travis nur mit den Schultern gezuckt und die Brille angenommen.

»Weißt du, es ist interessant, daß du dir gerade diese Augen ausgesucht hast, um dadurch die Welt zu betrachten.«

»Findest du? Ich schätze, ich fand die Vorstellung ganz amüsant, der Böse zu sein.« Er verzog die Lippen zu einem hämischen Grinsen und schenkte Deirdre den besten stählernen Blick, den er zustande brachte. »Das ist ein Überfall, Ma'am.«

»Furchterregend«, sagte sie. In ihren dunklen Augen funkelte es heiter. »Aber mal im Ernst, Travis. Warum die Brille eines Revolvermannes? Warum nicht die eines Sheriffs oder eines Rangers?«

Travis kratzte die rotblonden Stoppeln an seinem

Kinn. »Ich weiß es nicht. Ich schätze, ich bin eben doch kein Heldentyp.«

»Ach?«

»Das stimmt. Selbst als Kind konnte ich mich nie mit den Helden im Märchen identifizieren. Ich wollte insgeheim immer eines der Ungeheuer sein, um sie zu fressen.« Er lächelte sein gemeinstes Lächeln. »Der Troll unter der Brücke – das war ich.«

Deirdre warf ihm einen scharfen Blick zu. »Das hört sich aber nach deinem Schattenselbst an.«

»Mein Schattenselbst?«

»Deine dunkle Seite, dein Doppelgänger, dein Manitu – wie auch immer du es nennen willst.« Sie nahm ihre Tasse. »Vielleicht gibt es ganz tief in deinem Inneren einen Teil von dir, der wirklich ein Revolvermann sein könnte.«

Travis blickte auf seine Hände herunter. Er konnte es nicht sehen, aber er konnte es fühlen – Jacks Zeichen, die Rune der Runen, die unter der Haut seiner Handfläche kribbelte. »Nein, ich könnte niemals das tun, was er getan hat.«

»Sei vorsichtig, Travis. Der menschliche Geist ist ein großer, tiefer Ozean. Jeder von uns hat die Fähigkeit, Dinge zu tun, über die wir gar nicht nachdenken wollen. Und das ist gut so. Aber wenn du zu leugnen versuchst, daß diese Fähigkeit existiert, kann sie sich unter Umständen auch ohne deine Zustimmung manifestieren.«

»Ich verstehe nicht.«

»Dann laß es mich mal so erklären. Vor hundert Jahren bestand kein großer Unterschied zwischen dem Sheriff und dem Revolvermann. Beide verdienten sich den Lebensunterhalt mit dem Revolver. Der einzige Unterschied bestand darin, daß der eine den Revolver benutzte, während der andere von ihm benutzt wurde.«

Travis starrte sie an. Deirdre konnte unmöglich verstehen, wie es war – wie es sich anfühlte, wenn einen die Macht durchfloß und aus einem herausströmte, um andere zu vernichten.

»Es tut mir leid, Travis. Ich wollte dich nicht belehren. Außerdem sind unsere Schattenselbst nicht immer böse. Manchmal können auch die Ungeheuer Helden sein. Nimm nur *Die Schöne und das Biest.*«

Er hob den Kopf und schenkte ihr ein schiefes Lächeln. »Verdirb mir nicht den Spaß, ja?«

Sie trank einen Schluck Kaffee, aber die Tasse konnte ihr Grinsen nicht ganz verbergen.

Travis stand auf. »Ich sollte zu meinen Gästen zurück.«

Deirdre legte den Kopf schief. »*Deine* Gäste? Bist du hier jetzt der Besitzer?«

»Seit Andy Connell vor ein paar Jahren gestorben ist.«

»Nun, dann sollte ich mal lieber versuchen, deinen Laden in Schwung zu bringen.« Deirdre hob ihre Mandoline auf und strich über die Saiten. »Danke für das Engagement, Travis. Du bist ein nettes Ungeheuer.«

Er lachte laut. »Oh, so weit würde ich nicht gehen.«

Ihre einzige Reaktion bestand aus einem rätselhaften Lächeln, das ihm den ganzen Weg zurück zur Bar nicht aus dem Sinn ging.

5

Die Nachricht, daß Deirdre Falling Hawk wieder im Mine Shaft war, mußte sich rasend schnell verbreitet haben, denn gegen Sonnenuntergang drängten sich Leute im Saloon, die aus dem ganzen Tal zusammengekommen waren, um ihrer Musik zuzuhören. Travis beobachtete Deirdre von seinem Platz hinter der Bar. Er dachte an einen anderen Barden, den er kennengelernt hatte, an einem Ort, der weit von hier entfernt war, und die Erinnerungen ließen ihn lächeln, auch wenn es durchaus ein trauriger Ausdruck war. Kein Tag verging, an dem er nicht an Falken, Melia, Grace und all die anderen dachte, die er auf Eldh kennengelernt hatte.

Aber das war nicht die Wahrheit, oder? Denn in letzter Zeit hatte es Tage gegeben, an denen er abgelenkt durch die Anforderungen des Geschäfts nicht einmal an Eldh gedacht hatte. Würde er es eines Tages ganz vergessen haben? Oder sich davon überzeugt haben, daß alles nur die gequälten Halluzinationen eines Mannes gewesen war, der seinen besten Freund verloren hatte – die unwiderstehliche und realistische, aber völlig verrückte Konstruktion einer Person, die zwei Monate lang in einem Nebel aus Trauer umhergewandert war, die versucht hatte, etwas eine Art Sinn zu verleihen, das niemals Sinn machte?

Die warmen Klänge von Deirdres Mandoline endeten in lautem Applaus. Travis ließ den Blick durch den überfüllten Saloon schweifen und schüttelte den Kopf. Es stimmte nicht, daß man nie wieder nach Hause kommen konnte. Es war bloß so, daß das Zuhause nie mehr so war, wie man es verlassen hatte. Wie konnte Dorothy jemals wieder die nackte, schwarzweiße Farblosigkeit von Kansas ertragen, nachdem sie über die technicolorfarbenen Straßen von Oz getanzt war? Nur daß er sein Zuhause liebte, mit all seiner Farblosigkeit und allem anderen.

Er lächelte wieder, und diesmal lag echte Belustigung darin. Max kam aus dem Lagerraum, mit zwei Gestellen Biergläsern überladen. Travis nahm ihm eines ab. Der Klang der Mandoline ertönte erneut, einen Augenblick später von Deirdres melodischer Stimme begleitet:

»Wir leben unser Leben, als wär's ein Kreis,
wir wandern drauflos und voraus.
Dann, nach Feuer und Staunen,
enden wir wieder dort, wo alles begann.

Ich reiste südwärts,
im Süden weinte ich.
Dann reiste ich nordwärts,
dort, ich vergaß es nie, lachte ich.

Eine Zeitlang verweilte ich
im östlichen Lande des Lichts,
bis ich weiter nach Westen reiste
allein in schattenerfüllter Nacht.

Zur Frühlingszeit ward ich geboren,
im Sommer wurde ich stark.
Aber der Herbst dämpfte mein Augenlicht,
damit ich den langen Winter schlief.

Wir leben unser Leben, als wär's ein Kreis,
wir wandern drauflos und voraus.
Dann, nach Feuer und Wundern,
enden wir wieder dort, wo alles begann.«

Travis ließ das Gestell mit den Gläsern fallen; einige zerbrachen. Der Applaus des Publikums fiel nur kurz aus, als sich Gäste herumdrehten, um nach der Quelle des Lärms Ausschau zu halten. Travis stand reglos da, von der Musik wie in eine betäubende Watte gehüllt.

Wie konnte sie dieses Lied kennen?

Auf der anderen Seite des Saloons legte sich ein Schatten auf Deirdres Gesicht. Sie hatte seine Reaktion bemerkt. Die Bardin stand auf, nahm die Mandoline ab und bahnte sich einen Weg vorbei an den Tischen und Stühlen. Die Unterhaltungen setzten wieder ein, jemand warf einen Vierteldollar in die Jukebox. Eine Frau bestellte ein Bier bei Travis, aber er konnte seine Gedanken nicht mit seinen Händen in Einklang bringen. Glücklicherweise war Max da, der Travis' fassungslosen Gesichtsausdruck nicht zu bemerken schien, als er sich um die Bestellung kümmerte.

Deirdre erreichte die Bar.

»Wo hast du das gelernt?« fragte er mit heiserer Stimme.

Sie betrachtete ihn mit ihren dunklen, mandelförmigen Augen. »Was ist los, Travis?«

Er hielt sich am Rand der Theke fest. »Dieses Lied. Wo hast du es gelernt?«

»Das war im vergangenen Jahr. Ich habe es von einem Barden gelernt.«

Der Boden unter Travis' Füßen verwandelte sich in einen Sumpf. Falken? Kannte sie Falken Schwarzhand? Aber das war unmöglich.

So unmöglich, wie zu anderen Welten zu reisen? So unmöglich wie Magie?

Er fuhr sich mit der Zunge über die trockenen Lippen. »Ein Barde?«

»Ja. Ich habe ihn letztes Jahr bei dem großen Renaissance-Festival oben in Minnesota kennengelernt. Wir waren … das heißt, ich …« Ihre Wangen röteten sich, es sah wie eine indianische Kriegsbemalung aus.

Travis zuckte innerlich zusammen. Sie kannte Falken nicht. Sie hatte das Lied von einem Ex-Freund gelernt, und er hatte sie in Verlegenheit gebracht, indem er sie darauf ansprach. Wer konnte schon sagen, wo der Ex-Freund dieses Lied gelernt hatte? Aber die Verbindung zwischen Eldh und der Erde hatte in zwei Richtungen funktioniert. Warum sollte ein Lied nicht genauso einfach herüberwechseln wie eine Person? Und einmal auf der Erde, gab es nichts, das es davon abgehalten hätte, unter den Sängern weitergereicht zu werden.

Deirdres Finger schoben sich über die Theke, um die seinen zu berühren. »Travis, etwas stimmt doch nicht. Willst du mir nicht erzählen, was es ist?«

Er öffnete den Mund, von dem Wissen getrieben, daß er ihr etwas sagen mußte, aber unsicher, was er ihr sagen sollte.

Was es auch war, die Worte wurden nie ausgesprochen, als die Tür des Saloons aufgestoßen wurde und gegen die Wand krachte. Travis und ein Dutzend Gäste rissen den Kopf herum.

Zuerst glaubte Travis, der Mann würde zum Mittelalter-Festival gehören, genau wie die drei, die zuvor hereingekommen waren. Er trug eine schwere, schwarze Kutte, als würde er eine Art Mönch darstellen. Aber die Kleidung war staubig und zerrissen, und je länger Travis sie betrachtete, desto weniger sah sie wie die Kutte eines Mönchs aus als vielmehr wie die Robe eines Richters. Oder eines Henkers.

Der Mann in Schwarz taumelte in den vollen Saloon, und jetzt war sich Travis fast schon sicher, daß er nicht zu dem Mittelalter-Festival gehörte. Seine Hände waren zu Klauen gekrümmt, sein Gesicht war so narbig wie die vom Wind ausgehöhlte Oberfläche eines Steins. Seine blasenübersäten Lippen bewegten sich in einem verdrossenen Rhythmus, als würde er unablässig eine Beschwörungsformel aufsagen. Er stolperte gegen einen Tisch. Leute sprangen auf und wichen zurück. Max eilte schon los, um ihn abzufangen. Travis schloß sich ihm an.

Der Mann griff nach einer Frau. Er stieß ein paar heisere Worte aus – möglicherweise hätten sie *Wo ist er?* bedeuten können –, dann schrie die Frau unterdrückt auf und riß sich los.

Travis fluchte. Er überlegte, Deputy Windom zu rufen, aber jetzt war er näher an dem Mann als am Telefon. Die Hälfte der Gäste hatten ihre Unterhaltungen eingestellt und sahen gebannt zu. Travis wischte sich über die feuchte Stirn – im Saloon war es erdrückend heiß.

Max hatte den Fremden erreicht und streckte die Hand aus, um ihn zu stützen. Der Mann in der schwarzen Kutte fauchte und fuhr wie eine Schlange zurück, bevor Max ihn berühren konnte.

Max zog die Hand zurück. »Es tut mir leid, ich ...«

»Wo ist er?« Der Mann sprach mit einem metallischen Akzent. »Wo ist Jakabar?«

Max runzelte die Stirn. »Wer?«

»Ich muß Jakabar finden.« Die Hände des Fremden flatterten verletzten Vögeln gleich zur Kutte, fuhren über den Stoff, rissen daran. »Wo ist Jakabar vom Grauen Stein?«

Travis blieb wie angewurzelt stehen. *Was?*

Max kratzte sich am Kopf. »Meinen Sie Jack Graystone?«

Travis wollte etwas sagen, aber als er einatmete, drohte ihm die Luft die Lungen zu verbrennen. Er sah, wie einige der Umstehenden schweißfeuchte Wangen abtupften und durchnäßte Hemden von der klebrigen Haut zogen.

»Ich fürchte, Jack ist vergangenen Herbst gestorben«, sagte Max.

»Wie?« Die Stimme des Mannes war Flüstern und Kreischen zugleich. »Wie ist er gestorben? Sag es mir!«

»Es war ein Feuer. Im Antiquitätenladen.«

Der Mann kniff die Augen zu, sein Ausdruck war zugleich verzückt und gepeinigt. »Ah ja. Feuer. Am Ende wird uns alle das Feuer verzehren ...«

Er öffnete die Augen, und erst in diesem Augenblick sah Travis, daß den Augen des Mannes das Weiße fehlte. Die Augen waren schwarz – völlig und vollständig schwarz, wie zwei harte Kugeln aus Onyx.

Jemand stieß gegen Travis' Schulter. Die Leute drängten gegeneinander. Ein paar versuchten, den Saloon zu verlassen. »Hören Sie zu, Mister«, sagte Max in beschwichtigendem Tonfall. »Ich möchte, daß Sie sich umdrehen und ...«

»Du da!«

Der Ruf des Mannes war wie ein Pistolenschuß. Leute spritzten auseinander, dann strömten sie dem Ausgang entgegen. Genau vor Travis bildete sich ein Knoten, er wurde zurückgedrängt. Dann löste sich der Knoten von selbst, und er hatte wieder freie Sicht. Der Mann zeigte mit einem anklagenden Finger auf ihn, die unerklärlich schwarzen Augen fixierten ihn.

»Du bist derjenige, der mich an diesen Ort gelockt hat. Du bist Jakabars Erbe!«

Travis ballte die rechte Hand zur Faust, sie brannte, als hätte er in eine Handvoll heißes Blei gepackt. Der Mann taumelte auf ihn zu, eine Marionette, die von einem betrunkenen Puppenspieler kontrolliert wurde.

Max versuchte den Mann zu packen. »Hey, bleiben Sie von ...«

Ein Zischen ertönte, gefolgt vom Gestank verbrannten Fleisches. Max heulte auf und riß die Hand zurück. Er packte sein Handgelenk, das Gesicht eine verzerrte Maske des Schmerzes.

Die letzten noch Zögernden rannten vorbei – der Saloon war nun fast menschenleer –, und der Mann in Schwarz stand weniger als eine Armeslänge von Travis entfernt. Ein graues Wölkchen entstieg seiner Kutte und rollte sich in der Luft zusammen. Es handelte sich um Rauch. Die Kutte glimmte.

»Travis«, sagte eine leise Stimme hinter ihm. »Travis, geh einen Schritt zurück.«

Deirdre. Er konnte sie aus dem Augenwinkel sehen. Er wollte ihr gehorchen, aber der schwarze Blick des Mannes traf ihn und fesselte ihn an Ort und Stelle.

»Der Schlüssel«, sagte der Mann.

Travis schüttelte den Kopf. Das Gehirn kochte ihm im Schädel. »Ich … ich verstehe nicht.«

Ein Ausdruck von Frieden senkte sich über das zerklüftete Gesicht des Mannes. »Ja, du bist es, dem ich den Schlüssel geben muß.«

»Jetzt, Travis«, sagte Deirdre. »Tritt zurück.«

Max ließ sich gegen eine Wand fallen; er hielt sich noch immer mit schmerzverzerrtem Gesicht das Gelenk.

Bewegung war unmöglich. Die Hitze schweißte Travis an Ort und Stelle fest, schmolz Knochen und Muskeln zusammen. Irgendwie gelang es ihm, seinen Mund in Bewegung zu setzen. »Wer … Wer sind Sie?«

Der Mann verzog die Lippen zu einem Lächeln, das so scharf wie eine Messerwunde war, und streckte die Hand aus. Aus dem dunklen Stoff seines Ärmels stieg Rauch auf.

»Sei auf der Hut – es wird dich verzehren.«

»Travis!«

Deirdres Schrei ließ die fatale Hitze zerbrechen. Travis warf sich zurück und stieß gegen einen Tisch. Der Mann in Schwarz krümmte sich zusammen. Er hob die Arme, warf den Kopf zurück und kreischte.

»Kelephon! Jakabar! Helft mir!«

Dann schossen Stichflammen aus dem Mann in Schwarz hervor.

6

Das Sonnenlicht schlich sich ins Tal, als Deputy Jacine Fidelia Windom vom Büro des Sheriffs von Castle County den Wagen des Leichenbeschauers den südlich vom Friedhof Castle Heights befindlichen Hügel hinaufsteuerte.

Die Sonne hatte gerade den östlichen Felsrand des Signal Ridge überwunden, aber der Himmel war schon seit Stunden blau – ein Streich, den die Berge stets der Morgendämmerung spielten. Jace kurbelte das Fenster des Kombis herunter, und trockener Wind drängte in das Fahrzeuginnere. Der Morgen war bereits heiß. Am Mittag würde Gluthitze herrschen. Das bereitete Deputy Windom Sorgen.

Nicht, daß die Hitze sie gestört hätte. Trotz des drükkenden Wetters hatte Jace ihre aufgebügelten Khakihosen, Hemd und Krawatte nicht gegen leichtere Kleidung eingetauscht. Sie fürchtete sich nicht davor zu schwitzen. Aber es gab andere, für die die Hitze nicht so verträglich sein würde. Rancher und ihre Herden. Die Gebrechlichen und die Älteren. Wenn diese Hitzewelle anhielt, würde sie diesen Hügel noch öfters hinauffahren müssen.

Jace kontrollierte den schwarzen Kasten auf dem Beifahrersitz, um sich zu vergewissern, daß er nicht in den Kurven umherwanderte. Die Asche eines John Does zum Zwecke der Beerdigung zum Friedhof zu bringen gehörte nicht zu ihrem Aufgabengebiet, aber Kyle Evans, der Leichenbeschauer von Castle County, hielt sich im Augenblick in New Jersey auf, wo er seine Mutter beerdigen mußte, also fiel Jace die Aufgabe zu, dafür zu sorgen, daß der Unbekannte seinen letzten Ruheplatz bekam. Nicht, daß es Jace gestört hätte. *Zu schützen und zu dienen.* Das war der Schwur, den sie vor zwei Jahren an ihrem fünfundzwanzigsten Geburtstag vor Sheriff Dominguez abgelegt hatte. Und soweit es Jace betraf, gehörte alles, das einer anderen Person half, zu ihrem Aufgabengebiet.

Sie lenkte den Kombi um eine scharfe Kurve; der Blick hinter der grünen, in einem Drahtgestell eingefaßten Ray-Ban-Sonnenbrille blieb auf die Straße gerichtet. Sie nahm alle Kurven mit exakt der Geschwindigkeit, die auf den gelben Straßenschildern stand, und steuerte den Kombi mit präzisen Bewegungen ihrer kleinen, starken Hände. Sie tat das, weil es die richtige Art und Weise war, ein Fahrzeug zu steuern. Es gab auf dieser Welt immer nur eine richtige Weise, alles zu tun, und Jace hielt sich daran.

Obwohl sie an jedem Tag Menschen begegnete, die das Gesetz brachen, konnte sie sie nicht verstehen. Einige schrien sie an oder belegten sie mit Flüchen, wenn sie ihnen einen Strafbefehl ausstellte oder Handschellen anlegte, brüllten, daß die Gesetze sie unterdrückten, während andere wiederum weinten und schluchzten, daß die Gesetze einfach nicht fair waren. Aber Jace wußte, daß sie nicht recht hatten. Eine Welt ohne Regeln war eine Welt ohne Bedeutung. Gesetze schränkten nicht ein.

Sie ermöglichten Dinge wie Glück, Trost und Schönheit. Künstler malten, indem sie Farbe und Perspektive benutzten. Musik basierte auf Mathematik. Die Gesetze der Physik verhinderten, daß die Menschen vom Planeten ins Weltall trieben.

Deputy Windom wurde nur selten von Träumen heimgesucht, aber ein Traum, den sie gelegentlich hatte, erschütterte sie bis ins Mark. Sie träumte, sie sei in einem kleinen Boot, das auf einem großen Ozean umhergeworfen wurde, der weder hell noch dunkel, flüssig noch fest war. Dann kam eine Welle, die das Boot zerstörte. Sie versuchte sich schwimmend in Sicherheit zu bringen, aber es war unmöglich festzustellen, wo oben war. Jace wachte dann immer keuchend auf und starrte eine Stunde lang in die Nacht, betrachtete die harten Konturen vom Bett und den Wänden und dem Boden, bevor sie die Augen wieder schließen und einschlafen konnte.

Eine geordnete Welt, das konnte Jace verstehen, aber die Welt, die sie in ihrem Traum sah, das große Meer aus Chaos …

Alles, was ihr dazu einfiel, war, daß das die Welt gewesen sein mußte, die ihr Vater an dem Tag erblickt hatte, an dem sie aus der fünften Klasse von der Schule nach Hause gekommen war und ihn in der Garage gefunden hatte, wo er an einem Balken hing.

Die Straße verwandelte sich in einen Schotterweg. Jace paßte ihre Geschwindigkeit dem Untergrund an und steuerte den Wagen um die letzten paar Kurven. Sie stoppte auf dem Parkplatz, nahm den Kasten mit der Asche und stieg aus.

Mit dem Friedhof Castle Heights war nicht mehr viel los. Nicht, daß es je anders gewesen wäre. Während der letzten hundertunddreißig Jahre hatten die meisten Bewohner Castle Citys ihre Lieben zu den schöneren und teureren Friedhöfen Denvers schaffen lassen, wenn die Zeit für den großen Schlaf gekommen war. Unkraut überwucherte anonyme Gräber, deren hölzerne Gedenkzeichen schon lange zerbrochen waren, die Grabhügel wurden von wilden Himbeersträuchern bedeckt, die wie dornige Leichentücher aussahen. An anderen Stellen ragten Grabsteine schief aus dem Boden, so als würde der ganze Ort jeden Augenblick den Hügel für ein letztes Begräbnis ins Tal herunterrutschen.

Jace warf einen Blick auf den Kasten in ihrer Armbeuge. Es gefiel ihr nicht, wenn Fälle so endeten, wenn es nicht einmal einen Namen gab, den man auf das Gedenkzeichen schreiben konnte. Aber von dem Mann war nichts übriggeblieben, anhand dessen man ihn hätte identifizieren können, nicht mal Zähne. Nur ein paar verbrannte Knochensplitter und ein Aschehaufen. Jace hatte die ihr von Travis Wilder gegebene Beschreibung in der Datenbank der vermißten Personen überprüft – vergeblich. Sie würde sich auch weiterhin bemühen, aber sie bezweifelte, eine Antwort zu finden.

Wie er sich in Brand gesteckt hatte, war ein weiteres Rätsel. Das Feuer war so heiß gewesen, daß eine Einäscherung unnötig gewesen war. Trotzdem hatte der Mann den Saloon nicht mit in Brand gesteckt. Der einzige Schaden war ein schwarzer Fleck auf dem Boden und Qualmgestank. Und Max Byfields Hand.

Max hatte behauptet, den Mann berührt zu haben, bevor das Feuer anfing, aber Jace war fest davon überzeugt, daß das so nicht stimmte. Max kannte sich mit Zahlen aus, wie sie funktionierten, aber wie die Welt funktionierte, davon hatte er manchmal keine Ahnung. Das war durchaus in Ordnung – denn das war Jaces Job. Und sie wußte, daß Menschen nicht so einfach Feuer fingen und sich grundlos ihre Hände verbrannten. Vermutlich hatte sich der Mann mit einer brennenden Chemikalie getränkt und sich selbst entzündet, und zwar da, wo es eine große Menschenmenge sehen würde.

Aber warum? Jace wußte es nicht. Sie wußte nur eines: Es war unmöglich, das Herz eines anderen jemals genau zu kennen.

Er mußte doch wissen, daß sie ihn finden würde, Maude. Ich weiß, daß es schrecklich ist, so etwas zu sagen, aber ich bin deine Schwester, und es ist die Wahrheit. Sie bringt immer ihr Fahrrad in die Garage, wenn sie aus der Schule kommt. Sie läßt es niemals draußen stehen. Jacine ist so ein gutes Mädchen. Er mußte es wissen. Das arme kleine Ding …

Eine Bö schleuderte eine Wolke von der Sonne verbrannten Staubs in die Luft. Jace schob sich eine widerspenstige Locke ihres kurzen braunen Haars hinter das Ohr und ließ die Blicke über den Friedhof schweifen. Wo war der Bestatter? Dale Stocker, der Castle Heights die letzten zwanzig Jahre betreut hatte, war diesen Frühling gestorben. Aber man hatte doch einen Nachfolger gefunden, oder nicht?

»Hallo?«

Der Wind riß ihre Stimme mit sich. Jace stieß das Eisentor auf. In der Friedhofsmitte gab es eine Anhöhe. Vielleicht hielt er sich gerade auf der anderen Seite auf, wo er den Wagen nicht hatte hören können.

Deputy Windom suchte sich einen Weg vorbei an vergessenen Gräbern. Viele der Grabsteine waren zu stark vom Wind glattgeschliffen worden, um gelesen werden zu können. Aber gelegentlich konnte sie die Inschriften doch noch erkennen; die Schatten des Morgens verliehen den flachen, eingemeißelten Buchstaben Konturen. Sie ging an den Gräbern gescheiterter Goldsucher vorbei, an Müttern aus der Zeit der Depression und jungen Männern, die man in einer Holzkiste aus der Normandie zurückgeschickt hatte. Dann erblickte sie ein Grab, das sie verharren ließ. Sie ging in die Hocke und schob ein paar Ranken beiseite, um die auf dem zersprungenen Sandstein eingeschlagenen Worte zu enthüllen:

Nathaniel Luke Farquhar
1853–1882
Ein guter Mann. Ein guter Vater.
»Gott wird Dir vergeben.«

Jace musterte die Inschrift mit gerunzelter Stirn, ihren Auftrag momentan vergessend. Was spielte es für eine Rolle, ob Gott ihm vergab? Was war mit den Menschen, die er zurückgelassen hatte? Hatten sie ihm vergeben? Wenn er wirklich ein so guter Mann, ein so guter Vater gewesen war, wieso war er dann im Alter von neunundzwanzig ums Leben gekommen? Ein guter Mann wäre vorsichtig gewesen, wäre geblieben, um seine Kinder aufwachsen zu sehen. Hätte sich nicht hier begraben lassen. Jace wollte sich wieder aufrichten, zögerte, streckte dann die Hand aus, um den von der Sonne gewärmten Sandstein zu berühren.

»Kann ich Ihnen helfen, Ma'am?« sagte eine krächzende Stimme hinter ihr.

Jace zog die Hand zurück, richtete sich auf und drehte sich um, und zwar in einer geschmeidigen Bewegung. Es kostete sie eine bewußte Anstrengung, nicht nach dem Revolver an ihrer Hüfte zu greifen.

Der Mann, der da vor ihr stand, war groß – viel größer als die Polizistin, die im Alter von zwölf Jahren ihre Größe von ein Meter sechzig erreicht hatte. Trotz der Hitze war er mit einem schäbigen Anzug aus schwarzer Wolle bekleidet, der aussah, als wäre er aus einem Grab gestohlen worden. Sein Hemd hatte die gelbliche Farbe von Elfenbein angenommen, genau wie seine Zähne.

»Nun«, sagte der Totengräber mit zugleich gewandter und eingerosteter Stimme, und sein hageres Gesicht verzog sich zu einem Grinsen. »Wie ich sehe, sind Sie eine Frau des Gesetzes.« In seinen großen, knochigen Händen hielt er eine Schaufel, und nun stützte er sich darauf.

Jace öffnete den Mund, um ihm zu antworten, brachte aber nur ein Nicken zustande. Der Mann hatte etwas Seltsames an sich. Für gewöhnlich konnte sie ihr Gegenüber innerhalb von fünf Sekunden einschätzen, aber die Gestalt vor ihr entzog sich jeder einfachen Definition.

Der Mann schob die Krempe seines schwarzen Hutes nach hinten, fuhr mit einem schmuddeligen Taschentuch über die knochige Stirn und schob den Hut zurück, während er mit dem Kopf auf den Grabstein hinter ihr deutete. »Sie haben ihn also gekannt?«

Jace fand ihre Stimme wieder. »Sir, dieser Mann ist seit fast über einem Jahrhundert tot.«

Der Totengräber zuckte mit den Schultern, als spielte das keine Rolle.

Jace runzelte die Stirn. Sie hatte den Totengräber noch nie zuvor in der Stadt gesehen. Wann war er in Castle City eingetroffen? Andererseits war auch Dale lieber für sich geblieben. Bestattungsunternehmer waren ein einsamer Haufen – vielleicht zogen sie auch einfach nur die Gesellschaft der Toten vor.

Jace hielt ihm den Kasten hin. »Sir, ich habe hier eine Last, die ich weitergeben möchte.«

Der Totengräber packte seine Schaufel fester und lachte. Es war ein tiefer, schrecklicher Laut. »Nun, das haben Sie aber schön gesagt, Deputy.«

»Bitte?«

»Nein, nein, keine Entschuldigungen.« Staub wehte von den Schultern seines Anzugs; er blickte zum Horizont. »Wir alle haben unsere Lasten, die wir loswerden müssen.« Sein dunkler Blick wandte sich ihr zu. »Nicht wahr, Deputy?«

Jace biß sich auf die Lippe, unsicher, was sie darauf antworten sollte. Sie mochte diesen Mann nicht. Seinen Worten lag keine Ordnung zugrunde, keine Vernunft. Sie hielt ihm den Kasten mit der Asche hin. Er legte die

Schaufel auf den Boden und nahm ihn mit seinen langen Fingern entgegen. In seiner Miene erschien Traurigkeit.

»Er ist weit gereist«, flüsterte er. »Die Ruhe ist nun willkommen. Aber selbst ein willkommenes Ende ist nicht ohne Bedauern.«

Jace wollte weg. Schweiß rann ihren Körper herunter. Aber sie mußte sich vergewissern, daß sie alles Nötige getan hatte. »Sie wissen, was zu tun ist, haben also alles im Griff?«

Der Totengräber sah von dem Kasten auf, als wäre er überrascht, daß sie noch immer dort stand, dann nickte er langsam. »Keine Angst. Ich werde ab jetzt über ihn wachen, meine Tochter.«

Jace versteifte sich. Worte klangen in ihrer Erinnerung auf, und der Friedhof um sie herum verblaßte.

Gott wird ab jetzt über ihn wachen, Jacine.

Warum hat er nicht schon zuvor über ihn gewacht, Reverend Henley? Warum hat er ihn nicht beschützt?

So geht das nun einmal nicht, Jacine. Manchmal geschehen böse Dinge, sogar denen, die gute Menschen sind.

Das ist nicht fair. Es macht keinen Sinn.

Seine Wege machen für uns nicht immer Sinn.

Aber es ist nicht richtig.

Jacine, du kannst Seinen Willen nicht in Frage …

Ein Scheppern übertönte die Worte. Das Weiß verschwand, wurde von hellem Braun und hartem Blau ersetzt: Erde und Himmel. Der Friedhof nahm wieder Konturen an.

Jace blickte sich um, doch der Mann war verschwunden. Aber wie war das möglich? Sie war nur für einen Augenblick abgelenkt gewesen. Sie blickte zu Boden und sah die Quelle des Lärms, der sie zurück in die Gegenwart gerissen hatte: Die Schaufel war zu Boden gefallen. Neben ihr befand sich ein Rechteck aus frisch umgegrabener Erde, die von Unkraut befreit war. Das eisenreiche Erdreich war so rot wie Blut. Daneben stand ein kleiner granitener Grabstein, auf dessen Oberfläche ein einziges Wort stand, dessen Bedeutung sich ihr verschloß.

MINDROTH

Aber das war unmöglich. Die Sonne hatte sich nicht am Himmel bewegt; es war nur ein Augenblick vergangen. Und doch hatte sie nicht den geringsten Zweifel, daß, sollte sie die Schaufel nehmen und zu graben anfangen, sie den schwarzen Kasten mit der Asche fände. In ihr stieg Übelkeit auf, genau wie bei dem Traum mit dem brodelnden Meer.

Sie warf noch einen Blick auf das frische Grab, dann eilte sie zu dem Wagen zurück. Trotz der Hitze zitterte sie am ganzen Leib.

7

Alles hatte sich wieder verändert.

Diesmal war kein Glockenspiel ertönt, aber es hatte einen Mann in Schwarz gegeben, genau wie beim letzten Mal, und wieder würde nichts in Travis' Leben jemals so sein wie zuvor.

»Travis?«

Der Klang der leisen Stimme ließ ihn aufsehen. Deirdre stand mit besorgtem Gesichtsausdruck auf der anderen Seite der Theke. Er spürte etwas Feuchtes an der Hand. Es war ein nasser Lappen, den er umklammert hielt. Er mußte damit die Theke abgewischt haben, nur um mitten in der Arbeit aufzuhören. Wie lange hatte er wohl da gestanden und ins Leere gestarrt?

Sei auf der Hut – es wird dich verzehren.

Er versuchte die gekrächzten Worte aus seinen Gedanken zu vertreiben, aber es gelang ihm nicht. Was hatten sie zu bedeuten? Die Worte waren eine Art Warnung, aber wovor? Und warum hatte der brennende Mann sie Travis überbracht?

Du bist derjenige, der mich an diesen Ort gelockt hat.

Von der Angst erfüllt, daß er die Antwort kannte, verkrampften sich seine Finger um den Lappen, Wasser tropfte auf die Theke.

Deirdre strich über seine Hand. Er erschauderte und ließ den Lappen los.

»Wir sind fast fertig, Travis, um öffnen zu können. Wir

müssen nur noch ein bißchen durchlüften. Gibt es hier noch einen zusätzlichen Ventilator, den wir nehmen könnten? Wir könnten ihn ins nördliche Fenster stellen.«

Travis nickte, obwohl er nicht davon überzeugt war, ob es überhaupt Sinn machte, den Saloon zu öffnen. Er bezweifelte, daß seine Gäste zurückkamen. Ganz egal, wie hart er putzte, ganz egal, wieviel frische Luft er einließ, er würde weder den schwarzen Fleck auf dem Boden noch den ätzenden Gestank jemals wegbekommen – zumindest nicht vollständig. Dann waren da die Löcher, die in die Asphaltoberfläche der Elk Street eingebrannt waren und zum Saloon führten, Löcher, die wie Fußabdrücke geformt waren. Sie würden für alle Zeiten da sein, eine Erinnerung an den brennenden Mann. War man einmal gezeichnet, würde man niemals vergessen können. Travis wußte das.

Aber er teilte Deirdre seine Gedanken nicht mit. Sie war in den vergangenen drei Tagen eine erstaunliche Hilfe gewesen, ein unerwartetes Licht in all dieser Dunkelheit.

»Im Lagerraum ist ein Ventilator«, sagte er. »Ich hole ihn.«

Er kam ein paar Minuten später mit dem Ventilator zurück. Deirdre schob Stühle zurecht und wischte Tische ab. Die Tür des Saloons stand offen, aber es war kein Gast hereingekommen – nur heiße Luft und Staub. Travis stellte den Ventilator ins Fenster und schaltete ihn ein, aber er schien nur den Staub zu verteilen.

»Müßtest du nicht beim Festival sein?« fragte er, als er Deirdre half, einen Tisch von der Wand zu rücken.

Sie ergriff mit jeder Hand einen Stuhl und stellte sie an Ort und Stelle. »Nur an den Wochenenden.«

»Bist du sicher? Schließlich habe ich dir nicht genug gezahlt, um diese ganze Arbeit hier zu erledigen. Ich möchte nicht, daß du auf deinen Verdienst verzichtest.«

Sie klopfte den Staub von den Händen. »Bei dieser Hitze ist beim Festival nicht viel zu verpassen. Leute mit einem Sonnenstich sind nicht gerade die besten Trinkgeldgeber.« Ihr Tonfall wurde leise. »Außerdem bin nicht ich es, um die du dir Sorgen machen solltest.«

Deirdre sah in die Ecke, und Travis folgte ihrem Blick. Also hatte doch jemand den Saloon betreten. Travis seufzte, dann ging er auf den kleinen Tisch in der Ecke zu.

»Max, du solltest zu Hause sein. Was machst du hier?«

Max grinste sein Hundelächeln. »Ich war mir nicht sicher, ob du es allein schaffst, Travis. Also dachte ich mir, geh hin und vergewissere dich, daß alles in Ordnung geht.« Sein Gesicht verzog sich, er hielt sich das rechte Handgelenk. Die Hand war in einen weißen Verband gehüllt.

»Max ...«

»Schon gut, Travis. Wirklich.« Max nahm die Finger vom Gelenk. »Ich wollte bloß ... Ich wollte nicht allein zu Hause sitzen.«

Travis nickte. Wenn er allein war, hörte er die Worte des Verbrannten am deutlichsten. Aber der Schmerz, der seinem Partner in das sonst so fröhliche Gesicht geschrieben stand, machte ihm zu schaffen. Irgendwie hatte sich Max schlimm verbrannt, als er den Mann in Schwarz berührte. Als sie ihn endlich ins Castle County Krankenhaus gebracht hatten, war seine ganze Handfläche mit Brandblasen übersät gewesen. Jetzt lag eine feine Schweißschicht auf Max' Zügen, aber trotz der Hitze zitterte er. Er fieberte – er brauchte Ruhe.

Oder konnte man Max auf andere Weise helfen? Plötzlich fiel Travis etwas ein, aus dem eine Idee geboren wurde. Er sah wieder Melia vor sich, wie sie in eine Wolldecke gehüllt vor dem Trümmerhaufen hockte, der eben noch der Weiße Turm der Runenbinder gewesen war. Falken hatte einen Tee für sie gebraut, der das Zittern ihrer Glieder zum Abklingen gebracht hatte.

»Ich bin gleich wieder da«, sagte er zu Deirdre. »Ich habe … ich will etwas holen.«

Deirdre nickte. Max starrte bloß ins Leere.

Travis eilte ins Hinterzimmer, dann stieg er die steile Treppe zu seinem über dem Saloon liegenden Apartment hinauf. In dem langen schmalen Raum war es stickig; das Blechdach strahlte Hitze aus. Travis begab sich zu einer heruntergekommenen Kommode, lehnte sich dagegen und schob sie von der Wand fort. Er steckte einen Finger in das Astloch eines der Pinienbretter, aus denen die Wand bestand, dann zog er einen Teil des Bretts mit einem Ruck weg. Dahinter befand sich ein dunkles Loch.

Travis griff hinein und holte ein zusammengebundenes Bündel hervor. Er erhob sich, legte das Bündel auf dem Messingbett ab und entrollte es. Zum Vorschein kamen ein Paar schlammbespritzte Hosen, ein grünes, an einem halben Dutzend Stellen geflicktes Wams, ein silberfarbener Umhang und ein Stilett, in dessen Knauf ein blutroter Edelstein eingesetzt war. Travis strich über die abgetragenen Kleidungsstücke. Es schien ein Leben lang her zu sein, daß er sie getragen hatte, dabei waren es nur wenige Monate.

Er griff in die Tasche des Wamses und holte eine Handvoll Blätter hervor. Sie waren mittlerweile trocken und brüchig und wiesen ein dunkleres Grün auf als an dem Tag, an dem er sie im kühlen Schatten des tarrasischen Wegkreises gepflückt hatte, aber selbst jetzt, als sie zerbröselten, verströmten sie einen süßen und scharfen Geruch.

Travis nahm zwei der Blätter, schob die anderen zurück in die Wamstasche, rollte das Bündel zusammen und legte es in sein Versteck zurück. Dann ging er nach unten.

Deirdre saß auf einem Barhocker und spielte leise auf ihrer Mandoline. Max hockte noch immer in sich zusammengesunken und mit halb geschlossenen Augen am Tisch, allerdings war nicht ersichtlich, ob es die Musik oder der Schmerz war, die ihn dösen ließen. Travis ging zur Bar, zerbröselte die Blätter in einer Kaffeetasse und füllte sie mit heißem Wasser.

Deirdre schaute beim Spielen auf. »Ist es nicht etwas warm für Tee?«

»Das ist kein Tee. Jedenfalls kein richtiger Tee.«

Er ließ die Blätter eine Minute lang ziehen, dann brachte er seinem Partner die Tasse.

»He, Max. Ich habe hier was zum Trinken für dich.«

Max blinzelte, dann richtete sich sein Blick auf Travis. Er grinste, aber es sah nicht sehr überzeugend aus.

»Doktor Sullivan sagte, ich sollte keinen Alkohol trinken. Aber für einen Malt-Whiskey kann ich wohl eine Ausnahme machen.«

»Es ist kein Lagavulin, Max. Komm, trink.«

Mit langsamen, mühsamen Bewegungen nahm Max die Tasse und führte sie an die Lippen. Er nahm einen zögernden Schluck, und ein Ausdruck der Überraschung trat in sein Gesicht, dann trank er den Rest. Er stellte die Tasse ab. Dabei stahl sich ein Hauch von Farbe in seine Wangen, das Zittern nahm ab.

Er wischte sich mit der nicht verbundenen Hand über den Schnurrbart. »Danke, Travis. Ich fühle mich … besser.«

Travis nickte und nahm die Tasse. Der Knoten in seinem Magen hatte sich etwas gelockert. Max litt noch immer Schmerzen, aber zumindest hatten seine Augen diesen viel zu hellen Glanz verloren.

»Was war das?« fragte eine helle Stimme hinter ihm.

Travis drehte sich um. Er hatte gar nicht bemerkt, daß sie aufgehört hatte zu spielen.

»Nur ein paar Kräuter.«

Deirdre nahm die Tasse und roch daran. »Ich kenne mich etwas mit Kräutermedizin aus – mein Urgroßvater war ein Schamane –, aber diese Blätter sind mir unbekannt.« Sie schaute auf. »Wie heißen sie?«

»Das ist …« Er mußte sich auf die Zunge beißen, um das Wort *Alasai* nicht auszusprechen. Was sollte er Deirdre sagen, wenn sie ihn nach der Sprache fragte, aus der dieses Wort stammte? »Ich glaube, man nennt sie Grüner Zepter.«

»Wo kommen sie her?«

»Ich habe sie von Jack Graystone bekommen.«

Deirdre musterte ihn scharf, dann zuckte sie mit den Schultern und stellte die Tasse ab. Travis stieß leise die Luft zwischen den Zähnen aus.

»Ich kümmere mich mal um die Fässer«, sagte er.

Es ging langsam auf den Abend zu, als Sheriff-Deputy Jace Windom den Saloon betrat.

Entgegen Travis' Erwartungen waren im Verlauf des Tages etliche Ortsansässige und Stammgäste durch die Tür des Mine Shaft gekommen – obwohl die Kneipe nur halb so voll wie an einem normalen Abend war. Doch Travis war dankbar für jeden gewesen, der sich für einen Besuch entschlossen hatte, und er hätte gern alle auf Kosten des Hauses bewirtet, nur daß es keiner zuließ.

Jace tippte sich an die Hutkrempe, als sie an der Theke angelangt war. »'n Abend, Travis. Ich dachte mir, sieh mal rein und schau, wie das Geschäft läuft.«

Ihr Blick glitt zu einer Gestalt, die gebeugt in der Ecke saß, und Travis erkannte den wahren Grund ihres Besuchs. Wann würden Jace und Max sich entscheiden, ihm das zu sagen, was er schon längst wußte? Er verstand nicht, warum sie ihre Gefühle füreinander versteckten. Aber Geheimnisse waren seltsame Dinge, und die Gründe, aus denen Leute sie bewahrten, noch seltsamer.

Er schenkte der Polizistin eine Tasse heißen Kaffee ein. »Haben Sie etwas herausfinden können, Jace?«

Deputy Windom nahm einen großen Schluck und schüttelte dann den Kopf. »Niemand konnte den Fremden identifizieren. Und es war nicht viel übrig, mit dem die

Forensik hätte arbeiten können. Das ist ein Geheimnis, das wir vermutlich niemals lösen werden.« Sie stellte die Tasse ab. »Aber wenn Ihnen das hilft, meiner Meinung nach stand er bei seinem Eintreten unter dem Einfluß einer illegalen Droge. LSD. Heroin. Electria.«

Travis goß Kaffee nach. »Electria?«

Jace nickte. »Eine neue Designerdroge. Sie tauchte etwa vor einem Jahr an den Küsten auf und breitet sich seitdem immer weiter aus. Gibt dem Benutzer das Gefühl extremer Euphorie. Den Berichten zufolge kann sie auch das Gefühl von Unverwundbarkeit verleihen. Womit sich unser John Doe auch immer getränkt hat, ich wette, er war der festen Überzeugung, daß es ihm nichts tun würde.«

Travis fröstelte; schrille Worte hallten durch seine Erinnerung.

Am Ende wird uns alle das Feuer verschlingen …

Nein, Jace Windom hatte unrecht. Der Mann hatte gewußt, daß er brennen würde. Davon abgesehen konnte eine Droge nicht die eingeschmolzenen Fußabdrücke erklären.

Travis nahm eine Flasche Wasser aus dem Kühler und stellte sie vor Jace ab. »Würden Sie die hier Max bringen? Der Arzt sagt, er muß viel Flüssigkeit zu sich nehmen.«

Jace nahm die Flasche und ging auf die Ecke zu. Travis sah ihr nach, dann fiel sein Blick auf den dunklen Fleck am Boden.

»Der Mann, der sich als Brandopfer darbietet.«

Travis schaute auf. Deirdre trug nur ein weißes Top zu ihren schwarzen Jeans, aber ihre Haut glühte noch immer von der Hitze des Tages. Die Tätowierung auf ihrem Schlüsselbein funkelte wie Jade: eine Schlange, die ihren eigenen Schwanz fraß.

»Was?«

Sie erwiderte seinen Blick. »Das ist ein Archetyp, der in vielen verschiedenen Mythen und Kulturen auftaucht. Der Mann, der sich selbst verbrennt. Der Verbrannte Gott. Der Geopferte König. Immer wieder erzählen Mythen von Männern oder Frauen oder einem Gott, die von den Flammen verschlungen werden.«

Übelkeit stieg in Travis auf, aber er schluckte sie herunter. »Warum? Warum gibt es diese Geschichte so oft?«

»Das weiß ich auch nicht genau. Ich glaube, es hat etwas mit der Verwandlung zu tun. Es ist wie der Phönix oder Schiwa oder Christus.« Deirdre strich mit einem Finger über die tätowierte Schlange. »Man muß sterben, um etwas Neues zu werden.«

Travis sah wieder zu dem Brandfleck. »Aber um was zu werden?«

»Das ist deine Sache. Am Ende muß sich jeder von uns selbst entscheiden, was wir werden.«

Mit diesen Worten ergriff Deirdre ihre Mandoline und kehrte auf die kleine Bühne zurück, um den Saloon mit Musik zu erfüllen.

Travis seufzte, dann schnappte er sich ein Tablett und sammelte benutzte Biergläser ein. Eine Bewegung in der offenstehenden Eingangstür ließ ihn innehalten. Ein Wagen fuhr langsam am Saloon vorbei: ein schwarzer Wagen mit getönten Scheiben. Auf der Seite leuchtete ein grelles Firmenemblem – ein großes D, dessen Bogen von einer Mondsichel gebildet wurde. Travis las die danebenstehenden Worte:

Duratek. Welten voller Möglichkeiten,
ganz in ihrer Nähe.

Er erinnerte sich an den Werbespot voller lächelnder Menschen, der scheinbar nichts verkaufen wollte, und wieder rief der seltsame Slogan bei ihm ein Stirnrunzeln hervor. Er hatte sich stets auf das Gefühl unendlicher Möglichkeiten gefreut, das der Wind mitgebracht hatte. Aber manchmal konnten Möglichkeiten auch furchteinflößend sein.

Der Wagen fuhr die Elk Street entlang und schließlich außer Sicht, und Travis sammelte weiter leere Biergläser ein.

8

Deirdre Falling Hawk verließ das Silver Palace Hotel, und ihre schwarzen Motorradstiefel riefen auf den Planken des Gehsteigs den dumpfen Trommelschlag von Kriegstrommeln hervor.

Es war fast soweit.

Sie warf sich die schwarze Lederjacke über die Schulter und musterte die leere Elk Street. Es war früh am Tag, der Himmel hatte die Farbe einer stumpfen Stahlschüssel. Aber die Kühle der Morgendämmerung ließ bereits nach. Im Augenblick fühlte sie sich in ihrem weißen Top und den schwarzen Jeans sehr wohl. In einer Stunde, höchstens zwei, würde sie schwitzen.

Deirdre schob eine Hand in die Tasche und fühlte die kleine Karte, die sie in der vergangenen Nacht in ihrem Nachrichtenfach im Hotel gefunden hatte. Eile war gefragt. Trotzdem gönnte sie sich einen Augenblick und lehnte sich auf das Gehsteiggeländer und begrüßte den Tag. In der Eile und Hektik ihres Lebens vergaßen die Leute viel zu oft, für eine Minute innezuhalten und ein Gebet zu sagen oder über eine große Frage nachzusinnen. Oder sich einfach nur die Welt anzusehen. Aber ganz egal, wie dringlich die Dinge auch wurden, sie vergaß nie, sich einen Augenblick für sich selbst zu stehlen. Soweit es Deirdre betraf, konnte der Welt eine kleine Zeremonie nicht schaden.

Sie schaute nach vorn und ließ zu, daß sie einen Augenblick einfach nur *war.* Henna hatte das Feuer aus der Tiefe ihres kurzgeschnittenen Haars zum Vorschein gebracht, und ihre einzige Konzession an Make-up war der schwarze Lidschatten, der ihre rauchgrünen Augen betonte. An einem Ohr baumelte ein Kreuz, am anderen ein Ankh. In der Mulde ihrer Kehle ruhte eine gelbe Bärenkralle, die ihr ihr Urgroßvater an seinem Todestag gegeben hatte.

Bär wird dir Stärke verleihen, meine Kleine. Vergiß ihn nicht, wenn du allein und voller Angst bist.

Sie fuhr mit dem Finger über die Kralle und lächelte. In ihren Adern floß das Blut dreier Indianervölker, und sie konnte ihre Abstammung bis zu dem legendären Helden CuChulainn zurückverfolgen – zumindest hatte das ihre irische Großmutter behauptet. Aber sie stellte mehr dar, als ihre Herkunft ausmachte. Sie wurde durch den Ort definiert, an dem sie sich aufhielt, und dadurch, wo sie ihr Weg hinführte. Und sie hatte jetzt einen neuen Stamm.

Deirdre trat auf die Straße; ihre Harley parkte um die Ecke. Es war angenehm, das Motorrad draußen stehenlassen zu können, ohne sich darum Sorgen machen zu müssen. Nicht wie in Paris oder Athen. Definitiv nicht wie in London. Sie schwang sich auf ihre Maschine, startete sie und lenkte sie auf die Straße, alles in einer nahtlosen Bewegung. Ein Helm wäre eine gute Idee gewesen; für gewöhnlich trug sie einen. Aber nicht hier, nicht heute. Heute mußte sie den Wind spüren, der mit seinen Fingern durch ihr Haar fuhr. Liebhaber waren schön und gut, ihre Liebkosungen süß, aber der Wind würde einen nie verlassen.

Falsche Häuserfassaden rasten an ihr vorbei, dann lagen die Stadt hinter und nur noch die zweispurige Straße und die Berge vor ihr. Deirdre ließ die letzten Jahre Revue passieren. Seit ihrem letzten Aufenthalt in Castle City war sie viel gereist, und sie hatte große Wunder gesehen. Sie war durch die Katakomben unter dem Tower von London geschlichen. Sie hatte in der steinernen Gesellschaft der Wasserspeier von Notre-Dame meditiert. Sie war die Dschungelpyramiden von Tikal emporgeklettert, hatte klein und staunend unter der Kuppel der Hagia Sophia gestanden und in von Stille erfüllten ägyptischen Grüften in unsterbliche Augen geblickt.

Doch trotz all der Dinge, die sie gesehen hatte, hatte nichts in ihr die gleiche Ehrfurcht hervorgerufen wie die Berge Colorados. Ihre Schönheit war nicht menschlich – limitiert und vergänglich, von sterblichen und unvollkommenen Händen geformt. Die Berge waren groß und uralt, und sie brauchten keine Menschen. Trotzdem gingen sie großzügig mit ihrer Pracht um. Auf all ihren Reisen war ihr kein Anblick begegnet, der ihr solche Lieder schenkte wie die Berge. Es war gut, wieder zurück zu sein, und wenn es auch nur für eine kurze Weile war.

Deirdre fuhr ein Stück flache Straße entlang. Voraus wuchs ein rostiger Fleck schnell zu einem Wagen heran – einem mitgenommenen Volvo mit zerbeulten Stoßstangen. Im Inneren beugte sich der Schatten eines Fahrers über das Lenkrad. Als Deirdre sowohl Fahrer wie auch Wagen erkannte, waren sie schon lange vorbei. Sie warf einen Blick zurück über die Schulter. Der Volvo verringerte die Geschwindigkeit, dann bog er von dem Highway auf einen staubigen Weg ab. Der Wagen verschwand hinter einem Hügel und ließ nur eine Staubwolke zurück, die wie Rauch in den matten Morgenhimmel emporstieg.

Was hatte Max Byfield zu solch früher Stunde hier zu suchen? Er hätte zu Hause sein und sich erholen sollen. In den letzten Tagen war seine verbrannte Hand anscheinend schlimmer statt besser geworden. Deirdre hoffte, daß mit Travis alles in Ordnung war; Schmerz konnte die Menschen zu seltsamen Dingen anstiften. Sie entschied sich beinahe, ihm zu folgen, aber sie hatte andere Pflichten, die sie riefen.

Sie schaute gerade wieder rechtzeitig nach vorn, um sich in eine scharfe Kurve zu lehnen. Der Talboden blieb zurück, und der Highway führte sie in einen kurvenreichen Canyon. Am vergangenen Abend hatte sie Travis gesagt, daß sie heute nicht in den Saloon käme, sondern zum Mittelalter-Festival führe. Und vielleicht würde sie ihm später auch einen Besuch abstatten, damit ihre Worte nicht zu Lügen wurden und wie verfluchte Pfeile nicht zu ihr zurückflogen. Aber jetzt würde sie nicht zum Festival fahren.

Der Canyon öffnete sich, und die zweispurige Asphaltstrecke ging in eine Brücke über. Deirdre bog auf den Seitenstreifen ab und hielt die Harley an. Vor Jahren war dies ihr Lieblingsplatz gewesen, wenn sie mal einen Augenblick lang für sich sein wollte. Sie hoffte, daß er ihr das jetzt wieder bieten würde.

Sie zog etwas aus den Satteltaschen der Harley, dann ging sie zum Ende des Seitenstreifens und schaute den aus Felsblöcken bestehenden Abhang hinunter. Ihrer Erinnerung zufolge schoß der Granite Creek über diese Steine, weil er es eilig hatte, den Ozean zu erreichen. Jetzt suchte sich ein Rinnsal seinen Weg vorbei an den Felsen, Wolken von Moskitos summten über Tümpeln aus stehendem Wasser. Trotzdem verströmten die schlanken Espen zu beiden Seiten des Flußbetts Schönheit. Deirdre blickte nach oben, vergewisserte sich, daß sie freien Zugang auf den südöstlichen Himmel hatte, hob den Gegenstand in ihrer Hand – ein schmales Handy – und ließ ihn aufschnellen.

Sie berührte eine Taste und hielt das Handy ans Ohr. Drei Sekunden später antwortete eine Stimme aus einem anderen Teil der Welt.

»Ich habe den Kontakt hergestellt«, sagte sie.

Die Stimme sagte mehrere mit Bedacht gewählte Worte. Deirdre verspürte ein Frösteln, dann nickte sie langsam.

»Ja, ich schätze, das ist es. Eine Begegnung der Klasse Eins. Wenn Sie recht haben.«

Die Stimme wurde schärfer.

Deirdre zuckte zusammen, befeuchtete die Lippen und zwang sich zu einem neutralen Tonfall. »Dazu bin ich hier, um es zu bestätigen.«

Eine Frage. Sie fuhr sich mit der Hand durch das kurze Haar. Hoch oben am Himmel drehte ein Falke seine Runden.

»Nein, ich habe nichts verifizieren können. Noch nicht.

Aber da war etwas – Heilkräuter. Er hat sie benutzt, um für seinen Partner einen schmerzlindernden Tee zu machen. Ich kenne mich gut mit Heilkräutern aus, aber diese Pflanze war mir unbekannt.« Sie nickte. »Ja, ich habe etwas von den aufgebrühten Blättern retten können. Ich habe die Probe bereits per Kurier zum Mutterhaus nach London für Tests gesandt. Sie müßte heute ankommen.«

Sie hörte noch ein paar Sekunden lang zu – der Plan hatte sich nicht geändert. Die Stimme fing an, zum Ende zu kommen.

»Warten Sie. Da ist noch etwas. Es gab da einen … Zwischenfall in seinem Laden. Plötzliche Selbstentzündung. Vor vier Tagen. Das Opfer konnte nicht identifiziert werden, aber es war ein Fall wie aus dem Lehrbuch. Ich glaube, er könnte mit den anderen zu tun haben.«

Sie lauschte, nickte. »Ja, das ist es. Aber ich habe die Gelegenheit zu weiteren Beobachtungen. Ich habe ihm geholfen, den Saloon nach dem Zwischenfall wieder zu eröffnen, und er rechnet damit, daß ich zurückkomme.«

Eine weitere Frage, und diesmal war es Deirdres Stimme, die einen Hauch von Ärger verriet.

»Nein, ich habe das Dritte Desiderat nicht vergessen, genausowenig wie den Schwur, was das angeht. Ich habe beobachtet oder das getan, was eine alte Freundin tun würde, und das war's.«

Weitere Worte aus dem Funktelefon. Sie waren nicht versöhnlich. Deirdre zwang sich dazu, ganz ruhig weiterzuatmen.

»Wenn Sie das für klug halten.«

Es klickte, dann war die Verbindung zu Ende. Deirdre

drückte eine Taste und senkte das Handy. Also hatte es angefangen. Jetzt gab es kein Zurück mehr. Sie konnte nur hoffen, daß sie das Richtige tat.

Aber es ist das richtige, Deirdre, das weißt du doch genau. Du hast es gewußt, als du in London den Schwur ablegtest. Beobachten – Glauben – Warten. So muß es sein.

Deirdre seufzte. Wenn sie sich beeilte, konnte sie noch immer zur Öffnungszeit vor den Toren des Mittelalter-Festivals stehen und verhindern, daß sie zur Lügnerin wurde. Sie drehte sich um, um zum Motorrad zu gehen …

… und blieb wie angewurzelt stehen.

»Hallo«, sagte das Kind.

Seine Stimme war hoch und hell, reines Silber, das gegen Porzellan schlug. Deirdre blinzelte, ihr Mund stand offen. Das Mädchen schien acht oder neun Jahre alt zu sein, sein dunkles Haar war aus dem Engelsgesicht gekämmt. Es trug ein altmodisches schwarzes Wollkleid und gleichermaßen altmodische, zugeknöpfte Schuhe.

Deirdre schaute nach oben. Ihre Harley war weit und breit das einzige Fahrzeug. Aber wie war die Kleine hergekommen? Wie hatte sie über zehn Meter Kies herankommen können, ohne ein Geräusch zu verursachen? Und was wollte sie?

»Beobachten«, sagte das Mädchen. »Glauben. Warten.«

Deirdre holte zischend Luft. Aber die Kleine hatte lediglich ihre Unterhaltung belauscht, das war alles. Deirdre mußte die Worte laut gesagt haben.

»Hast du dich verirrt?« fragte sie.

»Nein«, erwiderte das Mädchen mit seiner lispelnden Stimme. »Und du?«

Instinkt ließ Deirdres Nackenhärchen sich aufstellen. Geschichten spukten ihr durch den Kopf, die ihr Urgroßvater ihr am Lagerfeuer erzählt hatte – Geister, die Felsen heimsuchten; Schatten, die aus Bäumen sprachen. Die Sonne war über den Canyonrand gestiegen, aber das Zwielicht klammerte sich am Kleid des Mädchens fest.

»Ich verstehe nicht«, sagte Deirdre.

Violette Augen fixierten sie. »Suche sie auf deiner Reise.«

Unwillkürlich ging Deirdre in die Hocke, um auf Augenhöhe mit dem Mädchen zu sprechen. »Wovon sprichst du? Was soll ich suchen?«

»Feuer und Staunen«, flüsterte das Mädchen.

Ein schriller Schrei zerriß die Luft, und Deirdre schaute auf. Der Falke mit den ausgebreiteten, rotspitzigen Schwingen war tiefer gekreist, und Deirdre sah in kleine, helle Augen. Er stieg auf einer Luftsäule wieder in die Höhe, wurde am blauen Himmel kleiner und verschwand.

Deirdre schaute wieder nach unten, aber da wußte sie bereits, daß das Mädchen weg sein würde. Zumindest soviel hatten ihr die Geschichten ihres Großvaters beigebracht.

9

Die Sonne brach am scharfen Gipfel des Castle Peak wie eine Blase auf, Scharlachrot ergoß sich ins Tal. Der Tag war fast zu Ende. Sein Tod würde nur Erleichterung bringen.

Ein paar Ortsansässige und einige wenige Touristen passierten Travis auf seinem Weg die Elk Street entlang. Zu dieser Jahreszeit hätte Castle City eigentlich voller Leben sein müssen, aber die gewöhnliche Urlauberflut war unter der Sommerhitze genau wie der Granite Creek zu einem Rinnsal verdunstet. Travis hatte bis jetzt nicht mal den Saloon geöffnet. Es gab keinen Grund zur Eile. Die paar Gäste, mit denen man rechnen mußte, würden erst nach Sonnenuntergang kommen, wenn es kühler im Tal geworden war – wenn auch nur einen Hauch. Er würde bis dahin warten.

Darüber hinaus waren weder Max noch Deirdre im Saloon. Deirdre hatte ihm vergangene Nacht gesagt, sie würde den ganzen Tag beim Mittelalter-Festival spielen, und er hatte sich den ganzen Nachmittag über vorgestellt, wie rotgesichtige Leute aus Denver unter dem gleißenden Schein der Hochgebirgssonne heiße Zinndrachen kauften und an fettigen Truthahnbeinen kauten. Es schien weniger Unterhaltung zu versprechen als vielmehr eine gute Möglichkeit, sich einen Sonnenstich zu holen. Er hoffte, daß die Bardin Glück hatte.

Was nun Max betraf – Travis war auf dem Weg in die

Stadt bei seiner Wohnung vorbeigekommen, aber sie war dunkel und verlassen und der Volvo weg gewesen. Aus irgendeinem Beweggrund war Travis aus seinem Wagen ausgestiegen, um durch das Vorderfenster in das Apartment zu sehen. Die Vorhänge waren zugezogen, aber durch einen Spalt hatte er einen Blick auf Haufen aus zerknitterter Wäsche, Zeitungen und schmutzigem Geschirr werfen können. Zuerst hatte er geglaubt, in das falsche Apartment gesehen zu haben – seiner Erfahrung nach grenzte Max' Ordnungsliebe ans Krankhafte –, dann überprüfte er die Nummer. Er hatte keinen Fehler begangen.

Auf dem Rückweg zum Pickup war sein Blick zufällig auf etwas Schimmerndes gefallen, das sich zwischen vertrockneten Sträuchern befand. Es handelte sich um ein Stück Hochglanzpapier, vermutlich von einer Broschüre. Allerdings konnte Travis nur Fragmente von hyperrealen Bildern ausmachen, also war es unmöglich zu sagen, was sie verkaufen wollte. Er hatte mit den Schultern gezuckt, das Papier in die Tasche geschoben und war wieder in seinen Wagen gestiegen.

Er hatte gehofft, Max im Mine Shaft zu finden, aber sein Partner war auch nicht im Saloon gewesen. Jetzt stieg langsam ein übelkeiterregendes Gefühl in ihm auf. Er biß die Zähne zusammen und schluckte es herunter.

Natürlich ist mit Max alles in Ordnung. Es ist bloß eine Verbrennung, Travis, das ist alles. Und es steckt kein Geheimnis dahinter, daß seine Wohnung ein Schweinestall ist – ich bin sicher, mit nur einer Hand läßt es sich viel schwieriger zwanghaft sein.

Travis überquerte die Elk Street und hielt auf McKay's General Store zu. In seiner Gesäßtasche steckten die Türangeln, die er vor vier Tagen – waren es wirklich erst vier Tage? – gekauft hatte. Er mußte sie umtauschen. Sie paßten nicht.

Als er wieder den Gehsteig betrat, fiel ihm ein schwarzer Wagen auf, der vor McKay's parkte. Er blieb stehen. Das konnte dasselbe Fahrzeug sein, das er letztens am Saloon hatte vorbeifahren gesehen. Oder es war nur ein identisches Modell. Das war unmöglich zu sagen. Die glänzende Lackierung war makellos, und die getönten Scheiben waren so undurchdringlich wie die Mitternacht. Das Emblem mit der Mondsichel auf der Seitentür leuchtete im feurigen Licht des Sonnenuntergangs scharlachrot.

Ein Cowboy von der Dude Ranch eilte an Travis vorbei; er blinzelte, und ihm wurde bewußt, daß er den Wagen angestarrt hatte. Er betrat McKay's General Store durch die quietschende Seitentür.

McKay's hatte seine Türen in den 1890ern eröffnet und seitdem nie wieder geschlossen, wenn man mal von Feiertagen und der Depression absah. Ian McKay, der Sohn des ursprünglichen Besitzers, hatte den Laden in den vierziger Jahren verkauft, aber vor etwa zehn Jahren war seine Enkelin Onica McKay auf einer Forschungsreise zum Zweck der Vervollständigung ihres Stammbaums nach Castle City zurückgekehrt, hatte sich von dem Zauber des Tals einfangen lassen und den Laden gekauft, den ihr Urgroßvater gebaut hatte.

Der Laden hatte sich im Laufe der Jahre nur wenig

verändert. Die gigantischen Discountmärkte hatten sich in anderen Bergstädten breitgemacht und McKay's mit seinem Dach aus Zinnplatten und dem großen Schaufenster auf der Vorderseite verschont. Die hohen Regale waren genauso mit Waren vollgestopft wie in den Tagen des nachlassenden Silberrauschs – obwohl man auf ihnen heutzutage eher Knoblauchpressen und Dosen mit indischem Curry fand als Spitzhacken und Flaschen mit Quecksilber.

Travis atmete die staubige, würzige Luft ein, und der Duft der Geschichte ließ ihn lächeln. Wenigstens gab es noch ein paar Dinge, auf die er sich verlassen konnte. Er ging zur Nische mit den Haushaltsartikeln, fand ein neues Paar Türangeln und begab sich zur Vorderseite des Ladens.

Helles Glockengeläut hallte durch die Luft.

Entsetzen ließ Travis erstarren. Er hatte schon einmal in Castle City eine derartige Melodie gehört. Damals, als alles angefangen hatte, sich …

»Danke, daß Sie sich für McKay's entschieden haben«, sagte eine singsang-ähnliche Stimme.

Ein Mann mit einer Einkaufstüte aus Plastik kam um die Ecke gebogen, lächelte Travis an und ging auf den Seiteneingang des Ladens zu. Travis trat um die Ecke und sah den Verursacher des Lautes.

Die antike Messingkasse, die McKay's Theke seit undenkbaren Zeiten dominiert hatte, war verschwunden. An ihrer Stelle duckte sich ein niedriger, aerodynamischer Gegenstand aus schwarzem Kunststoff. Wieder erklang das Gebimmel, und Travis erkannte, daß es sich nicht um Glocken handelte. Der Laut hatte die harte, perfekte Klarheit, die nur von einem elektronischen Chip stammen konnte.

Eine Kundin wartete an der Theke. Waunita Lost Owl stand auf der anderen Seite. Ihr schwarzweißes Haar war zu einem dicken Zopf geflochten, und sie trug Jeans und ein Hemd mit geometrischen Mustern. Vor ihren ruhigen braunen Augen saß eine Brille mit dicken Gläsern.

Im ersten Augenblick glaubte Travis, daß Waunita die Einkäufe der jungen Frau zusammenaddierte, aber dann war er sich dessen nicht mehr so sicher. Waunita berührte jede Ware flüchtig, und als sie damit dann fertig war, berührte sie den schwarzen Gegenstand auf der Theke. Ein schwacher Glanz tauchte ihre strengen Züge in sein kühles Licht, und wieder ertönte das Bimmeln.

»Siebzehn zweiunddreißig«, sagte Waunita.

Also hatte sie doch alles zusammengerechnet.

Die junge Frau streckte eine Kreditkarte aus. Waunita nahm sie und führte sie über den keilförmigen Gegenstand, ohne ihn zu berühren. Ein erneutes Bimmeln. Waunita gab die Karte zurück, packte die Waren in eine Plastiktüte und nickte, als die junge Frau ging.

»Brauchen Sie Hilfe, Travis?«

Er schüttelte den Kopf – er hatte schon wieder gestarrt. Er eilte zur Theke und legte die Türangeln hin.

»Hallo, Waunita. Ich muß die hier umtauschen.«

Sie nickte und berührte die Türangeln – nein, das stimmte so nicht. Sie berührte das metallische Preisschild, das an jeder Angel befestigt war.

Travis sah stirnrunzelnd zu. »Was ist aus der alten Registrierkasse geworden?«

»Das hier ist besser.«

Zum ersten Mal fiel ihm auf, daß sie am Handgelenk eine Art schwarzes Armband trug, das aus Nylon und Velcro bestand. An seiner Unterseite befand sich ein kleines schwarzes Kästchen. Waunita berührte die Haupteinheit auf der Theke. Es bimmelte, und zur gleichen Zeit blitzte eine kleine LED-Anzeige auf dem Armband auf.

Travis' Stirnrunzeln vertiefte sich.

»Es benutzt meinen Körper als Draht«, sagte sie.

»Was meinen Sie?«

»Wenn ich Dinge berühre, erinnert sich das hier daran.« Sie strich über das an dem Armband befestigte Kästchen, dann zeigte sie auf die Einheit auf der Theke. »Und wenn ich das da berühre, hört es durch meinen Körper zu und erfährt, welche Dinge ich berühre. Dann zählt es sie zusammen.«

Travis dämmerte es. Er erinnerte sich, an einem ruhigen Abend vor ein paar Monaten mit Max im Saloon gesessen und im Fernsehen den Wissenschaftskanal gesehen zu haben. Die Sendung hatte neue Technologien zum Thema gehabt. Bei einer war es um ein Gerät gegangen, das statt einem Kabel den menschlichen Körper als Datenträger benutzte. Die monotone Stimme des Moderators hatte sie Personal Area Networks – PANs – genannt. Aber die Prototypen waren groß und sperrig gewesen. Im Vergleich zu dem schlanken, eleganten Gerät, das Waunita trug, hatten sie wie etwas aus einem

Wissenschaftswettbewerb an der High School ausgesehen.

»Sie machen tolle Dinge«, sagte Waunita.

Er schüttelte den Kopf. »Was meinen Sie, Waunita? Wer hat das eingebaut?«

Sie griff unter die Theke, holte eine Broschüre hervor und gab sie ihm.

»Vielleicht können die Ihnen auch helfen, Travis.«

Er sah auf die Broschüre und hätte beinahe gelacht. Vielleicht hätte es ihn überraschen sollen, das große D und die Mondsichel zu sehen, aber das tat es nicht. Duratek. Das also taten sie – das war eine der Möglichkeiten, mit denen sie Werbung machten.

»Mrs. McKay war besorgt«, sagte Waunita. »Aber jetzt ist sie immer voller Optimismus. Sie sagt, so gut wären die Dinge schon seit vielen Jahren nicht mehr gelaufen. Sie bezahlt mir mehr.«

Travis sah aus dem Schaufenster. Im Zwielicht trieb Abfall dreckigen Tumbleweeds gleich die Elk Street entlang. Nein, Waunita irrte sich. Die Dinge standen nicht gut – nicht im mindesten. Wer waren diese Leute? Was wußten sie über echte Möglichkeiten? Sein Blick fiel auf die Mondsichel auf der Broschüre. Schon einmal hatte er ein Symbol in der ganzen Stadt gesehen, bevor sich alles veränderte. Travis knüllte die Broschüre zusammen, schob sie in die Tasche und drehte sich um, um den Laden zu verlassen.

»Travis? Sie haben Ihre Türangeln vergessen.«

Er nahm kaum wahr, daß Waunita ihm die Plastiktüte in die Hand drückte, dann trat er durch die Vordertür in das heiße Zwielicht. Er blickte in beide Richtungen und hielt nach dem schwarzen Wagen Ausschau, dazu bereit, sich diesen Leuten zu stellen, sie zu fragen, für wen sie sich hielten, daß sie herkamen und die Dinge veränderten.

Die Straße lag verlassen da, der Wagen war verschwunden. Travis seufzte und ging zurück, um den Saloon zu öffnen.

10

Max rief eine Viertelstunde vor Mitternacht im Mine Shaft an.

Travis nahm hinter der Bar den Hörer ab. »Max? Max? Bist du das?«

Ein digitales Zischen erklang und verwandelte sich in Worte. »… natürlich bin ich das, Travis.« Die Stimme klang dünn und metallisch, als würde Max durch ein langes Stahlrohr sprechen.

Travis drehte sich um, um das leise Gemurmel der Unterhaltungen auszusperren. Zu seinem Erstaunen hatten bei seiner Rückkehr von McKay's Leute vor dem Mine Shaft gewartet. Jetzt war der Saloon weit über die Hälfte gefüllt. Manchmal waren die Menschen freundlich. Zu freundlich. Er hatte einen Teppich über den Brandfleck auf dem Boden gelegt, aber er konnte den Brandgestank noch immer riechen.

»Max, ich …« Er senkte die Stimme. »Ich war etwas besorgt, als ich heute nichts von dir gehört habe.«

»Travis, du machst dir Sorgen, wenn sich eine der Daughters of the Frontier beim Öffnen einer Bierflasche einen falschen Nagel abreißt.«

Unwillkürlich mußte Travis lachen. Das war Max, wie er leibte und lebte, selbst wenn die Stimme eine schlechte Silikonkopie war. »Wo bist du? Ich … bist du zu Hause?«

Statisches Rauschen. Dann: »… fühle mich großartig, Travis. Jeden Tag besser. Ehrlich, das ist mein Ernst.«

Er hätte Max glauben sollen. Aber es fiel schwer, das fiebrige Leuchten in seinen Augen zu vergessen. Er befeuchtete sich die trockenen Lippen. »Hast du in letzter Zeit Deputy Windom gesehen?«

Ein leises Summen, gefolgt von Stille.

»Max? Bist du …?«

»Ja. Ja, ich sah …«

Ein anderer Laut schnitt Max' Stimme ab – ein so durchdringendes Jaulen, daß Travis den Hörer wegreißen mußte aus Furcht, ihm würde sonst der Schädel zerplatzen.

»Max? Max, bist du noch dran? Was war das?«

Statisches Rauschen verschmolz zu einer leisen Stimme. »Ich muß los, Travis.«

»Warte … Kommst du morgen in den Saloon?«

»Vielleicht. Ich weiß es noch nicht. Aber ich sehe dich bald, Travis. Versprochen.«

Travis hielt den Hörer fester, als würde das seinen Freund veranlassen, länger in der Leitung zu bleiben. »Max, verrat mir doch bloß …«

Dieses Mal wurde das Zischen vom monotonen Summen des Wähltons ersetzt. Travis legte auf.

Erst als Molly Nakamura ihn um einen frischen Chai bat, wurde ihm bewußt, daß er das Telefon anstarrte. Er bereitete eine Tasse des würzigen Tees zu und schob sie ihr hin. Sie nickte ernst, dann kehrte sie zu dem Tisch zurück, an dem sie ihren improvisierten Origami-Unterricht abhielt.

Travis drehte sich um, um schmutzige Gläser von einem Tablett zu nehmen. Da fiel sein Blick auf einen

Gegenstand auf der Bar. Er nahm ihn und setzte ihn sich auf die Handfläche. Von einem schwarzen Körper breiteten sich Papierschwingen aus, ein scharfer Schnabel krümmte sich nach vorn. Obwohl Travis schwitzte, durchfuhr ihn ein kalter Schauder.

Es war ein Geschenk, Travis. Molly kann es nicht gewußt haben. Auf dieser Welt ist es bloß ein Vogel …

Er stellte den Origami-Raben wieder auf der Theke ab. Vielleicht würde sie ja glauben, er hätte ihn nicht gesehen.

Zwei Stunden später torkelte der letzte der Cowboys aus dem Saloon. Travis stellte die Stühle hoch und fegte den Boden. Er wünschte sich, Deirdre wäre da. Nicht, um ihm bei der Arbeit zu helfen, sondern um ihm Gesellschaft zu leisten und vielleicht ein leises Lied auf der Mandoline zu spielen. Er beendete die restliche Arbeit in Stille.

Es war spät. Zeit, die Tür abzuschließen, nach oben zu gehen und zu versuchen zu schlafen. Travis nahm die Schlüssel von dem Haken hinter der Bar, dann hielt er inne. Er ließ den Blick durch den Saloon schweifen. Alles hätte warm und vertraut sein sollen. Statt dessen sah es aus wie eine fremde Landschaft. Nichts stimmte mehr. Die Hitze, die Stadt, Max. Was geschah mit Castle City?

Was ist mit dir geschehen, Travis?

Er war sich nicht sicher, ob die Stimme in seinen Gedanken seine eigene war oder doch die *andere*, die Stimme, die ihm Dinge verriet, die sich wie Jack anhörte. Aber diese Stimme hatte seit seiner Rückkehr zur Erde nicht mehr mit ihm gesprochen. Woher sie auch kam, in den Worten der Stimme lag eine gewisse Wahrheit.

Vielleicht hat sich Castle City ja gar nicht verändert, Travis. Vielleicht hast du dich verändert.

Trotzdem, irgend etwas stimmte nicht. Travis war sich nicht sicher, was es war, aber es hatte etwas mit dem Wetter zu tun und dem Mann in Schwarz und dem Firmenzeichen mit der Mondsichel. Aber wie paßte das alles zusammen?

Er schüttelte den Kopf. Schon einmal hatte er sich gefragt, wo er Antworten auf seine unmöglichen Fragen herbekommen sollte. Aber diesmal leuchtete vor ihm kein altmodisches Zelt eines Wiederauferstehungspredigers in der Nacht.

Vielleicht können die Ihnen auch helfen ...

Oder gab es doch einen Ort, wo er Antworten finden würde? Er faßte in die Tasche seiner Jeans und holte die zerknüllte Broschüre hervor. Die Mondsichel leuchtete im Licht der Neonlampen über der Bar. Duratek. Was konnten sie für ihn tun? Welche Veränderungen würden sie möglicherweise in sein Leben bringen? Er zögerte, dann öffnete er die Broschüre.

Ein neuer Schock durchfuhr ihn, als wäre sein Körper ein Draht geworden. Ihm präsentierte sich ein Mosaik aus strahlend hellen Bildern, die lachende Menschen und zu real wirkende Landschaften darstellten. Er schob die Hand erneut in die Tasche, diesmal nur tiefer. Er brachte den kleinen Papierfetzen zum Vorschein, den er vor Max' Apartment gefunden hatte. Er mußte ihn nicht auf die Broschüre legen, um zu wissen, daß er paßte.

»Was tust du, Max?« flüsterte er. »Was tust du da?«

Travis faltete die Broschüre und den Fetzen zusammen, dachte kurz nach und nahm dann den Origami-Raben – niemand hatte ihn von seinem Platz auf der Theke genommen –, drückte ihn flach zusammen und schob ihn ebenfalls in die Broschüre. Er schob das Papierbündel in die Tasche, nahm die Schlüssel und ging zur Tür.

Hinterher konnte Travis nicht mehr mit Sicherheit sagen, was ihn hatte verharren lassen, als er den Schlüssel ins Schloß schob, was ihn den Türknopf drehen, die Eingangstür öffnen und in die Dunkelheit hinaustreten ließ. Manchmal zieht einen das Schicksal an. Manchmal auch die Gefahr.

Das onyxfarbene Fahrzeug verschmolz nahtlos mit der Nacht. Nur das kühle Leuchten des sich auf dem Glanzlack widerspiegelnden Sternenlichts verriet seine Anwesenheit. Travis konnte mühsam den fahlen Schwung einer Mondsichel ausmachen, die viel zu niedrig hing, um sich am Himmel befinden zu können.

Er trat an den Rand des Gehsteigs. Der dumpfe Schlag einer sich schließenden Autotür ertönte, dann das Knirschen von Schuhen auf Kies. Der Mann trat aus den Schatten in den Lichtkreis am Eingang des Saloons.

»Ich habe darauf gewartet, mit Ihnen sprechen zu können«, sagte der Mann.

Travis ergriff das Geländer des Gehsteigs. Er verspürte weniger Überraschung als vielmehr Entsetzen. »Wer sind Sie?«

Der Mann lächelte, aber es war ein verstohlener Ausdruck, so als wäre er allein für ihn selbst bestimmt. Er war klein und sah gut aus: blondes Haar und gestutzter Spitzbart, breite Schultern unter einem dunklen Seidenhemd, schmale Hüften in Jeans. Die Augen hinter der Nickelbrille, die Travis' bis ins Detail ähnelte, waren blau.

»Welten voller Möglichkeiten«, sagte der Mann. »Ganz in ihrer Nähe.«

Travis schüttelte den Kopf. »Aber was soll das bedeuten? Was verkaufen Sie?«

»Alles. Haben Sie unsere Werbespots nicht gesehen?« Sein Lachen war großartig – leise und einladend. »Aber natürlich haben Sie das. Sie sind schwer zu übersehen. Was Menschen sich auch immer wünschen, was auch immer sie brauchen, wozu sie zuviel Angst haben, um auch nur davon zu träumen – wir verkaufen es.«

»Möglichkeiten«, murmelte Travis.

»Welten voller Möglichkeiten.« Der Mann verstummte. »Nun, was das angeht, wissen Sie ja über andere Welten Bescheid, nicht wahr, Mr. Wilder?«

Die Nacht war völlig still. Travis schwitzte. Was hatte er erwartet, daß der andere sagen würde?

Der Mann trat von seinem Fahrzeug weg und bewegte sich auf den Gehsteig zu. Die blauen Augen hinter der Nickelbrille blickten ernst.

»Wissen Sie, was das bedeutet, Mr. Wilder? Begreifen Sie die Implikationen Ihrer Entdeckung? Was es für diese Welt bedeutet, für uns alle hier bedeutet?«

Travis' Mund war staubtrocken. Es war schwer, die Worte zu formen, und als er es tat, waren sie völlig inhaltsleer. »Ich weiß nicht, wovon Sie sprechen.«

Diesmal verwandelte sich das Lächeln in ein hämisches Grinsen. »Im Gegenteil, Sie wissen es besser als sonst jemand, Mr. Wilder. Sie haben selbst gesehen, was eine andere Welt zu bieten hat.«

»Was meinen Sie damit?«

Der Mann kam näher. »Sie verstehen es wirklich nicht, nicht wahr? Das ist eine Ironie. Sie waren da, aber Sie begreifen es nicht.« Er zuckte mit den Schultern. »Betrachten Sie es einmal auf diese Weise. Was, glauben Sie, haben die Wikinger gedacht, als ihre Drachenschiffe an der kargen Küste Grönlands landeten? Was hat Christopher Columbus gedacht, als er erkannte, daß die vielen Inseln, die er fand, nicht einmal in der Nähe Indiens lagen? Was, glauben Sie, ging jenen Männern und Frauen durch den Kopf, die über den riesigen Ozean segelten, um sich in Jamestown niederzulassen?«

Travis konnte ihn bloß anstarren.

Der Mann breitete die Hände aus. »Eine neue Welt, Mr. Wilder. Davon rede ich. Die ganze Menschheitsgeschichte kann man als lange Abschnitte bedeutungslosen statischen Rauschens bezeichnen, das von der Entdeckung neuer Welten durchbrochen wurde. Heutzutage glauben die meisten Menschen, daß es keine neuen Welten mehr zu entdecken gibt, zumindest nicht ohne vorher ein paar hundert Jahre in einem Raumschiff verbracht zu haben.« Er legte die Hände aneinander. »Aber Sie und ich, wir wissen, daß das nicht stimmt.«

»Lassen Sie mich in Ruhe«, sagte Travis.

Der Mann hatte den Rand des Gehsteigs erreicht. »Bitte, Mr. Wilder. Ich bin nicht Ihr Feind. Ganz im

Gegenteil. Wollten Sie nicht jemanden kennenlernen, der versteht, was Sie durchgemacht haben? Jemand, dem Sie alles erzählen können?«

Ja. Ja, mehr als alles andere. Aber dieser Mann war nicht dagewesen. Er hätte es niemals verstehen können.

Travis ließ das Geländer los. »Ich sagte, Sie sollen mich in Ruhe lassen.«

Der Mann seufzte. »Schon gut, Mr. Wilder. Ich sehe, daß Sie noch nicht bereit sind, sich anzuhören, was ich Ihnen zu sagen habe. Aber lassen Sie mich Ihnen einen Rat geben. Ich weiß, daß Sie mir nicht trauen. Und ich bin sicher, daß Sie Leute kennen, von denen Sie glauben, Ihnen *vertrauen* zu können.« Er legte den Kopf schief. »Aber Sie können keinen anderen Menschen jemals richtig kennen, Mr. Wilder. Man wird nie wissen, welche brennenden Geheimnisse sie tief in ihren Herzen verbergen. Jeder ist auf der Suche nach etwas. Zumindest habe ich Ihnen gesagt, was ich will.«

Travis konnte nicht atmen. Trotz der Dunkelheit war die Hitze erstickend. Wovon sprach der Mann da? Aber der nickte nur und drehte sich zu seinem Fahrzeug um. Ohne nachzudenken hob Travis den Arm.

»Warten Sie …«

Das Aufbrüllen eines Motors zerriß die Nacht und verschluckte seine restlichen Worte.

Travis riß den Kopf gerade noch rechtzeitig herum, um einen heißen weißen Lichtstrahl zu sehen, der die Dunkelheit durchdrang. Er beschattete die Augen mit einer Hand, und als er sie senkte, sah er ein Motorrad, das rutschend vor den Brettern des Gehsteigs zum Stehen kam. Der Fahrer riß das Visier eines schwarzen Helms hoch. Rauchgrüne Augen blitzten auf.

»Travis, spring auf!«

Er stand wie erstarrt da, dann verwandelte sich der Schock in Bewegung, und er sprang auf die Straße.

Das Lachen des blonden Mannes übertönte das Dröhnen des Motors. »Und hier ist jemand, der selbst in diesem Augenblick auf der Suche ist!«

Travis eilte auf Deirdre zu. »Wovon spricht er?«

»Hör nicht auf ihn, Travis.« Der Helm verlieh ihren Worten einen harten Klang.

Travis warf dem Mann einen Blick zu. Er hatte die Hände auf die Hüfte gestützt; sein Ausdruck war nun ernst.

»Denken Sie an das, was ich Ihnen gesagt habe, Mr. Wilder.«

Travis sah wieder Deirdre an. »Was ist hier los?«

»Komm mit mir, Travis. Komm mit, wenn du alles verstehen willst.«

Einen Herzschlag lang war jede Bewegung unmöglich. Travis spürte, wie sich sowohl die Blicke des Mannes wie auch Deirdres in ihn hineinbohrten.

Sie können keinen anderen Menschen jemals richtig kennen …

Dann kletterte er auf das Motorrad. Ihm blieb kaum genügend Zeit, die Hände um Deirdres Taille zu schlingen, bevor sie Gas gab. Die Harley schoß wie ein chinesischer Drache vorwärts, und alles verschwand in seinem dunklen Kielwasser.

11

Deirdre schaltete den Motor der Harley aus, und das Motorrad rollte aus. Stille senkte sich über die Nacht wie ein Vorhang aus heißem schwarzem Samt. Travis strich sich das vom Wind zerzauste Haar aus den Augen und sah voraus die anmutige Fassade des Opernhauses von Castle City emporragen.

Heutzutage wurde die Oper nicht benutzt, aber auf ihrem Zenit hatte ihre Bühne einige der besten Tenöre und Sopranistinnen von ganz Europa beherbergt, und es hieß, daß sich Präsident McKinley einmal hier eine Burleske aus Paris angesehen hatte. Sogar noch im Verfall umgab die Oper ein Hauch von Eleganz. Griechische Säulen glimmten im entfernten Schein einer Straßenlaterne.

Es kam Travis so vor, als hätte er sich mindestens eine Stunde an Deirdre festgeklammert, während das Motorrad leere Straßen entlangraste, aber irgendwann mußten sie umgedreht haben, denn sie hatten am Ende der Elk Street angehalten, keine halbe Meile vom Saloon entfernt. Er ließ Deirdre los und stieg mit unsicheren Beinen von der Harley. Es fühlte sich an, als würde sich die Erde unter ihm noch immer bewegen. Aber vielleicht tat sie es ja tatsächlich.

Deirdre stieg von dem Motorrad und nahm aus derselben fließenden Bewegung heraus den Helm ab. Sie schüttelte den Kopf, um das schwarze Haar wieder zu richten, dann wandte sie sich Travis zu.

»Alles in Ordnung mit dir?«

Es war das erste, was sie seit dem Augenblick, in dem sie ihm zugerufen hatte, sich auf die Maschine zu schwingen, sagte. Er wollte etwas erwidern, fand aber nicht die richtigen Worte. Er war sich nicht einmal mehr sicher, ob er überhaupt wußte, was es bedeutete, wenn alles in Ordnung war. Deirdre drehte sich um und blickte in die Nacht hinaus. Plötzlich war er sich sicher, daß sie viel mehr über die Geschehnisse wußte als er.

Travis deutete auf die geisterhafte Oper. »Warum hier?«

»Es gibt da jemanden, den du kennenlernen mußt.«

Sie setzte sich in Bewegung und stieg die marmorne Treppe zum Eingang hinauf. Travis zögerte. Damals bei der seltsamen Wiedererweckungsshow hatte ihm Bruder Cy gesagt, daß er immer eine Wahl hatte. Jetzt war er sich nicht mehr so sicher, ob das stimmte. Er eilte hinter Deirdre her.

Sie blieb vor der Tür stehen, und er holte sie ein. »Die ist verschlossen«, sagte er. »Das Gebäude ist schon seit …«

Er stockte, als sie ein Gerät aus der Tasche zog. Geformt wie ein Flußkiesel, bestand es doch aus Plastik. Sie drückte eine kleine Taste. Ein Klicken ertönte, eine der beiden Türhälften sprang ein paar Zentimeter auf. Sie verstaute das Gerät wieder in der Tasche und schob sich an der Tür vorbei. Travis holte tief Luft, dann folgte er ihr in die dahinter liegende Dunkelheit.

Schließlich kamen sie an den Rand eines großen Raumes. Gegenüber einem Ozean schäbiger Sitze erhob sich eine Bühne, die von einem einzelnen Spotlight erhellt wurde.

Deirdre lehnte sich an ein verziertes Geländer. Sie sprach nicht laut, aber ihre Stimme hallte durch das alte Theater. »Sie haben ihn gefunden.«

Mit wem sprach sie da? Dann ertönte eine andere Stimme aus dem Bogen des Proszenium, die von der Akustik der Oper getragen wurde.

»Die Philosophen werden nicht erfreut sein.«

Deirdre verstärkte den Griff um das Geländer. »Zum Teufel mit den Philosophen.«

Gelächter hallte durch die Luft. »Überlegen Sie sich, was Sie sagen, Deirdre Falling Hawk. Die Philosophen haben viele Ohren. Sie haben schon immer dazu geneigt, das zu vergessen.«

Eine Gestalt trat aus den Schatten der Bühnenseite in den Lichtkreis.

»Willkommen, Travis Wilder«, sagte der Mann.

Travis schüttelte den Kopf, und in seinem Magen krampfte sich alles zusammen. Wer waren alle diese Fremden, die ihn so gut zu kennen schienen? Er sah Deirdre an, aber ihr Blick war entrückt und auf die Bühne fixiert. In diesem Augenblick hätte sie genausogut eine Fremde für ihn sein können.

»Was wollen Sie?« Die Art und Weise, wie seine zitternde Stimme durch die Oper hallte, überraschte ihn.

»Helfen«, sagte der Mann auf der Bühne.

Travis seufzte. Ihm war nicht entgangen, daß der andere Mann nicht *Ihnen helfen* gesagt hatte.

Deirdre berührte seinen Arm. »Komm, Travis.«

Sie ging voraus zur Bühne, und er folgte ihr.

Als sie die tiefste Stelle erreicht hatten, saß der Mann am Rand des Orchesterraums. Er schien in Travis' Alter zu sein, so Anfang Dreißig oder vielleicht auch etwas älter, wenn man die grauen Strähnen in seinem lockigen schwarzen Haar in Betracht zog. Er trug zerknitterte Stoffhosen und ein weißes Leinenhemd, dessen Ärmel bis zu den Ellbogen aufgerollt waren. Bartstoppeln verdunkelten sein Kinn, die Nase über den sinnlichen Lippen war hakenförmig. Er sah aus wie ein Filmstar aus einem Noir-Film der vierziger Jahre: attraktiv, etwas zerknittert, möglicherweise gefährlich. Auf dem Bühnenboden neben ihm lag ein hellgelber Umschlag.

»Wer sind Sie?« fragte Travis.

Der Mann streckte die Hand aus. »Mein Name ist Farr. Hadrian Farr.«

Travis ergriff die Hand nicht. Das hatte er mit seiner Frage nicht gemeint.

Der Mann – Farr – schien sich an seiner Reaktion nicht im mindesten zu stören. Seine Hand legte sich auf den Umschlag, als wäre es sowieso seine Absicht gewesen, danach zu greifen.

Travis versuchte es erneut. »Was wollen Sie?«

Der Mann lächelte. Seine Zähne waren schief. Es war ein charmanter Ausdruck. »Wir suchen Dinge«, sagte er. »Ungewöhnliche Dinge. Wunderbare Dinge.«

Travis holte zischend Luft.

Jeder ist auf der Suche nach etwas …

Er atmete aus, wollte nachfragen, aber er wußte nicht, wo er überhaupt anfangen sollte.

Farr zog etwas aus dem Umschlag und hielt es ihm hin. »Kennen Sie diese Frau, Mr. Wilder?«

Travis nahm das Foto mit zitternder Hand entgegen, als wüßte er bereits, was er sehen würde. Die Frau auf dem Foto war verzweifelt, hatte aber etwas Majestätisches an sich. Sie rannte die Stufen eines Gebäudes herunter, eine Hand an der Kehle, starrte sie mit atemberaubenden grüngoldenen Augen nach vorn. In diesem Augenblick verstand er.

Er sah auf und begegnete Farrs Blick. »Sie sind diese Sucher, nicht wahr?« Er wandte sich Deirdre zu. »Du und er.«

Farr runzelte die Stirn, Deirdres Mund stand offen. Travis gestattete sich ein humorloses Lächeln. Es war gut zu wissen, daß er ein paar eigene Überraschungen auf Lager hatte.

»Sehen Sie mich nicht an«, sagte Deirdre zu Farr. »Ich habe es ihm nicht gesagt.«

Farr nickte. »Wir dürfen nicht vergessen, daß Mr. Wilder möglicherweise viel mehr weiß, als wir uns vorstellen können.«

Deirdre hob die Hand, als wollte sie Travis berühren, dann nahm sie sie wieder herunter. »Woher …«

Er lächelte und strich mit einem Finger über das Foto. »Es war Grace. Grace Beckett. Sie hat mir von den Suchern erzählt.« Er schaute auf. »Und von Ihnen, Hadrian Farr.«

Farrs Gesichtsausdruck war gespannt. »Dann kennen Sie also Dr. Grace Beckett.«

Travis mußte lachen. Er dachte an all das, was Grace

und er durchgemacht hatten, was sie getan hatten, was sie überlebt hatten. »Das könnte man so sagen.«

Er gab Farr das Foto zurück. Die Schatten drängten sich näher an sie heran wie stumme Schauspieler.

»Ich schätze, das bedeutet, du bist nicht in den Mine Shaft gekommen, bloß um zu spielen«, sagte er zu Deirdre.

Ihr Lächeln war schmal und privat. »In gewisser Weise schon. Diese Zeit vor drei Jahren, als ich im Saloon sang, bedeutet mir viel mehr, als du dir vorstellen kannst. Ich glaube, ein Teil von mir wünschte sich, einen Hauch dieser Magie noch einmal zu erleben. Und vielleicht habe ich das auch. Aber du hast recht. Es gibt einen anderen Grund, warum ich nach Castle City gekommen bin.«

»Der Mann, der sich selbst verbrannt hat«, flüsterte Travis.

Farr schob das Foto zurück in den Umschlag. »Sie haben recht, Deirdre. Er ist tatsächlich scharfsinnig.«

»Wollen Sie es ihm sagen?« fragte Deirdre. »Oder soll ich?«

»Ich glaube, das schaffe ich schon.«

Travis richtete die Revolverheldenbrille. »Was wollen Sie mir sagen?«

Farr rutschte vom Bühnenrand herunter. Er war ein paar Zentimeter kleiner als Travis, aber aus einem unerfindlichen Grund kam sich Travis als der kleinere von ihnen vor. Farr strahlte eine stille Kraft aus. In gewisser Weise erinnerte er Travis an Falken Schwarzhand.

»Warum wir nach Ihnen gesucht haben, Mr. Wilder.«

12

Erst als Deirdre ihn beim Arm nahm und zur ersten Sitzreihe führte, wurde sich Travis bewußt, daß ihm die Knie zitterten. Als er sich setzte, stieg eine Staubwolke aus dem Polster auf. Er blickte zu den beiden Suchern hoch. Deirdre machte einen besorgten Eindruck. Farrs Ausdruck war schwieriger zu bestimmen.

Farr zog ein schmales Silberetui aus der Hosentasche und nahm eine Zigarette heraus. »Stört es Sie, wenn ich rauche?«

»Ich schreibe anderen Leuten nicht vor, wie sie ihr Leben zu leben haben.«

Farr nickte. »Das ist ein guter Rat, Mr. Wilder. Ich werde mein Bestes tun, ihn zu befolgen.« Er zündete sich die Zigarette an, aromatischer Rauch kräuselte sich zu den Arbeitsgalerien hinauf. »Aber erlauben Sie mir folgende Bemerkung. Da gibt es jemanden, der diese Nacht auf Sie zugekommen ist. Er hat Ihnen nicht seinen Namen verraten, aber das ist auch nicht weiter wichtig. Wichtig ist nur, wen er repräsentiert. Und ich sage das nicht in dem Versuch, Sie unter meine Kontrolle zu bekommen, sondern um Sie zu retten, Mr. Wilder. *Sprechen Sie nicht mit ihnen.*«

Die Entschiedenheit in Farrs Worten traf Travis überraschend und stieß ihn zurück auf den Sitz. »Duratek.«

Deirdre ging neben ihm in die Hocke. »Ja, der Mann

vor dem Saloon kam von der Duratek Corporation. Sie haben …«

Farr hob die Hand. »Noch nicht, Deirdre. Es gibt Dinge, über die wir Mr. Wilder vorher informieren müssen.«

Sie stand auf und nickte knapp.

Farr lehnte sich gegen die Bühne. »Es stimmt, daß wir an dem Mann in der schwarzen Kutte interessiert waren, der den Saloon betrat. Wir untersuchen solche Fälle schon seit längerer Zeit. Allerdings untersuchen wir viele Dinge, und wir sind nicht seinetwegen nach Castle City gekommen.«

»Aber was ist mit ihm geschehen?« Travis' Stimme erinnerte an ein Krächzen. »Wie ist er …?«

Farr holte den Umschlag und zog mehrere Fotos heraus. Er gab sie Travis. Obwohl er sie eigentlich gar nicht ansehen wollte, zwang sich Travis dazu. Die Bilder zeigten geschwärzte Gestalten, die zu schrecklichen Posen verkrümmt waren. Er erinnerte sich an eine Fernsehdokumentation, die er über Pompeji gesehen hatte. Die glühende Asche des Vesuvs hatte Tausende Menschen begraben. Neunzehn Jahrhunderte später hatten Archäologen Gips in die Hohlräume gegossen, in denen ihre Körper verbrannt waren. Diese Abgüsse erinnerten ihn nun an die Gestalten auf den Fotos; jede von ihnen ein perfektes Abbild des letzten Augenblicks des Schmerzes, bevor das Feuer sie verschlang.

Farr streckte die Hand aus, und Travis gab die Fotos dankbar zurück.

»Was ist mit ihnen geschehen?«

Farr sog an seiner Zigarette. »Das ist eine Frage, die

wir nur zu gern beantworten würden. Seit Jahrhunderten gibt es Berichte über Fälle von plötzlicher Selbstentzündung, aber die derzeitigen Fälle unterscheiden sich auf subtile Weise von ihnen. Unsere Tests haben gezeigt, daß die erreichten Temperaturen weitaus höher sind als bei vorangegangenen Fällen. Trotzdem wurde bei fast allen Opfern der Körper nicht von der Hitze vernichtet. Statt dessen fanden wir ausgeprägte Veränderungen der Morphologie, der Zusammensetzung der organischen Chemie und sogar der DNS-Struktur. Der Mann, der Ihr Etablissement betrat, gehört zu den Ausnahmen, da er völlig konsumiert wurde. In allen anderen Fällen sind die Opfer eigentlich nicht richtig verbrannt, sondern vielmehr … verändert worden.«

»Es ist genauso, wie du mir erzählt hast«, wandte sich Travis an Deirdre. »Die Geschichte mit dem Brandopfer. Aber du sagtest, es sei nur ein Mythos.«

Deirdre lächelte trocken. »*Nur ein Mythos* ist ein Oxymoron, Travis. Mythen haben die Macht, auf eine Weise Wahrheiten über unser Leben zu enthüllen, wie es unseren Sinnen unmöglich ist. In gewisser Weise sind Mythen nicht weniger, sondern *viel* realer als die Welt, die wir sehen.«

Farr drückte seine Zigarette in einer verrosteten Sardinenbüchse aus. »Im Verlauf der letzten Monate gab es eine Epidemie von Fällen plötzlicher Selbstentzündung. Einige Mitglieder unserer Organisation glauben, sie könnten in Zusammenhang mit der derzeitigen Hitzewelle auf diesem Kontinent zu tun haben. Andere haben … andere Ideen. Aber wie dem auch sei, im

Augenblick ist der Öffentlichkeit dieser Ausbruch relativ unbekannt. Aber das könnte sich bald ändern.«

»Warum?« Travis war sich nicht sicher, ob er es tatsächlich wissen wollte.

»Erst letzte Woche habe ich gesehen, wie ein Mann in einem Krankenhaus in Kansas City verbrannte, während die Ärzte versuchten, ihn zu retten«, sagte Farr mit grimmigem Gesicht. »Der Fall war insofern atypisch, da er die Selbstverbrennung einige Stunden lang überlebte.«

Travis kniff die Augen zusammen. Nein, er hatte es nicht wissen wollen. Er zwang sich dazu, sie wieder zu öffnen. »Was … was ist …?«

»Was aus ihm geworden ist?« Farr schüttelte den Kopf. »Das kann ich nicht mit Sicherheit sagen. Doch die Untersuchungen des Krankenhauses werden mit Sicherheit enthüllen, was unsere eigenen Studien ergaben. Es ist nur eine Frage der Zeit, bevor diese Geschichte zirkuliert. Aber um Ihre Frage zu beantworten, als es mit ihm zu Ende ging, bevor er starb, hatte sein Fleisch die Farbe und die Textur von Basaltgestein, und als eine Krankenschwester ihm eine Spritze geben wollte, berührte er sie laut Zeugenaussagen und steckte sie in Brand. Sie ist im Augenblick auf der Intensivstation. Die Ärzte bezweifeln, daß sie es überlebt.«

Travis schluckte seine Übelkeit herunter. »Und was hat das alles mit mir zu tun?«

»Nichts, das heißt, zumindest waren wir dieser Auffassung«, sagte Farr. »Wir waren nicht der Meinung, daß diese Zwischenfälle etwas mit Ihrem Fall zu tun haben. Und das kann immer noch stimmen. Aber wenn ich eines in all den Jahren gelernt habe, dann, eine Verbindung in Zufällen zu erkennen.«

Etwas stimmte nicht – etwas, was über die Sucher hinausging, was über die Selbstverbrennungen hinausging. »Aber wenn Sie nicht wegen der Verbrannten nach Castle City gekommen sind, warum dann?«

Farr warf Deirdre einen Blick zu. »Ich glaube, das können Sie besser erklären.«

Deirdre setzte sich auf den Rand des Sitzes neben Travis. »Du hast gesagt, du hättest mit Dr. Beckett gesprochen. Das bedeutet, du weißt, was ihr letzten Herbst im Denver Memorial Hospital zugestoßen ist, als ...«

»... als sie eines der Eisenherzen getötet hat und Hadrian ihr half, vor einem weiteren im Polizeirevier zu fliehen.« Er wußte, daß es falsch war, die Überraschung auf ihren Gesichtern zu genießen, aber er tat es trotzdem.

Deirdre nickte langsam. »Ich nehme an, Grace hat dir gesagt, daß sich die Sucher für ihre Erlebnisse interessieren. Nach dem Zwischenfall im Polizeirevier haben wir versucht, wieder mit ihr Kontakt aufzunehmen, aber wir haben versagt. Der Wagen, den wir ihr zur Verfügung stellten, wurde verlassen direkt außerhalb von Castle City aufgefunden. Seitdem haben wir versucht herauszufinden, wo sie hinging.«

»Es ist eine Welt namens Eldh«, sagte Travis leise.

Ihm entging nicht die Anspannung, die sich auf Deirdres und Farrs Gesichtern zeigte, als sie einen Blick wechselten. Deirdre hob eine Hand. Farr schüttelte unmerklich den Kopf, und Deirdre nickte.

Farr holte ein anderes Foto aus dem Umschlag. »Ich möchte, daß Sie sich noch etwas anderes ansehen.«

Travis nahm das Foto zaghaft entgegen, da er fürchtete, mit weiteren Bildern verbrannter Körper konfrontiert zu werden. Statt dessen war die Elk Street zu sehen, und zwar aus westlicher Richtung; Sepiabraun statt Kodacolor. Die schlammige Straße war voller Pferde und Wagen. Männer in zerknitterten Anzügen aus Wolle standen in Gruppen beisammen, Frauen in dunklen, schweren Kleidern gingen vorbei.

»Dieses Foto wurde hier in Castle City aufgenommen«, sagte Deirdre. »Ich fand es im Archiv der County-Bibliothek.«

Travis kniff die Augen zusammen. »Und was soll ich mir genau ansehen?«

»Hier.« Farr zeigte auf eine Gestalt in der unteren linken Ecke des alten Fotos. »Dieser Mann da.«

Die Ränder des Fotos waren verschwommen, aber Travis konnte einen älteren, ehrwürdigen Gentleman in einer dunklen Jacke mit Weste ausmachen. Sein weißer Bart war sauber gestutzt, aber sein Haar stand in alle Richtungen ab, und sein Blick war durchbohrend.

Es kam Travis so vor, als hätte ihm jemand eine Nadel ins Herz gestoßen. Er schaute auf. »Aber … das ist ja Jack.«

»Ja«, sagte Farr. »Wir sind schon seit einiger Zeit auf der Suche nach Ihrem Freund Jack Graystone, Mr. Wilder.«

Travis hielt das Foto fester. »Da kommen Sie zu spät.«

»Es tut mir so leid«, sagte Deirdre.

Schweigen senkte sich über die Oper.

»Ich würde gern eine Tasse Kaffee trinken«, sagte Farr. »Noch jemand?«

Minuten später standen sie auf der Bühne. Travis hielt einen Plastikbecher in der Hand, der aus einer Thermoskanne gefüllt worden war, die Farr zum Vorschein gebracht hatte. Travis hatte die Bühne für leer gehalten, aber er sah jetzt, daß das eine von dem Scheinwerfer hervorgerufene Illusion war. Hinten stand ein Tisch, auf dem sich Aktenordner, Laptops und elektronische Bauteile türmten, deren Zweck ihm unbekannt war.

Er nahm einen Schluck Kaffee. Zwar verbrannte er sich dabei die Zunge, aber das war ihm egal. »Was ist hier los, Deirdre? Was hat das alles zu bedeuten?«

Sie warf Farr einen Blick zu. »Was kann ich ihm sagen?«

»Was immer Sie für nötig halten. Vergessen Sie nur nicht das Neunte und das Erste.«

Deirdre runzelte nachdenklich die Stirn, dann nickte sie und schaute auf. »In dem Herbst, nachdem ich Castle City verlassen hatte, hörte ich das erste Mal von den Suchern.« Sie ging auf und ab, während sie erzählte, und ihre schwarzen Motorradstiefel erzeugten dumpfe Laute auf dem Bühnenboden. »Ich reiste nach Irland, auf der Suche nach Inspirationen für meine Musik, und danach trampte ich eine Zeitlang durch England, Wales und Schottland. Ich trat eine Woche lang in einem Pub in Edinburgh auf. Dort lernte ich Hadrian kennen. Wir unterhielten uns, und er sagte einige erstaunliche Dinge über … gewisse Möglichkeiten. Möglichkeiten, an die ich selbst schon gedacht hatte.« Sie lächelte. »Eine Woche später nahm er mich mit in das Mutterhaus der Sucher in London.«

»Ich hatte Glück, Sie zu finden«, sagte Farr. »Die Sucher hatten Glück.«

Deirdres Blick rückte in die Ferne. »Ich hatte schon immer gewußt, daß es außer der unseren noch andere Welten gibt, Welten, die sich der unseren manchmal nähern können. Es ist ein Glaube, den meine Eltern mir vermittelt haben.« Ihr Blick richtete sich wieder auf Travis. »In dem Augenblick, in dem ich ihn kennenlernte, wußte ich, daß ich zu den Suchern gehörte.«

»Also sucht ihr nach anderen Welten«, sagte Travis.

Es war Farr, der ihm antwortete. »Wie bereits gesagt suchen wir nach vielen Dingen. Aber um Ihre Frage zu beantworten, Mr. Wilder – ja, schon seit fünf Jahrhunderten suchen, katalogisieren und studieren die Sucher Hinweise, die die Existenz anderer Welten als der Erde beweisen.«

Deirdre lächelte trocken. »Es ist nicht so toll, wie es sich anhört. Nach meinem Beitritt wurde mir klar, daß die Sucher größtenteils damit beschäftigt sind, alte Dokumente zu studieren und Berichte in Computer einzugeben.«

»Aber indem Sie solch *langweilige* Arbeiten verrichteten, fanden Sie den Schlüssel zu einem Fall,« sagte Farr stirnrunzelnd, »der vor über einem Jahrhundert in eine Sackgasse führte.«

Deirdre nahm einen Ordner hoch. »Diese Akte betrifft einen Mann, der den Suchern als James Sarsin bekannt ist. Wir kennen seinen richtigen Namen nicht, da er viele hatte. Als die Sucher auf ihn aufmerksam wurden, nannte er sich allerdings gerade Sarsin. Damals war er Buchhändler in London. Das war so gegen Anfang der Herrschaftszeit von Königin Elisabeth.« Deirdre schaute von dem Ordner auf. »Die Rede ist hier natürlich von Königin Elisabeth der *Ersten.* Das alles trug sich zu im Jahre 1564, aber schon damals war offensichtlich, daß der Mann, der sich Morgan nannte, schon seit über zwei Jahrhunderten in und um London lebte.«

Travis schüttelte den Kopf. »Aber das ist …« Er sprach den Satz nicht zu Ende. *Unmöglich* war ein bedeutungsloses Wort. Alles war möglich. Hatte er das nicht lernen müssen?

Deirdre nahm mehrere Seiten aus dem Ordner. »Das sind Kopien der Urkunden für Mr. Morgans Londoner Buchhandlung, die von 1532 bis 1851 datieren. Wenn du sie dir ansiehst, wird dir auffallen, daß der Besitzer des Queen's Shelf alle fünfzig Jahre oder so starb und das Geschäft testamentarisch einer anderen Person hinterlassen wurde.«

Travis blätterte die Seiten durch. Wie immer fiel ihm das Lesen schwer, und die verschnörkelte Schrift machte die Aufgabe noch schwerer, aber seine Arbeit mit den Runen half ihm, sich zu konzentrieren. Er entzifferte die Unterschriften: *Oliver Sarsin, Jacques Gris-Piere, Louis Gris-Piere.* Er schaute auf. »Und was ist daran so ungewöhnlich?«

»Nicht viel – bis man sich das hier ansieht.« Deirdre zog ein weiteres Blatt aus dem Ordner. »Sämtliche Urkunden wurden im Zeitalter des Tintenfasses und der Schreibfeder verfaßt. Gelegentlich verschmierte der Unterzeichner das Dokument und hinterließ einen Fingerabdruck. Das hier ist ein Vergleich von Fingerabdrücken, die 1592, 1651 und 1799 unterschriebenen Urkunden abgenommen wurden.«

Travis war kein Experte auf diesem Gebiet, aber sogar er konnte sehen, daß die vergrößerten Teile der Abdrücke dieselben Muster aufwiesen. »Also willst du damit sagen, daß dieser Mann über drei Jahrhunderte in London lebte, gelegentlich angeblich starb und sich sein Geschäft selbst vererbte, damit seine Nachbarn nicht zu mißtrauisch wurden?«

Deirdres Augen funkelten. »Bei dir hört es sich so gewöhnlich an.«

»Die Sucher hatten den Verdacht, Mr. Sarsin könnte etwas Außerweltliches an sich haben«, sagte Farr. »Also haben wir ihn im Verlauf der Jahrhunderte beobachtet, in der Hoffnung, mehr zu erfahren.«

»Sind Sie nie auf die Idee gekommen, ihn einfach zu fragen?«

Farr stellte seinen Kaffee ab. »Es gab mehrere Versuche, sich Mr. Sarsin zu nähern. Er weigerte sich jedoch, mit den Suchern zu sprechen. Es war offensichtlich, daß er von uns und unserem Interesse wußte, und er dachte nicht daran, mit uns zu kooperieren. Kurz nach 1850 brannte das Queen's Shelf nieder. Mr. Sarsin verschwand, und der Fall wurde geschlossen. Das heißt, bis Deirdre sich der Sache annahm.«

Sie zuckte mit den Schultern. »Eigentlich war es Zufall.

Ich archivierte alte Akten, scannte in London Beweismittel in den Computer ein. Darunter befand sich ein Brief – die letzte Information, die die Sucher über James Sarsin in ihren Besitz gebracht hatten. Er war an einen Bekannten in London adressiert, aber die Adresse des Absenders fehlte und damit jede Möglichkeit festzustellen, wo der Brief aufgegeben worden war.«

Deirdre suchte in dem Ordner herum, dann zog sie ein vergilbtes Blatt hervor. Sie las mit leiser Stimme vor.

»›Mein Freund, ich fürchte, ich kann Sie über meinen gegenwärtigen Aufenthaltsort nicht in Kenntnis setzen, lassen Sie mich nur soviel sagen, daß mich der Zufall in dieses großartige Tal geführt hat. Die Eingeborenen nennen den großen, zerklüfteten Berg, der sich im Westen erhebt, die *Umwölkte Stirn*, aber für meine Augen sieht er eher wie ein Schloß aus, wie Sie sich sicher vorstellen können. Es sollte mich nicht überraschen, wenn ich mich bald dazu entscheide, hier heimisch zu werden.‹«

Travis erstarrte. »Umwölkte Stirn? Aber so nannten doch die Ute den Castle Peak.«

»Ja«, sagte Deirdre. »Ganz genau.«

Endlich verstand Travis. »Es war Jack. Er war James Sarsin. Darum bist du nach Castle City gekommen, nicht wahr?«

»Du hast das Foto gesehen«, erwiderte Deirdre. »Jack Graystone lebte über ein Jahrhundert in Castle City, und er alterte dabei nicht einen Tag. Ich glaube, du kennst die Antwort genauso wie wir alle.«

»Möchten Sie sich setzen, Mr. Wilder?« Farr zeigte auf einen Stuhl, der vor dem Tisch stand.

Travis nickte und ließ sich auf den Stuhl sinken. Er umklammerte seine rechte Hand. Er wußte, daß Jack ein Zauberer aus Eldh gewesen war, aber würde er wirklich jemals begreifen, wer Jack tatsächlich gewesen war? Und was Jack mit ihm gemacht hatte?

Deirdre legte ihm die Hand auf die Schulter. »Alles in Ordnung?«

Travis erbebte vor stummem Gelächter. Warum wurde er das nur immer dann gefragt, nachdem man ihm den Boden unter den Füßen weggezogen hatte?

Farr setzte sich auf die Tischkante. »Sobald wir von Jack Graystone erfuhren, vermuteten wir, daß Grace Beckett vor ihrem Verschwinden nicht zufällig nach Castle City kam. Deirdre wußte, daß Sie mit Graystone befreundet waren. Und als wir mit unserer Untersuchung begannen, erfuhren wir, daß Sie in derselben Nacht wie Dr. Beckett verschwanden. Also nehme ich an, daß Sie verstehen, warum wir mit Ihnen sprechen wollten.«

Travis konnte den Ordner auf dem Tisch bloß anstarren.

»Mr. Wilder, Sie sind ein erstaunlicher Mann«, sagte Farr. »Das muß Ihnen doch klar sein, oder? James Sarsin und Grace Beckett gehören zu den beiden wichtigsten Fällen der Sucher. Zweifellos sind beide Weltenreisende. Und Sie haben zu beiden eine Verbindung. Tatsächlich wage ich zu behaupten, daß Sie selbst ein Weltenreisender sind.«

»Warum?« fragte Travis. »Warum interessieren Sie sich so sehr für andere Welten?«

Farrs Stimme war leise. »Was ist das Leben ohne neue

Entdeckungen, neues Wissen, neue Erfahrungen? Wir sind Gelehrte, Mr. Wilder. Welche Motive sollten wir außer dem Wunderbaren selbst schon benötigen?«

Travis strich über den Ordner, davon überzeugt, daß der andere Mann, den er in dieser Nacht kennengelernt hatte, sehr an seinem Inhalt interessiert sein und viel für diese Informationen zahlen würde. Er sah auf. »Was ist mit den anderen?«

»Duratek.« Deirdre sprach das Wort wie einen Fluch aus.

»Wir sind nicht die einzigen, die nach anderen Welten suchen«, sagte Farr. »Aber wir suchen sie aus verschiedenen Gründen. Wie ich bereits sagte, sind wir Akademiker und Gelehrte, die sich um des Wissens willen für neues Wissen interessieren.«

Travis befeuchtete sich die Lippen. »Und Duratek? Was wollen sie?«

Deirdre ballte die Hand zur Faust. »Benutzen. Konsumieren. Vergewaltigen.«

»Was willst du damit sagen?«

Farr beugte sich nahe an ihn heran. »Denken Sie mal nach, Mr. Wilder. Eine völlig neue Welt voller Ressourcen, unberührt, mit einer Bevölkerung, deren Technologie der unseren Jahrhunderte hinterherhinkt. Wir sprechen hier von einer völlig neuen Dritten Welt. Nur daß es auf dieser Welt weder Gesetze, Bestimmungen noch internationale Organisationen gibt, die man in Betracht ziehen und denen man gehorchen muß. Da ist nur unermeßlicher Reichtum, der auf denjenigen wartet, der ihn zuerst findet.«

Travis starrte Farr an, dann verlor sich sein Blick in seinen Gedanken. Er sah die silbrigen *Valsindar* des Winterwaldes abgeholzt. Er sah das zerklüftete Hochland von Galt von den Narben des Tagebaus entstellt und von qualmenden Löchern übersät. Er sah die neun Türme Calaveres von einer Abrißbirne zerschmettert. Eine neue Angst machte sich in seinem Inneren breit, aber nicht um ihn selbst, sondern um Eldh und all seine Bewohner. Sie hatten die Domänen vor dem Fahlen König gerettet. Würden sie jetzt einer neuen Art von Herrscher zum Opfer fallen?

»Nein«, sagte Travis. »Nein, das darf nicht geschehen.«

»Dann helfen Sie uns«, sagte Farr.

Deirdre berührte seine Hand. »Bitte, Travis.«

Er betrachtete den Ordner, schlug ihn auf und strich über die alten Papiere – Jacks Papiere. Er wollte nicht so wichtig sein. Es wurde ihm genauso aufgedrängt wie die Macht, die Jack ihm verliehen hatte. Doch Bruder Cy hatte recht. Man konnte sich nicht aussuchen, was einem das Leben brachte. Aber man konnte sich entscheiden, was man damit anstellen wollte.

»Also gut, ich …«

Er stockte, als sein Blick an etwas hängenblieb. Ein Stück Papier, das aus dem Ordner ragte. Travis konnte nur ein paar Worte ausmachen, aber sie genügten, daß er die Seite hervorzog. Es war ein Gedicht – nein, ein Lied. Die Worte waren mit zittriger Handschrift geschrieben, aber sie waren so vertraut, daß er die ersten Zeilen mühelos lesen konnte.

Wir leben unser Leben, als wär's ein Kreis,
wir wandern drauflos und voraus …

Er legte die Seite hin und sah auf. Er konnte sich seinen Gesichtsausdruck nur vorstellen, aber sowohl Farr als auch Deirdre traten einen Schritt zurück.

Deirdre schüttelte den Kopf. »Travis, was ist los?«

»Ihr wollt mich benutzen.« Er sagte es ganz leise.

Farr warf Deirdre einen besorgten Blick zu. Sie öffnete den Mund und suchte nach Worten.

Travis stand auf. »Das Lied. *Feuer und Staunen.* Du hast gesagt, du hättest es in Minnesota gelernt. Aber das stimmt nicht.« Er schlug mit der Hand auf den Ordner. »Du hast es hier gelernt, aus Jacks Papieren. Du hast es im Saloon gespielt, nur um meine Reaktion zu sehen.«

Deirdre sah ihn betroffen an. »Es tut mir leid, Travis. Ich wollte dich nicht manipulieren. Aber ich mußte wissen, ob du das Lied erkennst. Es gab keine andere Möglichkeit.«

Sie griff nach ihm, aber er wich zurück. *Sie können keinen anderen Menschen jemals richtig kennen …*

»Doch, die gab es«, sagte er. »Man hat immer die Wahl. Du hättest mich fragen können.«

Sie trat einen Schritt auf ihn zu, aber er wich wieder zurück.

»Bitte, Travis, geh nicht.« In ihren dunklen Augen stand Angst geschrieben, aber ob sie ihm galt oder ihr selbst, war unmöglich zu sagen.

Farr hatte sich nicht gerührt. »Da wartet eine große Entdeckung, Mr. Wilder. Und sie *wird* gemacht werden.

Sie können das, was Sie erfahren haben, nicht für alle Zeiten verbergen. Helfen Sie uns dabei, diese Entdeckung aus den richtigen Gründen zu machen, nicht aus den falschen.«

In Travis stieg rasende Wut auf. Wer waren sie, daß sie so etwas von ihm verlangten? Hier ging es schließlich nicht um ein seltenes Artefakt, das sie ausgraben wollten. Es war eine Welt: eine Welt mit lebendigen, atmenden Menschen. Sie unter die Lupe zu legen, sie wie einen Schmetterling an eine Tafel zu stecken – wieso sollte das besser sein, als alles in Metall und Plastik zu zermahlen?

»Nein«, sagte er. »Sie verstehen nicht. Ich lasse mich von Ihnen nicht dazu benutzen, dorthin zu gelangen. Sie nicht – und auch keinen anderen.«

Bevor sie ihm eine Antwort geben konnten, hatte sich Travis umgedreht und lief durch die finstere Oper in die Nacht hinaus.

13

Wir müssen ihm hinterher.«

Deirdre schnappte sich ihren Helm und nahm ein Paar fingerlose Handschuhe heraus.

Hadrian runzelte die Stirn. »Sind Sie so davon überzeugt, die Natur dessen zu kennen, was wir hier gefunden haben?«

Deirdre riß an den Handschuhen. »Nein, wir wissen es nicht, aber das spielt jetzt keine Rolle mehr. Travis könnte in Gefahr schweben. Wer weiß schon, was Duratek mit ihm anstellt, falls sie ihn in die Hände bekommen?«

Hadrian verschränkte die Arme, und seine Lippen verzogen sich zu einem ironischen Lächeln. »Im Moment bin ich nicht davon überzeugt, daß er mehr von uns hält als von ihnen.«

»Dann werde ich das eben ändern.« Sie hob den Helm, um ihn aufzusetzen.

»Also gut. Ich setze mich mit den Suchern in Verbindung und lasse sie wissen, daß Sie entschieden haben, daß das Desiderat Drei unwichtig geworden ist. Bestimmt streichen sie es nur zu gern aus dem Buch.«

Deirdre zuckte zusammen und senkte den Helm.

Hadrian trat einen Schritt auf sie zu. »*Ein Sucher sucht, greift aber nicht ein.* Sie haben diese Regel bereits schon einmal gebrochen, indem Sie sich zwischen Mr. Wilder und Duratek stellten. Wollen Sie diese Übertretung noch verschlimmern? In der Vergangenheit neigten die Philosophen stets dazu, diejenigen mit Nachsicht zu behandeln, die die Desiderate verletzten und dann ausreichende Reue zeigten. Allerdings stehen sie nicht in dem Ruf, Wiederholungstäter zu dulden.«

Deirdre knirschte mit den Zähnen. »Na schön. Dann gehe ich eben als Freundin hinter Travis her und nicht als Mitglied der Sucher.«

Hadrian lachte. »Und jetzt vergessen Sie den Treueschwur.«

Deirdre starrte ihn an, dann senkten sich ihre Schultern. *»Die Pflicht eines Suchers gilt zuerst den Suchern.«*

»Also wissen Sie es doch noch.«

Sie stellte den Helm ab, und die Wut verblaßte, um von einer kalten Mischung aus Entsetzen, Sorge und Resignation ersetzt zu werden. In diesem Augenblick haßte sie Hadrian. Aber nur, weil er recht hatte. Sie hatte den Treueschwur an jenem Tag vor drei Jahren unter dem weitläufigen Landsitz aus dem sechzehnten Jahrhundert außerhalb von London nicht leichtfertig abgelegt. Die Sucher waren nun ihr Leben. Und auch wenn sie manchmal so einengend erschienen, daß es zum Verzweifeln war, waren der Treueschwur und die Neun Desiderate geschaffen worden, um sowohl die Agenten der Sucher wie auch die Gegenstände ihres Interesses zu schützen. Nur gab es manchmal eben Situationen, die viel komplizierter waren, als die alten Regeln jemals vorgesehen hatten – Regeln, die die mittelalterliche Gesellschaft von Alchimisten, die unter dem Namen Philosophen bekannt waren, zum ersten Mal vor fünf Jahrhunderten im Buch niedergeschrieben hatten.

Deirdre lehnte sich an die Bühne. »Also lassen wir ihn einfach gehen?«

»Für den Augenblick, ja. Die Desiderate sind eindeutig, was das angeht. Wir können Mr. Wilder nicht dazu zwingen, mit uns zu sprechen. Wir können nur beobachten. Das liegt darin begründet, daß Sucher sehen müssen, was Individuen mit außerweltlichen Verbindungen aus freiem Willen tun – ohne durch unsere Aktivitäten beeinflußt zu sein, was sämtliches Wissen beeinträchtigen könnte, das wir durch sie erfahren. In der Zwischenzeit denken Sie an unser Motto. *Beobachten – Glauben – Warten.*«

»Aber worauf warten?«

Hadrian schwieg. Dann sagte er: »Darauf, daß die Gefahr, die Sie befürchten, zur Realität wird, so daß selbst die Philosophen gezwungen sein werden, sie anzuerkennen.«

Deirdre stand stocksteif da. *Natürlich. So hat er es also gemacht – so hat er Kontakt mit Grace Beckett aufgenommen, ohne sich den Zorn der Philosophen zuzuziehen.*

»Das Neunte Desiderat«, sagte sie laut.

In dem Halbdunkel blitzte Hadrians schiefes Grinsen auf. »Sehr gut. Endlich gebrauchen Sie Ihren Kopf.« Er ging zum Tisch, holte das Foto von Dr. Grace Beckett hervor und strich mit dem Daumen darüber. »Das Neunte Desiderat. *Was auch geschieht, kein Sucher darf eine andere Person zu Schaden kommen lassen.*«

Er legte das Foto wieder hin und drehte sich um.

»Es ist das Neunte, das uns menschlich bleiben läßt.

Das Neunte, das unserer Arroganz einen Stich versetzt und uns davon abhält, unser erlangtes Wissen dazu zu verwenden, mit dem Schicksal zu spielen.« Er deutete auf die elektronischen Überwachungsgeräte, die auf dem Tisch lagen. »Wir beobachten, wir katalogisieren, wir studieren. Das ist alles sehr anständig, sogar antiseptisch. Aber in dem Augenblick, in dem die Existenz eines anderen vernunftbegabten Wesens in Gefahr gerät, sind bis auf das Neunte alle anderen Desiderate bedeutungslos.«

Deirdre strich sich mit der Hand durchs Haar. Es war gut, aber nicht gut genug. Sie wollte *jetzt* handeln. »Also wie lange werden wir warten müssen?«

»Nicht lange, wenn Sie recht haben, Deirdre. Absolut nicht lange.«

Deirdre musterte ihren Kollegen. Von Anfang an hatte sie das Gefühl gehabt, daß an Hadrian Farr mehr war, als es auf den ersten Blick den Anschein hatte, und in diesem Augenblick war sie sich dessen sicher. Man erlebte innerhalb der Sucher keinen derartigen Aufstieg ohne guten Grund. Gerüchten zufolge hatte Farr Beweise für ein – erst kürzlich geschlossenes – außerweltliches Portal innerhalb einer Maya-Pyramide in Yukatan gefunden. Das und seine Begegnung der Klasse Eins, die er mit Grace Beckett erlebt hatte, hatte dazu geführt, daß man munkelte, man würde aus ihm einen Philosophen machen.

Natürlich wußte keiner der Sucher, die Deirdre kennengelernt hatte, wer genau die Philosophen waren oder ob jemals einer von ihnen als Agent gearbeitet hatte, bevor sie in den geheimen Führungskreis der Organisation aufgenommen wurden. Auch wenn alle Befehle letztlich von den Philosophen kamen – mittels Briefen und in letzter Zeit durch elektronische Kommunikation –, hatte sie während ihrer drei Jahre weder einen von ihnen gesehen noch gesprochen. Es sei denn, sie hätte es ohne ihr Wissen getan, denn es gab unter den Suchern Leute, die der Meinung waren, daß sich die Philosophen unerkannt unter ihnen bewegten.

Sie ging zum Tisch. Hadrian blätterte in einem kleinen, in Leder eingebundenen Tagebuch. Es stammte aus der Sarsin-Akte. Die Sucher hatten es vor über einem Jahrhundert aus den Überresten des Queen's Shelf gerettet. Die Seiten, die nicht von den Flammen geschwärzt waren, waren noch immer nicht zu entziffern, da die dort niedergeschriebenen Symbole zwar Runen ähnlich sahen, es aber keinerlei Übereinstimmung mit derzeitigen oder historischen Schriften gab. Zumindest keine Schrift, wie man sie auf der Erde kannte.

Hadrian strich mit dem Finger über eine zur Hälfte unkenntliche Zeile. Die Zeichnung zeigte ein Schwert, dessen breite Klinge mit seltsamen Runen geschmückt war. Es gab eine Verbindung, von der sie Travis nichts erzählt hatten – eine weitere Verbindung zwischen Grace Beckett und dem Mann, der sowohl als James Sarsin und Jack Graystone bekannt war.

Sie nahm Grace Becketts Foto. An der Kette an ihrem Hals hing ein trapezförmiges Stück Metall. Deirdre konnte es zwar auf dem Bild nicht sehen, aber sie hatte digital bearbeitete Vergrößerungen studiert, und sie wußte, daß die Symbole auf Dr. Becketts Anhänger mit denen in dem Tagebuch dargestellten übereinstimmten. Die Frage lautete nicht, ob es sich bei dem Anhänger um ein Fragment des gezeichneten Schwerts handelte. Sie lautete vielmehr, wie Grace Beckett an die Kette gekommen war – und zwar – soweit bekannt war – ohne Kontakt zu Jack Graystone zu haben.

Deirdre seufzte. »Was hat das nur zu bedeuten?«

Es war eine rhetorische Frage. Sie erwartete nicht, daß Hadrian ihr antwortete, aber er tat es trotzdem.

»Es bedeutet, daß wir nichts wissen«, sagte Hadrian, ohne aufzusehen. »Es bedeutet, daß wir all unseren Beobachtungen und den Jahrhunderten des Studiums und der Analyse zum Trotz wie Kinder sind, wenn es darauf ankommt, die vor uns liegenden Mysterien zu verstehen.«

»Aber Kinder lernen, Hadrian. Wir können lernen. Wir werden Travis beobachten.« Sie ballte die Faust. »Und wir werden ihn vor Duratek bekommen.«

»Vielleicht. Aber was ist mit denen, die ihn vor ihnen erwischen könnten?«

Deirdre runzelte die Stirn. »Wovon sprechen Sie?«

Hadrian schloß das Tagebuch und schwieg.

14

Der Himmel brannte.

Travis saß auf den zerbröckelnden Überresten einer Mauer – ihre Ziegel waren dunkel vom Rauch, und die Hitze hatte sie zerspringen lassen – und sah dem Sonnenaufgang zu, der ins Tal tröpfelte. Er drehte den steifen Nacken und ließ den Blick über die Ruinen schweifen: die zusammengesunkenen Überreste eines steinernen Schornsteins, die verbrannte Fläche einer verputzten Wand, auf dem Boden verteilte Teile von Möbeln, die so verkohlt und gequält waren wie alles, was man aus den Aschebetten Pompejis gegraben hatte.

Was hatte ihn nur veranlaßt, zur Ruine des Magician's Attic zu kommen? Erst als das erste Licht das Schiefergrau des Himmels in Stahlgrau verwandelte, war ihm bewußt geworden, in welche Richtung ihn seine Füße nach dem überstürzten Aufbruch in der Oper getragen hatten. Aber vielleicht ergab es ja irgendeinen Sinn. In gewisser Weise hatten hier alle Brände ihren Anfang genommen.

Wo ist Jakabar vom Grauen Stein?

Travis hörte wieder das trockene Zischen, als hätte es der Mann in Schwarz ihm gerade ins Ohr geflüstert. Jakabar vom Grauen Stein – Jack Graystone. Es war Jack. Er mußte es sein. Wen hätte der Mann in Schwarz sonst suchen sollen? Falls Travis je einen Zweifel gehabt hatte, hatten die Beweise, die Deirdre und Farr ihm vergangene Nacht gezeigt hatten, ihn ausgeräumt.

Travis hielt sich die rechte Hand und starrte die Ruinen des Antiquitätenladens an. In seinem Herzen flammte Wut auf, so heiß und hell wie die Sonne.

»Das ist nicht fair, Jack«, flüsterte er. »Es ist nicht fair, einen so zu verlassen, wie du es getan hast. Jetzt habe ich alles, was du zurückgelassen hast, am Hals, und ich verstehe es nicht. Nicht mal annähernd. Leute suchen nach dir, und statt dessen finden sie mich, und ich weiß nicht, was ich tun soll. Du bist leicht davongekommen.«

Die Sonne schaute über die Schulter des Castle Peak. Travis hob den Kopf, starrte in das heiße Auge und versuchte mit reiner Willenskraft zu erzwingen, daß er so brannte, wie Jack gebrannt hatte.

Etwas Dunkles schob sich vor die Sonne, ein kühler Schatten fiel auf sein Gesicht. Zuerst sah er nichts, dann paßten sich seine Augen an und er konnte zwei Gestalten ausmachen, die vor ihm standen. Er richtete die Brille und rutschte von der Mauer.

Die Frau und das Mädchen trugen Kleider, die so schwarz wie Asche waren, und ihre Gesichter waren so bleich wie der Mond, wenn man ihn tagsüber am Himmel sehen konnte. Das Haar des Kindes war dunkel – als würde der Stoff, aus dem die Nacht bestand, noch daran haften –, aber das Haar der Frau fing das Licht der Morgenröte ein, die es in Kupfer verwandelte. Travis keuchte erstaunt auf. Aber auch das hier ergab einen Sinn. Sie waren das letzte Mal dagewesen, als sich alles verändert hatte.

»Samanda«, flüsterte er.

Das Mädchen betrachtete ihn mit seinen weisen, violetten Augen. »Wir haben dich gesucht«, sagte es mit seiner lispelnden Stimme.

Trotz der Absonderlichkeit des Augenblicks verzogen sich Travis' Lippen zu einem bitteren Lächeln. »Da bist du nicht die einzige.«

Die Frau tastete mit der Hand umher, dann griff sie nach der Schulter des Mädchens. »Ist er es? Steht er vor uns?«

»Ja, Schwester Mirrim«, sagte das Kind. »Das tut er.«

Erst jetzt bemerkte Travis den Streifen weißen Verbandstoff, der die Augen der Frau verhüllte. »Was ist ihr zugestoßen?«

»Sie hat in das Feuer geblickt, um zu sehen, was sich darin verbirgt.«

Travis schüttelte den Kopf. »Also ist sie blind?«

Jetzt mußte das Kind Samanda lächeln, und sein rosenknospiger Mund verzog sich wissend. »Fürchte nicht um Schwester Mirrim. Sie besitzt eine andere Sicht, andere Augen.«

Es kam Travis so vor, als stünde er auf einem Karussell und die Welt würde sich langsam um ihn drehen. »Ich verstehe nicht.«

Das Mädchen streckte eine Hand aus. Auf der kleinen Handfläche ruhte ein schwarzes Gebilde: ein Papierrabe.

Travis taumelte zurück und stützte sich auf die Mauer. Das konnte nicht geschehen, nicht noch einmal.

»Ich sehe es«, flüsterte Schwester Mirrim. »Die Vögel der Nacht sind gestürzt, ihre Schwingen verbrannten.

Neue finstere Gestalten kommen, das Land verdorrt unter ihrer Berührung.« Ihre Hände wurden zu Krallen, ihre Stimme schrill. »Der Tote, der in Vergessenheit geriet, wandelt wieder unter uns. Er hat das Herz des Feuers in sein Gefängnis gesperrt, und ... Nein! Das darf nicht sein! Er hält ein Flammenschwert in Händen. Er will eine Wunde in den Himmel schlagen, um nach den Sternen zu greifen, und die Welt wird in einem Regen aus Blut ertrinken!«

Travis starrte Schwester Mirrim an, und Entsetzen schnürte ihm die Luft ab. Unter dem Verband über ihren Augen perlten rote Tränen ihre Wangen hinunter.

»Du mußt gehen«, sagte das Mädchen.

Travis riß sich vom Anblick Schwester Mirrims los und schaute auf das Kind hinunter. Der Papierrabe war verschwunden. Seine kleine Hand hielt nur noch Asche, die nun der Wind fortblies.

»Aber wohin?« Sein Mund war wie die Wüste, seine Stimme ein trockenes Krächzen. »Wo soll ich hingehen?«

Von Weisheit erfüllte Augen funkelten. Die Mädchenstimme war ein leises Flüstern, als würde das Kind bereits vergehen. »Du mußt sterben, um verwandelt zu werden.«

Er streckte die Hand aus. »Nein, warte ...«

Ein grelles Licht blendete ihn. Er wandte sich von dem Gleißen der Sonne ab. Es dauerte nur eine Sekunde, vielleicht zwei, aber als er sich wieder dem vom Feuer gehärteten Boden zuwandte, waren sowohl das Kind als auch die Frau verschwunden.

Gelächter stieg in ihm auf, aber er wußte, daß es sich wie das Lachen eines Irren angehört hätte, darum schluckte er es herunter. Für sie, die kamen und gingen, war alles so einfach. Aber was war mit ihm? Was war mit jenen, die zurückblieben? Was sollten sie tun? Dann dachte er an Schwester Mirrims Augen, und ihm wurde klar, daß es für keinen von ihnen einfach war.

Travis trat von der zerstörten Mauer weg, dann verharrte er. Er wußte noch immer nicht, wo er nun hingehen sollte. Falls die Antwort in den Worten des Kindes Samanda gelegen hatte, konnte er sie nicht verstehen. Er überlegte, in den Saloon zurückzukehren, zwang sich aber dazu, das zu vergessen. Duratek wußte, daß er dort zu finden war. Das galt auch für Deirdre und die Sucher. Er wandte Castle City den Rücken zu und betrat ein leeres Feld. Vielleicht spielte es ja keine Rolle, wo er hinging, sie durften ihn nur nicht finden.

Er erreichte den aus der Stadt führenden Highway und ging weiter. Manchmal genügte es schon, wenn man sich in Bewegung setzte. Dann erregte etwas seine Aufmerksamkeit.

Er näherte sich dem verbeulten Zeitungskasten, der am Straßenrand neben ein paar Briefkästen stand. Er ging in die Hocke und las die Schlagzeile.

DUTZENDE SELBSTVERBRENNUNGEN
IM GANZEN LAND – GRUND UNBEKANNT
Arzt bezeichnet es als
»neuen Schwarzen Tod«

Unter der Schlagzeile war ein Foto: eine dunkle verkrümmte Gestalt wie jene auf den Fotos von Hadrian

Farr. Er sog zischend die Luft ein, dann überflog er den Artikel.

Wissenschaftler haben noch keine Erklärung für die Selbstverbrennungen gefunden, die in den letzten sechs Wochen im ganzen Mittelwesten aufgetreten sind. Sie wurden als eine Welle von Nachahmungsselbstmorden bezeichnet, aber bei keinem der Todesfälle konnte bis jetzt ein Brennstoff oder andere Brandbeschleuniger identifiziert werden. Laut Zeugenaussagen zeigten viele der Opfer Symptome wie ungewöhnliches Verhalten und hohes Fieber, kurz bevor sie …

Der Artikel endete an dieser Stelle und wurde irgendwo auf einer Innenseite fortgeführt. Die darunter befindliche Spalte enthielt nur eine kurze Meldung über den steigenden Konsum von Electria unter jungen Leuten, verglichen mit anderen Drogen. Travis griff in die Hosentasche, fand aber nur eine bunte Sammlung von Pennies. Aber das spielte keine Rolle. Er brauchte nicht weiterzulesen; er wußte jetzt, was sein Ziel sein mußte. Vielleicht war das tatsächlich wie der Schwarze Tod. Vielleicht war es eine Krankheit – eine durch Berührungen verbreitete Krankheit.

Er schob die Münzen zurück in die Tasche, erhob sich wieder und blickte zum Horizont. »Halte durch, Max«, flüsterte er. »Du mußt durchhalten.«

Er überlegte, zu seinem Pickup zurückzukehren, aber der parkte noch immer beim Saloon. Zu Fuß würde er schneller zu Max' Wohnung gelangen, als wenn er erst zurückging und den Wagen holte. Er kletterte über einen Drahtzaun und überquerte das leere Feld südlich der

Straße. Minuten später erklomm er eine Anhöhe und sah voraus Castle Citys Bahnhof. Die Straße, die zu Max' Wohnung führte, befand sich direkt auf der anderen Seite.

Er rutschte den Kieshang herunter und kam zu der Ebene, die den Bahnhof umgab. Vor hundert Jahren hatte die Eisenbahn dreimal in der Woche in Castle City haltgemacht und Menschen, Lebensmittel, Werkzeuge und Kohle gebracht. Aber der letzte Zug war hier vor zwei Jahrzehnten durchgefahren. Jetzt war der Bahnhof ein stiller Ort, ein Friedhof, auf dem Träume von Reichtum gestorben waren und überall Güterwaggons herumstanden wie Leichen, die sich niemand die Mühe gemacht hatte zu begraben.

Travis suchte sich seinen Weg über verrostete Gleise, passierte die eingestürzten Überreste des alten Bahnhofsgebäudes und kam zur anderen Seite des Bahnhofs. Von hier aus war es nur noch eine knappe Meile bis zu Max.

Ein vier Meter hoher Maschendrahtzaun hielt ihn auf.

Travis starrte den Zaun ungläubig an. Dann erinnerte er sich. Man hatte den Zaun vor ein paar Jahren aufgestellt. Ein Junge, der in einem der Güterwaggons gespielt hatte, hatte die Tür zugezogen und sich eingesperrt. Seine Leiche war erst Wochen später gefunden worden.

Travis trat einen Schritt zurück und schaute nach oben. Der Zaun war mit Rollen von Stacheldraht versehen. Der daran klebende Rost sah wie getrocknetes Blut aus, und Travis wußte, daß der Draht seine Haut wie Butter durchschneiden würde. Ihm blieb nur die Möglichkeit, den Weg zurückzugehen, den er gekommen war, und den Bahnhof dann zu umgehen. Aber das würde ein noch größerer Umweg sein, als zurück in die Stadt zu gehen und seinen Wagen zu holen.

Er faßte in den Maschendraht, machte sich aber nicht die Mühe, daran zu rütteln. Ihm blieb nichts anderes übrig, als zurückzugehen und zu hoffen, daß er nicht zuviel Zeit verschwendet hatte. Außerdem, vielleicht irrte er sich ja. Vielleicht hatte Max sich bei der Berührung des Mannes in Schwarz ja nur eine Verbrennung zugezogen. Vermutlich saß er in seinem Apartment, ruhte sich wie befohlen aus und würde lachen, wenn Travis an seine Tür klopfte.

Oder Travis würde wieder durch das Fenster in Max' Apartment blicken, nur daß sich ihm diesmal der gleiche Anblick wie auf dem Zeitungsfoto bot. Er schüttelte den Kopf, verscheuchte mühsam das Bild aus seinen Gedanken und wandte sich von dem Zaun ab.

»Hallo, Travis.«

Travis wirbelte herum und starrte mit offenstehendem Mund durch den Zaun hindurch. Wo eben noch abgestorbene Büsche und Luft gewesen waren, stand nun ein Mann. Dann sah Travis schräg hinter einem der Güterwaggons ein Stück einer schwarzen Karosse hervorragen. Aber woher hatte der Mann gewußt, daß er zum Bahnhof kommen mußte?

»Sehen Sie in Ihre Tasche.«

Der Mann war noch immer in Schwarz gekleidet, und mit seinem sauber gestutzten Spitzbart und dem kurzen blonden Haar sah er wie geschaffen für die

Eröffnung einer Kunstausstellung in New York aus. Aber auf der blassen Haut unter seinen Augen zeichneten sich Schatten ab, und auf seinen Wangen sprossen Bartstoppeln. Diese Nacht hatte auch von ihm ihren Tribut gefordert.

»Ihre Tasche, Travis. Ich kann Ihnen die Frage vom Gesicht ablesen. Machen Sie schon – Sie werden dort die Antwort finden.«

Travis zögerte, dann schob er die Hand in die Hosentasche. Er zog dieselben Pennies hervor wie schon zuvor an dem Zeitungskasten. »Ich verstehe nicht.«

Der Mann lächelte – ein gewinnender Ausdruck. Travis hatte Männer wie ihn schon immer beneidet: klein, kompakt, männlich-attraktiv. Manchmal kam man sich albern vor, wenn man so hochgewachsen war.

»Die da«, sagte der Mann. »Denver 1966. Sehen Sie sie sich genau an.«

Travis hielt die Münze hoch. Zuerst fiel ihm nichts Ungewöhnliches auf. Dann bemerkte er, daß sie dicker als die anderen und an ihrem Rand ein Saum zu sehen war. Er drückte den Daumennagel in den Saum. Der Penny sprang auf. Das Morgenlicht ließ den Silikonchip im Inneren der dünnen Kupferhülle wie einen Diamanten blinken.

»Aber … dafür sind Sie mir nicht nahe genug gekommen.«

»Um ihn Ihnen zuzustecken? Stimmt, ich nicht. Aber einem Ihrer Gäste im Saloon hätte es gelingen können, nicht wahr? Ich gehe sogar jede Wette ein, Sie hätten es nicht bemerkt, wenn Ihnen jemand den Penny in die

Tasche gesteckt hätte, während Sie eine Runde Drinks am Tisch abstellten.«

Travis schüttelte den Kopf. Es ergab keinen Sinn – jeder Gast war ein Ortsansässiger gewesen.

»Wie ich bereits sagte, Travis.« Der Mann breitete die Hände aus. »Man kann keinen anderen jemals richtig kennen.«

Das war also die Antwort. Einer seiner Bekannten hatte ihn benutzt. Travis drehte sich um und warf den Sender weit in Richtung Gleise. Ein leises Klirren ertönte, dann Stille. Er drehte sich wieder um, und seine Worte nahmen einen höhnischen Unterton an.

»Und warum haben Sie so lange gebraucht, mich zu finden?«

»Die Berge haben einen seltsamen Effekt auf Radiowellen, vor allem nach Einbruch der Dunkelheit. Wir konnten Sie vor Sonnenaufgang nicht aufspüren. Dann kamen wir so schnell wie möglich.«

Jetzt grinste Travis – es war kein Ausdruck von Humor – und rüttelte am Zaun. »Sieht so aus, als stünde Ihnen etwas im Weg.«

Der Mann zuckte leicht verlegen mit den Schultern. »Wir versuchen alles in Betracht zu ziehen. Diese Mission erforderte mehrere Monate der Planung. Aber selbst wir können nicht alle Faktoren vorhersagen. Ich fürchte, unsere Karte von Castle City war nicht mehr die neueste.«

Travis' Grinsen verblaßte. »Bis Sie herumgefahren sind, werde ich weg sein, das ist Ihnen doch klar, oder?«

»Wieso, glauben Sie, daß ich keinen Drahtschneider im Auto habe?«

»Hätten Sie ihn, hätten Sie ihn schon benutzt.«

Der Mann lachte. »Sehr gut, Travis. Sie sind ein kluger Mann. Ein faszinierender Mann.« Er umklammerte den Maschendraht, die blauen Augen hinter der Brille leuchteten hell. »Ich möchte mich so gern mit Ihnen unterhalten. Wissen Sie das, Travis? Haben Sie überhaupt eine Vorstellung davon, wie gern ich Ihnen zuhören möchte, daß ich alles, was Sie getan, jeden Ort, den Sie besucht, jeden Anblick, den Sie gesehen haben, erfahren möchte?«

»Warum?« fragte Travis. »Damit Sie wissen, in welcher Gebirgskette Sie zuerst nach Erzen schürfen müssen?«

»Haben Ihnen die Sucher gesagt, daß ich das will?«

»Stimmt es etwa nicht?«

Seine Knöchel verfärbten sich weiß, als er den Draht fester packte. »Die Sucher sind so blind, wie sie arrogant sind. Sie halten sich für so aufgeschlossen, aber sie sind es nicht.« Er ließ den Zaun los, holte tief Luft. »Travis, hören Sie zu. Die Sucher behaupten von sich, Gelehrte zu sein, und das sind sie auch, aber sie sind auch Gelehrte der schlimmsten Sorte. Sie wollen nicht lernen und verstehen. Sie glauben, bereits alles genau zu wissen. Darum wollen sie bloß ein paar Proben, die sie in ein Glas packen können, um es zu beweisen.«

»Woher wissen Sie soviel über die Sucher?«

Sein Blick fixierte Travis. »Weil ich einst einer war.«

Travis öffnete den Mund, aber er wußte darauf nichts zu erwidern.

»Es läuft darauf hinaus«, sagte der Mann. »Die Sucher glauben, ihnen gehörte jede neue Welt, die entdeckt wird – daß nur die Elite sie sehen, studieren und katalogisieren dürfte. Duratek ist anders. Darum habe ich mich ihnen angeschlossen. Wir glauben, daß eine neue Welt jedem gehören sollte, nicht nur ein paar Akademikern in ihren Elfenbeintürmen. Wir wollen diese Welt allen geben.«

»Sie meinen, Sie wollen sie ausbeuten. Verkaufen.«

»Worte, Travis. Das sind doch bloß Worte. Und darüber hinaus vermutlich die Worte der Sucher.«

Travis trat einen Schritt vom Zaun zurück.

»Hören Sie zu«, sagte der Mann in leisem, drängendem Tonfall. »Ich weiß, daß ich nicht viel Zeit mit Ihnen haben werde. Also lassen Sie mich nur noch eines sagen. Zwei Welten nähern sich einander, unsere und die andere. Sie wissen das besser als sonst jemand. Diese Verbindung wird stattfinden – Sie können sie nicht verhindern. Aber Sie können uns dabei *helfen*, die Angelegenheit zu regeln, sie zu kontrollieren, dafür zu sorgen, daß es auf die richtige Weise geschieht und nicht auf die falsche.«

Travis zögerte. »Wovon sprechen Sie?«

Der Mann schüttelte den Kopf. »Was wollen Sie wissen? Werden wir ihre Ressourcen ernten, in ihrem Boden schürfen, ihre Felder bestellen? Ist das die Frage? Falls dem so ist, dann lautet die Antwort ja. Ich werde Sie nicht anlügen, Travis, das habe ich Ihnen bereits gesagt. Wir sprechen hier nicht von einem Park. Wir werden sie nicht einzäunen, nicht so.« Er strich mit der Hand über den Zaun. »Aber die Begegnung muß nicht einseitig sein. Denken Sie an die Dinge, die wir anzubieten haben. Arbeit. Technologie. Medizin. Das ist nicht das erste Mal, daß wir neue Welten entdecken, Travis. Aber dies könnte das erste Mal sein, daß wir es richtig machen. Aber wir brauchen Ihre Hilfe.« Er trat von dem Zaun zurück. »Es ist Ihre Entscheidung.«

Travis rührte sich nicht. Der Wind strich stöhnend um die alten Güterwaggons. War dieser Ort nicht einst genau das gewesen? Der Ausgangspunkt für eine neue Welt des Wohlstands? Sie hatten die Indianer vertrieben, die Büffel getötet und die Berge ihrer Eingeweide beraubt auf der Suche nach Reichtum, den man zurück nach Osten karren konnte. Jetzt waren das Gold und das Silber weg, aber die Berge trugen noch immer ihre offenen, eiternden Wunden. Ja, es war seine Entscheidung. Sie lag immer bei ihm.

»Nein.« Travis' Stimme war hart. »Nein, ich werde Ihnen nicht helfen. Was Sie da vorhaben, ist falsch. Egal, wie sehr Sie sich auch bemühen, daß es sich nach dem Richtigen anhört, bleibt es das Falsche. Kein Preis könnte hoch genug sein, um das wiedergutzumachen, was Sie nehmen wollen.«

In die Augen des Mannes trat ein Ausdruck des Bedauerns. »Es tut mir leid, Sie das sagen zu hören, Travis. Sie müssen wissen, jetzt, wo ich Sie kennengelernt habe, hatte ich gehofft, wir könnten Freunde werden. Oder sogar etwas mehr, wie ich gestehen muß.« Er umklammerte wieder den Zaun. »Sie sind in persona viel attraktiver als auf den Fotos, müssen Sie wissen.«

Travis verzog den Mund.

»Verzeihen Sie mir«, sagte der Mann. »Stört Sie das? Daß ein anderer Mann sich von Ihnen angezogen fühlt?«

»Nein. Nur daß *Sie* sich zu mir hingezogen fühlen.«

Der Mann zuckte zusammen. »Ich verstehe. Nun, das spielt keine Rolle. Wir werden bekommen, was wir wollen, ob mit oder ohne Ihre Hilfe. Das tun wir immer. Weil wir auf der Seite des Rechts sind, auf der Seite der Geschichte.« Er hob eine Hand, fast wie zu einem Salut. »Viel Glück, Travis. Aber Sie können uns nicht aufhalten.«

Travis zischte die Worte an zusammengebissenen Zähnen vorbei. »Wenn Sie wirklich eine neue Welt finden wollen, warum fahren Sie dann nicht zur Hölle!«

Er wandte sich ab, bevor der andere darauf etwas erwidern konnte, suchte sich seinen Weg über den Bahnhof und wartete, bis der Zaun außer Sicht war, bevor er losrannte.

15

Travis drückte sich am östlichen Ende der Elk Street in den heißen Schatten einer Gasse herum. Beinahe hätte er über sich selbst gelacht. Fühlte man sich so als Gesetzloser? Oder als Flüchtling vor dem Gesetz? Dabei war er es doch gar nicht, der etwas Falsches tun wollte.

Die Luft jenseits der Gassenmündung schimmerte und tanzte über dem verwitterten Asphalt. Der Nachmittag hatte das Tal in seine erstickende goldene Gaze gehüllt und die Sonne am Himmel festgezurrt. Es hatte den Anschein, als wollte dieser Tag niemals enden. Aber das mußte er: auf die eine oder andere Art.

Travis zog ein zerknittertes Papier aus der Hemdtasche. Nachdem er stundenlang durch die Stadt geschlichen war und darauf geachtet hatte, von niemandem gesehen zu werden, hatte er es gegen Mittag endlich bis zu Max' Wohnung geschafft. Es war ein deutliches Zeichen seiner Furcht, gesehen zu werden, daß er etwas getan hatte, das er seit seiner Rückkehr zur Erde noch nicht versucht hatte. Travis hatte eine Rune gesprochen.

Es war *Alth*, die Rune der Schatten. Wie immer kribbelte seine rechte Hand, als er die Rune sprach, und ein Rauschen dröhnte in seinen Ohren. Aber das Geräusch klang, als käme es aus weiter Ferne und wäre hohl, und es endete viel zu schnell. Die Luft um ihn herum schien sich zu verdunkeln, aber das war alles. Doch selbst dieses geringfügige Ergebnis kostete ihn zitternde Glieder und ein Gefühl der Schwäche. Offensichtlich war seine Macht hier nur ein Bruchteil von dem, was sie auf Eldh darstellte.

Eigentlich hätte ihn das erleichtern müssen – schließlich hatte er sie nie haben wollen. Am Ende konnte einem Macht nur schaden. Aber selbst er mußte zugeben, daß seine Fähigkeiten als Runenmeister jetzt ganz nützlich gewesen wären.

Es war unmöglich festzustellen, ob die schwache gesprochene Rune ausgereicht hatte oder er nur niemand aufgefallen war, aber er schaffte es ungehindert bis zu Max' Apartment. Doch noch bevor er anklopfte, war ihm schon klar, daß sein Partner nicht zu Hause war. Ihm entfuhr ein Seufzer der Erleichterung, dann rief er sich zur Ordnung. Max ging es gut, etwas anderes durfte nicht sein.

Travis wollte gehen, aber dann fiel sein Blick auf den neben dem Türknopf steckenden Zettel. Als er nun in der Gasse stand, entfaltete er bestimmt zum dutzendsten Mal das von einem gelben Block abgerissene Blatt Papier und las die Worte in Max' sauberer, beidhändiger Handschrift.

Travis,
da Du dies liest, bedeutet das, daß ich recht hatte und Du vorbeigekommen bist. Tut mir leid, daß wir uns verpaßt haben. Ich werde den ganzen Tag unterwegs sein – Arztbesuche und dergleichen mehr –, aber triff

mich bei Sonnenuntergang im Saloon. Ich helfe Dir bei der Arbeit.
Max

Travis grinste – wie eine Leiche in der Wüste grinste, wenn Hitze und Trockenheit die Haut des Schädels schrumpfen läßt. *Triff mich bei Sonnenuntergang im Saloon.* Das klang wie ein Dialog aus einem Western im Spätprogramm: irgendein apokalyptischer Showdown in einem Pferdepferch deiner Wahl. Aber es war bloß ein Zettel, und Max konnte nicht gewußt haben, was Travis in weniger als einem Tag alles passiert war. Max war krank gewesen, aber jetzt ging es ihm wieder besser, und er wollte bloß wieder zurück an die Arbeit.

Aber in gewisser Weise würde es doch so etwas wie ein Showdown sein. Schließlich würden *sie* den Saloon beobachten und auf ihn warten. Duratek und die Sucher. Travis faltete den Zettel wieder zusammen und schob ihn zurück in die Tasche.

Ein Motorengeräusch ließ ihn aufsehen. Ein dunkles Gefährt fuhr die Elk Street entlang. Er spannte sämtliche Muskeln an, obwohl er gar nicht wußte, wo er hätte hinlaufen sollen.

Der Wagen fuhr an der Gasse vorbei: ein marineblauer Pickup. Travis seufzte, dann hielt er sich den Bauch. Es war nur schwer zu sagen, wo die Furcht endete und der Hunger begann. Er hatte den ganzen Tag noch nichts gegessen. Und er war es leid, sich in den Schatten zu verbergen.

Er traf eine Entscheidung. Vielleicht war es dumm, vielleicht würde er sich bloß erwischen lassen, aber bis zum Sonnenuntergang dauerte es noch drei Stunden, und er konnte unmöglich länger hier stehenbleiben. Außerdem kam es nur noch darauf an herauszufinden, ob mit Max alles in Ordnung war. Wenn sie ihn erwischten, würde er ihnen trotzdem nicht helfen, er würde ihnen nichts von Grace oder Eldh erzählen.

Glaubst du wirklich, sie haben keine Methoden, Leute zum Sprechen zu bringen, Travis? Am Ende werden sie kriegen, was sie wollen. Das hat er gesagt, und du weißt, daß es stimmt.

Nein, er konnte das nicht glauben. Es ging nicht. Hätte er auf Eldh so gedacht, hätte der Fahle König mittlerweile alle Domänen in Eis erstarren lassen. Andererseits hatte der Fahle König nicht über gelackte Fernsehwerbung, Personal Area Networks und Mikrochipsender verfügt. Wie sollte Magie mit einer solchen Macht konkurrieren können?

Travis verließ die Gasse und blickte in beide Richtungen. Die Elk Street lag verlassen da. Die nachmittägliche Hitze hatte die Menschen in die Häuser getrieben – wenn es dort schon nicht kühl war, dann zumindest doch schattig. Er ging so schnell über den Gehsteig, wie er nur konnte, ohne daß es aussah, als würde er rennen. Das Mosquito Cafe befand sich nur einen Block entfernt. Er steckte die Hände in die Hosentaschen und senkte die breiten Schultern, rechnete jede Sekunde mit dem Quietschen von Bremsen, dem Aufspringen von Wagentüren und dem Klang wütender Stimmen, die seinen Namen riefen. Er zählte die verbleibenden Schritte zum Mosquito Cafe und trat ein.

Das beruhigende Hintergrundgeräusch von Unterhaltungen und klirrendem Porzellan und Bestecken hüllte ihn ein, und seine Furcht nahm ab. Auf gewisse Weise war das sicherer, als sich zu verstecken. Wenigstens kannte er diese Leute.

Oder etwa doch nicht? Hier und da nickte ihm jemand zu oder hob grüßend die Hand. Er fing an zurückzuwinken, zögerte dann aber. Diese Menschen waren seine Nachbarn, seine Kunden. Aber kannte er sie wirklich? Gestern abend hatte jemand, den er zu kennen glaubte, ihm Durateks Sender in die Tasche geschoben. Vielleicht war die betreffende Person ja hier anwesend.

»Travis, mein Schatz, nur Sie allein?«

Travis blinzelte. Delores Meeker legte den Kopf schief, als sie ihn ansah, ihren Kaugummi kaute und eine Speisekarte in der Hand hielt. Er nickte ruckartig, dann folgte er ihr zum hinteren Teil des Cafés. Sie hatten die Hälfte des Weges hinter sich gebracht, als er Deputy Jace Windom an der Theke sitzen sah. Er zögerte, dann streckte er die Hand aus und berührte sie am Arm.

Jace fuhr herum, die Hand am Revolver an ihrer Hüfte. Ihr Blick war hart. Travis trat überrascht einen Schritt zurück. Jace blinzelte, und ihr Ausdruck wurde freundlicher.

»Travis … Ich hatte Sie gar nicht hier gesehen.«

»Es tut mir leid, Jace. Ich wollte Sie nicht … Ich wollte Sie nicht erschrecken.«

Die Polizistin erhob sich von ihrem Hocker. Ihr brauner Uniformhut lag neben einem fast unberührten Teller mit dem Tagesgericht. Etwas an ihr war seltsam. Für gewöhnlich war die Art, wie sie sich bewegte, scharf und präzise. Heute schien sie langsamer zu sein, irgendwie abgestumpft.

Delores ließ eine Kaugummiblase platzen. »Travis, mein Schatz, wollen Sie sich mit Deputy Windom unterhalten?«

»Dauert nur eine Sekunde.«

Delores nickte. »Ich lege Ihnen die Speisekarte in die Nische da hinten. Setzen Sie sich, wenn Sie fertig sind.«

Travis schaffte es, ein Lächeln zustande zu bringen, und Delores ging. Er wandte sich wieder der Polizistin zu, und das Lächeln verblaßte.

»Was ist los, Travis? Etwas nicht in Ordnung?«

Er schluckte, dann zwang er sich, die Frage beiläufig klingen zu lassen. »Ich wollte Sie bloß ... Ich wollte Sie bloß fragen, ob Sie heute Max schon gesehen haben.«

Es war kaum merklich, dennoch entging es ihm nicht: Jace versteifte sich. »Ich fürchte, ich habe in den letzten zweiundsiebzig Stunden nicht mit Mr. Byfield gesprochen. Er ist Ihr Geschäftspartner, Travis. Ich bin sicher, Sie wissen besser über seinen Gesundheitszustand Bescheid als ich. Aber ich bin Polizistin und keine Ärztin. Ich kann nichts für ihn tun.«

Ihre Schroffheit ließ Travis zusammenzucken, dann begriff er aber, daß sie damit weder ihn noch Max meinte. Er bemerkte die Zeitung neben ihrem Teller. Sie hatte das Foto der zur Hälfte verbrannten Leiche eingekreist.

»Das ergibt nicht viel Sinn, nicht wahr, Jace?«

»Nichts ergibt heutzutage noch viel Sinn«, murmelte sie.

Travis suchte nach einer passenden Erwiderung. Es gab so viele Dinge, die er ihr erzählen wollte, aber er fand einfach nicht die passenden Worte. »Wenn ich Max sehe, sage ich ihm, daß Sie an ihn gedacht haben, Jace.«

Sie nickte, mied dabei aber seinen Blick, dann wandte sie sich wieder ihrem kalt gewordenen Essen auf der Theke zu. Travis ging zu seiner Nische, rutschte auf den glatten Plastiksitz und nahm die Speisekarte, die Delores ihm hingelegt hatte – mehr um sich dahinter zu verstecken als zu entscheiden, was er wollte.

Eigentlich hatte er damit gerechnet, daß es ihm nach all den Geschehnissen schwerfallen würde, etwas zu essen, aber das Gegenteil traf zu. Die simple Handlung, seinen Körper mit Essen zu versorgen, war beruhigend und vertraut. Ganz egal, was mit einem geschah, ganz egal, wo man hinging, essen mußte man. Delores brachte ihm Hackbraten, Kartoffelbrei, Gemüse und Apfelkuchen. Travis aß alles auf.

Ein Schatten fiel über ihn.

»Travis?«

Er schob den Kuchenteller zurück. »Das reicht, Delores. Wirklich. Geben Sie mir einfach nur die Rechnung und ...«

Sie schlüpfte auf den Sitz gegenüber und faltete die Hände auf dem Tisch.

Ein Klumpen der Angst formte sich in Travis' Magen, und er wünschte, er hätte nicht soviel gegessen. Er ließ verstohlen die Blicke nach beiden Seiten schweifen, aber niemand sah auch nur in seine Richtung. Aber warum sollten sie auch? In Castle City wußte doch jedermann, daß Travis Wilder und Deirdre Falling Hawk miteinander befreundet waren.

»Ich bin froh, daß ich dich gefunden habe, Travis.«

»Jede Wette, daß es dir eine Menge Extrapunkte einbringt, einen außerweltlichen Reisenden in die Enge gedrängt zu haben. Ich bin sicher, Farr gibt dir eine Eins.«

Deirdres Wangen röteten sich, aber sie verzog keine Miene. »Das habe ich vermutlich verdient. Du hast recht – manchmal können Gelehrte viel zu sehr in ihren Studien aufgehen und vergessen dabei, daß ihre Studienobjekte auch Menschen sind. Aber das meinte ich nicht damit. Ich bin froh, daß sie … Ich bin froh, daß es dir gutgeht, Travis.« Ihre Hand schob sich über die Tischoberfläche auf die seine zu. »Ich hatte Angst um dich.«

Er zog die Hand zurück. »Ich kann auf mich selbst aufpassen«, sagte er, aber es waren leere Worte. Im Augenblick fühlte er sich so allein wie in jenen ersten Tagen auf Eldh, als er durch die einsame Stille des Winterwaldes reiste und sich damit von der Welt entfernte, die er zeit seines Lebens gekannt hatte.

Deirdre schüttelte den Kopf. »Ich möchte das glauben, Travis. Und ich weiß, daß du klug bist und daß du einen starken Willen hast. Aber du weißt nicht, womit du es zu tun hast. Du kannst es nicht wissen.«

Travis senkte den Blick und fuhr sich mit dem Daumen über die rechte Handfläche. »Vielleicht tue ich das doch, Deirdre.« Er schaute auf. »Vielleicht tue ich das besser als jeder von euch.«

Sie preßte die Lippen zusammen und sah ihn nur ernst an. »Bitte, Travis. Du mußt mir zuhören.«

Ihre Stimme war leise, und aus ihr war ein Zittern herauszuhören, das er nicht erwartet hatte. Vielleicht hatte sie tatsächlich Angst um ihn. Er ließ sich von dem Blick aus rauchigen, grünen Augen einfangen.

Deirdre lehnte sich vor, und ihre Stimme verwandelte sich in ein drängendes Flüstern. »Wir haben es vermasselt, Travis. Ich habe es vermasselt. Ich weiß es. Ich hätte dir vertrauen und die Wahrheit sagen müssen. Aber du mußt begreifen. Duratek wird mit dir sprechen, wenn sie glauben, daß sie das, was sie haben wollen, mit einem Gespräch erreichen werden. Aber sie werden tun, was sie tun müssen, um an die benötigten Informationen heranzukommen. Für ihre Buchhalter ist ein Menschenleben ein kleiner Preis für eine ganze neue Welt.«

Sie griff in den Nylonbeutel, der über ihrer Schulter hing, holte ein Flugticket hervor und schob es über den Tisch.

»Das ist ein Ticket nach London. Vor dem Café parkt ein weißer Sedan. Geh raus, steig ein, und die Fahrerin bringt dich zum Denver International Airport. Sie sorgt dafür, daß du es bis ins Flugzeug schaffst. Wenn du in London eintriffst, wird Hadrian Farr dort schon auf dich warten. Er wird dich ins Mutterhaus bringen, und dort unterhalten wir uns dann weiter.«

Travis starrte das Ticket an. »Warum?«

»Hier ist es nicht sicher für dich, Travis. In London können die Sucher helfen, dich zu beschützen. Du kannst so lange im Mutterhaus bleiben, wie du willst. Und du kannst zu jeder Zeit gehen, das schwöre ich dir. Wir werden dich nicht festhalten, nicht wie sie es tun würden.« Sie schüttelte den Kopf. »Ich weiß, es ist schwer zu verstehen. Aber komm nach London, geh ihnen aus dem Weg, und verschaffe dir Zeit zum Nachdenken.«

Travis strich mit dem Finger über eine Ecke des Flugtickets. Es wäre so einfach. Er könnte hier weggehen, weg von den heißen, staubigen Straßen Castle Citys, und nach London reisen – dem kühlen, feuchten, uralten London. Wäre das so schlecht? Immerhin hatten die Sucher Grace bei der Flucht vor den Eisenherzen geholfen. Travis atmete tief durch, dann griff er nach dem Ticket.

Deirdre befeuchtete sich die Lippen. »Da gibt es noch mehr, Travis, Dinge, die wir dir nicht sagen konnten. Über Jack Graystone und die Selbstverbrennungen. Wenn du zu uns kommst, können wir dir zeigen, was wir herausgefunden haben, Dinge, die Duratek dir niemals geben würde.«

Er kniff die Augen zusammen. Also gab es noch mehr, das Deirdre ihm nicht hatte anvertrauen wollen. Er ließ das Ticket los. Was hatten die Sucher sonst noch versäumt, ihm zu sagen? Welche weiteren Informationen würden sie genau dosiert an ihn weitergeben, nur damit er sich so benahm, wie sie wollten? Einst hatte es einen Travis gegeben, der sich genau auf diese Weise hätte benutzen lassen. Aber diesen Travis hatte er auf Eldh zurückgelassen, in der Eiswüste der Schattenkluft.

Er grinste; es war ein wilder Ausdruck. »Ist das also dein Schattenselbst, Deirdre? Das, das lügen kann?«

Sie riß die Augen weit auf, und ihre Lippen bewegten

sich stumm, als sie nach Worten suchte. »Travis, ich mußte …«

»Nein.« Sein Tonfall war hart, aber leise. »Wir entscheiden, was wir werden. Das hast du mir gesagt. Warum also sollte ich dir vertrauen und nicht Duratek? Sie haben mich nicht angelogen. Du schon.«

Sie wurde blaß. »Travis, du kannst nicht zu ihnen gehen.«

»Ich werde zu niemandem gehen.« Er stand auf und verließ die Nische.

Deirdre sprang auf die Füße und griff nach ihm. »Travis, warte. Du kannst jetzt nicht einfach gehen. Du mußt deine Erkenntnisse mit anderen teilen. Du mußt es uns sagen.«

Er drehte sich um und starrte sie an. »Warum?«

Sie holte tief Luft, dann sprach sie mit ruhiger Überzeugung. »Bevor du gehst, beantworte mir eine Frage. Nur eine Frage. Wenn du eine Bergtour machen würdest und dabei auf einen sagenhaften spanischen Goldschatz stießest – eine Kiste voller Wunder, die seit Jahrhunderten verschollen ist –, wen würdest du benachrichtigen? Ein Museum, das sich dem Studium und der Erhaltung kostbarer Objekte verschrieben hat? Oder eine Gesellschaft, die das Gold nehmen und es einfach einschmelzen würde? Sag es mir – was würdest du tun?«

Travis erwiderte ihren Blick. »Ich würde eine Schaufel nehmen, und ich würde ihn vergraben.«

Sie öffnete den Mund, aber ihr fehlten die Worte.

»Goodbye, Deirdre«, sagte er und ging.

Er hatte fast den Hinterausgang des Cafés erreicht, als

er sah, wie sich Deirdre in seine Richtung in Bewegung setzte. Nur daß in genau diesem Augenblick Delores Meeker hinter ihr herlief und Travis' Rechnung schwenkte. Deirdre ging weiter, aber Jace Windom vertrat ihr den Weg, und Delores holte sie ein. Das letzte, was Travis sah, war, wie Deirdre in der Tasche nach Geld suchte. Sie warf einen letzten Blick in seine Richtung: Er war verzweifelt und beschwörend.

Travis wandte sich ab und trat in das gleißende Sonnenlicht hinaus.

16

Die Sonne stand noch immer zwei Handspannen über dem Rand des Castle Peak, aber Travis konnte nicht länger warten.

Die letzte Stunde hatte er sich zwischen den Bergen von Trödel hinter Castle Citys geschlossenem Schürfungsamt versteckt. Im Staub kniend hatte er sich die Zeit mit einer verrosteten Messingwaage vertrieben, die er in einem der Gerümpelhaufen gefunden hatte. Einst hatten Prospektoren die Waage dazu benutzt, ihre Träume in Säckchen mit Goldstaub aufzuwiegen. Jetzt konnte er die Waagearme nicht zum Pendeln bringen. Steine, Glas, Metall: nichts davon ließ die alte Waage in die eine oder andere Richtung sinken. Alles, was er für real gehalten hatte, war gewichtslos und konnte nichts bewirken. Das Gerät war nur noch zum Einschmelzen gut.

Er warf die Waage zurück auf den Haufen, stand auf und klopfte sich den Staub von den Händen. Es war Zeit, in seinen eigenen Schmelztiegel zu steigen.

Bis zum Mine Shaft war es nicht weit. Er blieb in einer Gasse, die parallel zur Elk Street verlief, und suchte sich einen Weg vorbei an Mülltonnen, leeren Kisten und den Überresten von Autos, die vom Fließband gerollt waren, als Hitler noch dieser seltsame kleine Mann aus Deutschland gewesen war. Manchmal spähte er zwischen zwei Gebäuden auf die Hauptstraße, aber die paar Fahrzeuge, die vorbeifuhren, waren weder schwarz noch weiß. Dann war er da.

Travis stieg die Zementstufen zur Hintertür des Saloons empor und legte die Hand auf den Türknauf. Er zögerte. Es war zu früh. Max würde noch nicht da, die Tür verschlossen sein.

Er drehte die Hand, und die Tür schwang auf. Dahinter lag Halbdunkel, wie in einer Höhle. Travis trat ein und schloß die Tür, ließ den letzten Teil des Tages draußen.

Er blieb stehen und wartete, bis sich seine Augen an die Lichtverhältnisse gewöhnt hatten. Ein Umriß nach dem anderen schälte sich aus den Schatten: Packkartons, leere Fässer, ein Stapel Stühle, der alte gußeiserne Boiler des Saloons. Travis suchte sich einen Weg vorbei an dem Gerümpel, schritt durch eine Tür und trat in den Gastraum des Mine Shaft.

Hier war es heller – durch die kleinen Fenster drang Tageslicht hinein –, und Travis sah ihn sofort. Max kehrte ihm den Rücken zu und saß über etwas gebeugt an einem Tisch, die langen, verfilzten Haare nicht zusammengebunden. Ein leises Geräusch nahm zu und wieder ab. Es erinnerte an Gemurmel. Oder einen Singsang.

Travis ging an den leeren Stühlen vorbei; seine Stiefel aus eldhischem Leder verursachten auf dem Boden nicht den geringsten Laut. Er blieb vor Max' Tisch stehen, aber sein Partner beugte sich noch immer über das zerkratzte Holz und sortierte und zählte.

»Was ist das, Max?«

Die Worte waren kaum mehr als ein Flüstern, aber sie

zerschmetterten die Stille. Max schaute mit wildem Blick auf; das verfilzte Haar fiel ihm aus dem Gesicht. Travis hatte sich für das Schlimmste gewappnet, trotzdem trat er einen Schritt zurück.

»Oh, Max …«

Max' Blick schwankte, verlor ständig den Fokus, wurde aber schließlich klarer. »Travis?«

Es klang wie das Krächzen eines Mannes, der sich in der Wüste verirrt hatte, und Max sah genauso aus. Seine Haut war dunkel, das Fleisch war fast bis auf die Knochen abgemagert; seine Lippen waren aufgesprungen und sonderten eine farblose Flüssigkeit ab. Seine Kleidung war zerzaust, der Verband um seine rechte Hand war gelb und verkrustet. Doch von ihm ging kein Geruch aus – abgesehen von einem trockenen Duft, der an von der Sonne gebackenen Staub erinnerte. Auf dem Tisch standen ein Medikamentenfläschchen, eine Plastiktüte und zwei Stapel Pillen. Die Pillen glänzten und waren purpurfarben; auf jeder prangte ein weißer Blitz.

Travis starrte die Pillen an. »Max, was tust du da?«

Max grinste, eine schreckliche Karikatur seiner sonstigen Fröhlichkeit. »Du kennst mich doch, Travis … immer am Zählen.«

Max schob die Pillen in das Fläschchen. Eine rollte vom Tisch und kullerte über den Boden. Max warf sich mit schockierender Schnelligkeit aus dem Stuhl, kroch auf allen vieren, schnappte sich die Pille mit der zitternden linken Hand und stopfte sie sich gierig in den Mund. Er schluckte sie trocken herunter, dann kniff er die Augen zusammen. Ein paar Herzschläge vergingen, dann hörte das Zittern auf, und seine dünnen Schultern sanken mit einem Seufzen herab.

Als er die Augen wieder öffnete, waren sie klar wie ein Wirbelsturm. »Jetzt ist alles besser«, sagte er und lachte.

Das Lachen ließ Travis frösteln.

Max fing an, sich am Tisch hochzuziehen. Travis streckte die Hand nach ihm aus, um ihm zu helfen.

»Nein! Faß mich nicht an!«

Es war das Knurren eines verwundeten Tieres. Travis wich unwillkürlich zurück und riß die Hand zur Brust hoch. Max stolperte auf die Füße. Seine Augen waren nun heller, in ihnen brannte es fiebrig.

»Was geschieht mit dir, Max?«

Der Ausdruck auf Max' Gesicht war zwischen Erstaunen und Furcht anzusiedeln. Aber vielleicht war die Distanz zwischen beidem gar nicht so groß. »Ich weiß es nicht, Travis. Es ist, als würde ich klarer. Gleichzeitig klarer und leichter. Alles, was ich immer für real oder wichtig hielt, erscheint mir jetzt so verschwommen. Die Stadt, der Saloon, die Menschen. Ich kann sie kaum erkennen. Aber andere Dinge ... sie sind so hell, so scharf umrissen, daß ich mich frage, warum ich sie nie zuvor gesehen habe.«

»Was für Dinge, Max? Wovon sprichst du?«

Aber Max lächelte bloß und schüttelte den Kopf.

Travis' Blick richtete sich auf das Pillenfläschchen auf dem Tisch. »Was ist das, Max? Hat dir der Arzt die verschrieben?« Aber auf dem Fläschchen befand sich kein Etikett, und bevor Max die Frage beantworten konnte, wußte Travis die Antwort schon. Er hatte solche Pillen noch nie zuvor gesehen, aber was sollte der kleine Blitz sonst symbolisieren? »Es ist Electria, nicht wahr?«

Max nahm das Fläschchen. Er schob es in die rechte Ellenbeuge. Die knochigen Finger seiner linken Hand kämpften mit dem Verschluß und streiften ihn schließlich über.

»Ich weiß nicht, woher sie es wußten. Ich selbst hatte es fast schon vergessen. Sicher, in New York habe ich was genommen. Schließlich war ich der Seniorbuchhalter einer der besten Werbeagenturen der Stadt. Alles ging dort mit rasendem Tempo, es war fast schon Firmenpolitik.« Er lachte, und es klang wie der alte Max. »Nahm man nichts, schickten sie einen zum Firmenarzt, damit man sich ein Rezept abholte. Aber das ist Jahre her. Das alles ließ ich hinter mir, als ich ... als ich herkam.«

Travis trat einen Schritt näher an seinen Freund heran. »Wer, Max? Wer hat sie dir gegeben?«

Max hielt den Blick auf die Flasche gerichtet. »Sie kannten mich, Travis. Sie wußten alles von mir, aber ich wußte nicht, wer sie waren. Sicher, ich hatte die Werbespots gesehen. Aber ich wußte nicht, wofür sie werben. Ich glaube nicht ... Ich glaube nicht, daß es das hier war.«

Ein Schauder durchfuhr Travis, wie einer dieser kleinen Blitze. Das Wort war mehr ein Reflex als eine Behauptung. »Duratek.«

Max schob das Fläschchen in die Hosentasche. »Ich wollte es nicht. Ich wollte sie nicht nehmen. Aber meine

Hand – nichts konnte die Schmerzen vertreiben, zumindest nichts, was die Ärzte mir gaben, und das hier … das ließ sie aufhören. Zumindest eine kleine Weile.« Er ließ den Kopf hängen. »Verzeih mir, Travis.«

Travis versuchte, das Brennen in seinen Augen wegzublinzeln. Er wollte die Hand ausstrecken, dann fiel es ihm wieder ein, und er zog sie zurück. »Ist schon gut, Max. Schon gut. Die Schmerzen hätten jeden dazu getrieben. Und es sind bloß Pillen. Wir werden dir beim Entzug helfen.«

Max hob den Blick. »Nein, Travis. Nicht das Electria. Dafür will ich deine Vergebung nicht.«

»Wofür dann?«

»Für das, was ich tun werde.«

Ein schrilles Jaulen zerriß die Luft. Travis versteifte sich. Er hatte diesen Laut schon einmal gehört, damals, als er das letzte Mal mit Max telefoniert hatte.

Max löste einen kleinen Gegenstand vom Gürtel. Einen Pieper. Er schaute auf den leuchtenden Schirm, nickte und stellte den Pieper auf dem Tisch ab.

»Sie kommen.«

Unsichtbare Hände griffen aus dem Halbdunkel zu und faßten Travis bei der Kehle. Er wich vom Tisch zurück, stieß Stühle beiseite. Max stand stocksteif da, der Ausdruck auf seinem Gesicht zeigte Ruhe, vermischt mit einer Art trauriger Resignation. Travis rang nach Luft. Das Atmen fiel so schwer; die Hitze würde ihn ersticken. Eine Falle. Es war eine Falle.

»Wie lange?« krächzte er. »Wie lange habe ich?«

Max hielt sich die verwundete Hand. Das verfilzte

Haar verbarg sein Gesicht. »Drei Minuten. Höchstens vier. Sie sollten vor dir hier sein, auf dich warten, aber du bist zu früh gekommen. Ich vermute, daran haben sie nicht gedacht. Sie glaubten bestimmt, du würdest bis zum letzten Augenblick wegbleiben.«

Travis fletschte die Zähne zu einem humorlosen Lächeln, und er dachte an den Zaun beim alten Bahnhof. »Selbst sie machen Fehler.«

Max nickte. »Aber nicht viele.«

Travis' Grinsen verblaßte. Er ballte die Fäuste, aber diese Geste verkörperte keine Wut, sondern Enttäuschung. Zuerst hatte Jack vor ihm Dinge verborgen. Dann Deirdre. Jetzt hatte Max ihn betrogen – der gute, nette, dumme Max. Was ging hier nur vor sich? Verbarg jeder eine Wahrheit, die einen wie eine vergiftete Klinge, die aus der Scheide gezogen wurde, nur dann verletzen konnte, wenn sie schließlich enthüllt wurde?

Mal ganz ehrlich, Travis Wilder, du kennst dich doch bestens mit verborgenen Dingen aus, nicht wahr?

Er zwang die Fäuste wieder auseinander, zwang sich, Max' Blick zu erwidern.

»Es tut mir leid, Travis.« Max' blasenbedeckte Lippen bewegten sich kaum, während er flüsterte. »Es tut mir so leid. Ich habe dir nie gesagt … wie schlimm es war. Ich wußte nicht, wie ich es schaffen sollte weiterzumachen. Als sie das erste Mal kamen, als sie es mir das erste Mal gaben, hielt ich sie für ein Gottesgeschenk. Das Electria, es war … es war wie …« Er schüttelte den Kopf. »Du kannst es nicht verstehen. Es war wie das Leben, wie Hoffnung. Dann sagten sie mir, sie könnten es mir nicht mehr länger geben. Nicht umsonst, nicht, wenn ich nicht etwas für sie erledigte.« Er zitterte nun am ganzen Leib. »Nicht, wenn ich dir nicht den Zettel schrieb.«

Travis wußte, er hätte flüchten sollen, nichts wie weg hier, aber er konnte sich nicht rühren. Max breitete dünne, zitternde Arme zu einer Geste aus, die wie ein Flehen aussah. Dann riß er sie zurück und drückte sie fest an seinen gekrümmten Körper, als wären sie etwas Kostbares. Oder Gefährliches.

Die Wut, die Travis verspürte, schmolz dahin. Sie wurde ersetzt durch – ja, durch was? Nicht Furcht, auch nicht durch Mitleid. Es war auch nicht nur Bedauern. Verständnis. Das war es. Und wie schrecklich so etwas doch sein konnte. Max wurde von einem Krampf geschüttelt. Er strahlte Hitze aus.

»Ich brenne, nicht wahr, Travis?« Er fuhr sich mit einer angeschwollenen Zunge über die Lippen. »Wie die Leute, die ich heute morgen in der Zeitung gesehen habe. Wie der Mann, der den Saloon betrat, der Mann in der schwarzen Kutte.«

Nein! wollte Travis rufen, aber dann ließ er es sein. »Wir tun etwas, Max. Uns wird schon was einfallen. Draußen steht der Wagen. Ich bringe dich nach Denver. Wir gehen in ein Krankenhaus und sorgen dafür, daß man sich um dich kümmert, okay? Laß uns nur hier verschwinden, und dann …«

Draußen erstarb der Motor eines Autos. Das Geräusch drang zusammen mit dem blutroten Licht des Sonnenuntergangs durch die Fenster herein. Ein paar Augenblicke lang – solange Travis gesprochen hatte – hatte so etwas wie Hoffnung in Max' braunen Augen gefunkelt. Jetzt wurden sie hart und leblos.

»Du kommst zu spät, Travis.«

Travis schüttelte den Kopf. »Nein, das werde ich nicht akzeptieren.«

Ein weiterer Wagen schaltete den Motor aus. Also gab es mehr als einen von ihnen. Er blickte sich wild um, auf der Suche nach dem besten Fluchtweg.

»Welcher Weg, Max? Wie kommen sie rein?«

Max starrte wie eine Statue ins Leere.

»*Welcher Weg?«*

Die Wucht von Travis' Worten ließ Max blinzeln. »Von vorn«, sagte er und keuchte. »Ich sollte hinten abschließen.«

»Aber das hast du nicht. Gut, Max. Das war gut. Das bedeutet, daß wir eine Chance haben. Komm mit.«

Er ging auf den Lagerraum zu, und er hätte Max am liebsten mit sich gezogen, aber er wagte es nicht. Nicht, bis man herausgefunden hatte, wie diese Feuerkrankheit übertragen wurde. Doch nach ein paar Sekunden schlurfte Max hinter ihm her. Auf dem hölzernen Gehsteig an der Vorderseite erklangen leise, aber unverkennbare Schritte. Travis eilte in das Halbdunkel des Lagerraums. Max folgte ihm. Travis schloß die Tür, dann tastete er in dem gedämpften Licht so lange herum, bis er eine Schaufel fand. Er schob sie quer über die Tür und klemmte beide Enden hinter die Rohre, die zu beiden Seiten verliefen.

»Das nutzt nichts«, sagte Max. »Das wird sie nicht aufhalten.«

»Das muß es auch nicht«, sagte Travis und drehte sich

um. »Wir brauchen bloß …« Er verstummte und sog scharf die Luft ein.

»Travis, was ist?«

»Ich kann … Ich kann dich sehen, Max.«

Max hob die linke Hand und betrachtete sie. Es war nicht sehr hell, aber in dem abgedunkelten Raum war es offensichtlich: Ein tiefrotes Glühen umfloß Max' Haut. Er glühte. Nein, er strahlte es aus.

Max schüttelte den Kopf. »Was geschieht mit mir?«

Travis wollte etwas sagen, aber er wußte keine Antwort, und in diesem Augenblick ertönte auf der anderen Seite der Tür ein lautes Krachen. Es folgten ein paar Sekunden der Stille, dann kam der gedämpfte Laut einer Unterhaltung. Travis konnte mindestens drei verschiedene Stimmen ausmachen.

Er richtete seine Aufmerksamkeit wieder auf Max. Und jetzt – endlich – gewann die Furcht über alle anderen Emotionen. »Sie sind da.«

Max senkte die Hand. Dann nickte er knapp. »Natürlich – jetzt verstehe ich es. Ich verstehe, was geschieht, alles ergibt einen Sinn. Ich weiß, was ich tun soll.«

»Wovon sprichst du?«

Max bewegte sich. In dem Halbdunkel war schwer zu erkennen, was genau er da tat, aber Travis konnte den roten Umriß seines Körpers verfolgen. Max beugte sich vor, stöberte in einer Ecke herum und richtete sich mit einem Gegenstand in der linken Hand wieder auf. Dann drehte er sich um, und ein verirrter Lichtstrahl spiegelte sich auf einer scharfen Kante wider. Es war eine Axt.

»Max – nein!«

Es war zu spät. Max hob die Axt und schlug zu.

Travis duckte sich, aber die Axt fuhr weit über seinen Kopf hinweg. Das helle Klirren von Metall auf Metall ertönte, gefolgt von einem Zischen wie das Todesröcheln einer sterbenden Schlange. Die Axt polterte zu Boden, und Max sackte gegen eine Wand; die Anstrengung hatte ihn völlig erschöpft. Travis bemühte sich zu verstehen, was geschehen war. Dann roch er den süßen, verfaulten Geruch.

Es war das Rohr, das zu dem alten Boiler führte. Max hatte es zerstört. Der Raum füllte sich mit Gas.

Auf der anderen Seite der Tür erklangen Schritte. Der Lärm der Axt hatte sie alarmiert. Die Tür klappte ein Stück weit auf, stieß gegen die Schaufel und bewegte sich nicht weiter.

»Max?«

»Geh, Travis.«

»Max, was tust du?«

Etwas schlug gegen die Tür. Die Schaufel klirrte gegen die Rohre, hielt aber.

»Du mußt gehen.« Max' Stimme war ruhig und beherrscht, als hätte er eine seltsame Art von Frieden gefunden. »Danke für alles, was du für mich getan hast, Travis.«

»Max!« Travis war außer sich. Das Herz schlug ihm bis zum Hals. Schon einmal hatte ihm ein Freund befohlen zu gehen. Er konnte nicht noch einen im Stich lassen. Nicht noch einmal.

Ein zweiter Schlag traf die Tür zum Lagerraum. Die Schaufel ächzte.

»Sofort, Travis. Solange noch Zeit ist. Öffne die Tür zur Gasse.«

Der Gasgeruch war mittlerweile erstickend. Der mangelnde Sauerstoff machte Travis schwindelig. In wenigen Sekunden würden sie ersticken. Sie mußten hier raus – sie beide. Travis stolperte vorwärts, seine Hände fanden den Türknauf. Nur wenige Zentimeter entfernt war frische Luft. Auf der anderen Seite. Aber Max war nicht hinter ihm. Er sah über die Schulter.

Ein dritter Schlag traf die Tür zum Lager. Die Schaufel zerbrach, die Tür wurde aufgeschleudert. In der Öffnung stand ein stämmiger Mann mit einem blonden Spitzbart und einer Brille, die Travis' aufs Haar ähnelte. Der Mann klopfte sich die Hände ab und lächelte. Hinter ihm erhoben sich zwei schattenhafte Gestalten.

»Travis, jetzt!«

Max griff mit der linken Hand nach dem zerstörten Gasrohr. Der Agent von Duratek wandte sich der Bewegung zu, und sein Lächeln verwandelte sich in ein Stirnrunzeln. Max kniff die Augen zu, öffnete sie wieder, und ein Ausdruck wie Ekstase verzerrte sein Gesicht. In diesem Augenblick sah Travis es: Aus Max' ausgestreckter Hand zuckte eine scharlachrote Flamme.

Der Blonde riß die Augen auf. Travis fuhr herum, riß die Tür auf und warf sich nach draußen. Hinter ihm ertönte Max' von Herzen kommendes, fröhliches Gelächter.

Dann verwandelte sich die Welt in ein Flammenmeer.

17

Rote Wolken hingen am Himmel, als Travis die letzten paar Meter der Straße emporstieg, die den Hügel südlich der Stadt erklomm. Er wußte, daß es unmöglich war. Um von der brennenden Zerstörung des Mine Shaft Saloons zu diesem Ort zu gelangen, hätte er mindestens eine Stunde benötigen müssen. Aber irgendwie schien es keine Zeit gekostet zu haben – irgendwie war es noch immer Sonnenuntergang. Aber vielleicht würde es von nun an immer Sonnenuntergang bleiben; der Tag, der für alle Zeiten in Flammen erstarb.

Er schob sich die Hände unter die Achselhöhlen. Es linderte das Brennen und verlangsamte die Blutungen. Als er sich aus der Hintertür des Saloons geworfen hatte, war er über die Stufen geflogen und zwei Meter entfernt in der Gasse auf den ausgestreckten Händen gelandet. Kies und pulverisiertes Glas hatte sich in seine Handflächen gebohrt und unter der Haut festgesetzt. Die Wunden schmerzten, aber nicht so stark, daß er es nicht ertragen konnte. Davon abgesehen hatte ihn der Sturz gerettet.

Er hatte mehrere Sekunden dort gelegen, während brennende Holzstücke und glühend heiße Metallsplitter auf ihn niedergingen. Zwar konnte er sich nicht mehr an die Druckwelle erinnern – scheinbar hatte sich alles in perfekter Stille abgespielt –, aber ihre Nachwirkungen ließen seine Ohren klingeln. Die Hitze wurde schnell unerträglich. Er kam mühsam auf die Beine, taumelte die

Gasse entlang und drehte sich um, um das Inferno zu sehen, das noch vor einer Minute sein Leben, sein Lebensunterhalt und sein Zuhause gewesen war.

Es dauerte mehrere Sekunden, bevor er alles aufnehmen konnte, bevor das sich ihm bietende Bild überhaupt einen Sinn ergab. Die hintere Hälfte des Mine Shaft war so gut wie verschwunden. Nur die Zementstufen, die zur Hintertür hinaufgeführt hatten, waren noch intakt: Sie hatten Travis vor der Druckwelle beschützt.

Eine zweite Explosion erschütterte den Boden. Glas zerbrach, eine Stichflamme schoß in den Himmel und verschmolz mit dem blutroten Himmel. Das Feuer griff auf die Gebäude neben dem Saloon über; sie waren auch verloren. Doch die Kraft der zweiten Explosion schien einen Teil des Feuers gelöscht zu haben, und in diesem Augenblick übertönten Sirenen das laute Prasseln.

Travis wußte, er sollte bleiben, mit ihnen sprechen, sie über Max Byfields Tod informieren sowie über die drei Unbekannten, die ebenfalls gestorben waren.

Aber was hätte das noch gebracht? Was konnte er sagen, das möglicherweise einen Unterschied gemacht hätte? Max war nicht mehr zu helfen. Und Duratek würde sich schon um die seinen kümmern, da hatte er nicht den geringsten Zweifel.

Die Sirenen wurden lauter, und Furcht durchstieß die Taubheit, die ihn einhüllte. Was, wenn Duratek schon unterwegs war? Wenn er blieb und mit dem Feuerwehrchef und dem Sheriff sprach und *sie* tauchten auf? Max hatte Travis' Flucht mit seinem Leben erkauft. Was war das wert, wenn Travis ihnen direkt in die Arme lief?

Danke für alles, was du für mich getan hast, Travis.

Alles, was Travis ihm angetan hatte. Hätte Max nicht das sagen müssen? Travis hatte ihn genauso sicher getötet wie der Mann in Schwarz. So sicher wie Duratek. Aber jetzt waren seine Qualen vorüber.

Mit einem Seufzen brach das Dach des Mine Shaft in sich zusammen und webte ein Leichentuch aus Funken. Der Qualm und der Verlust ließen Travis' Augen brennen, aber seine von der Hitze versengten Tränendrüsen konnten keine besänftigende Flüssigkeit produzieren.

»Es tut mir leid, Max«, flüsterte er.

Dann hatte er sich zum zweiten – und letzten – Mal in seinem Leben umgedreht, um von dem Ort zu fliehen, an dem ein Freund gestorben war.

Und jetzt, während der scharlachrote Vorhang noch immer am westlichen Horizont hing, erreichte Travis die Spitze des Hügels. Er drehte sich um. Das Tal breitete sich wie eine Karte unter ihm aus. In seiner Mitte stieg eine schwarze Rauchsäule empor: der Mine Shaft, oder das, was noch von ihm übrig war. Travis' Blick schweifte nach Süden, zu der Ansammlung brauner Gebäude, wo Max gewohnt hatte. Dann nach Nordwesten, die bleistiftdünne Linie der Gleise entlang, zu den winzigen Rechtecken, von denen er wußte, daß es sich um die Güterwaggons handelte. Dann schließlich über die schwarze Schlange des Highway, zu einem dunklen Fleck am Stadtrand. Die Ruinen des Magician's Attic. Jack Graystones Antiquitätenladen. Wo alles einmal begonnen hatte.

Aber das stimmte so nicht. Sein Blick glitt nach Osten, doch das, wonach er Ausschau hielt – Felder, die sich bis zum flachen Horizont erstreckten, ein altes Farmhaus, das Jahre des Regens und des Leidens völlig ausgeblichen hatten – lag jenseits seines Sehvermögens. Und doch war es da, irgendwo, jenseits der rötlichen Hänge der Signal Ridge und dem trennenden Meer der Prärie. Dort hatte seine Reise tatsächlich begonnen.

Sein Blick glitt wieder zurück: das Antiquitätengeschäft, der Bahnhof, Max' Wohnung, der Mine Shaft. Einen Augenblick lang fragte er sich, was er da eigentlich tat. Dann wußte er, daß er gerade Abschied genommen hatte.

Wo soll ich hingehen?

Das war die Frage gewesen, die er dem Kind Samanda gestellt hatte, als es ihm zusammen mit Schwester Mirrim erschienen war. Als er vom Saloon geflüchtet war, war ihm die gemurmelte Antwort wieder eingefallen.

Du mußt sterben, um verwandelt zu werden.

In diesem Augenblick hatte er gewußt, wo er hingehen mußte.

Travis stieß das verrostete Eisentor auf, trat hindurch und schloß es wieder hinter sich. Dann ging er den Kiesweg entlang tiefer in den Friedhof Castle Heights hinein. Der Wind summte ein leises Lied, als er über die verwitterten Grabsteine strich. Travis suchte sich einen Weg vorbei an den alten und namenlosen Gräbern. Er brauchte nicht lange, bis er gefunden hatte, was er suchte.

Der Mann stand fast in der Mitte des Friedhofs, und zwar auf einer kleinen Anhöhe aus Steinen und Unkraut, als bräuchte er einen besseren Aussichtspunkt, als der

Hügel allein geben konnte. Er war hochgewachsen, mit einem schwarzen Anzug bekleidet und stand so gerade wie ein Pfosten. Eine lange Hand hielt den breitkrempigen Hut gegen den Zug des Windes, und sein zerfurchtes Gesicht war der Ferne zugewandt – nicht dem feurigen Horizont des Westens, sondern der sich verdunkelnden Linie des Ostens und der hereinbrechenden Nacht.

Travis überquerte den Friedhof, aber der Mann rührte sich nicht, so als sähe er ihn nicht oder es wäre ihm egal, oder er wüßte es schon längst und würde geduldig warten. Dann hatte Travis ihn erreicht.

»Wer sind Sie?«

Bruder Cy wandte nicht den Blick vom Osten, aber auf seiner totenkopfähnlichen Visage zeigte sich ein Grinsen. »Nun, es ist auch schön, dich wiederzusehen, mein Sohn.«

Travis zuckte zusammen. Es war schon seltsam, wie eine so leise und schmeichelnde Stimme so scharf sein konnte. Er umrundete den Erdhügel, bis er vor dem Prediger stand. »Sagen Sie es mir.«

Stille. »Wir sind die Vergessenen, mein Sohn. Aber uns selbst haben wir nicht vergessen. Reicht das nicht?«

Travis dachte darüber nach. *Nein*, wollte er antworten, aber dann hielt er inne. Vielleicht reichte es ja doch. Jack, die Sucher, Duratek, von ihnen allen wußte er etwas. Aber dieses ganze Wissen hatte ihm nicht das geringste gebracht. Vielleicht war es Zeit, dem Geheimnis eine Chance zu geben.

»Warum sind Sie hier?« fragte er, weil ihm nichts außer einer Frage einfiel.

Bruder Cys lange, schwarze Rockschöße flatterten im

letzten Atemzug des Tages. Aschefarbenes Zwielicht senkte sich vom Himmel.

»Zwei Welten nähern sich einander. Wenn die eine brennt, so auch die andere.«

»Ich verstehe nicht.« Aber Travis hatte noch nicht zu Ende gesprochen, als er sich da nicht mehr so sicher war. *Ein neuer Schwarzer Tod*, hatte es die Zeitung genannt. Aber im Grunde traten nur wenig wirklich neue Krankheiten auf. Meistens kamen sie nur von einem anderen Ort.

»Eldh braucht dich, mein Sohn. Sie rufen dich bereits. Kannst du sie nicht hören?«

Travis ballte die blutenden Hände zu Fäusten, aber er verspürte keine Wut, sondern bloß Müdigkeit. »Das ist mir egal. Ich möchte mich zur Abwechslung nur mal um mich selbst kümmern. Ich will die Welt nicht retten.«

Jetzt kam Bewegung in Bruder Cy. Er warf den Kopf in den Nacken, breitete die dürren Arme aus und lachte aus vollem Halse. Sein Gesicht verzerrte sich zu einer häßlichen, komischen Maske, und sein Adamsapfel trat so scharf hervor, daß es den Anschein hatte, als würde er sich gleich durch seinen Hals bohren. Travis starrte das groteske Bild an. Schließlich ließ die Heiterkeit des Predigers nach. Er sank in sich zusammen, als wäre er erschöpft.

Travis sah ihn mit zusammengekniffenen Augen an. »Was ist so komisch?«

Bruder Cy wischte sich Tränen aus den Augen. »Der Witz, mein Sohn. Du hast einen großartigen Witz gemacht.«

Travis schüttelte bloß den Kopf.

»Aber verstehst du denn nicht?« Bruder Cy klatschte in die großen Hände. »Rette die Welt, rette dich selbst. Wo liegt da der Unterschied, mein Sohn? Was ist der Unterschied?«

Aber Travis verstand es nicht. Er wünschte sich, er könnte so lachen wie der Prediger, aber es fühlte sich so an, als sei sein Herz verbrannt und nur Asche übriggeblieben. »Hier gibt es nichts mehr für mich«, sagte er.

Bruder Cy nickte, und sein Gesichtsausdruck war jetzt ernst und von tiefgründigem Verständnis gezeichnet. »Dann ist es Zeit zu gehen.«

Er zeigte auf das Fleckchen Erde an seiner Seite. Dort gab es zwei Gräber. Das erste sah ziemlich frisch aus. Es war mit einem Grabstein gekennzeichnet, auf dem nur ein Wort stand.

MINDROTH

Sollte das ein Name sein? Travis war sich nicht sicher. Er schaute zu dem anderen Grab.

Das lag noch offen da, ein sechs Fuß tiefes Rechteck, in dem Erdhaufen daneben steckte noch die Schaufel und wartete. Zuerst glaubte er, daß der Grabstein fehlte, dann blinzelte er und sah ihn. Er las die eingravierten Worte.

Travis Ralph Wilder
»Im Tode beginnen wir.«

Er wollte lachen, aber der erstickte Laut blieb ihm im Halse stecken. Ja, natürlich. Stirb und werde verwandelt. Aber in was? Er wandte sich dem Prediger zu und nickte dann. Er würde es bald genug herausfinden.

»Zieh die Stiefel aus, mein Sohn.«

Travis zögerte. Wollten Revolverhelden nicht immer in ihren Stiefeln sterben?

»Sofort, mein Sohn. Wir haben nicht viel Zeit.«

Am Himmel zeigten sich nur noch wenige rote Streifen. Der Rest war Purpur, der sich zu einem Schiefergrau verhärtete. Travis bückte sich und zog die Stiefel aus.

»Auch den Rest, mein Sohn. Alles. Nackt werden wir geboren, und nackt müssen wir gehen.«

Travis knöpfte das Hemd auf und ließ es zu Boden fallen. Er schälte sich aus seinem T-Shirt, den angesengten Jeans, den Socken und der Unterhose – er zog alles aus bis auf den Knochentalisman, der um seinen Hals hing. Dann stand er nackt vor dem Prediger. Der ausgetrocknete Wind bewarf ihn mit Staub wie bei einer Taufe.

Bruder Cy bückte sich, nahm die Stiefel und warf sie in das offene Grab. Dann erschien förmlich aus dem Nichts ein Bündel in seinen Händen, das er ebenfalls in das offene Loch warf. Schließlich griff er in die Tasche von Travis' am Boden liegender Jeans, holte etwas heraus und drückte es Travis in die Hand. Es war klein und hart: ein Halbkreis aus Silber.

»Das hier wirst du haben wollen«, sagte der Prediger.

Trotz der Hitze fröstelte Travis. »Ich fürchte mich.«

Bruder Cy nickte wissend. »Wie wir alle, mein Sohn. Wie wir alle.«

Die letzte Röte verschwand vom Himmel. Die Sterne erschienen, Diamanten im Schleier der Nacht.

»Jetzt, mein Sohn, solange noch Zeit ist.«

Travis drehte sich um und starrte das klaffende Loch im Boden an. Er schluckte, dann ging er am Rand in die Hocke und ließ sich in das Grab hinab. Es war tiefer, als er gedacht hatte, dunkler und heißer. Er legte sich auf den Boden und krümmte sich wie ein kleines Kind zusammen. Zeit zum Schlafen.

Von oben kam das letzte Flüstern. »Asche zu Asche, Staub zu Staub …«

Dann fühlte Travis die Schaufel Erde auf sich niederprasseln. Aber es war gar keine Erde.

Es war Regen. Süßer, kalter, erfrischender Regen.

ZWEITER TEIL

Der Rote Stern

18

Grace klammerte sich am Sattel ihres Pferdes fest, als das Schloß in der Ferne zurückblieb.

In der Morgenluft lag der feuchte, grüne Duft des Lebens, und die Sonne war Balsam auf ihren Wangen. Vor ihr hob und senkte sich das Land in goldenen und smaragdgrünen Wogen und marschierte nach Süden ins Herz Calavans. Es war ein prächtiger Tag für einen Ausritt – genau wie gestern und am Tag davor. Endlich war der Sommer da, und es war unmöglich, sich vorzustellen, daß er jemals wieder gehen würde.

Natürlich konnte sich Grace noch immer an die nagende Kälte erinnern, die Calaveres Steine noch vor einer Handvoll Monaten ausgeströmt hatten, und an ihr Zähneklappern, wenn sie jeden Morgen aufstand und jeden Abend zu Bett ging. Dann, eines Nachmittags im Erenndath – was ihren Berechnungen zufolge etwa dem März entsprach – hatte sie aus dem Fenster gesehen und braune Stellen in der sonst unberührten weißen Fläche entdeckt. Aber am nächsten Abend war der Schnee verschwunden, und die Welt hatte sich in eine einzige riesige Pfütze verwandelt.

Beim Fest der Beseelung war es warm genug gewesen, um das obligatorische Bankett im Oberen Burghof abzuhalten, und der Blumenduft aus dem Schloßgarten hatte die Luft versüßt. Aber der Frühling war so kurz wie mild gewesen. Es war der Sommer mit seiner strahlenden Krone, der jetzt in dieser Domäne herrschte.

Und König Boreas natürlich.

Grace beugte sich auf dem mit Silber beschlagenen Sattel nach vorne. Das Damenpferd – schlank, langbeinig und so blond wie frischer Honig – war in diesem Frühling erst zwei Jahre alt geworden und brauchte keine große Aufmunterung. Die Stute ging in den Galopp über, jagte durch einen seichten Bach, daß das Wasser aufspritzte, und raste den langen Abhang eines Hügels hinauf. Grace schloß die Augen und sandte ihre Gedanken aus. Ja, wenn sie sich konzentrierte, konnte sie das vorbeirasende Land fühlen; die Abdrücke der Pflanzen und der kleinen, verborgenen Tiere blitzten hellen Schnappschüssen gleich an ihrem inneren Auge vorbei.

Sie seufzte, dann schlug sie die Augen auf und zog an den Zügeln. Die Stute hielt langsam an und warf ihren Kopf zurück. Grace lachte – sie lachte oft in diesen Tagen, als wäre es das Natürlichste auf der Welt für sie, und vermutlich war es das auch. Lord Harfen, der Hofmarschall des Königs und Hüter seiner Pferde, hatte sie gewarnt, daß die junge Stute gern lief.

»Schon gut, Shandis, das reicht im Moment«, murmelte Grace und streichelte über den gebogenen Nacken der Stute. Das Pferd war ein Frühlingsgeschenk König Boreas' gewesen, und Grace hatte den Namen selbst ausgesucht. Er bedeutete *Nachtschatten.*

Shandis schnaubte deutlich hörbar, als wollte sie sagen, daß sie keine Pause benötigte, aber wenn Grace einen Vorwand für eine Pause brauchte, dann sollte es eben so sein. Zumindest hörte es sich für Grace so an. Doch als Wissenschaftlerin wußte sie, daß es bestenfalls albern und schlimmstenfalls gefährlich war, nichtmenschliche Spezies zu personifizieren. Eine zwei Jahre alte Stute konnte ein Konzept wie Humor genausowenig verstehen wie mit den Hufen einen Baseball fangen.

Andererseits hatte Wissenschaft nichts mit der Art und Weise zu tun gehabt, auf die Graces Herz an jenem Tag im Stall gepocht hatte, als Lord Harfen die Stute in den Mittelgang geführt hatte, oder dem Schauder, der sie durchrieselt hatte, als Shandis mit zögernden Schritten auf sie zugekommen war, um an ihrer ausgestreckten Hand zu knabbern. Vielleicht waren Daumen ja doch nicht alles.

Ein leises Donnern näherte sich, aber es kam nicht aus dem wolkenlosen Himmel, sondern aus Richtung des hinter Grace befindlichen Hügels. Sie drehte sich um, und dort galoppierten vier Reiter – zwei Frauen und zwei Männer – die grasige Anhöhe hinauf. Sie brachten ihre Pferde neben ihr zum Stehen.

Aryn schob sich dunkle Haarsträhnen aus den glühenden Wangen. Ihr blaues Reitkleid war auf dem Sattel verrutscht. »Grace, was auf Eldh hat dich nur dazu bewogen, so zu reiten?« fragte die junge Baronesse. »Du weißt doch, daß Schäferknoten vor seiner Blüte schwer zu entdecken ist. Wie willst du etwas finden, wenn du daran vorbeifliegst?«

Die zweite Frau trieb ihr Pferd ein Stück näher heran. Ihr Haar war lang, kohlrabenschwarz und lockig, und ihre Haut hatte die reiche, dunkle Farbe von *Maddok*. Das

Lächeln auf ihren vollen Lippen war geheimnisvoll – so wie Liriths Miene immer geheimnisvoll war. »Vielleicht hat Lady Grace ja gar nicht nach Schäferknoten Ausschau gehalten.«

Grace grinste die schlanke, braunäugige Hexe an. »Vielleicht«, sagte sie und versuchte selbst mal, geheimnisvoll zu sein.

Durge blies Luft durch seinen herabhängenden Schnurrbart. Der steingesichtige embarranische Ritter überragte die anderen auf seinem rußschwarzen Schlachtroß Schwarzlocke. Trotz des schönen Wetters trug er schweres, graues Tuch. »Mylady«, sagte er zu Grace, »es ist gefährlich, auf diese Weise allein voraus zu reiten. Man kann nie sagen, auf welche Gefahren Ihr stoßen könntet, selbst in Sichtweite des königlichen Schlosses.«

»Mit allem Respekt, Mylord, ich schätze, daß Ihre Durchlaucht die Fähigkeit besitzt, selbst auf sich aufzupassen.«

Diese freundlichen Worte kamen vom letzten Mitglied der Reitergruppe, einem Ritter namens Sir Garfethel. Er war ein kräftiger und breitschultriger Mann, vielleicht etwas klein geraten, und obwohl sein Bart kaum mehr als brauner Flaum auf den Wangen darstellte, saß er aufrecht auf seinem Schlachtpferd und hielt die Zügel mit fähig aussehenden Händen. Trotzdem fiel es Grace schwer, ihn nicht als Garf zu sehen, den Knappen, der ihr eines Tages vor mehreren Monaten durch den Schlamm des Burghofs nachgeeilt war und sie demütig gebeten hatte, die Bürgin für seine Ritterschaft zu sein.

Seine Worte hatten Grace entsetzt. Sie war keine Herzogin, ganz egal, was Boreas oder Aryn sagten. Sie hätte es für reinen Betrug gehalten, einen Mann zum Ritter zu schlagen. Wie so viele Knappen war Garf ein zweiter beziehungsweise dritter Sohn, der weder Land noch Titel beanspruchen konnte und einen Lord oder eine Lady suchte, der ihm sie im Austausch für seine Untertanentreue gab. Doch Grace hatte nichts zu verleihen, und sie hatte ihm deutlich zu verstehen gegeben, er solle sie in Ruhe lassen.

Natürlich folgte Garf ihr. Während der nächsten zwei Wochen stolperte Grace bei jeder Gelegenheit über ihn, während er den hartnäckigen Versuch unternahm, ihr zu Diensten zu sein. Schließlich ging sie auf ihn zu und fragte ihn direkt: »Warum ich, Garf?«

Die Frage hatte ihn anscheinend ehrlich überrascht. »Welcher Ritter würde nicht den Wunsch verspüren, der edelsten und schönsten Dame der Domäne die Treue zu schwören?«

Grace quittierte das mit einem Stöhnen. »Wäre ich das tatsächlich, dann würden mir die Männer zu Füßen liegen, um mir zu dienen.«

»Ihr meint wie Sir Durge, Mylady?« sagte Garf mit einer Unschuld, die so perfekt war, daß sie nur echt sein konnte.

Das nahm Grace den Wind aus den Segeln.

Am nächsten Tag sprach sie mit König Boreas, und sie arbeiteten ein Arrangement aus. Garf wurde Knappe bei Sir Belivar, einem der Ritter des königlichen Haushalts, und Belivar schlug ihn mit einem solchen Enthusiasmus für die Ritterschaft vor, daß sich Grace fragte, ob er, da er langsam in die Jahre kam, einfach nicht nur erleichtert war, von seinen Pflichten entbunden zu werden. Typischerweise stand Boreas einiges Land zur freien Verfügung – Lehen, die erblos geblieben oder widerspenstigen Adligen entrissen worden waren –, und er übertrug Grace einen kleinen Landbesitz im Westen Calavans, den sie dann wiederum Garf übertrug.

Der Ritterschlag fand am ersten Tag des Vardath statt.

Sie versammelten sich bei Tagesanbruch im Oberen Burghof. Barfuß und in ein weißes Hemd gekleidet kniete Garf vor Grace nieder, während Boreas, Aryn, Durge und Belivar hinter ihr standen. In diesem Augenblick sah er so sehr wie ein kleiner Junge aus, daß Grace beinahe der Mut verließ. Aber ein Nicken Durges verlieh ihr Kraft. Sie ergriff das Schwert aus Boreas' Waffenkammer, und noch während sie fürchtete, mit der schweren Waffe nicht zurechtzukommen und ihm den Kopf abzuschlagen, tippte sie mit chirurgischer Präzision einmal auf jede seiner Schultern.

»Erhebt Euch«, sagte sie dann, und die Absurdität des Ganzen hätte sie um ein Haar lachen lassen. Nur daß in genau diesem Augenblick die Sonne über die Burgmauer stieg und Garf in ihrem goldenen Glanz so stolz und edel aussah, daß der plötzliche Kloß in ihrem Hals ihre Heiterkeit unterdrückte.

»Weint nicht, Mylady«, sagte er, und sie lachte und wischte sich die Tränen von den Wangen. Warum sagten ihre Ritter ihr das immer?

Danach führte Durge ein scheckiges Schlachtroß in

den Hof, das schnaubte und mit den Beinen stampfte, und Garf vergaß prompt seine neue Herrin, während er sich in sein Pferd verliebte. Grace warf Durge einen dankbaren Blick zu. An das Schwert hatte sie gedacht, aber sie hatte vergessen, daß ein Ritter ein Kriegspferd brauchte.

Danke, flüsterte sie ihm lautlos zu.

Er hatte genickt, und obwohl sie nicht genau verstehen konnte, was er unter seinem Schnurrbart sagte, hätte es so etwas wie *Ich bin Euch immer zu Diensten, Mylady* sein können.

Jetzt drehte sich Durge im Sattel zu Garf um und betrachtete ihn ernst. »Ihr verharmlost die Gefahr, Sir Garfethel. Was wäre, wenn unsere Herrin uns weit vorausreitet und auf eine Horde Straßenräuber trifft?«

»Dann würden sie erleben, wie sie ein Zauber trifft«, erwiderte Garf. »Und wenn wir zu unserer Herrin stoßen, würden wir sehen, wie sie den Finger schwenkt, während die Räuber mit Blumen im Haar im Takt um sie herumtanzen.«

Lirith schlug beide Hände vor den Mund, und selbst Aryn – die in diesen Tagen so selten lachte – mußte bei Garfs Worten lächeln. Doch Durge sah noch weniger amüsiert als üblich aus. Grace wußte, daß sie etwas sagen mußte. Soweit es sie betraf, bestand die hauptsächliche Pflicht einer edlen Herrin in Schadenskontrolle.

»Ich danke Euch für Euer Vertrauen, Sir Garfethel«, sagte sie. »Aber Sir Durge hatte natürlich recht. Es war nicht richtig von mir, so weit vorauszureiten.«

»Obwohl ich gern die tanzenden Räuber gesehen hätte«, sagte Lirith.

Grace sah sie an. Manchmal war schwer zu sagen, ob Lirith es ernst meinte oder einen Scherz machte. Vielleicht gab es für sie da keinen Unterschied.

Lirith war nicht lange nach Königin Ivalaines Abreise auf Calavere eingetroffen. Das war Ende Durdath gewesen, und obwohl die Welt noch in Eis erstarrt war, waren die verschiedenen Herrscher, die zum Rat der Könige nach Calavere gereist und geblieben waren, als er in Kriegsrat umbenannt wurde, in ihre eigenen Domänen zurückgekehrt. Ivalaine war als letzte abgereist, und Grace und Aryn hatten sich in ihre pelzbesetzten Umhänge eingemummt in den Unteren Burghof begeben, um sich zu verabschieden.

Die Königin saß auf ihrem weißen Pferd, und sie war genauso majestätisch wie an dem Tag ihrer Ankunft vor den Toren Calaveres, als Grace sie das erste Mal gesehen hatte. Ein Tag, der nun schon so lange vorbei schien. Zuerst verabschiedeten sie sich von Tressa, der Beraterin der Königin, und die beleibte rothaarige Hexe stieg vom Pferd, um jeder von ihnen eine mütterliche Umarmung zukommen zu lassen. Grace spürte, wie ihr Tränen in die Augen stiegen, aber als sie sich der Königin zuwandte, gefroren sie zu Eis. Nach allem, was passiert war, konnte sie Ivalaine noch immer nicht einschätzen. Die Königin war so kalt wie die Sterne, und genauso unerreichbar.

»Wir werden weiterlernen, Majestät«, sagte Aryn.

Ivalaines eisfarbene Augen leuchteten. »Ja, Schwestern«, sagte sie. »Das werdet ihr.«

Eine Woche später, am ersten Tag des Erenndath, kam Lirith in Begleitung zweier tolorianischer Ritter ans Schloßtor geritten. Sie bat darum, mit Lady Grace und Lady Aryn zu sprechen, und zwar noch bevor sie König Boreas um Gastfreundschaft bat.

»Ich grüße Euch, Schwestern«, sagte Lirith in der Eingangshalle des Schlosses zu ihnen. »Königin Ivalaine bat mich darum, schnell von Ar-Tolor herzureisen. Ich bin gekommen, um Euch bei Euren Studien zu helfen.«

Grace hatte geglaubt, die Worte der Hexe würden sie mit Schrecken erfüllen. Bis jetzt hatte König Boreas noch nicht entdeckt, was Aryn und sie da taten; bis jetzt hatten sie sich mit dem Gelernten noch keinen bleibenden Schaden zugefügt. Bis jetzt. Doch bei Liriths Worten durchströmte sie tiefe Erleichterung.

Du willst doch mehr lernen, nicht wahr, Grace? Ganz egal, wie gefährlich es ist, ganz egal, daß Boreas unweigerlich irgendwann herausfinden wird, was du da tust, und dich köpfen lassen wird. Du würdest alles tun, um mehr davon zu fühlen, stimmt's?

Aber sie hatte die Frage damals nicht beantworten müssen, so wie sie es jetzt wieder nicht tat.

Garf lenkte sein Schlachtroß auf den Kamm der Anhöhe. Er beschattete die Augen und betrachtete die wellenförmige Landschaft.

»Wonach haltet Ihr Ausschau, Sir Garfethel?« fragte Durge. »Der Lagerfeuerrauch von Halsabschneidern? Spuren eines wilden Ebers? Sumpf, in dem unsere Pferde versinken könnten?«

»Einen Ort, um zu essen«, erwiderte der junge Ritter.

Grace lächelte. Garfs Bedürfnisse waren stets etwas praktischer als die Durges.

Alle richteten sich auf, blickten in die Ferne und suchten eine Senke, die Schutz vor dem Wind und Wasser für die Pferde bieten würde.

Aryn stieß ein Keuchen aus.

Sofort wandte sich Grace der Baronesse zu, um sie zu fragen, ob sie einen guten Rastplatz entdeckt hatte, aber Aryn betrachtete die grüngoldenen Hügel gar nicht. Sie starrte Grace an.

»Was ist?« fragte Grace überrascht.

»Das Land«, murmelte Aryn. »Es hat die gleiche Farbe wie deine Augen.«

Lirith nickte. »Das stimmt.«

Grace wollte etwas darauf erwidern, wußte aber nicht, was sie sagen sollte.

Garf lachte. »Nun, wenn ihre Augen dieselbe Farbe wie das Land haben, dann muß sie die Königin dieses schönen Orts sein.« Er verbeugte sich in seinem Sattel. »Heil der Königin des Sommers!«

Es war ein armseliger Scherz. Grace schüttelte den Kopf und wollte protestieren. Da erschien eine zweite Sonne am Himmel. Sie raste über ihre Köpfe hinweg und warf unmögliche Schatten in alle Richtungen. Die fünf konnten noch gerade rechtzeitig in die Höhe blicken, um im Norden einen weißglühenden Blitz verschwinden zu sehen.

Durge fand als erster die Sprache wieder. »Ein Feuerdrache.«

Erst jetzt begriff Grace, was sie da beobachtet hatte.

Einen fallenden Stern. Dabei hatte sie gar nicht gewußt, daß es überhaupt möglich war, am Tag einen Meteor sehen zu können.

»Ich habe noch nie einen so hellen Feuerdrachen gesehen«, sagte Aryn.

Lirith hielt das Gesicht noch immer in den Himmel. »Er war wunderschön.«

»Dann soll das unser gutes Omen sein«, sagte Garf mit einem Grinsen. »Wir werden mit Sicherheit einen guten Platz für ein Picknick finden.«

Durge warf dem jungen Ritter einen düsteren Blick zu. »Wenn Ihr meint, Sir Garfethel.«

Zum ersten Mal seit vielen Monaten lief Grace ein Schauder über den Rücken. »Laßt uns reiten«, sagte sie. »Ich mag zwar keine Königin sein, aber ich bin hungrig.«

Zusammen ritten sie die Anhöhe hinunter und galoppierten tiefer in den Sommer hinein.

19

Natürlich war es Garf, der den perfekten Rastplatz fand.

Die anderen vier hielten ihre Pferde neben dem Schlachtroß des jungen Ritters an, und zwar am Fuß eines kegelförmigen Hügels, dessen Umrisse so perfekt waren, daß Grace ihn kaum für natürlichen Ursprungs hielt. Auf den grünen Feldern Calavans gab es viele derartige Anhöhen und Grabhügel. Sie stammten von den Barbaren, die vor der Gründung der Domänen hier gelebt hatten – bevor die Herrscher Tarras' hier ihre goldenen Banner gepflanzt hatten. Vielleicht waren die Hügel auch schon lange davor von namenlosen Völkern errichtet worden – von den gleichen Menschen, die den Steinkreis gebaut hatten, der nördlich vom Schloß stand.

Der Rastplatz, den Garf ausgesucht hatte, senkte sich sanft einem kleinen Bach entgegen, dessen Ufer von Weiden und grünen Binsen beschattet wurden. Das wilde Lied dahinplätschernden Wassers hallte durch die Luft, und Grace mußte schlucken, da sie plötzlich heftigen Durst verspürte. Soweit sie wußte, würde das Wasser des Baches schlammig und brackig sein, aber es *klang* zumindest kühl.

Sie wartete darauf, daß Durge abstieg und ihr half. Es ging nicht darum, daß er ihrer Meinung nach die Pflicht hatte, ihr zu dienen; in einem Gewand von einem Pferd abzusteigen, ohne dabei kopfüber zu stürzen, war ein

Trick, den sie noch nicht richtig gemeistert hatte. Sie hätte in jedem Fall ein Paar Radfahrerhosen aus Lycra mit ordentlichem Gesäßpolster vorgezogen, aber man mußte mit dem zurechtkommen, was man hatte, und sie war eine gute Reiterin, und das auch schon, bevor sie darin viel Übung erlangen konnte.

Zu schade, daß du Menschen nicht so gut wie Pferde kontrollieren kannst, Grace.

Der Gedanke ließ sie innerlich zusammenzucken. Aber die Stimme in ihrem Kopf klang mittlerweile hohl, die Worte waren bitter, aber leer. Grace hatte noch immer ihre Schwierigkeiten, mit Menschen zurechtzukommen – mit gesunden, am Leben teilhabenden Menschen. Ihr war klar, daß sich das niemals ändern würde. Aber sie hatte gelernt, daß sie nicht perfekt sein mußte, um Freunde zu haben. Wenn andere einem Sympathie entgegenbrachten, schienen sie die erstaunliche Fähigkeit zu entwickeln, sämtliche vorhandenen Fehler, die man hatte, einfach zu akzeptieren. Einen Körper konnte man in seine verschiedenen Teile aufteilen: Organe, Flüssigkeiten, Knochen. Aber langsam kam Grace zu dem Schluß, daß man Menschen als Ganzes nehmen mußte.

Sie schwang ein Bein über den Sattel, versuchte zu verhindern, daß es sich in Metern von violettem Leinen verhedderte, und ließ zu, daß Durge sie mit seinen harten, kräftigen Armen auffing und am Boden absetzte. Sie lächelte ihn dankbar an. In einem hatte Kyrene recht gehabt: Männer konnten nützlich sein.

Der Gedanke an Kyrene ließ ihr Lächeln verblassen. Manchmal, wenn sie im Schloß um eine Ecke bog, erwartete sie, auf eine Dame mit grünen Augen zu stoßen, die in ein enthüllendes Gewand gekleidet war und ein durchtriebenes Lächeln auf den korallenroten Lippen trug. Wenn die Vergangenheit tatsächlich ein Schatten war, war ihre Berührung flüchtig, so wie eine Wolke, die die Sonne verdeckte und schnell weiterzog.

Durge half Lirith beim Absteigen, und Grace sah zu Aryn hinüber. Garf half ihr von ihrem Pferd – einer weißen Stute –, und falls die Hände des jungen Ritters dabei einen Augenblick länger als eigentlich nötig auf ihrer schlanken Taille liegenblieben, schien sie es nicht zu bemerken. Er trat zurück und verbeugte sich, aber sie hatte ihm bereits den Rücken zugewandt.

»Eine gute Wahl, Sir Garfethel«, sagte Lirith, drehte sich im Kreis und breitete die Arme aus, als würde sie die Wärme und das Leben der Senke in sich aufnehmen.

Und vielleicht tut sie genau das.

Grace warf Lirith einen Blick zu, und die Hexe lächelte zurück. Was dieses Lächeln bedeutete, blieb ein Geheimnis, aber es war nicht affektiert, so wie es bei Kyrene immer der Fall gewesen war. Statt dessen versprach es ein Geheimnis und eine Einladung.

Lirith ging zum Bachufer, geschmeidig wie ein Reh in ihrem rotbraunen Reitgewand, und die beiden Ritter folgten; jeder von ihnen eine Satteltasche in der Hand.

Grace ließ sie vorangehen, aber Aryn blieb bei ihr, als wüßte sie, daß Grace mit ihr sprechen wollte.

»Können wir ihr vertrauen?« fragte Aryn, bevor Grace es aussprechen konnte.

»Aryn, ich weiß es nicht. Können wir überhaupt einer Hexe vertrauen?« Es war nicht das erste Mal, daß sie dieses Thema besprachen. »Manchmal bin ich mir nicht mal mehr sicher, daß wir uns selbst vertrauen können.«

»Ich kann mir selbst vertrauen«, sagte Aryn.

Grace blieb unvermittelt stehen und starrte ihre Freundin an. Die Worte waren leise und hart gewesen. Sie suchte in Aryns Miene nach Stolz oder Wut oder Leid – irgend etwas, irgendeine Emotion, die ihr einen Hinweis geben würde, wie sie reagieren sollte. Aber wie gewöhnlich war das hübsche Gesicht der Baronesse blaß und reglos.

»Lirith trägt ihre Geheimnisse zur Schau«, fuhr Aryn fort. Sie legte den linken Arm unter die Brust. Der verkümmerte, dürre rechte Arm war wie immer unter einem Tuch verborgen. »Manchmal glaube ich, es macht ihr Spaß, uns zu verblüffen. Dieses Lächeln – sie muß es absichtlich tun.«

»Nein, das glaube ich nicht«, sagte Grace, nachdem sie kurz darüber nachgedacht hatte. »Lirith ist nicht so wie Kyrene. Sie hat Geheimnisse, ja, und sie sind verborgen. Aber ich glaube, es ist unsere Aufgabe, den Schlüssel zu finden. Ich glaube, das versucht sie uns zu sagen.«

»Vielleicht«, erwiderte Aryn, aber ihre glatte Stirn legte sich in Falten.

Grace musterte ihre Freundin, aber was auch immer nicht mit ihr stimmte, überstieg ihre diagnostischen Fähigkeiten. Während jener finsteren und bemerkenswerten Ereignisse beim letzten Wintersonnenwendfest war etwas mit Aryn geschehen, aber Grace wußte nicht, was es war, und die Baronesse hatte in den seitdem vergangenen Monaten nicht darüber gesprochen.

So gesehen sind Geheimnisse nicht nur Liriths Gebiet. Wir alle haben unsere Geheimnisse, nicht wahr, Grace?

Sie seufzte und setzte sich wieder in Bewegung, und Aryn schloß sich ihr an.

Trotz Liriths rätselhaftem Gehabe machte der Unterricht mit ihr Fortschritte – wenn auch nur langsam. Zur Überraschung und Freude der beiden Freundinnen hatte Lirith im Gegensatz zu Ivalaine nicht mit solch alltäglichen Übungen wie der Arbeit am Webstuhl oder dem Sammeln von Kräutern begonnen. Am Tag nach ihrer Ankunft im Schloß bestand ihre erste Aufgabe darin, ein Netz der Weltenkraft zu weben. Grace genoß die Erfahrung, sie lauschte dem rauchigen Rhythmus von Liriths Stimme, stellte sich vor, wie die silbergrünen Fäden der Weltenkraft wie die Fäden des Webstuhls durch ihre Finger glitten, während sie sie zu einem schimmernden Gespinst der Macht verwob. Dann lachte Lirith, und alles fiel auseinander. Grace mußte blinzeln, und als sie die Augen wieder öffnete, war ihr nicht entgangen, daß Aryn genauso verwirrt wie sie war.

Am nächsten Tag versuchten sie sich an der gleichen Übung. Und am nächsten und übernächsten auch, bis der Zugriff auf die Weltenkraft keine Freude mehr war, sondern eine Schinderei, zu der sich Grace nur mühsam überwinden konnte. Sie arbeitete stundenlang daran, ein Netz zu spinnen – mit geschlossenen Augen, zusammengebissenen Zähnen und pochendem Schädel –, und dann tippte Lirith ihr nur auf die Schulter, und die magischen Fäden entwirrten sich und glitten durch ihre vergeblich zupackenden Finger.

»Versucht es erneut«, pflegte Lirith dann zu sagen, und die Übung begann von vorn.

So ermüdend die Lektionen auch waren, kamen weder Grace noch Aryn auch nur einmal zu spät. Manchmal fragte sich Grace, ob König Boreas nicht schon längst wußte, was sie da trieben. Der Vorwand für Liriths Besuch war bestenfalls dürftig gewesen. Sie hatte eine Botschaft der Königin überbracht und Boreas gebeten, auf Calavere bleiben zu dürfen, um einen Vetter zu besuchen. Boreas hatte ihr die Bitte gewährt. Doch wer dieser Vetter eigentlich war und warum man Lirith niemals in seiner Gesellschaft sah, waren Fragen, die noch beantwortet werden wollten.

Und da war noch etwas an Liriths Ankunft im Schloß, das Grace all die Monate gestört hatte. Und plötzlich hatte sie einen Geistesblitz, der so hell und unerwartet wie der Feuerdrache war, und sie wußte es.

Sie ergriff Aryns Arm.

»Grace, was ist?«

»Erinnerst du dich daran, wie Lirith nur eine Woche nach Ivalaines Abreise auf Calavere eintraf?«

Die Baronesse sah sie nichtbegreifend an. »Die Reise nach Ar-Tolor dauert nur eine Woche.«

»Ja. Und das bedeutet, Lirith hätte Ar-Tolor genau in dem Augenblick verlassen müssen, in dem Ivalaine Calavere verließ.«

»Das ergibt doch keinen Sinn. Lirith sagte, sie hätte

mit Ivalaine gesprochen, und daß die Königin sie gebeten habe, uns zu besuchen.«

Grace erwiderte Aryns Blick. »Genau.«

Aryn riß die blauen Augen auf. Ja, sie verstand.

»Das ist so wie bei uns«, murmelte die junge Frau. »So wie wir miteinander sprachen, beim … so wie wir damals sprachen.«

Grace nickte. Nur daß weder Aryn noch sie es seit der Wintersonnenwende geschafft hatten, mittels der Weltenkraft nur mit ihren Gedanken miteinander zu sprechen. Bestenfalls hatte jeder von ihnen ein leises Wispern gehört, und selbst das war möglicherweise nur Einbildung gewesen. Irgendwie hatte die Dringlichkeit des Augenblicks ihnen eine Macht verliehen, die sich ihnen nun entzog. Und sie hatten es Lirith gegenüber nicht erwähnt, wie so viele andere Dinge auch, aus Angst, daß es ihnen nicht erlaubt war, es allein zu versuchen.

»Komm schon«, sagte Grace. »Ich glaube, damit ist zumindest ein Geheimnis gelüftet.«

Und ein neues hatte sich eröffnet. War dies etwas, das Lirith ihnen beibringen würde? Aber es gab nur eine Möglichkeit, das in Erfahrung zu bringen. Sie gingen zum Bach hinunter und schlossen sich den anderen an.

20

Der Nachmittag neigte sich dem Abend entgegen. Selbst im Sommer dauerten die Tage nicht ewig. Bald würden die fünf zurück zum Schloß reiten müssen. Die Wächter würden nach ihnen Ausschau halten und darauf warten, die Tore gegen die Dunkelheit schließen zu können.

Die Wächter konnten ein Weilchen länger warten.

Grace ließ die Augenlider sinken. Sie saß auf einer Decke, döste in der spätnachmittäglichen Wärme und lauschte dem Summen der Insekten. Die Luft war wie goldener Wein: Sie nahm einen tiefen Zug, schmeckte kühles Wasser und von der Sonne gewärmtes Gras, dann atmete sie wieder leise aus. Sie war sich nicht sicher, was es war, aber an diesem Augenblick war etwas Besonderes – vielleicht war es Frieden oder eine Macht –, das sie veranlaßte, ihn noch eine Weile länger auskosten zu wollen.

»Der Abend bricht herein, Mylady«, sagte eine grollende Stimme neben ihr. »Ich schätze, bald durchstreifen Raubtiere das Land – die auf vier und auch auf zwei Beinen.«

Grace hielt die Augen geschlossen. »Pst, Durge.«

Ein leises Grunzen ertönte, aber das war auch schon die einzige Erwiderung.

Sie blieb still sitzen, lauschte und fühlte. Aber der Augenblick und seine Magie waren vorbei. Die Sonne tauchte hinter eine Baumreihe, und die Luft kühlte sich ab von Gold zu Grüngrau, während die Insekten ihr unmelodisches Lied abbrachen. Grace seufzte und schaute auf. Durge war auf den Beinen und spähte mit seinen tiefliegenden braunen Augen in die Ferne.

»Irgendein Zeichen von ihnen?« fragte sie.

»Nein«, sagte der Ritter. »Ich fürchte, sie könnten in ein ...«

In ein was gefallen sein? Ein Loch? Einen Abgrund? Eine eher unwahrscheinliche, aber immerhin praktische Grube voller giftiger Nattern? Grace sollte nicht herausfinden, was Durge befürchtete, denn in genau diesem Augenblick erschienen auf einer ein Stück entfernten niedrigen Anhöhe drei Gestalten. Eine davon – die breiteste, aber nicht die größte, was bedeutete, daß es sich um Garf handeln mußte – winkte ihnen zu. Also war der Tag wirklich zu Ende. Grace verspürte ein Gefühl von Trauer, das so plötzlich kam und so seltsam war, daß sie beinahe aufgestöhnt hätte. Aber das war albern; Durge verstand sich auch ohne ihre Hilfe bestens darauf, Dinge zu finden, über die er sich sorgen konnte. Sie stand auf, während die anderen die Anhöhe hinunterschritten.

Als sie näher kamen, sah Grace, daß der Korb, den Garf über die Schulter geschlungen trug, mit grünen und purpurfarbenen Bündeln gefüllt war. Also hatte Lirith recht behalten. Der Schäferknoten stand also doch schon in Blüte. Ein gutes Zeichen für ihre magischen Kräutertränke. Garf grinste und hob den Korb in die Höhe, um damit anzugeben. Sie lachte und winkte. Durge hinter ihr murmelte etwas Unverständliches.

Sie wandte sich dem dunkelhaarigen Ritter zu. Es war interessant gewesen, wie sich Durges Reaktion auf ihre Studien von der Garfs unterschied. Obwohl der treue Embarraner ihre Handlungen niemals in Frage gestellt hätte – oder Aryns oder Liriths, was das anging –, ging aus seinem Benehmen eindeutig hervor, daß er nicht genau verstand, was Grace da in ihrer Freizeit trieb, und es auch nicht guthieß. Wenn die Zeit für ihren Unterricht kam, verschwand er meistens. Bereitete denn allen Männern der Gedanke an Hexen Unbehagen?

Aber Durges Reaktion ähnelt nicht im mindesten der von Boreas, nicht wahr, Grace? Du hast doch gesehen, wie der König allein schon bei der Erwähnung des Wortes Hexe reagiert. Da braucht er eine Tollwutimpfung, und zwar die ganze Serie.

Grace wußte, daß Boreas' Reaktion eher instinktiv als wirklich wütend war. Soweit sie es verstanden hatte, war die Beziehung zwischen den Hexen und dem Kult von Vathris so wie die zwischen Katzen und Hunden, nur eben nicht ganz so freundlich. Doch Durge war kein Anhänger der Mysterien des Kriegerkults – oder gar eines anderen Kults. Sein Verstand hing eher der Logik als einer Religion an und wurde von seinen nächtlichen Studien auf dem Gebiet der Chemie in Beschlag genommen. Grace nahm an, daß er die Hexen einfach für albern hielt, da sich ihre Kunst in der Herstellung von Liebestränken und sinnloser Zauberreime erschöpfte und keine echte Wissenschaft war.

Natürlich war Grace selbst Wissenschaftlerin, aber sie bezweifelte, daß Durge das verstanden hätte. Auf dieser

Welt war Medizin Frauenarbeit, und damit bestenfalls einen halben Schritt vom Wirken der Kräuterfrauen und Hexen entfernt.

Und dann war da Garf. Der junge Ritter schien Graces und Aryns Studien mit amüsierter Neugier zu betrachten. *Wie es meiner Lady beliebt*, wie Garf gern zu sagen pflegte, wenn sie eine Bitte aussprach, ob sie nun groß oder klein war. Sie ging davon aus, daß, hätte sie Garf den Auftrag gegeben, einen Korb bestimmter Kräuter zu sammeln, damit sie um die Schloßtürme fliegen konnte, er nur gegrinst und nach der Menge gefragt hätte. Und wenn die drei Frauen sich dann tatsächlich in den Himmel erhoben hätten, hätte er zweifellos in die Hände geklatscht und über den Anblick gelacht. Garf schien es für selbstverständlich zu halten, daß Grace zaubern konnte. Würde sie auch jemals diese Ansicht teilen können?

Sie hoffte nicht.

»Er ist ein guter Mann«, sagte Durge.

Grace sah den Ritter fragend an, aber der mied ihren Blick.

»Ich habe gehört, daß Boreas diesen Herbst einen Gemahl für Lady Aryn aussuchen wird«, fuhr Durge mit schroffer Stimme fort. »Ich hoffe, es wird ein Mann wie Sir Garfethel sein.«

Also hatte Grace es nicht als einzige bemerkt. Die anderen waren mittlerweile näher heran und suchten sich ihren Weg über die Steine des Baches, obwohl Grace ihre Stimmen noch nicht hören konnte. Sogar jetzt hielt Garf zwar höflich Abstand sowohl von Lirith wie auch

Aryn, aber sein Körper war leicht in Richtung der Baronesse geneigt, so wie sich sein Kopf ihr zuneigte. Auf seinen Lippen lag ein träumerisches Lächeln, und seine Augen leuchteten.

Grace lächelte trocken. »Etwas sagt mir, daß ich nicht länger die edelste und schönste Lady aller Domänen bin.«

»Mylady?«

Sie schüttelte den Kopf. »Nicht, Durge. Sagt mir, weiß es der König?«

Durge zuckte mit den hängenden Schultern. »Das kann ich nicht sagen, Mylady. Der Kopf von König Boreas ist für mich ein fremdes Land.«

»Dann sollte ich ihn besser darauf aufmerksam machen.«

Aryn lachte und hielt sich den Bauch. Grace konnte ihre Fröhlichkeit hören; sie war so klar wie die Musik des Baches. Allerdings war ihr entgangen, was Garf gesagt hatte, um sie hervorzubringen. Es spielte keine Rolle. Grace entschloß sich, morgen mit Boreas zu sprechen. Jemand, der Fröhlichkeit in das Leben der Baronesse bringen konnte, würde ein Segen sein, und Grace wußte, daß sich Boreas einverstanden erklären würde.

Ihr kam ein Gedanke. »Was ist mit Euch, Durge? Wann werdet Ihr Euch nach einer Frau umsehen?«

Sie hatte die Worte noch nicht ganz ausgesprochen, als sie sie auch schon bedauerte. Der Ritter verzog das Gesicht und wandte sich ab.

»Alte Männer heiraten nicht«, sagte er.

Grace suchte nach einer Erwiderung, aber wie gewöhnlich war es viel schwieriger, Worte zu finden, die versöhnen konnten, als solche, die verletzten. Dann war der Augenblick vorbei, als die anderen sie erreicht hatten. Garf nahm den Korb mit den Kräutern von der Schulter; sein Gesicht war eine schmerzverzerrte Grimasse, als er ihn zu Boden fallen ließ.

Sofort verdrängten Graces medizinische Instinkte sämtliche anderen Sorgen. »Stimmt etwas nicht, Sir Garfethel?«

»Ich glaube, das muß Sir Ochse heißen, Mylady«, sagte Garf mit einer Verbeugung. »Die ehrenwerten Damen brauchten heute keinen edlen Ritter, sondern ein Lasttier.«

Er grinste, er hatte gar keine Schmerzen, es war nur ein Scherz gewesen. Grace zwang sich in aller Ruhe tief einzuatmen. Es war schon erstaunlich, wie kleine Dinge sie noch immer aus dem Gleichgewicht bringen konnten.

»Sir Garfethel, vielleicht könnt Ihr ja eines Tages dem Rest von uns den feinen, aber interessanten Unterschied zwischen Ochsen und Rittern erklären«, sagte Lirith völlig ernst.

Garf brüllte vor Lachen, und Liriths Augen funkelten wie der Himmel bei Nacht.

»Es wird spät«, sagte Durge. »Wir sollten aufbrechen.«

Garf beruhigte sich wieder. »Ich hole die Pferde.«

Grace betrachtete ihre beiden Ritter mit einem liebevollen Lächeln. Sie mochte ja eine falsche Herzogin sein, aber daß diese beiden ihre Gefolgsmänner waren, konnte man nur als echten Glücksfall bezeichnen.

Durge half Grace, auf Shandis aufzusitzen, dann wandte er sich Lirith zu. Aber die Tolorianerin saß bereits mit perfekt arrangiertem Gewand auf ihrem Pferd. Vermutlich war dabei keine Magie im Spiel gewesen, trotzdem war es ein Trick, den Grace nur zu gern gelernt hätte. Sie kämpfte mit ihrem Rock in dem vergeblichen Versuch, nicht auf einem harten Stoffknäuel zu sitzen, und bemühte sich, Lirith nicht zu sehr zu hassen.

Garf half Aryn auf ihr weißes Pferd.

»Danke«, murmelte die Baronesse.

»Wenn es meiner Lady gefällt.«

Die Baronesse senkte den Kopf, aber nicht bevor Grace das Lächeln erspähte, das über ihre Lippen huschte.

Lange Schatten erstreckten sich zu ihrer Rechten, als sie über das Land ritten. Sie erklommen eine Anhöhe, und Grace konnte Calavere sehen, das sich auf seinem Berg erhob. Sie schätzte die Entfernung auf eine Meile, aber das lag nur daran, daß sie die Maßeinheiten auf dieser Welt noch immer nicht so richtig einzuschätzen vermochte und für sie jede Distanz von einer bis zu zehn amerikanischen Meilen etwa *eine Meile* darstellte.

Das Schloß verschwand aus ihrer Sicht, als sie in eine Schlucht hinabritten. Granitfelsen erstreckten sich in die Höhe, die Luft wurde kühler. Der Talboden war dicht bewachsen. Vermutlich hätte ein Botaniker aus Denver die Bäume und Sträucher von faszinierender Vielfalt gefunden, aber für Grace sahen sie wie Pinien und Zwergeichen aus. Sie erreichten den Grund der Schlucht und ritten auf der anderen Seite wieder in die Höhe.

Grace hörte das Geräusch in demselben Augenblick, in dem Durge die Hand hob und die Gruppe zum Anhalten brachte. Sie saßen still auf ihren Pferden und lauschten. Dann hörte Grace es erneut, einen leisen, rhythmischen Laut, den sie nicht unterbringen konnte. Durge blickte Garf an, und die Hand des jungen Ritters glitt zum Schwertgriff an seiner Hüfte. Grace schluckte, überrascht vom harten Ausdruck auf Garfs Gesicht. Trotz seiner Fröhlichkeit war er mit seinen zweiundzwanzig Jahren ein Mann des Krieges.

Der Laut hallte erneut durch die feuchte Luft, obwohl es schwer war, festzustellen, aus welcher Richtung er kam. Aryn warf Grace einen besorgten Blick zu. Lirith hatte die Augen geschlossen, als würde sie nach etwas lauschen. Grace öffnete den Mund, um eine Frage zu stellen, aber ein Blick Durges ließ sie ihn wieder schließen. Vielleicht war die Furcht des Embarraners vor Straßenräubern doch nicht so weit hergeholt.

Durge stieg von Schwarzlocke ab. Er ging drei Schritte voraus. Dann explodierte das Gebüsch zu seiner Linken, und ein schwarzes Bündel aus Wut schoß hervor.

Es war über Durge, bevor Grace überhaupt begriffen hatte, was es war. Die Pferde wieherten und sprangen zurück. Der Bär breitete die mächtigen Pranken aus, um Durge an sich zu reißen. Der Ritter krümmte sich zusammen und fiel zu Boden. Aryn stieß einen gedämpften Entsetzensschrei aus.

»Nein!« rief Grace, aber sie konnte nicht sagen, ob ihre Lippen das Wort tatsächlich geformt hatten. Sie streckte die Hand aus, aber Durge war unmöglich weit weg. Aus dem Augenwinkel sah sie, wie Garf vom Rücken seines Schlachtrosses sprang und das Schwert zog. Dann blitzte wieder eine dunkle Bewegung auf.

Eine schreckliche Sekunde lang hielt Grace sie für einen zweiten Bären. Dann stieß das Tier ein trompetendes Wiehern aus, und sie erkannte, daß es Schwarzlocke war, Durges Schlachtroß. Mit wild rollenden Augen stieg das Pferd auf die Hinterbeine und brachte seine scharfen Hufe auf den gekrümmten Rücken des Bären nieder. Der Bär knurrte und warf sich herum, aber Schwarzlocke war bereits fortgaloppiert. Grace wußte, daß Schlachtrösser für den Kampf ausgebildet waren, aber bis jetzt hatte sie nie richtig verstanden, was das eigentlich bedeutete. Shandis zitterte unter ihr und wäre durchgegangen, hätte Grace die Zügel nicht mit so eisernem Griff gehalten. Aryn hatte mit ihrem Pferd zu kämpfen – doch Liriths Stute stand wie erstarrt da, während die Hexe eine Hand auf ihren Hals drückte.

Durge kam taumelnd auf die Füße. Er griff über die Schulter und zog das embarranische Breitschwert aus dem dort befestigten Geschirr. Blut strömte sein Gesicht hinunter, aber er stand aufrecht da, und seine Bewegungen waren schnell und überlegt. Grace begriff. Sein Sturz hatte nicht von schweren Verletzungen hergerührt, sondern war eine Verteidigungstaktik gewesen. Bären würden keine Kreaturen angreifen, die sie bereits für tot hielten – funktionierte das nicht normalerweise so?

Nur daß mit diesem Tier etwas nicht stimmte. Normalerweise fürchteten sich wilde Bären vor Menschen, aber dieses Ungeheuer riß den Rachen auf und fletschte riesige Zähne, während es ein Brüllen ausstieß. Es fing an, Schwarzlocke zu verfolgen, dann drehte es sich abrupt herum und stellte sich Durge. Das war der Augenblick, in dem Grace auf seinem Pelz die nackten Stellen sah. Auf dem ganzen Bärenkörper war der Pelz weggebrannt worden, und die darunterliegende Haut war mit nässenden Blasen übersät. Also war er verletzt, vielleicht von einem Buschfeuer verbrannt worden. Und man konnte nicht vorhersagen, wie ein verwundetes Tier reagierte.

Es waren keine zehn Sekunden vergangen, seit der Bär aus dem Unterholz hervorgebrochen war. Er machte einen schwerfälligen Schritt auf Durge zu. Der Embarraner wich zurück. Garf näherte sich dem Tier mit erhobenem Schwert und grimmigem Gesichtsausdruck vorsichtig von hinten.

Ob der Bär den jungen Ritter gerochen oder gehört hatte, war unmöglich zu sagen. Er wirbelte mit gesträubtem Fell herum und brüllte Garf an. Man konnte an seinen monströsen Zähnen vorbei in seinen tiefen Rachen blicken. Garf hob das Schwert.

»Nein, Sir Garfethel!« rief Durge. »Bewegt Euch nicht!«

Durges Worte kamen zu spät. Garf stieß mit der Klinge zu. Der Schwert versank tief in der Brust des Bären – so tief, daß das Tier eigentlich sofort hätte sterben müssen –, aber der Bär fiel nicht. Er gab ein schreckliches Kreischen von sich, machte einen Satz nach vorn und riß Garf das Schwert aus der Hand. Garf sah ungläubig zu, wie sich die Bärenschnauze über seine Schulter senkte.

Dann schrie der junge Ritter auf.

Die Welt schien stehenzubleiben. Der Bär schüttelte den gewaltigen Kopf, und Garf wurde schlaff herumgeschleudert wie eines der kleinen Seilmännchen, mit denen Grace manchmal die Dorfkinder spielen sah. Der Bär warf ihn zu Boden, legte eine Tatze auf seinen Bauch und riß mit einer beinahe lässigen Bewegung an seinem Fleisch. Garfs Schreie verstummten.

Gerade als Grace geglaubt hatte, der Augenblick würde sie in den Wahnsinn treiben, zersplitterte er. Durge warf sich vorwärts und trieb das Breitschwert mit beiden Händen in den Bärenrücken. Ein nüchterner Teil von Grace wußte die chirurgische Präzision des Stoßes zu schätzen. Ja genau – zwischen zwei Rippen hindurch, auf die Mitte gezielt, an der Lunge vorbei. Sie konnte den Moment sehen, in dem die Schwertspitze das Bärenherz durchbohrte. Der massige Körper des Tieres erschlaffte, es sackte zu Boden. Der Bär nahm noch einen zitternden Atemzug. Rote Bläschen schäumten an den Klingen vorbei, die in seinem Körper steckten. Dann kam die Stille des Todes.

»Mylady …«

Das Wort war kein Ruf, aber es erregte trotzdem sofort Graces Aufmerksamkeit. Sie riß den Blick von dem Kadaver los. Durge kniete neben einer zusammengekrümmten, blutigen Gestalt.

»Mylady, ich glaube, Ihr solltet Euch das hier besser ansehen.«

21

Alles hatte sich verändert; der idyllische Ritt durch den Sommer war vorbei. Durge streckte die Hand nach Garf aus, dann zog er sie wieder zurück. Grace verstand. Es gab nichts, was der Ritter oder sein Schwert hier tun konnten. Das war jetzt ihre Schlacht.

Sie rutschte von Shandis' Rücken – die Bewegung war ganz einfach, als hätte sie die ganze Zeit schon gewußt, wie sie es anstellen mußte – und näherte sich den beiden Rittern. Sie war sich bewußt, daß Lirith ihr folgte und Aryn auf ihrem Pferd blieb; die Baronesse saß wie gelähmt da und starrte mit schneeweißem Gesicht geradeaus. Dann hatte Grace die beiden Männer erreicht.

Furcht schloß sich um ihr Herz wie ein kalte medizinische Stahlzange, aber das dauerte nur eine Sekunde. Wenn Garf eine Chance bekommen sollte, dann durfte er ihr nichts bedeuten. Er war nur ein weiteres namenloses Opfer, das man aus einem zu Schrott gefahrenen Auto oder einem umgestürzten Bus geholt und auf einer Trage in die Notaufnahme des Denver Memorial Hospitals brachte. Sie würde ihn wieder zusammenflicken und dann in den Aufenthaltsraum der Assistenzärzte gehen und eine Tasse schlechten Kaffee trinken und in dem altersschwachen Fernseher Elizabeth Montgomerys Possen in einer Wiederholung von *Verliebt in eine Hexe* ansehen. Sie ging neben dem Patienten in die Hocke, und der metallische Blutgeruch stieg ihr in die Nase und löste eine Kettenreaktion an Instinkten aus.

»Ich brauche vier Einheiten Null-negativ.«

»Mylady?« Durge sah sie nichtbegreifend an.

Sie schüttelte den Kopf. Natürlich. Das hier war nicht die Notaufnahme. Das hier war ein bewaldetes Tal drei Meilen von einem mittelalterlichen Schloß entfernt auf einer Welt, die nicht die Erde war. Aber das spielte keine Rolle. Es kam nur darauf an, was sie und die anderen Ärzte und Schwestern taten – nicht auf Wände, Traumräume oder den Namen des Ortes.

»Mylady, ich glaube, er atmet nicht.«

Grace beugte sich über den Patienten. Da war eine Menge Blut, und Wunden an der rechten Schulter und auf der Brust und dem Abdomen. Aber darauf konzentrierte sie sich nicht.

LAK. Luftwege, Atmung, Kreislauf.

Sie hatte diese Worte während ihrer Zeit als Assistenzärztin so oft wiederholt, daß sie genausogut mit einem Skalpell in ihr Gehirn eingeritzt hätten sein können. Was sie in diesen ersten Minuten tat, würde alles Nachfolgende beeinflussen – ob der Patient lebte oder starb, ob er aufrecht gehen oder gelähmt sein würde, ob er er selbst war, wenn er aufwachte oder ein Schwerbehinderter mit einem Gehirnschaden.

Grace befolgte die vorgeschriebenen Schritte. Sie stabilisierte seinen Kopf zwischen ihren Knien, legte ihn in den Nacken und zwang den Unterkiefer herunter. Sie schob einen Finger in seinen Mund, an seiner Pharynx vorbei in die Trachea, die Luftröhre. Kurz vor dem

Kehlkopf stieß ihr Finger auf eine feuchte weiche Masse. Seine Atemwege wurden von einem Klumpen aus Blut und Schleim verstopft. Das war nicht gut – das bedeutete eine Verletzung der Lungen –, aber darüber konnte sie nicht nachdenken, nicht, bis es soweit war. Sie beseitigte den Klumpen und hörte das Krächzen, als Luft in ihn hineinströmte – er atmete wieder.

Der nächste Schritt. Sie drückte das Ohr gegen seine Brust und lauschte. Rechts gab es keine Atemgeräusche. Ihr Verdacht war richtig; die rechte Lunge war durchstoßen worden und zusammengefallen. Sie brauchte eine Brustsonde, aber ihr fehlten die nötigen Werkzeuge. Im Schloß hätte sie vielleicht etwas improvisieren können, aber nicht hier draußen. Glücklicherweise waren die Atemgeräusche der linken Seite gut. Eine Lunge arbeitete. Das würde reichen müssen, bis sie ihn ins Schloß gebracht hatten.

Grace wandte ihre Aufmerksamkeit der Quelle des Blutes zu. Der dritte Schritt: Atmen brachte nichts, wenn es in seinen Arterien kein Blut gab, um Sauerstoff zu transportieren. Sie mußte die Blutung stoppen. Jetzt.

Sie zog das zerfetzte Wams zur Seite und untersuchte seine Brust. Er holte mühsam Luft, und aus einer Wunde sprudelte roter Schaum. Zwischen zwei Rippen trat Luft ein: Das war der Grund für die kollabierte Lunge. Die restlichen Wunden auf Brust und Magen schienen oberflächlicher Natur zu sein.

»Gebt mir Eure Hand.« Sie schaute zu Durge auf, als er nicht reagierte. »Eure Hand!«

Der Ritter blinzelte und streckte die Hand aus. Sie

packte sie, nahm seinen Zeigefinger und steckte ihn in das Loch. Nicht unbedingt elegant, aber das Blubbern hörte auf.

»Laßt den Finger da.«

Grace wußte, daß ihre Stimme hart klang, aber das mußte so sein. Die anderen mußten ihre Befehle widerspruchslos befolgen. Durge nickte und hielt den Arm steif, damit er die Wunde verstopft halten konnte.

Nun wandte sie ihre Aufmerksamkeit dem rechten Arm zu. Seitdem sie den Patienten erreicht hatte, war kaum eine Minute verstrichen, aber der Instinkt hatte ihr gesagt, daß sie sich beeilen mußte, daß der Arm das Schlimmste sein würde. Zum Teufel mit ihrem Instinkt, daß er immer recht hatte.

Aber vielleicht ist es ja gar kein Instinkt, Grace. Vielleicht ist es mehr als das. Erinnere dich an Ivalaines Worte. Was du in der Notaufnahme tatest, unterscheidet sich nicht sehr vom Wirken der Hexen …

Es war jetzt keine Zeit für diesen Gedanken da. Sie konzentrierte sich auf den Patienten.

Es war schlimm. Der Arm war völlig aus dem Schultergelenk gerissen worden. Sie konnte den weißen, wie eine Kugel geformten Teil des Humerus, des Oberarmknochens, sehen, und die umgebenden Muskeln waren in Fetzen gerissen. Der Arm wurde nur noch von einem dünnen Streifen Haut und Sehne mit der Schulter verbunden. Aus dem abgerissenen Ende der Schlüsselbeinarterie pumpte Blut und versickerte in dem Bett aus Piniennadeln, die den Boden bedeckten.

»Schwester, seine Lippen sind blau«, sagte Lirith leise.

»Und seine Fingernägel. Das habe ich schon bei Ertrunkenen gesehen, aber er atmet noch.«

Er ertrinkt tatsächlich, wollte Grace sagen. *Er ertrinkt in seinem eigenen Blut, und das bißchen Sauerstoff, das er mühsam aufnimmt, strömt aus seiner Schulter heraus und versickert in der Erde.* Aber Grace hatte keine Zeit, einer mittelalterlichen Hexe die Folgen einer kollabierten Lunge zu erklären, oder die Bedeutung von Worten wie *zyanotisch* und *Hypotension*, was das anging. Sie nahm die durchtrennte Arterie zwischen zwei Finger und drückte sie zusammen.

»Wir müssen die Blutung stoppen«, sagte sie. »Es ist der Blutverlust, der ihn blau werden läßt.«

Lirith sah sie an. »Was soll ich tun, Schwester?«

»Haltet das.«

Sie führte Liriths Finger in die Wunde, bis die Hexe die zerstörte Arterie fest zusammenhielt. Grace beugte sich zurück und durchdachte ihre Möglichkeiten. Unter diesen Bedingungen bestand keine Hoffnung, das abgetrennte Glied wieder anzupflanzen. Selbst mit einer Kiste voller Eis für den Arm und einem wartenden Hubschrauber wäre es schwierig gewesen. Hier stellte sich die Frage nicht einmal. Der Patient würde den Arm verlieren. Grace konnte das akzeptieren. Das Leben war immer besser als der Tod; das hatte Leon Arlington ihr beigebracht. Aber der Patient würde nicht sein Leben verlieren. Denn das hätte sie nicht akzeptieren können. Also eine Amputation. Dann die Blutung zum Stillstand bringen und ihn ins Schloß schaffen.

»Aryn!« rief sie. »Bring mir meine Satteltasche.«

Keine Reaktion. Grace schaute auf. Aryn saß noch immer auf dem Pferd; ihr stur nach vorn gerichteter Blick starrte ins Leere, und ihre linke Hand war weiß verfärbt, weil sie die Zügel so fest umklammert hielt. Nein – das konnte ihr keiner antun, nicht jetzt. Sie brauchte jeden.

Aryn! Jetzt, sofort!

Grace hatte brüllen wollen, aber irgendwie war es nicht ihr Mund, der die Worte formte. Die Baronesse blinzelte und starrte Grace an. Dann stieg sie vom Pferd, nahm Graces Satteltasche und lief auf sie zu.

Grace drehte sich wieder um und bemerkte, daß Lirith sie nachdenklich ansah. Die Hexe nickte, sagte aber nichts. Was auch geschehen war, es war ihr nicht verborgen geblieben. Grace vermochte nicht zu sagen, ob das gut oder schlecht war. Sie hatte jetzt andere Sorgen.

Aryn ging neben dem Patienten in die Knie. In der Zwischenzeit griff Grace nach seinem linken Handgelenk und überprüfte den Puls. Schnell und schwach. Sein Herz arbeitete zu schnell, es versuchte, den Blut- und Sauerstoffmangel durch schnelleres Schlagen auszugleichen. Grace brauchte keine Uhr, um die Sekunden zusammen mit seinem Blut versickern zu fühlen.

»Aryn – das Messer.«

Die Baronesse zog ein kleines Messer aus der Satteltasche – dasselbe Messer, das sie Grace vor nun scheinbar einem ganzen Leben geschenkt hatte. Es war kein Skalpell, aber es war scharf. Grace nahm das Messer und amputierte mit präzisen Schnitten den Arm. Sie nahm die entsetzten Blicke der anderen dabei nur unbewußt wahr – Aryn griff unwillkürlich nach ihrem eigenen verkümmerten rechten Arm und hielt ihn – und hielt die Aufmerksamkeit auf die Wunde gerichtet.

»Nadel und Faden.«

Aryn kramte in der Tasche herum und holte die Stickerei hervor, an der Grace gearbeitet hatte. Zwar war sie in der Kunst der adligen Damen noch immer nicht besser geworden, aber sie war froh, daß sie sie mitgenommen hatte. Die Werkzeuge waren für diese Aufgabe nicht unbedingt geeignet, aber Grace glich dieses Defizit durch Können aus. Sie nähte die schlimmsten Blutungen zu und verschloß den Armstumpf mit einem Hautlappen. Dann wandte sie sich dem Loch in der Brust zu und schloß es ebenfalls mit einem Faden. Die unweigerlichen Entzündungen würden ein Problem werden, aber damit konnte man sich später befassen.

Lirith und Aryn hatten eine Decke in Streifen gerissen, und Lirith hatte einige der Streifen mit Fichtensaft eingerieben. Das war gut – so würden sie steril sein. Als Grace wieder aufschaute, hatte Durge bereits zwei Schößlinge für die Trage gefällt. Er hatte eine weitere Decke zwischen beiden Stangen festgeknotet und war dabei, sie an Schwarzlockes Sattel festzubinden.

Grace machte eine kurze Bestandsaufnahme des Patienten. Seine Farbe war besser, seine Atmung regelmäßig, wenn auch etwas mühsam. Doch er verfiel in einen Schockzustand, jetzt, in diesem Augenblick. Sie mußten Garf ins Schloß schaffen.

Garf. Sie hatte an ihn nicht als Fremden gedacht, sondern an jemanden, den sie kannte. Aber vielleicht war das ja ein gutes Zeichen. Vielleicht bedeutete es, daß er es schaffen würde.

Durge führte Schwarzlocke heran und positionierte die Trage neben Garf. Grace zählte bis drei, und sie hoben ihn darauf, dann benutzten sie weitere Deckenstreifen, um ihn festzubinden.

»Reitet so schnell Ihr könnt, ohne ihn zu sehr durchzuschütteln«, wies Grace Durge an.

Der Embarraner nickte. »Ich werde mein Bestes …«

»Grace! Er atmet nicht mehr!«

Es war Aryn. Grace riß den Kopf herum. Die Baronesse kniete mit weit aufgerissenen Augen neben Garf.

Grace ging neben dem jungen Ritter auf die Knie. Aryn hatte recht. Sein Körper war ganz steif. Sie tastete hektisch nach einem Puls, konnte aber keinen finden.

»Was ist?« fragte Lirith.

Grace schüttelte den Kopf. Sie wußte es nicht. Verdammt, sie brauchte einen Herzmonitor.

Oder gab es eine andere Methode?

Ohne weiter darüber nachzudenken, schloß sie die Augen und griff nach der Weltenkraft. Sie stöhnte auf, als das reiche Netz des Lebens sie eine Sekunde lang beinahe verschlang. Sie zwang sich dazu, die Kontrolle zu übernehmen und Garfs Lebensstrang von denen der Menschen, Pferde und Bäume zu isolieren. Dann hatte sie ihn. Er war so dünn und schwach, daß er in den nur in ihrer Vorstellungskraft existierenden Händen wie ein Spinnwebsfaden erschien. Sie folgte ihm zu seinem Körper.

»Ja, Schwester«, flüsterte eine Stimme. Lirith. »Ja, benutzt die Gabe. Ivalaine hatte recht. Ihr seid damit gesegnet.«

Grace zögerte. Aber hatte sie dergleichen nicht schon Hunderte von Malen in der Notaufnahme gemacht? Vielleicht nicht bewußt, aber sie hatte diese Macht – *ihre* Macht – dazu benutzt, um auf eine Weise, die kein Monitor vollbringen konnte, festzustellen, was anderen nun eigentlich fehlte. Sie sammelte ihre Willenskraft, dann zwang sie sich dazu, in seine Brust zu greifen.

Sein Herz schlug flatternd gegen ihre Phantomhand wie ein verwundeter Vogel in einem Käfig.

Grace riß die Augen auf. »Er hat Herzflimmern! Ich brauche null Komma fünf Milligramm Adrenalin, in einer Spritze!«

Lirith betrachtete sie mit einem undeutbaren Blick. »Eure Worte sagen mir nichts, Schwester.«

Grace schüttelte den Kopf. Sie hatte das Problem entdeckt, aber was nutzte ihr das? Es gab keinen Defibrilator, kein Adrenalin. Sein Herz schlug in einem letzten verzweifelten Versuch des Überlebens wie verrückt, und in ein paar Sekunden würde es versagen.

»Mylady, könnt Ihr nichts tun?« Durge machte eine kleine Bewegung mit den Händen.

Es dauerte einen Augenblick lang, bevor sie begriff, worum er sie bat. Dann starrte sie ihn mit offenstehendem Mund an.

Lirith nickte. »Spinnt das Netz um ihn herum, Schwester. Ihr habt die Macht dazu. Aryn und ich haben sie nicht.«

»Bitte, Grace«, sagte Aryn drängend. »Bitte, du mußt es versuchen.«

Nein, sie war Ärztin und Wissenschaftlerin. Sie hatte ihre Macht zu Untersuchungszwecken eingesetzt, ja, das schon, um zu begreifen und zu diagnostizieren. Aber das war alles. Der Rest war Medizin. Er mußte es sein.

»Ich kann nicht«, flüsterte sie.

Lirith sagte es mit leiser Stimme. »Dann wird er sterben, Schwester.«

Grace befeuchtete sich die Lippen, dann griff sie mit zitternden Händen nach Garf und legte sie ihm auf die Brust. Sie befürchtete, es nicht noch einmal zu schaffen, aber sie hatte die Augen noch nicht ganz geschlossen, als sie das schimmernde Netz auch schon sah. Nur daß er jetzt nur noch mit einem hauchdünnen Faden damit verbunden war, der sich bereits auflöste, als sie danach griff. Sie kämpfte darum, ihn zusammenzuhalten, aber er war zu schwach. Der Faden glitt ihr durch die Finger. Es war keine Zeit …

Beinahe hätte sie in Gedanken gelacht. Aber natürlich – jetzt, wo sie es begriffen hatte, war es so offensichtlich. Sie mußte seinen Faden einfach nur mit dem ihren verbinden. Ihr Leben das Verbindungsglied zwischen ihm und dem großen Netz werden lassen, bis sie das Schloß erreichten. Sie griff mit einer geisterhaften Hand zu und berührte die silbergoldene Schnur, von der sie wußte, daß es die ihre war.

»Ja!« Liriths triumphierendes Flüstern schien aus allen

Richtungen gleichzeitig zu kommen. »Das ist es, Schwester!«

Grace brachte Garfs Lebensfaden in die Nähe ihres eigenen …

… und erstarrte.

Entsetzen füllte sie. Im Netz der Weltenkraft existierte eine Dunkelheit, ein schrecklicher schwarzer Fleck, und erst nachdem sie davor zurückgezuckt war, erkannte sie, daß ihr eigener Strang direkt dort hineinführte. Der Fleck war verborgen gewesen, aber als sie an ihrem Faden gezogen hatte, war er enthüllt worden.

Der Fleck glitt in die Höhe und nahm dabei Gestalt an: ein langes, weiträumiges Gebäude mit Fenstern wie seelenlose Augen. Bleiche Hände griffen aus der Dunkelheit nach ihr. Grace zuckte vor ihnen zurück. Die Rufe von Eulen hallten in ihren Ohren wider. Die Worte, die in ihrem Verstand erklangen, gehörten einer anderen Hexe und einem anderen Augenblick.

Viel von dem, was Ihr seid, liegt hinter einer Tür verborgen, und ich kann nicht durch sie hindurchsehen. Doch Ihr müßt wissen, daß Ihr nicht einen Teil von Euch wegsperren könnt, ohne gleichzeitig einen Teil Eurer Magie mit wegzusperren. Falls Ihr diese Macht jemals erforschen wollt, werdet Ihr diese Tür entriegeln müssen.

Nein. Sie konnte es nicht. Sie konnte den Schatten nicht entkommen lassen. Ließ sie ihn frei, dann würde er sie mit Sicherheit verschlingen.

Sie ließ ihren Lebensfaden los. Die Tür fiel ins Schloß. Der Fleck verschwand.

»Grace!«

Der Schrei war sehr leise, als käme er aus weiter Ferne. Grace hörte ihn kaum. Sie griff nach Garf, aber der klägliche Rest seines Strangs zerfaserte, und das leuchtende Netz verwandelte sich in ihren Händen in ein graues Leichentuch.

22

Sie erreichten die hohen Tore von Calavere mit dem letzten Licht des Tages.

Grace und Aryn ritten an der Spitze der Gruppe, Lirith befand sich direkt hinter ihnen. Neben der dunkelhäutigen Hexe ritt Sir Meridar auf seinem Schlachtroß, ein anderer Ritter des Königs. Er war ein stiller Mann in Graces Alter, dessen sanfte Augen tief in einem von den Pocken verheerten Gesicht saßen. Meridar hatte den Zügel des gefleckten Schlachtrosses an seinen Sattel gebunden, und das reiterlose Pferd folgte dem großen Grauen. Den Schluß machten Durge und Schwarzlocke mit ihrer grimmigen, in eine Decke gewickelten Last.

Keiner von ihnen sprach, und so war es seit ihrem Aufbruch aus dem Purpurtal gewesen. Der Ritt hatte kaum eine halbe Stunde in Anspruch genommen, aber er hätte genausogut eine Ewigkeit dauern können. Aryns Gesicht war tränennaß, als sie offen schluchzte, und selbst Lirith sah erschüttert aus. In Durges Gesicht waren harte Linien eingegraben. In gewisser Weise beneidete Grace sie. Vielleicht wäre es besser gewesen, hätte sie etwas fühlen können – nur irgend etwas anderes als diese Leere. Aber Taubheit hatte auch einen Vorteil. Warum betäubte man etwas? Um keine Schmerzen zu spüren.

Sie wären vielleicht noch immer in dem Tal, hätte Sir Meridar sie nicht gefunden. Grace hatte Wiederbelebungsversuche gemacht. Sie hatte Lirith gezeigt, wie man Garfs Kopf in den Nacken legen, wie man die Lippen auf seinen Mund legen und ihn so versiegeln, wie man seine Lungen mit Luft füllen mußte. Dann hatte sich Grace an seiner Brust an die Arbeit gemacht – endlos, brutal, noch lange nachdem es sinnlos geworden war, nachdem sie die Rippen hatte brechen hören. Und noch immer hatte sie nicht aufgehört, nicht einmal, als Aryn sie schluchzend darum gebeten hatte, nicht einmal, als Durge die starken Hände auf ihre Schultern gelegt und versucht hatte, sie von ihm wegzuziehen.

Sie hörte erst auf, als das Donnern von Hufen auf dem Felsboden ertönte. Augenblicke später ritt Meridar ins Tal. Vom Rücken seines Schlachtrosses sah er den Bärenkadaver, dann die Gestalt, die vor Grace auf dem Boden lag. War die Kunde, was geschehen war, schon irgendwie bis ins Schloß gedrungen? Dann ergriff er das Wort, und sie begriff, daß das unmöglich war.

»Lady Grace, ernste Dinge warten auf Euch. Dem, was ich hier sehe, entnehme ich, daß Eurer Gruppe eine schreckliche und traurige Sache zugestoßen ist. Doch ich überbringe den Befehl König Boreas', sofort zu ihm zu kommen, und trotz der Geschehnisse muß diesem Befehl so schnell wie möglich Folge geleistet werden.«

Meridars Blick war verständnisvoll, aber seinen Worten hatte eine gewisse Schroffheit angehaftet – ihre Schärfe sollte nicht verletzen, sondern die Lähmung durchdringen, sie daran erinnern, daß sie selbst jetzt in diesem Augenblick edle Pflichten zu erfüllen hatten. Grace lehnte sich zurück, ließ die Hände von Garfs Brust gleiten und starrte den mitgenommenen Körper an, der noch vor so kurzer Zeit gesund und stark gewesen war. Manchmal reichte keine Macht der Welt aus.

Aber du hattest die Macht, Grace. Du hast sie gehabt, sie gesehen, und du hast es mit der Angst bekommen …

Als sie die Wachtürme des Schlosses passierten und unter dem hochgezogenen Fallgatter hindurchritten, gingen ihr diese Worte wieder durch den Kopf. Sie sah wieder den schattenhaften Fleck inmitten der Weltenkraft, fühlte ihn, und dann kniff sie die Augen zusammen und zwang das Bild weg. Sie ritten durch ein Tor in den Oberen Burghof. Die Steinmauern verloren die letzte Farbe, und die Welt versank in Dunkelheit.

Meridar stieg vor dem Stall ab, dann streckte er Grace die Hand entgegen. »Der König erwartet Euch, Euer Durchlaucht.«

Sie öffnete den Mund, dann sah sie Durge an.

»Mylady, ich kümmere mich schon um ihn«, sagte er leise.

Sie nickte, dann akzeptierte sie Meridars Hand und ließ sich auf die Pflastersteine rutschen. Der Ritter führte sie auf eine Tür zu, dann blieb sie aber stehen, um nach Aryn zu sehen. Aber Durge hatte der jungen Frau schon vom Pferd heruntergeholfen und Lirith ihr einen Arm um die Schultern gelegt. Grace kam zu dem Schluß, daß sie sich besser um sich selbst kümmerte, und konzentrierte sich darauf, den Kopf aufrecht zu halten, während sie Meridar in das Halbdunkel des Schlosses folgte.

Als sie Boreas' Gemach erreicht hatten, starrte der

Wächter an der Tür sie an, als hätten sie ihn überrascht. Hatte er nicht mit ihrer Ankunft gerechnet? Dann riß sich der Mann zusammen, verbeugte sich vor Grace und öffnete die Tür. Grace trat ein, und erst als sich die Tür hinter ihr schloß, wurde ihr bewußt, daß sich Sir Meridar ihr nicht angeschlossen hatte.

Boreas wuchtete sich aus dem Stuhl mit den Drachenfüßen vor dem Kamin. Die Bulldogge zu seinen Füßen stand auf und knurrte. Der König sah den Hund finster an und brachte ihn zum Schweigen, und das Tier schlich in die Ecke, ohne Grace aus den Augen zu lassen.

»Was ist geschehen, Mylady?« fragte der König mit seiner dröhnenden Baritonstimme.

Grace blinzelte. Woher konnte er wissen, daß den Ausflüglern etwas zugestoßen war? Sir Meridar hatte ihn nicht informieren können. Dann folgte sie seinem Blick, schaute an sich herab und verstand die Überraschung der Wache und das Knurren des Hundes.

Ihr blaßlila Reitkleid war in Scharlachrot getränkt, dunkel von Garfs Blut, das nun trocknete und dabei hart wurde. Grace streckte die Hände aus, sie waren blut- und schmutzverkrustet. Sie konnte nur ahnen, wie ihr Gesicht aussah. Sie erwiderte Boreas' stählernen Blick.

»Garf, Euer Majestät. Sir Garfethel. Ich habe alles getan, was in meiner Macht stand. Aber sein Herz hörte zu schlagen auf, und er starb.«

Die Worte kamen mühelos über ihre Lippen. Andererseits hatte sie sie zahllose Male zu den Ehefrauen, Ehemännern, Eltern und Kindern gesagt, die im Aufenthaltsraum des Krankenhauses warteten. In der Vergangenheit waren sie immer vom Bewußtsein der Wahrheit getragen worden. Aber traf das auch jetzt zu? Hatte sie wirklich alles in ihrer Macht Stehende getan?

Spinnt das Netz um ihn herum, Schwester …

Nüchtern berichtete Grace, was vorgefallen war. Allerdings erwähnte sie weder die Weltenkraft noch das magische Netz, das sie nicht zustande gebracht hatte.

Sie war überrascht, als sie erkannte, daß sie zu Ende erzählt hatte. Boreas lehnte sich gegen den schweren Tisch. Sein schwarzes Haar und der Bart glänzten im Licht einer Öllampe; ein Diener mußte sie gebracht haben, um den Raum zu erhellen, aber sie hatte es nicht bemerkt.

»Ich habe den Feuerdrachen auch gesehen, Mylady. So wie jeder im Schloß. Und ich hielt ihn für einen Vorboten der Nachricht, die mich keine Stunde später erreichte. Es heißt, solche Zeichen erscheinen nur, wenn ein König dahingeschieden ist. Aber vielleicht stimmen die Geschichten ja nicht. Vielleicht meinte er eine andere Person.« Seine breite Brust hob und senkte sich, als er seufzte. »Trotzdem erzählt Ihr eine seltsame Geschichte, Mylady. Bären kommen nur selten aus den Morgenrotbergen. Und es sieht einer solchen Bestie gar nicht ähnlich, einen Menschen so offen anzugreifen.«

Der König hatte sie nicht aufgefordert, Platz zu nehmen, trotzdem ließ sie sich auf den mit Pferdehaar gepolsterten Stuhl in der Nähe der Tür sinken. *Du wirst ihn mit Blut beschmutzen, Grace.* Aber es hieß entweder das oder umkippen. Boreas sah sie an, ließ ihre Unverschämtheit aber unkommentiert.

»Er war verletzt«, sagte Grace. »Verbrannt. Ich glaube, er war vor Schmerzen von Sinnen.«

Boreas nickte. »Es ist gut, daß Ihr und Lady Aryn unversehrt seid. Die anderen auch.«

Grace runzelte die Stirn. Unversehrt? Sie war wohl kaum unversehrt. Aber das spielte keine Rolle. In der Notaufnahme hatte sie gelernt, ohne einen weiteren Gedanken sich von den Toten den Lebenden zuzuwenden. Den einen Fall abzuhaken und mit dem nächsten zu beginnen. Sie hatte jetzt einen neuen Fall.

»Warum habt Ihr mich zu Euch befohlen, Euer Majestät?« Doch noch während sie die Worte aussprach, wußte sie schon Bescheid.

Es heißt, solche Zeichen erscheinen nur, wenn ein König dahingeschieden ist.

Boreas erwiderte ihren Blick. »Perridon ist tot.«

»Wann?«

»Vor zwei Wochen. König Persard starb im Schlaf.«

Hätte sie gekonnt, hätte sie gelacht. *Und wie viele üppige Mägde teilten das Bett mit ihm?* Zumindest eine, darauf wäre sie jede Wette eingegangen. Ein passendes Ende für den lebhaften alten König. Aber die Nachricht beunruhigte sie. Sie packte die Armlehnen, und in ihrem Kopf drehten sich die Rädchen. Es war gut, etwas anderes zu haben, über das sie nachdenken mußte, etwas Unpersönlicheres.

Die weißen Tage des Winters schienen ein Leben lang her zu sein, seit sie beim Rat der Könige als Boreas' Spionin gedient hatte, seit ihr Freund Travis Wilder, der ebenfalls von der Erde stammte, ihr dabei geholfen hatte, die mörderischen Pläne des Rabenkults zu vereiteln. Seit Travis das Runentor mit seiner Magie gebunden und den Fahlen König daran gehindert hatte, die Domänen in immerwährendes Eis zu hüllen.

Nach der Entscheidung am Wintersonnenwendtag, sich miteinander zu verbünden, arbeiteten die Herrscher der Domänen einen ganzen Monat lang am Ratstisch an neuen Bündnissen für den Fall, daß der Fahle König – oder eine andere Bedrohung – jemals wieder die Domänen angreifen sollte. Calavan, Toloria, Galt, Brelegond, Perridon und Embarr: sie alle schworen, jeder Domäne zur Seite zu stehen, die von einer anderen Macht angegriffen wurde, sowie als Vermittler zu handeln, sollten zwei Domänen in Streit geraten.

Das waren gute Schritte, aber die größte Tat des Rates war die Gründung des Ordens von Malachor.

Merkwürdigerweise war es Grace, die den Rat auf die Idee brachte. Aber ihr – die zumindest bis vor kurzem eine Bürgerin der Vereinigten Staaten gewesen war – war die Vorstellung einer multinationalen Streitmacht, die gegen eine globale Bedrohung kämpfte, völlig natürlich erschienen. Erst als sie in den Mienen der Monarchen das verblüffte Leuchten der Erkenntnis erblickte, erkannte sie, wie revolutionär diese Idee für eine feudale Gesellschaft sein mußte.

Natürlich gab es einige Debatten. Sollte jede Domäne dieselbe Zahl an Rittern beisteuern oder richtete es sich nach ihrer Größe? Wie sollte der Orden finanziert werden? Von wem würden die Ritter ihre Befehle erhalten? Aber am Ende war die Entscheidung einstimmig.

»Besondere Zeiten erfordern besondere Maßnahmen«, sagte König Sorrin, der hagere Herrscher von Embarr.

Die größte Herausforderung des Rates war allem Anschein nach die Namensgebung des Ordens, aber glücklicherweise kam ihnen Falken Schwarzhand zu Hilfe. Nachdem sich die Herrscher eine Stunde miteinander gestritten hatten, trat der Barde an den Tisch. Er sagte kein Wort, sondern zeigte nur mit der schwarz behandschuhten Hand auf einen leeren Sitz: der Sitz Malachor.

Die Monarchen verstummten, dann nickte einer nach dem anderen. Obwohl es vermutlich nur ein Mythos war, hieß es, daß, sollte es je wieder einen König von Malachor geben, er der Herrscher über alle Domänen sein würde. Ihren neuen Orden nach dem verlorenen Königreich zu benennen war nur passend.

Ein paar Tage später trat der Rat auseinander, und in den letzten kalten Tagen des Durdaths verließen die Herrscher Calavere, um zurück in ihre Domänen zu reiten. Obwohl er über die kleinste Domäne herrschte, war es König Kylar von Galt, der dem Orden von Malachor eine bescheidene Burg in dem südlichen Marschland seines Hoheitsgebiets zur Verfügung stellte. Die Entscheidung, wer den Orden führen sollte, war jedoch nicht so leicht gefallen wie die Frage nach seiner Basis.

Zuerst hatte der Rat die Führung Beltan angeboten, König Boreas' Neffen und Graces Freund. Der blonde Ritter war jeden Tag kräftiger geworden und hatte sich von der schrecklichen Verletzung erholt, die er in der Wintersonnenwendnacht am Runentor davongetragen hatte, als er Travis vor den Feydrimhorden beschützte.

Graces Herz machte einen Freudensprung, als sie die Entscheidung hörte – und wurde ihr wieder schwer, als Beltan die Ehre ablehnte.

»Ich werde dem Orden demütig dienen«, sagte Beltan vor dem Rat. Er stand gerade aufgerichtet da, aber Grace sah, daß ihn die Wunde in der Seite noch immer schmerzte. »Aber so einer wie ich ist nicht der Richtige, um ihn zu führen.«

Boreas war sichtlich wütend, nickte aber nur, und der Rat ernannte statt dessen Sir Vedarr zum Führer des Ordens von Malachor. Vedarr war ein ergrauender, aber noch immer kräftiger Embarraner, dessen Gesicht noch zerfurchter als Durges' war. Er war ein kompetenter Ritter, und Grace wußte, daß er gute Arbeit leisten würde. Doch sein Name entzündete in den Augen anderer Männer kein Leuchten, nicht so wie der Name Beltan von Calavan. Sie wünschte, ihr Freund könnte die Wirkung sehen, die er auf andere hatte, wie er bloß mit einem Blick und einem Nicken die Loyalität eines anderen gewinnen konnte. Aber in jenen Tagen war sein Blick nach innen gerichtet.

Jedermann wußte, daß Beltan nach der Ermordung seines Vaters Beldreas der König von Calavan hätte sein können, auch wenn er von Geburt her ein Bastard war. Statt dessen hatte er geschworen, den Mörder seines Vaters zu finden – und hatte versagt. An seiner Stelle war Boreas, Beltans Onkel und Beldreas' jüngerer Bruder, der König geworden.

In diesem Winter hatte die Aura der Traurigkeit, die Beltan umgab, eine Zeitlang nachgelassen. Aber nicht lange nach der Rückkehr Travis Wilders zur Erde war die Melancholie des Ritters zurückgekehrt. Grace vermutete, daß er Travis vermißte; das taten sie alle. Als Beltan das Ratsgemach steif verließ, stieß sie einen Seufzer aus. Einige Wunden heilten nicht so schnell wie die der Muskeln und Sehnen.

Vierzehn Tage später reiste Beltan aus Calavere ab, um Vedarr dabei zu helfen, die neue Festung des Ordens zu organisieren. Vedarr hatte Beltan einen Posten als Hauptmann angeboten, und das hatte der blonde Ritter nicht abgelehnt. Die erste Mission des Ordens bestand darin, die letzten Schlupfwinkel des Rabenordens auszumerzen. Der Kult war eine Fassade für die Machenschaften des Fahlen Königs gewesen, und die meisten seiner Anführer waren umgekommen, als Berash besiegt wurde – die Eisenherzen, mit denen ihr Herr sie ausgestattet hatte, versagten, als er wieder in seine eisige Domäne Imbrifale eingesperrt wurde. Aber es gab Widerstandsnester, in denen der Kult aktiv blieb, mit seinen blutigen Riten fortfuhr und Menschen verstümmelte und mit Brandzeichen versah.

Grace hatte sich an dem Tag, an dem sich Beltan zusammen mit Vedarr und zwei Dutzend weiteren Rittern zum Aufbruch bereit machte, große Sorgen um ihn gemacht. Sie stand im Oberen Burghof und sah beunruhigt zu, wie Beltan seinen Rotschimmel sattelte. Seine Wunde hatte sich geschlossen, aber sie war noch immer frisch, und es war eine Verletzung, die ihn eigentlich hätte töten müssen – allein die Magie der Feenkrieger hatte seinen Lebensfaden intakt gehalten.

Ihre Befürchtungen blieben nicht unbemerkt. Lady Melia ließ ihr Pferd stehen und kam über den Burghof auf sie zu.

»Macht Euch keine Sorgen, meine Liebe«, sagte die Frau mit den bernsteinfarbenen Augen. »Ich werde ihn beschützen.«

Grace lächelte. Beltan war eigentlich Melias Ritter-Hüter, aber sie wußte, daß solche Dinge manchmal in beide Richtungen funktionierten.

Falken rief nach Melia, und nachdem die dunkelhaarige Lady Grace warmherzig und unerwarteterweise umarmt hatte, kehrte sie zu ihrem Pferd zurück. Melia und Falken verließen Calavere ebenfalls, und sie wollten den ersten Teil ihrer Reise zusammen mit Beltan und den anderen Rittern zurücklegen. Grace kannte ihr Ziel nicht. Melia hatte nur erwähnt, daß sie einen alten Freund besuchen wollten.

Alles in allem waren die Dinge nach den folgenschweren Geschehnissen bei der Wintersonnenwende überraschend gut gelaufen. Doch trotz der Fortschritte gab nicht alles Anlaß zur Freude. Nach dem Fest der Wintersonnenwende hatte es noch einen freien Sitz am Ratstisch gegeben: Sitz Eredane. Königin Eminda war von der Hand Lord Logrens gestorben, ihrem Ersten Berater, der zu den Eisenherzen gehört hatte. Die ersten Boten nach Eredane, die diese Botschaft überbrachten, waren nie wieder zurückgekehrt. Nun gab es Geschichten, denen zufolge alle Reisenden an den Grenzen von grimmigen Rittern aufgehalten und zur Rückkehr gezwungen wurden. Man konnte davon ausgehen, daß nach Emindas Tod in Eredane ein Machtkampf stattfand. Doch wer die Spieler waren und wie das Ergebnis aussehen würde, war eine dunkle Wolke, in die niemand hineinsehen konnte.

Grace versuchte, ihr blutiges Gewand zu ignorieren, und konzentrierte sich auf den neuen freien Sitz: Spardis, der Sitz Perridon. Es war merkwürdig, daß Boreas sie und keinen anderen gerufen hatte, um in dieser Sache einen Rat einzuholen. Nun war Lord Alerain, der Seneschall und Berater des Königs, tot – auch er war als Eisenherz und Verräter entlarvt worden. Vielleicht war sie ja alles, was er noch hatte.

Aber es ist mehr als das, Grace. Du weißt das. Als er dich zuerst um deine Dienste bat, kam das, weil du eine nützliche Schachfigur für ihn warst. Aber jetzt tut er es, weil du seinen Respekt verdient hast.

Sie musterte den König. Er schritt auf und ab, wie immer, wenn er nachdachte, als könnte sein muskulöser Körper kaum die ihm innewohnende Energie bändigen. Vor einem Monat hatte eine der Hofdamen Grace mit der Frage verblüfft, wann sie den König denn heiraten würde. Grace hatte die Hand vor den Mund drücken müssen, um das aufsteigende irre Gelächter zu unterbinden. Es war viel wahrscheinlicher, daß Boreas sie enthaupten lassen würde, als sie zu heiraten, obwohl sie objektiv gesehen zugeben mußte, daß sie in gewisser Weise gut zusammenpassen würden. Boreas war stark, aber sie hatte gelernt, daß sie genauso stark war. In mancher Hinsicht vielleicht sogar stärker.

Trotzdem wußte Grace, daß sie niemals die Königin

von Calavere sein würde. Boreas bedeutete ihr viel, aber eher so, wie ihr ein Vater viel bedeutet hätte, hätte sie jemals einen gehabt. Und sie bezweifelte, daß er ihre Zuneigung brauchte. Außerdem würde Grace nie wieder jemanden an sich herankommen lassen, nicht auf diese Weise. Sie hatte um ein Haar gewagt, sich selbst davon zu überzeugen, daß sie Logren lieben könnte, nur um entdecken zu müssen, daß er ein Ungeheuer mit einem Herzen aus Eisen war. Dieser Fehler hatte sie beinahe ihr Leben und ihre Seele gekostet. Sie würde ihn nicht noch einmal machen.

Boreas begab sich zur Anrichte und füllte zwei Pokale mit Wein. Grace zuckte auf ihrem Stuhl zusammen, als ihr viel zu spät einfiel, daß sie hätte anbieten müssen, den König zu bedienen. Es war ein Fehler, für den sie auf dieser Welt im Kerker hätte landen können. Aber Boreas gab ihr einen Pokal, und sie nahm ihn dankbar entgegen und trank ihn aus. Vielleicht war das der wahre Grund, warum Boreas sie noch immer um ihren Rat und ihre Gesellschaft bat. In ihrer Nähe mußte er nicht der König sein. Er konnte einfach nur ein Mann sein: fehlerbehaftet, temperamentvoll, ehrlich.

»Ihr habt Persard während des Rates gesehen, Mylady.« Boreas schaute in seinen Wein, ohne zu trinken. »Und Ihr habt viel mit ihm gesprochen – eigentlich sogar häufiger als ich. Und ich weiß, daß Ihr die Bewunderung seines Beraters Lord Sul gewonnen habt.«

Grace biß sich auf die Lippe. Der arme Sul. Sie konnte sich noch gut an den Tag erinnern, an dem sie und Durge den kleinen Mann dazu überredet hatten, mit ihnen zu sprechen, indem sie so getan hatten, als hätte es Durge auf ihn abgesehen und nur sie die Macht, den verrückt gewordenen Ritter zur Vernunft zu bringen.

»Sagt mir, Mylady, was hat diese Nachricht für uns zu bedeuten?«

Grace zwang sich, die Ereignisse dieses Tages zu vergessen, genau wie ihr blutiges Gewand, und über die Frage nachzudenken. »Das ist nicht gut, Euer Majestät. Die Entscheidung des Rates zur Zusammenarbeit ist ein großer Schritt nach vorn. Aber die Tinte auf den Verträgen ist kaum getrocknet. Persard hat einen Erben, aber der ist noch ein Säugling, und seine Gemahlin ist auch nicht viel reifer. Ich habe gehört, daß sie bei ihrer Hochzeit vor zwei Jahren gerade mal vierzehn war.«

»Siebzig Winter jünger als er«, sagte Boreas mit einem Schnauben, das sowohl Ekel wie auch Bewunderung hätte ausdrücken können, oder sogar beides.

Grace nickte. »Also haben wir eine Kindbraut und einen Erben in Windeln. Kaum die Art von Situation, bei der man sich darauf verlassen kann, daß eine zerbrechliche Allianz aufrechterhalten wird. Falls einer von Persards Herzögen oder Baronen den Plan schmiedet, die Domäne zu übernehmen, hätte er um keine bessere Gelegenheit bitten können. Andererseits habe ich auch gehört, daß Intrigen in Perridon genauso selten sind wie neblige Tage.«

»Mylady, in der Domäne Perridon ist es immer neblig«, knurrte Boreas.

»Nun, dann glaube ich, habt Ihr Eure Antwort.«

Boreas grunzte. »Also, was tun wir?«

Grace seufzte. Manchmal war das Erstellen einer Diagnose viel einfacher als das Finden des richtigen Heilmittels. »Ich weiß es nicht. Aber Lord Sul sprach sehr gut über Herzog Falderan, der in Persards Abwesenheit die Dinge am Laufen hielt. Falls er im Namen von Persards Sohn als Regent handelt, bis der Junge das nötige Alter erreicht hat, könnte die Chance bestehen, daß die Dinge stabil bleiben. Das heißt, so stabil, wie es in Perridon nun mal möglich ist.«

Ein kleiner Teil von Grace war erstaunt über ihre Analyse. Aber sie war schon immer eine gute Schülerin gewesen, und diese letzten Monate waren für sie ein Schnellkurs in Feudalpolitik gewesen.

Boreas schwieg, dann nickte er. »Vielen Dank, Mylady. Ihr dürft gehen.«

Grace blinzelte, dann stand sie auf. Sie war neugierig, was Boreas zu tun gedachte, aber es stand ihr nicht zu, ihn danach zu fragen. Wenn einen der König entließ, dann ging man. Sie bewegte sich in Richtung Tür.

»Lady Grace ...«

Die barschen Worte ließen sie stehenbleiben.

»Vergeßt nicht ... für einen Ritter ist es die höchste aller Ehren, sein Leben in Verteidigung seines Herrn oder seiner Dame zu geben.«

Graces Hand verkrampfte sich um die Türklinke. *Zum Teufel mit dieser Ehre, Euer Majestät*, wollte sie sagen. Statt dessen biß sie sich auf die Lippe und verließ das Gemach.

23

Nach der Begegnung mit dem König kehrte Grace in ihr Gemach zurück, wo Lirith schon mit einer in Taubengrau gekleideten Dienstmagd auf sie wartete. Neben dem Feuer stand eine Wanne mit dampfendem Wasser. Als sich Grace nach Aryn erkundigte, teilte ihr die dunkeläugige Hexe mit, daß sich Aryn in ihrem Gemach ausruhte und Grace es ihr sehr bald nachmachen würde.

Grace hatte nicht die Kraft, mit ihr zu diskutieren. Die Erschöpfung übermannte sie, zusammen mit neuem Entsetzen über die Ereignisse des Tages. Sie war so teilnahmslos, daß es sie sogar nicht einmal störte, als die Magd die Verschlüsse ihres blutigen Gewandes öffnete und das Kleidungsstück zu Boden fallen ließ.

Lirith nahm den Lederbeutel, der für gewöhnlich an Graces Schärpe befestigt war, und legte ihn auf den Kaminsims. Zu spät fiel Grace ein, daß sich darin die halbierte Silbermünze befand, die Bruder Cy ihr gegeben hatte. Ohne die Münze würde sie die Sprache dieser Welt weder sprechen noch verstehen können. Aber das entsprach nicht ganz der Wahrheit, oder? Nach viel Übung war sie an einem Punkt angelangt, wo sie einen guten Teil der melodischen Sprache dieser Menschen hier verstand, auch wenn sie bezweifelte, daß sie selbst mehr als zwei Worte darin hätte sagen können. Aber es bestand keine Notwendigkeit, sich jetzt zu unterhalten, und es fiel ihr nicht schwer, die gemurmelten Anweisungen zu verstehen. *Zieht Eure Unterwäsche aus, steigt in die Wanne, schließt die Augen.*

Nach dem Bad – als sie wieder angekleidet war – brachte die Magd ein Tablett mit Essen, und Lirith sah zu, wie Grace jeden Bissen Fleisch, Brot und Obst aufaß. Als sie fertig war, stieg sie ins Bett und ließ zu, daß Lirith sie unter die Decke packte, als wäre sie ein kleines Kind. Grace schloß die Augen, und als ihr die Hexe einen Kuß auf die Stirn gab, war es eher tröstlich als seltsam. Grace fühlte, wie das Licht floh, als Lirith die Kerze ausblies. Dann öffnete und schloß sich die Tür, und sie war allein.

Doch trotz ihrer Erschöpfung wollte der Schlaf nicht kommen. Schließlich stand sie wieder auf und stellte sich ans Fenster. Mitternacht war längst vorbei, und kein Mond stand am Himmel.

Ein blutrotes Aufblitzen erregte ihre Aufmerksamkeit. Der neue rote Stern, der bei Sommeranfang am südlichen Himmel erschienen war, war gerade über die Schloßmauern gestiegen. Als sie ihn das erste Mal erblickt hatte, hatte sie das aufregend gefunden. Es bedeutete, daß sich Eldh genau wie die Erde auf einer schrägen Achse drehte; beim Wechsel der Jahreszeiten versanken einige Sterne hinter dem Horizont, während andere emporstiegen und ihre Plätze einnahmen. Doch als sie Durge auf den Stern aufmerksam gemacht hatte, hatte dieser nur die Stirn gerunzelt und etwas über »Himmelskörper, die dort leuchten, wo nichts leuchten sollte« gemurmelt.

Durch Gespräche mit anderen hatte Grace herausgefunden, daß keiner der Schloßbewohner den Stern jemals zuvor gesehen hatte. Vielleicht war es ja ein Komet oder ein Planet, der einen irregulären Orbit hatte, der ihn nach langer Abwesenheit wieder in die Nähe dieser Welt führte. Natürlich implizierten diese Erklärungen, daß Eldh ebenfalls ein Planet war, der zu einem Sonnensystem gehörte, das dem der Erde ähnlich war. Vielleicht befand er sich sogar in derselben Galaxis, obwohl Grace das nun doch bezweifelte. Etwas sagte ihr, daß diese Welt mehr als nur eine physikalische Entfernung von der Erde trennte.

Grace schaute den roten Stern noch eine Weile an, dann überraschte sie ein Gähnen. Sie wandte sich vom Fenster ab, stieg ins Bett und schloß die Augen. Nach all den Ereignissen diesen Tages hätte Schlaf eigentlich unmöglich sein sollen, aber schließlich gewann die Erschöpfung die Oberhand, und sie verfiel in einen Schlummer.

In dieser Nacht hatte Grace einen Traum.

Sie stand auf dem Gipfel eines Berges oder der Spitze eines Felsens, der von allen Seiten von wirbelnden Nebelschwaden umgeben wurde. Dann teilte sich der Nebel, und auf einem anderen Gipfel stand Travis Wilder, durch ein wogendes Meer aus Grau von ihr getrennt. Beim Anblick des Freundes verspürte sie Freude. Sie hatte geglaubt, er wäre zur Erde zurückgekehrt, aber hier war er, nur ein kurzes Stück von ihr entfernt. Er drehte ihr den Rücken zu, also rief sie, damit er sich umdrehte, aber der Nebel dämpfte ihre Stimme und füllte ihren Hals und ihre Lungen wie mit feuchter Baumwolle.

Über ihren Köpfen blitzte ein Licht auf, und als sie

aufsah, erblickte sie den Feuerdrachen, den sie zuvor durch den Nebel hatte rasen sehen. Er verharrte an Ort und Stelle, und es war gar kein Feuerdrache, sondern der neue rote Stern. Sein Licht färbte den Nebel blutrot, und Grace verspürte plötzlich ein starkes Unbehagen, obwohl sie nicht sagen konnte, warum das so war. Sie wußte nur, daß sie mit Travis sprechen mußte. Sie versuchte erneut, ihm etwas zuzurufen, aber er drehte sich nicht um. Dann schoß der rote Nebel wie eine Welle in die Höhe und hüllte ihn ein. Nur daß es kein Nebel mehr war, wie Grace erkannte, als die Ausläufer nach oben züngelten und sich um sie legten.

Es waren Flammen.

24

Grace durchschritt den mit Kletterpflanzen bewachsenen Torbogen und betrat den Schloßgarten.

»Hallo?«

Ihre Stimme hallte zwischen den Bäumen wider; es war niemand in Sicht. Sie ging einen der steinernen Pfade entlang und begab sich tiefer in das Labyrinth aus lebenden Dingen.

Es war fast Hochsommer, und der Garten war eine Nabe aus Smaragdgrün und Gold. Grace atmete die warme Luft ein, die nach Honig schmeckte, und zum ersten Mal seit einer Woche fühlte sie, wie sich ihre Nackenmuskeln entspannten und ihre Schultern sich ein Stück senkten. Der Garten hatte etwas Friedliches und Uraltes an sich. In gewisser Weise erinnerte er Grace an den Dämmerwald und das Kleine Volk. Und tatsächlich ähnelte der Garten dem unmöglichen Wald, in den Travis und sie in dem von Trifkin Moosbere und seinen Schauspielern bewohnten Gemach einen kurzen Blick geworfen hatten.

Vielleicht hatte Lirith recht. Vielleicht war das doch ein guter Ort. Obwohl von der Person, von der Lirith am Morgen gesprochen hatte, nichts zu sehen war.

Da ist jemand, den Ihr meiner Meinung nach kennenlernen solltet, Schwester. Ich glaube, Ihr findet sie im Garten.

Sieben Tage waren vergangen, seitdem sie auf Graces

Drängen hin ihren Sommerausflug unternommen hatten. Sieben Tage, seitdem sie Garfs feinen Lebensfaden durch ihre Finger hatte schlüpfen und sich auflösen fühlen können.

Sie hatten in dem ein paar Meilen vom Schloß entfernten Megalithkreis eine kleine Trauerfeier für den jungen Ritter abgehalten. Als Grace das letzte Mal hier gewesen war, hatte sie sich von Travis verabschiedet, bevor er zur Erde zurückkehrte. Diesmal war es eine andere Art von Abschied gewesen. Sie hatte gewußt, daß Garf Anhänger der Mysterien von Vathris Stiertöter gewesen war und daß Boreas einen geheimeren Ritus abhalten würde, um das Dahinscheiden des Ritters zu würdigen. Also war diese Zeremonie nur für sie und Lirith, Aryn und Durge gewesen. Sie hatten nichts Formelleres getan, als einander bei den Händen zu halten, liebevoll von Garfs Fröhlichkeit und Ehrlichkeit zu sprechen und ein Blumengebinde auf den Boden zu legen. Es war genug gewesen.

Das vielleicht schockierendste am Tod war, daß das Leben trotzdem unbarmherzig weiterging. Jeden Morgen ging die Sonne auf, es herrschte geschäftiges Treiben im Schloß, Grace setzte sich zum Essen und ging wieder zu Bett. Angesichts der größeren Dinge schien das alles so unbedeutend und dumm zu sein, trotzdem war es ein Trost.

Zwar war es eine traurige Erkenntnis, aber Grace wußte, daß für sie der Alltag einkehren würde. Ein totales Wrack zu sein wäre da beinahe schon beruhigender gewesen. Aber sie wußte – wußte es mit der gleichen

Sicherheit, die sie verspürte, wenn sie wußte, daß ein Patient in der Notaufnahme überleben würde –, daß das Leben für sie weitergehen würde.

Lirith würde ebenfalls keine Probleme haben, da hatte Grace nicht den geringsten Zweifel. Nicht, daß Garfs Tod die tolorianische Frau nicht berührt hätte. Ganz im Gegenteil, von ihnen allen schien sie diejenige zu sein, die auf fundamentalste Weise begriff, welch ein Verlust sein Dahinscheiden für das Netz des Lebens bedeutete, das sie alle miteinander verband. Aber etwas sagte Grace, daß Lirith tiefe Wurzeln hatte, auf die sie zurückgreifen konnte und die sie stützen würden.

Was Aryn und Durge betraf, war sich Grace nicht ganz so sicher. Zweifellos hatte Durge in seinen Jahren als Krieger viele Männer sterben sehen, aber sie hatte ihre Zweifel, daß es für den unerschütterlichen Ritter jemals einfach war. Erst letztens hatte sie ihn abends an einem Fenster stehen gesehen, wie er zusammengekrümmt an der Fensterbank lehnte. Es war das allererste Mal, daß ihr der Gedanke kam, Durge sähe alt aus. Doch als sie ihn angesprochen hatte, hatte er sofort strammgestanden und energisch nach ihren Wünschen gefragt.

Du kannst ruhig weinen, Durge. Du mußt nicht immer der Felsen sein. Anweisung deiner Ärztin. Aber wie so oft in ihrem Leben hatte sie nicht gewußt, wie sie die Worte, die sie wirklich sagen wollte, auch aussprechen sollte.

»Erkundigt Euch doch bitte, ob Lady Aryn etwas braucht«, hatte sie statt dessen gesagt, und er hatte genickt und war gegangen, um ihre Bitte zu erfüllen.

Im Gegensatz zu Durge hatte Aryn seit dem Zwischenfall mit überraschender und besorgniserregender Häufigkeit geweint. Grace oder Lirith – manchmal auch sie beide – hielten die Baronesse dann bei diesen Gelegenheiten im Arm, während sie lauthals schluchzte. Hatte die junge Frau von Garfs Liebe zu ihr gewußt? Vielleicht war das der Fall, aber etwas an Aryns Kummer brachte Grace zu der Annahme, daß es hier nicht nur um den getöteten Ritter ging. Grace hatte derartiges Weinen schon in der Vergangenheit gehört. Als kleines Mädchen im Beckett-Strange-Heim für Kinder hatte sie es manchmal des Nachts vernommen, wie es auf dunklen Schwingen durch stille Räume glitt: der ursprüngliche, wortlose Ausdruck völliger Verzweiflung.

Grace seufzte. Sie würde Aryn im Auge behalten, aber sie wußte nicht, was sie sonst noch hätte tun können. In diesem speziellen Fall konnte sie ohne die Hilfe der Patientin keine Diagnose stellen und herausfinden, was nun tatsächlich nicht stimmte.

Der Gartenpfad führte weiter, und ihre Gedanken wandten sich Travis zu. In den vergangenen Tagen hatte sie öfters als gewöhnlich an ihren Freund gedacht. Aus irgendeinem Grund lastete er schwer auf ihren Gedanken, beinahe noch schwerer als Garf. Aber bei diesen Träumen war das vielleicht kein Wunder.

Mittlerweile träumte sie fast jede Nacht den seltsamen Traum, in dem Travis auf dem nebelverhangenen Berg stand. Er spielte sich immer gleich ab. Sie rief vergeblich nach ihm, der rote Stern tauchte auf, der wirbelnde Nebel verwandelte sich in lodernde Flammen.

In ihrem ganzen bisherigen Leben waren ihre Träume verschwommen und absurd gewesen, eine Serie schlecht geschnittener ausländischer Filme betrunkener Regisseure. Dieser Traum war anders. Eindringlich, real. Wenn sie die Augen schloß, konnte sie den wallenden Nebel sehen, genau wie den lodernden Stern. Aber was hatte das zu bedeuten?

Natürlich nichts. Träume waren lediglich das synaptische Äquivalent der Reste einer Mahlzeit. In ihnen nach einer Bedeutung zu suchen war ungefähr so sinnvoll, wie in einem Teller mit Buchstabensuppe nach einem Haiku Ausschau zu halten. Trotzdem war das Gefühl, daß Travis irgendwie in Schwierigkeiten steckte, nur schwer abzuschütteln. Aber es war sinnlos, sich darüber Sorgen zu machen. Selbst wenn Travis in Gefahr schwebte, er war eine Welt weit weg und damit weit außerhalb ihrer Reichweite und ihrer Hilfe. Davon abgesehen mußte Grace sich um Dinge sorgen, die weit näher lagen.

In den vergangenen Tagen hatte Boreas sie noch zweimal zu sich gerufen, um das Problem Perridon mit ihr zu besprechen – obwohl der König bis jetzt noch keine Entscheidung getroffen zu haben schien, ob ein Eingreifen erforderlich war oder wie es möglicherweise aussehen sollte. Trotzdem war Grace froh gewesen, sich auf ein weltliches Problem konzentrieren zu können, und sie hatte dem König geholfen, so gut sie konnte.

Ihre Studien mit Lirith waren eine andere Sache. Sie hatte damit gerechnet, daß Lirith nach den Geschehnissen ihren Unterricht erst einmal aussetzte. Und in Aryns

Fall war das auch so. Für Grace galt das nicht. Am Abend nach Garfs Tod hatte Lirith an ihrer Tür geklopft.

»Arbeit bietet Trost, Schwester«, hatte sie in Antwort auf Graces erstaunten Blick gesagt. »Und Ihr habt noch viel zu lernen.«

Grace hätte fast gelacht. *Das ist die Untertreibung des Jahrhunderts, Schwester.* Aber sie hatte Lirith in ihr Gemach gelassen und hinter ihr die Tür geschlossen.

Doch trotz ihrer Bemühungen war es ihr seitdem nicht mehr gelungen, die Weltenkraft auch nur einmal zu berühren.

»Schwester, Ihr müßt Euch konzentrieren«, flüsterte Lirith in diesen Augenblicken. Sie roch immer nach Zitronen und Nelken. »Befreit Euer Bewußtsein von der Furcht. Erlaubt Euch, mit den Gedanken zuzugreifen, das Leben um Euch zu fühlen, es näher an Euch heranzubringen.«

Grace versuchte es, aber sobald sie die funkelnden Stränge der Magie erblickte, die sie umgaben, sah sie auch den Schatten, der im Herzen des Netzes lauerte, und sie wußte, daß, sollte sie ihrem eigenen Lebensfaden folgen, er sie direkt in den schwarzen Flecken führen würde. Dann zerriß ein Geräusch ihr Bewußtsein, ein Geräusch wie eine zuschlagende Tür; sie blinzelte, und die Weltenkraft verschwand.

»Ich kann es nicht«, hatte sie schließlich am vergangenen Abend gesagt und war zitternd und nach Luft schnappend auf die Knie gesunken. »Ich kann es nicht mehr.«

Lirith hatte sie gemustert und den Raum dann wortlos

verlassen. Grace war davon überzeugt gewesen, daß die Hexe sie nun endgültig aufgegeben hatte. Aber am Morgen war sie wieder dagewesen. Und hatte ihr gesagt, sie solle jemanden im Garten treffen.

»Hallo?« rief sie erneut.

Das Wort hallte durch die lebendigen Wände aus Schlingpflanzen und Zweigen. Sie war durch einen weiteren Durchgang in ein kleines Areal gekommen, das von allen vier Seiten von hohen Hecken umgeben wurde. Hier war der Überfluß an Leben sogar noch größer als das, was sie bis jetzt gesehen hatte – ein dichter und prächtiger Farbenrausch, der hemmungslos wucherte.

»Verschwinde!«

Die schrille Stimme ließ Grace zusammenzucken. Wo war sie hergekommen? Sie drehte sich um. Auf der anderen Seite des Gartens bewegte sich ein Busch. Seine Zweige flatterten auf und ab, als wäre er wütend, Blätter regneten zu Boden.

»Ich sagte, verschwinde!«

Grace zögerte. Es war schwer zu sagen, was man tun sollte, wenn man von einem Busch angebrüllt wurde. Auf einem Bankett hatte sie einmal einen Haufen Kiefernzweige sich bewegen sehen und dann einen kleinen grünen Mann entdeckt, der sich zwischen ihnen verbarg. Das war letzten Winter gewesen, als das Kleine Volk durch die Räume Calaveres geschlichen war. Aber seit der Wintersonnenwende hatte man von ihnen keinen mehr erblickt. Befand sich wieder einer der Grünen Männer im Schloß?

»Verschwinde!«

Mit dem letzten Wort explodierte der Busch förmlich in einer Blätterwolke, und eine Gestalt stolperte hervor. Es war kein Grüner Mann.

Sie war alt. Grace konnte aus der Erfahrung heraus gut schätzen, und sie schätzte das Alter der Frau auf achtzig Jahre, obwohl auch neunzig möglich gewesen wäre. Sie war dünn wie ein Ast, ging aber weder gekrümmt und litt auch nicht an altersbedingtem Knochenschwund. Ihre Haut hatte die weiche Durchsichtigkeit von Blumenblättern, darunter zeichneten sich die Adern ab. Sie trug ein einfaches graues Kleid, an dem Erde klebte; in ihrem dünnen weißen Haar hatten sich Blätter und Rinde verfangen.

»Wußte ich doch, daß ich dich kriege«, sagte die Frau, und ihre blauen Augen über den schmutzigen Wangen funkelten.

Endlich verstand Grace: Die Frau hatte gar nicht mit ihr gesprochen, sondern mit dem dornig aussehenden Unkraut, das sie in ihrer behandschuhten Hand hielt.

Grace trat vor. »Hallo«, sagte sie erneut.

Die Alte ließ das Unkraut fallen. Grace war peinlich berührt. Sie hätte wissen müssen, daß sie die andere mit ihrer unvermuteten Ansprache erschrecken würde. Die Alte sah sich mit jenem unscharfen Blick um, den ältere Personen manchmal haben, wenn sie ein Geräusch oder eine Stimme ausmachen wollen. Dann richteten sich ihre blauen Augen auf Grace, und ihre Miene hellte sich sofort auf.

Die Alte lächelte. »Sieh mal an. Hier haben wir aber eine hübsche Blume, Schwestern.«

Grace zuckte wieder zusammen. Als eine Blume hätte sie sich nun wirklich nicht bezeichnet. Und zu wem sprach die Frau? Sonst war niemand im Garten zu sehen.

»Was ist mit Euch, Kindchen? Habt Ihr Eure Zunge gefunden, nur um sie sofort wieder zu verlieren?«

Grace schüttelte den Kopf. Noch nie zuvor hatte sie jemand *Kindchen* genannt. Andererseits war es vermutlich besser, als mit Euer Durchlaucht angesprochen zu werden. »Ich soll jemanden hier treffen. Im Garten. Allerdings weiß ich nicht, wen … Habt Ihr …?«

»Ob ich jemanden gesehen habe?« Die Alte schüttelte den Kopf. »Nein, Kindchen. Hier bin nur ich. Und natürlich meine Schwestern.«

Das ließ Grace die Stirn runzeln. Die Alte hatte es schon wieder gesagt. *Schwestern.* Wen meinte sie nur? Aber vielleicht war sie ja auch nur senil.

Sie versuchte es erneut. »Falls Euch jemand begegnet, der nach mir sucht, könntet Ihr ihm bitte sagen, daß ich da war?«

Die Alte nickte. »Wie Ihr wollt, Kindchen. Aber Ihr könnt gern noch etwas bleiben. Wenn Ihr nicht wißt, wen Ihr treffen sollt oder wo Ihr ihn findet, ist es dann nicht möglich, daß Ihr ihn genausogut hier findet als woanders?«

Eigentlich wollte Grace dem widersprechen, aber sie mußte zugeben, daß in den Worten der alten Frau eine gewisse Logik lag. Vielleicht konnte es ja nicht schaden, sich etwas auszuruhen, bevor sie ins Schloß zurückkehrte und Lirith Bescheid sagte, daß sie denjenigen, den sie treffen sollte, nicht gefunden hatte.

»Ihr könnt Euch da hinsetzen, Kindchen.« Die Alte zeigte auf eine Marmorbank, die halb von Mohnblumen verdeckt wurde. »Laßt Euch nicht davon stören, daß ich weiterarbeite. Man darf nicht einen Augenblick lang in seiner Wachsamkeit nachlassen, oder die schurkische Distel schleicht sich ein und stiehlt allem das Leben.« Sie bückte sich, hob das widerspenstige Unkraut auf und warf es auf einen kleinen Haufen.

Grace setzte sich auf die Bank. Es war ein merkwürdiges Gefühl, hier zu sitzen und sich auszuruhen, während die Alte arbeitete, aber sie würde keine große Hilfe sein. Sie würde vermutlich ohnehin jeder Pflanze schneller das Leben rauben, als es die schurkische Distel tat. Sie blickte auf ihre Hände herunter.

Vielleicht bist du mit Menschen auch nicht viel besser, Grace.

Aber das stimmte nicht. Das wußte sie genau. Ivalaine hatte recht, Heilen war Graces Gabe. Aber warum hatte sie dann nicht heilen können, als es am meisten darauf angekommen war? Warum hatte sie sich Garfs Lebensfaden durch die Finger schlüpfen lassen?

»Stimmt was nicht, Kindchen?«

Grace schaute auf. Die Alte musterte sie neugierig.

»Nein. Mir geht es gut. Wirklich.« Sie suchte angestrengt nach Worten. »Ich bin Grace. Wie heißt Ihr?«

»Mein Name ist Naida, aber die meisten nennen mich die Kräutermutter. Ihr könnt mich nennen, wie Ihr wollt.«

Grace dachte darüber nach. »Ich werde Euch Naida nennen.«

»Ganz wie Ihr wünscht, Kindchen.« Naida beugte sich über eine Stofftasche, kramte darin herum und zog eine Tonflasche hervor. »Möchtet Ihr was trinken?«

Der Tag wurde heiß. Grace nahm die Flasche entgegen und hob sie an die Lippen. Sie hatte angenommen, daß sie Wasser enthielte, aber tatsächlich war es kühler, erdiger Wein. Naida nahm die Flasche, trank und verstaute sie wieder in der Tasche. Wärme durchströmte Graces Körper, sowohl von der Sonne als auch vom Wein. Sie ließ zu, daß sich ihre Augen schlossen. Das hier war ein friedlicher Ort.

»Meine arme Schwester«, sagte Naida mit leiser, trauriger Stimme. »Du bist so schön, wie du dort reglos sitzt, aber im Inneren stirbst du.«

Grace riß die Augen auf. Sie kämpfte darum, die Worte zu verstehen. Wußte Naida, was passiert war? Aber woher? Sie hielt nach der Alten Ausschau und fand sie unter einem Baum stehen. Auf den ersten Blick schien es sich um so etwas Ähnliches wie eine Esche zu handeln, obwohl die Blätter goldene und nicht silberne Spitzen hatten.

Grace stand auf und ging auf Naida zu. »Was habt Ihr damit gemeint?«

Naida legte eine Hand auf die Baumrinde. »Ihr könnt es nicht sehen, Kindchen. Aber ich kann es fühlen, es ist wie eine Dunkelheit. Ich fürchte, sie verfault von innen heraus.«

Der Baum. Sie sprach von dem Baum, nicht von Grace.

Naida seufzte, dann wandte sie sich von dem Baum ab und breitete die Arme aus. »Wir müssen uns von unserer lieben Freundin verabschieden, Schwestern. Dieses Jahr wird ihr letztes sein.«

Grace runzelte die Stirn. »Entschuldigt, aber Ihr sprecht ständig von Schwestern. Wen meint Ihr?«

Ein Lächeln ließ Naidas Falten sich verziehen. »Ich spreche natürlich zu ihnen. Das sind alles meine Schwestern.«

Endlich verstand Grace. Die Pflanzen im Garten – zu ihnen sprach Naida. Vielleicht war die alte Frau ja doch nicht mehr ganz richtig im Kopf. Aber nein, etwas an ihr kam Grace vertraut vor – eine bestimmte Ruhe, eine Kraft. Sie trat vor den Baum und legte die Hand auf den Stamm, dann schloß sie die Augen. Zuerst hatte sie Angst, dann zwang sie sich dazu, mit der Kraft ihrer Gedanken in den Baum hineinzugreifen.

Sie riß die Augen auf. Sie hatte es gesehen; einen dunklen Knoten im schimmernden Fadennetz, das den Baum umwand. Sie hielt sich den Leib. Was geschah mit ihr? Verfaulte auch sie von innen, so wie der Baum?

Naida hatte sie beobachtet, und jetzt nickte die Alte. »Die Gabe ist stark in Euch.«

Ein starkes Gefühl der Unsicherheit machte sich in Graces Brust breit. »Wo kommt Ihr her?« fragte sie leise.

»Ich habe meine Königin natürlich nach Calavan begleitet.« Sie strich mit den Fingern über eine Blüte, und ihr Blick glitt in die Ferne. »Ich kann mich noch immer an das letzte Mal erinnern, an dem ich innerhalb der Grenzen Calavans stand, obwohl ich damals erst zwölf Winter alt war. Eines Tages kam ein Edelmann, den ich noch nie zuvor gesehen hatte, auf einem weißen Pferd zum Haus meines Vaters geritten. Er führte ein reiterloses Pferd mit sich. Das alles erschien so seltsam – ich konnte mir einfach nicht vorstellen, warum er gekommen war. An diesem Abend aß der Edelmann mit uns. Ich erinnere mich, daß ich ihn für schrecklich alt hielt, dabei war er erst vierundzwanzig. Vierundzwanzig! Und jetzt sieh mich an.«

Sie streckte die Hände aus. Grace vermeinte das Sonnenlicht durch sie hindurchscheinen sehen zu können, die Knochen waren so zerbrechlich und verkrümmt wie Wistarien.

»Am nächsten Morgen saß ich auf dem Rücken des zweiten Pferdes und ritt hinter dem Edelmann her, dessen Name ich kaum behalten hatte, und sah zu, wie mir meine Familie zum Abschied zuwinkte. Ich habe sie nie wiedergesehen. Wir ritten zu seinem Anwesen im Herzogtum Arthannon, und ich lebte dort viele Jahre bei ihm, bis er starb und ich in den Dienst meiner Herrin trat, die damals noch keine Königin war.«

Sie deutete auf den Garten. »Ich wollte immer hierher zurückkehren. Und bevor meine Königin wieder nach Ar-Tolor reiste, bat ich sie, hierbleiben zu dürfen, und der König war so freundlich, mich aufzunehmen.« Sie seufzte. »Für mich gibt es keine Reisen mehr, abgesehen von der einen.«

Grace vermochte nicht zu sagen, an welcher Stelle der Geschichte der Alten sie endlich die Wahrheit begriffen hatte, die sie zu blind und zu sehr mit sich selbst beschäftigt gewesen war, um sie sofort zu erkennen. »Ihr seid das«, sagte sie. »Lirith wollte, daß ich Euch begegne.«

Naida zuckte mit den Schultern. »Schwester Lirith ist voller seltsamer Ideen. Aber sie ist ein so hübsches Ding. Sie sollte mit einem starken, ansehnlichen Mann verheiratet sein. Genau wie Ihr, Kindchen.« Sie blinzelte Grace verschmitzt zu. »Ein Garten wird viel schöner, wenn man ihn öfters bestellt.«

Graces Wangen röteten sich. »Ich glaube nicht … ich glaube nicht, daß ich jemals einem anderen so nahe sein werde.«

Naida runzelte die Stirn. »Aber wovor habt Ihr Angst? Daß, wenn ein Mann Euch nur aus der Nähe betrachtet, er sieht, daß auch Ihr Falten bekommen werdet? Ist es das, Kindchen?«

Grace trat einen Schritt zurück. Nein, darüber wollte sie nicht sprechen. Es war völlig unmöglich, Naida jemals begreiflich zu machen, warum Grace niemals auf diese Weise berührt werden konnte – nicht von einem Mann und auch von sonst keiner Person.

»Welch Traurigkeit in Eurer Miene! Aber Ihr braucht Euch absolut keine Sorgen zu machen. Nicht ein so feines Ding wie Ihr.«

Naida griff nach ihr, aber Grace wich zurück und wandte sich dem sterbenden Baum zu. Sie verschränkte die Arme vor der Brust, als wollte sie ihren eigenen schwarzen Mittelpunkt verbergen. »Kann man denn nichts tun, um den Baum zu retten?«

Naida musterte sie, dann schüttelte sie den Kopf. »Ich fürchte nicht, Kindchen. Vielleicht, wenn wir es früher gewußt hätten. Aber die dort drin befindliche Dunkelheit hat zu lange an ihr gefressen.«

Grace nickte. Es war eine harte Diagnose, aber sie hatte ähnlich schlimme schon Hunderte Male ausgesprochen.

»Nun«, sagte sie und wandte sich wieder Naida zu. »Ich schätze, Lirith hat mich geschickt, um Euch zu helfen. Also was soll ich tun?«

Naida schürzte die Lippen, studierte Grace und zeigte dann auf ein Blumenbeet. »Die schurkischen Dornen schleichen zwischen dem Feenatem her.«

»Ich werde mich darum kümmern«, sagte Grace und machte sich an die Arbeit.

25

In dieser Woche ging Grace jeden Nachmittag in den Garten, um die Kräutermutter zu besuchen.

Pflanzen waren keine Menschen. Doch wie sich herausstellte, war Gartenarbeit keineswegs so unverständlich, wie Grace angenommen hatte. Büsche und Sträucher waren etwas Lebendiges – nur eben eine andere Art von Leben, als sie gewohnt war. In der Vergangenheit hatten ihre Zimmerpflanzen stets ein böses Ende genommen, aber das lag daran, daß sie immer genauso mit ihnen umging wie mit den Patienten in der Notaufnahme: Behandele sie wie vorgeschrieben, und sie werden entsprechend reagieren. Wie sich herausstellte, waren Pflanzen da etwas komplizierter.

»Ihr müßt wollen, daß sie wachsen«, sagte Naida eines Nachmittags.

Grace hielt in der Arbeit inne. »Bitte?«

Naida strich sich eine dünne Haarsträhne aus dem Gesicht. »Ihr könnt nicht einfach etwas in den Boden stecken, Wasser drauf gießen und erwarten, daß es ein Wunder vollbringt, oder, Kindchen?«

Grace schaute auf die Feenatem herunter, die sie gerade umgepflanzt hatte. Sie stand in einem seltsamen Winkel da und sah aus, als würde sie bereits verwelken. »Warum nicht? Es ist doch bloß eine Pflanze, oder?«

Die Alte schüttelte den Kopf. »Vergebt ihr, Schwestern. Sie weiß nicht, was sie da sagt.«

Grace blickte sich um, plötzlich froh darüber, daß sich Pflanzen nicht bewegen konnten. Denn hätten sie die Macht dazu gehabt, hätten sie vermutlich nur allzu gern ihre kleinen grünen Ranken um ihren Hals geschlungen.

»Seht her«, sagte Naida und begab sich zu dem Feenatem, an dem Grace gearbeitet hatte. »Seht Ihr, wie sie auf die eine Seite kippt? Aber sie würde lieber aufrecht der Sonne entgegenwachsen, nicht wahr? Und hier erhebt sie sich kaum aus dem Boden, obwohl sie sich viel besser fühlen würde, wenn ihre Wurzeln sicher eingepflanzt wären, damit sie sich stolz erheben kann. Und wie wäre es mit einem hübschen kleinen Bewässerungsgraben um sie herum, der den Regen einfängt, wenn er fällt, damit sie trinken kann?« Die alte Frau drückte die letzte Erde um die Blume fest. »Und, ist das so nicht viel besser?«

Grace hatte den Eindruck, daß Naida nicht mit ihr sprach. Trotzdem nickte sie. Sie berührte den Feenatem. »Und welche Eigenschaften hat sie?«

»Ein Tee wird den aufgebrachten Magen beruhigen und Schlaf bringen. Die aus den Wurzeln hergestellte Tinktur hilft bei Hautausschlag. Das ist ihre Magie.«

Grace studierte die zarte weiße Blume. »Aber das ist doch gar keine Magie. Das sind bloß Chemikalien – Tannin, Alkaloide, andere sekundäre Vermischungen. Das ist alles.«

Naida seufzte. »Wenn es das ist, was Ihr glaubt, Lady Grace, dann wird das auch alles sein, was Ihr jemals in ihnen sehen werdet.«

Grace schaute auf und wollte etwas erwidern, aber die

Kräutermutter wandte ihr bereits den Rücken zu, um sich um eine andere Pflanze zu kümmern.

Am Abend begab sich Grace zu Liriths Gemach im Westflügel des Schlosses und fragte die Hexe, warum sie sie zu Naida geschickt hatte.

»Eure Studien in der Weltenkraft gingen nicht gut voran«, sagte Lirith, ohne von ihrer Stickarbeit aufzusehen. Das abendliche Lied der Insekten war durch das offene Fenster zu hören.

Grace verschränkte die Arme. »Naida hat mir nichts über die Weltenkraft beigebracht.«

»Die Kräutermutter war stets nur schwach in der Gabe.«

Grace stöhnte. »Warum habt Ihr mich dann überhaupt zu ihr geschickt?«

Lirith schaute auf. »Was glaubt Ihr, Schwester?«

Plötzlich war die Luft im Gemach erdrückend. Grace legte eine Hand auf das Oberteil ihres Gewandes. Hatte Lirith den Schatten in ihr gesehen, so wie Naida ihn in dem sterbenden Baum gesehen hatte?

Lirith beugte sich wieder über ihre Arbeit. »Sowohl Ivalaine wie auch ich haben während schwieriger Zeiten bei der Kräutermutter gearbeitet, so wie viele andere auch. Ich glaube nicht, daß Ihr davon einen Schaden davontragen werdet.«

Das war es also. Es ging nicht darum, etwas von Naida zu lernen. Es war bloß eine Pause. Eine Möglichkeit, sich von der viel anspruchsvolleren Arbeit mit der Gabe und der Weltenkraft auszuruhen. Grace wünschte Lirith eine gute Nacht und verließ den Raum.

Sie ging zu Aryns Gemach, aber eine Dienerin informierte sie in bedauerndem Tonfall, daß die Baronesse endlich eingeschlafen war und König Boreas die strikte Anweisung gegeben hatte, sie auf keinen Fall zu stören. Grace hatte an diesem Befehl nichts auszusetzen. Keine Therapie war so heilsam wie der Schlaf. Trotzdem hätte sie Aryn gern gesehen. Aber sie kehrte zu ihrem Gemach zurück.

Am nächsten Tag stürzte sich Grace mit der gleichen Intensität auf die Gartenarbeit, die sie immer in der Notaufnahme gezeigt hatte. Wenn Lirith wollte, daß sie dies erlernte, dann würde sie ihre ganze Aufmerksamkeit darauf richten. Falls Naida diesen neuen Feuereifer bemerkte, behielt es die Alte für sich. Sie zeigte Grace, wie man einen Ast beschnitt, damit noch mehr Äste wachsen konnten, oder wie man die Samen der Nebelmalve sammelte, die Schwangerschaften verhindern konnten; sie lernte die medizinischen Eigenschaften eines Dutzends anderer Kräuter kennen.

Als die Sonne hinter der Schloßmauer versank, saßen die beiden auf der Bank und tranken aus der Flasche, die Naida immer gefüllt hielt.

»Wie habt Ihr das eigentlich geschafft, Naida?«

Grace stellte die Frage, bevor sie sich eigentlich bewußt dazu entschieden hatte. Die Alte hob eine dünne Augenbraue. Jetzt konnte Grace nicht mehr zurück.

»Mit einem Mann davonzureiten, den Ihr nie zuvor gesehen habt, meine ich.«

Naida verschränkte die schmutzigen, faltigen Hände

im Schoß. »Ich mußte es tun. Das Wohlergehen meiner Familie hing davon ab. Mein Brautpreis reichte aus, um sie jahrelang mit Brot zu versorgen.«

»Aber hattet Ihr denn keine Angst?«

Das rief schallendes Gelächter hervor. »Ich war starr vor Angst! Den ganzen Weg nach Toloria habe ich mich auf meinem Pferd übergeben. Und ich werde niemals unsere Hochzeitsnacht vergessen. Armer Ederell. Er mußte seine Braut unter dem Ehebett hervorlocken. Aber er war immer ein guter Mann, der mich vom ersten Tag an sanft behandelte, und in all unseren Jahren hob er nicht einmal die Stimme.« Sie kniff die Augen zusammen. »Aber es tat weh. So sanft er auch war, es tat schrecklich weh.«

Grace blickte auf den Stiel in ihrer Hand hinunter. Er endete an einer fahlen Blume. Nebelmalve. Sie verströmte einen scharfen, metallischen Duft. Erinnerungen an das Waisenhaus stiegen in Grace auf, wie immer schokkierend in ihrer Klarheit, und das nach all diesen Jahren. Sie sah sich selbst, neun Jahre alt, wie sie in das staubige, streifenförmige Licht im Schuppen hinter dem Heim trat. Sie hörte wieder das leise Stöhnen, das an ein waidwundes Tier erinnerte, sah Ellen Nickel zusammengekrümmt in der Ecke hocken.

Ellen?

Geh weg, Grace.

Ellen, was tust du hier?

Ich muß es rauskriegen.

Was rauskriegen?

Du würdest … es nicht verstehen.

Doch, ich verstehe es. Es ist etwas, daß sie in dich reingetan haben.

Oh, Grace, es tut so weh …

Erst als sie näher herangetreten war, hatte sie den Draht gesehen. Und das Blut. Grace hatte Lumpen geholt, um den Blutstrom aufzuhalten. Es war das erste Mal, daß sie versuchte, ein Leben zu retten. Das erste Mal, daß sie scheiterte. Aber nicht das letzte Mal.

»Kindchen?«

Grace tauchte aus dem finsteren See der Erinnerungen auf. Naida war ein Jahr jünger als Ellen Nickel gewesen. In Colorado wäre Ederells Tat – vorausgesetzt, sie wäre jemals entdeckt worden – ein Verbrechen gewesen. Auf dieser Welt war es eine Sache, die Brot auf den Tisch des Hauses brachte.

»Ich glaube nicht, daß ich es tun könnte«, sagte sie.

Naida ergriff Graces Hand. Ihre Berührung war so warm und trocken wie Erde in der Sonne. »Aber sicher könntet Ihr, Kindchen. Ihr müßt Euch nur dazu entscheiden, Euch für einen anderen aufzugeben – alles von ganzem Herzen zu opfern.«

»Aber verliert man sich nicht, wenn man das tut?«

Naida lächelte. »Aber nicht doch, Kindchen. Genau dann findet man sich erst.«

Am Abend streifte Grace durch die Korridore des Schlosses und dachte über Naidas Worte nach. In ihnen lag eine gewisse Schönheit, vielleicht sogar eine Art Wahrheit. Aber nach einer Stunde hatte Grace mit kühler Logik den fundamentalen Fehler gefunden: Was war, wenn es im Inneren nichts mehr gab, was man finden konnte?

Erst als sie stehenblieb, wurde sie sich bewußt, daß sie vor der Tür zu Durges Gemach stand. Sie hatte den Ritter schon tagelang nicht mehr gesehen. Natürlich wäre er sofort gekommen, hätte sie ihn rufen lassen. Aber manchmal brauchte man einen Freund und keinen Diener. Grace hob die Hand.

Bevor sie anklopfen konnte, drang ein gedämpftes Klirren durch die Tür – als wäre etwas zerbrochen. Instinkt verdrängte Schicklichkeit, und sie öffnete die Tür und trat ein. Er kniete auf dem Boden und kehrte mit einem Handfeger grüne Glasscherben auf. Rauch und Schwefelgestank füllten die Luft und ließen Graces Augen brennen.

»Durge, alles in Ordnung?«

Er schaute auf. »Mylady!«

»Es tut mir leid. Ich hätte anklopfen sollen. Aber ich hörte etwas zerbrechen, und …«

Er legte den Handfeger zur Seite und stand auf. »Ihr müßt Euch doch nicht bei mir entschuldigen, Mylady.«

Grace wußte nicht, was sie getan hatte, um ein solches Entgegenkommen zu verdienen, trotzdem war sie dankbar dafür. Als sich der Rauch klärte, sah sie, daß Durges Gesicht abgehärmt war; die Linien um seinen Mund waren nicht länger nur eingegraben, sondern tief eingemeißelt. Die Wunde auf seiner Stirn, die er von dem Bären erhalten hatte, war dick verkrustet. Sie trat einen Schritt weiter in den Raum hinein.

»Durge, stimmt was nicht?«

»Ja, Mylady. Ich meine, nein.« Er deutete auf seine Arbeitsplatte. Dort drängten sich Schmelztiegel und Phiolen. »Ich fürchte, ich habe den Prozeß, den ich anstrebte, noch immer nicht gemeistert, das ist alles.«

Er begab sich zu der zweckentfremdeten Kommode und strich mit der Hand über ein vergilbtes Blatt Pergament. Grace trat an ihn heran und blickte über die gekrümmte Schulter des Ritters auf das Manuskript. Trotz der Magie der halben Münze ergaben die verblichenen Diagramme und Notizen nur wenig Sinn, allerdings konnte sie in der Mitte die Zeichnung eines Mannes und einer Frau entdecken.

Nein, Grace, sieh genauer hin. Sie tragen Kronen.

Also kein Mann und eine Frau, sondern ein König und eine Königin. Von den Kronen abgesehen waren die Figuren nackt. Sie hielten einander bei den Händen und standen in einem Oval, während rings um sie herum Flammen in die Höhe stiegen. Überall um sie herum gab es Symbole, kleinere Zeichnungen und winzige, mit zitteriger Hand geschriebene Texte. Grace begriff nicht, was das alles sollte, obwohl die Flammen sie an ihre Träume erinnerten.

»Was soll das bedeuten?«

»Es ist das Große Werk, Mylady.« Durge zeigte auf die beiden Figuren. »Seht Ihr? Das, was männlich und entzündlich ist, kommt mit dem zusammen, was weiblich und flüssig ist. Durch das Feuer werden sie miteinander vermählt, und ihr Kind ist formgegebene Perfektion.«

Grace betrachtete den Ring, der zwischen den beiden

Figuren aufgemalt war. Dann begriff sie. »Es ist Gold. Ihr wollt Gold machen, nicht wahr?«

Durge schüttelte den Kopf. »Nein, Mylady. Ich muß noch viele Schritte meistern, bevor ich mich an das Große Werk selbst wagen kann. Im Augenblick versuche ich bloß, Schwefel zu weißsieden, einer der grundlegenden Schritte auf dem Pfad.«

»Schwefel weißsieden?«

»Ja, Mylady. Seht Ihr, wie er seine Existenz beginnt?« Er hielt einen unregelmäßigen, gelblichen Klumpen in die Höhe. »Aber wenn man ihn auf die richtige Weise erhitzt, wird er so.« Er ergriff einen Glasbehälter, der mit einem schimmernden weißen Pulver gefüllt war. »Durch das Feuer manifestieren sich die geheimen Eigenschaften des Schwefels.«

Aus irgendeinem Grund fand Grace die Worte des Ritters beunruhigend. Sie zeigte auf den Behälter. »Habt Ihr das gemacht?«

Der Ritter schwenkte ihn hin und her, dann stellte er ihn ab. »Nein. Beim ersten Erhitzen wird der Schwefel schwarz, so wie es sein sollte, aber anscheinend schaffe ich es nicht, ihn danach weiß zu bekommen.« Er seufzte. »Ich fürchte, ich wende die Hitze nicht gleichmäßig genug an. Ich werde es erneut versuchen müssen, obwohl ich vermutlich erneut scheitern werde.«

Der Ritter griff nach einem Schmelztiegel, bekam ihn nicht richtig zu fassen und ließ ihn auf die Arbeitsplatte fallen. Er wollte erneut danach greifen, dann taumelte er und lehnte sich mit gesenktem Kopf gegen die Kommode.

Grace erkannte die Symptome von Schlafentzug. Wie

lange hatte er ohne Pause an seinen Experimenten gearbeitet? Einen Tag? Zwei? Sie berührte seine Schulter. »Durge, Ihr solltet etwas schlafen. Ihr könnt morgen daran weiterarbeiten.«

Er sah nicht auf. »Morgen. Ja, ich schätze, es wird für mich ein Morgen geben.«

Sie zog die Hand zurück. »Wovon sprecht Ihr?«

Sein Tonfall war leise, sanft, und kündete von tiefer Erschöpfung. »Mylady, ich bin alt. Dieses Jahr habe ich meinen fünfundvierzigsten Winter hinter mir. Es hätte mich … Ich hätte es sein müssen.«

Grace konnte ihn bloß anstarren, unfähig, das Wort auszusprechen, das ihr durch den Kopf ging. *Was?*

Er sah sie mit tiefem Ernst an. »Sir Garfethel war klug und jung, Mylady. Er hatte noch so viel von seinem Leben vor sich.«

Grace hatte viele Jahre lang die Befürchtung gehabt, ihr Herz verloren zu haben, daß es ihr als Kind im Waisenhaus geraubt worden war, aber nun wußte sie ein für allemal, daß dem nicht so war, denn in genau diesem Augenblick fühlte sie, wie es ihr brach.

Durge wandte sich wieder der Kommode zu.

Grace betrachtete seinen breiten Rücken und versuchte zu verstehen. Etwas an Garfs Tod hatte Durge mehr getroffen als bloß der Tod eines befreundeten Ritters. Aber was?

Falls es eine Antwort auf diese Frage gab, lag sie außerhalb von Graces Reichweite. Sie verschränkte die Arme vor der Brust und sah ihm bei der Arbeit zu.

»Werdet Ihr es jemals tun? Gold machen, meine ich.«

Er legte einen Klumpen Schwefel auf eine Waage. »Nur ein reines Herz kann das Große Werk vollbringen, Mylady. So rein, wie es das Gold erschaffen würde.«

Grace dachte darüber nach. »Durge, seht mich an.«

Der Ritter gehorchte ihrem Befehl auf der Stelle, eine Tatsache, die sie beinahe hätte zusammenzucken lassen. Sie befeuchtete sich die Lippen und zwang sich zu den nächsten Worten.

»Ich weiß nicht … Ich weiß nicht, ob es wirklich jemanden gibt, dessen Herz rein ist.« Sie zog ein schiefes Gesicht. »Meiner Erfahrung nach ist Fleisch viel weicher als Metall. Und ich kann nicht sagen, ob es Euch jemals gelingen wird, Blei in Gold zu verwandeln. Aber eine Sache weiß ich genau.« Sie legte ihm die Hand auf den Arm. »Ihr seid ein ehrenwerter Mann, Durge von Steinspalter.«

Durge sah sie an, und jetzt schien der Blick seiner Augen weniger düster als vielmehr nur noch müde zu sein.

»Mylady, ich glaube, Ihr habt recht«, sagte er schließlich. »Ich werde jetzt zu Bett gehen.«

Er legte die Zange weg, die er gehalten hatte. Grace preßte die Lippen zusammen und nickte. Dann drehte sie sich um, ging durch die Tür und überließ den Ritter seiner Suche.

26

In dieser Nacht träumte sie wieder von Travis.

Wie immer stand sie ganz oben auf dem Felsen. Im Zwielicht erkannte sie andere scharfe Gipfel, Inseln im Nebelozean. Sie drehte sich vorsichtig auf ihrem luftigen Aussichtspunkt herum und schaute sich um, bis sie ihn gefunden hatte.

Er stand nicht weit entfernt auf der Felsennadel und kehrte ihr den Rücken zu. In der Höhe blitzte es blutrot auf. Der Feuerdrache. Nein … Als sie hinaufschaute, hielt der Feuerdrache an und blieb genau über ihr am grauen Himmel hängen: der rote Stern. Wenn ein Meteor der Bote eines königlichen Todes war, was würde dann der Stern verkünden?

Furcht ergriff von ihr Besitz. Es blieb nicht mehr viel Zeit übrig. Sie streckte die Hand nach Travis aus und rief ihn, obwohl sie genau wußte, daß es sinnlos war, daß der Nebel ihre Worte verschlucken würde, daß er sie nicht hören würde.

»Travis!«

Diesmal drehte er sich um.

Er war genauso, wie sie ihn in Erinnerung hatte; er trug das schlechtsitzende grüne Wams, das sandfarbene Haar und der Bart waren noch immer zottelig und ungebändigt. Sie verspürte ein Kribbeln. Er hatte sie gehört! Sie wollte ihn erneut anrufen, ihn warnen, daß er in schrecklicher Gefahr schwebte.

Die Worte erstarben auf ihrer Zunge. Feuchter Nebel verdrängte die Hochstimmung in ihrer Brust.

Travis' Augen hinter der Nickelbrille waren völlig schwarz. Es gab keine Iris, das Weiße war verschwunden. Nebelranken umkreisten ihn. Nur daß es sich gar nicht um Nebel handelte, wie sie jetzt sah. Es war Rauch, und er stieg von seinen Kleidern auf.

Er lächelte sie an. Dann schrie Grace auf, als sich der Nebel rötlich verfärbte und Flammen in die Höhe sprangen, um sie beide zu verschlingen.

27

Grace setzte sich in ihrem Bett auf, strich sich Haarsträhnen aus dem Gesicht, dann fummelte sie in der Dunkelheit nach der Fußbank. Sie stieg zum Boden hinunter. Im Kamin glühten noch Kohlen und führten sie wie rote Signalfeuer. Sie nahm einen Holzspan aus einem Gefäß, hielt die Spitze an eine Kohle, schützte die daraus resultierende Flamme mit der Hand, bis sie sie an den Docht der auf dem Tisch stehenden Kerze hielt.

Die Ränder der Nacht wichen bis in die Ecken des Raumes zurück. Grace setzte sich auf einen Stuhl, faltete die Hände im Schoß und starrte die Kerze an, ließ das weltliche Licht ihr Sichtfeld füllen. Sie schwitzte – das kam noch immer von der Hitze des Traums –, trotzdem zitterte sie in ihrer Unterwäsche. Das Bild von Travis und seinen schwarzen Augen wollte nicht aus ihrem Kopf verschwinden.

Es war nur ein Traum, Grace. Ein Haufen von synaptischem Auswurf, das ist alles. Und selbst wenn Travis in Schwierigkeiten sein sollte, könntest du ihn doch nicht erreichen.

Logik dämpfte ihre Furcht. Travis befand sich auf der Erde. Natürlich gab es da viele Gefahren – betrunkene Autofahrer, abstürzende Flugzeuge, schnell mutierende Dschungelviren ohne Aussicht auf Heilmittel –, aber zumindest waren sie ihr nicht fremd. Und vielleicht war es gut, daß Travis eine Welt weit fort war. Denn wenn er sich wieder auf Eldh befände, würde er sich vermutlich einer ganz anderen Art von Gefahr gegenübersehen.

Sie war sich immer noch nicht sicher. Es war natürlich einfach unmöglich gewesen, sowohl von Ivalaine als auch von Tressa definitive Antworten zu erhalten, solange sie noch da gewesen waren, und Lirith hatte sich schlichtweg geweigert, seit ihrer Ankunft das Thema zu diskutieren. Aber es waren alle Beweise da. Tressa war schockiert und fasziniert gewesen, als er die mit dem Ratstisch verbundene Rune des Friedens gebrochen hatte. *Runenbrecher*, hatte sie geflüstert. Und Kyrene hatte sich, nachdem sie Ivalaines Gunst verloren und sich da schon auf ihrem Abstieg in den Wahnsinn befunden hatte, ihm genähert. Offensichtlich war sie fest davon überzeugt gewesen, daß sie die Gunst der Hexen wieder erringen würde, wenn sie ihn mit einem Bann belegte. Aber warum waren die Hexen an Travis Wilder interessiert?

Grace wußte es nicht, aber obwohl Ivalaine immer ein Rätsel gewesen war, hatte sie an dem Tag, an dem sie sich nach Graces Beziehung zu Travis erkundigte, einen Hinweis gegeben.

Warum wollt Ihr das wissen, Euer Majestät? hatte Grace gewagt zu fragen. *Glaubt Ihr, er könnte der Runenbrecher sein?*

Die Königin hatte die eisblauen Augen zu Schlitzen zusammengezogen. *Wo habt Ihr dieses Wort gehört, Schwester?*

Tressa hat es bei der Ratssitzung gesagt.

Nach langem Schweigen hatte Ivalaine gesprochen.

Der, den man Runenbrecher nennt, verkörpert das Böse, Schwester. Und wie alles Böse kann er viele Masken tragen, manche davon häßlich, andere wiederum schön. Aber wenn wir Glück haben, wird das Böse, das er bringt, nicht wie vorhergesagt eintreffen. Mehr braucht Ihr nicht zu wissen.

Es war nicht viel gewesen, aber es hatte gereicht, um Graces Verdacht zu bestätigen. Wer auch immer dieser Runenbrecher war, er bereitete den Hexen große Sorgen, und darum interessierten sie sich für alle, die die Macht hatten, Runen zu brechen. Und diese Liste bestand Falkens Aussage zufolge aus einem einzigen Namen: Travis Wilder.

Aber Travis war kaum das personifizierte Böse. Was auch immer die Königin über Masken gesagt hatte, Travis hatte bei der Wintersonnenwende diese Welt gerettet und ihr nicht geschadet.

Grace stützte sich auf dem Tisch auf, stand auf und drehte sich um, um sich einen Becher Wein einzugießen. Vielleicht würde er sie soweit beruhigen, daß sie wieder einschlafen konnte.

Selbstmedikation, was, Frau Doktor?

Sie ignorierte den Gedanken, goß etwas Wein in einen Pokal, zögerte und füllte das Gefäß dann bis zum Rand. Was die Hexen auch vorhaben mochten, Travis befand sich weit außerhalb ihrer Reichweite. Sie hob den Pokal.

Und verharrte, als er sich keinen Zentimeter mehr von ihren Lippen befand. Draußen vor dem Fenster, direkt unterhalb der schlanken Sichel des abnehmenden, fast schon erreichten Neumondes, leuchtete der rote Stern. Er starrte wie ein rotes Auge aus der Nacht zurück. Wenn es nur eine Möglichkeit gäbe, einen Blick auf Travis zu werfen – nur eine Sekunde lang, nur um sich zu vergewissern, daß er nicht in Gefahr schwebte.

Aber es gab eine Möglichkeit, und sie wußte es.

Sei keine Närrin, Grace. Als du es das letzte Mal versucht hast, hättest du dich beinahe zu einer sabbernden Idiotin gemacht. Und diesmal ist Ivalaine nicht da, um dumme Anfängerhexen, die sich in Schwierigkeiten bringen, zu retten.

Sie hatte diesen Gedanken noch nicht zu Ende geführt, als sie auch schon den Pokal abstellte, zum Kamin ging und einen Gegenstand aus dem Lederbeutel nahm, den sie jede Nacht dort ablegte.

Sie glitzerte im Kerzenlicht auf ihrer Handfläche – die Hälfte der Silbermünze, die Bruder Cy ihr auf der Erde gegeben hatte. Wo auch immer Travis sich aufhielt, er besaß die andere Hälfte.

Sie kehrte zu dem Stuhl zurück. Schon einmal hatte sie die Gabe zum Ausspähen benutzt; damals war es nicht um ein lebendiges Wesen gegangen, sondern um einen Gegenstand. Es war ein Dolch gewesen, und der Zauber hatte sie zu dem Steinkreis südlich des Schlosses geführt. Dort hatte sie körperlos zugesehen, wie Logren und Alerain den Mord an einem der am Rat der Könige teilnehmenden Herrscher geplant hatten. Es war eine erstaunliche Erfahrung gewesen, aber sie hätte sich um ein Haar darin verloren – wenn Ivalaine sie nicht zurückgerufen hätte.

Sie schloß die Finger um die halbe Münze und blickte in das Herz der Kerzenflamme.

Das ist sinnlos. Travis geht es gut. Du wirst ihn vermutlich irgendwo schlafend sehen, oder wie er eine Schüssel Frühstücksflocken ißt oder auf der Toilette sitzt. Viel wahrscheinlicher ist sogar, daß du gar nichts siehst. Du hast es nicht ein einziges Mal geschafft, die Weltenkraft zu berühren, ohne daß alles auseinanderfiel, nicht seit Garfs Tod. Wie kommst du nur darauf, daß du das schaffst?

Weil sie wußte, daß sie es konnte, daß es anders war, daß die Berührung der Weltenkraft – das vibrierende Netz des Lebens, das sich selbst zwischen allem Lebendigem wob – im Moment außerhalb ihrer Reichweite lag. Aber das hier, ein lebloser Gegenstand, ein Ding aus kaltem, hartem, leblosem Metall – dies war etwas, das sie berühren konnte.

Du solltest wenigstens Lirith sagen, was du vorhast.

Aber sie stand nicht von dem Stuhl auf. Statt dessen schloß sie die Augen, ließ die Dunkelheit hinein und griff mit ihrem Bewußtsein nach der Münze. Diesmal spürte sie es – es war fast so wie ein Ruck, dem das feuchte Gefühl von etwas folgte, das sich teilte.

Dann flog sie.

Als sie sich weit genug gefaßt hatte, um in die Tiefe zu blicken, lag der Boden bereits weit unter ihr, eine wellenförmige, mit blauen Schattentönen bemalte Leinwand. Sie blickte zurück – wobei sie sich bewußt wurde, daß diese Handlung nur einen Gedanken erforderte und keine Bewegung – und konnte gerade noch Calavere vor dem Hintergrund der Sterne erkennen. Hier und da flackerte eine Fackel in der Nacht. Die Stadt am Fuß des Schloßhügels war nicht heller, und von den Dörfern, die in der Nähe lagen, war keine Spur zu entdecken. Die Dunkelheit war vollständig. Es war völlig anders, als mit einem Flugzeug bei Nacht den nordamerikanischen Kontinent zu überfliegen, wo man aus dem Fenster schauen und die Städte wie funkelnde Juwelen sehen konnte, die entlang der leuchtenden Schnüre der Autobahnen aufgereiht waren.

Nur daß sie hier in keinem Flugzeug flog. In diesem Augenblick hockte ihr zusammengesunkener Körper auf einem Stuhl in ihrem Gemach in Calavere, während der Rest von ihr einem Ziel entgegenraste, das ihr unbekannt war.

Unter ihr wand sich eine breite, schwarze Schlange, in deren Biegungen sich das schwache Mondlicht fing: der Fluß Dunkelwein. Grace dachte an ihre Geographiestunden am Kamin mit Aryn zurück. Floß der Dimduorn nicht östlich von Calavere in die Sümpfe Tolorias? Ja, sie konnte sich noch immer an die mit Holzkohle gezeichnete Karte erinnern, die Aryn gezeichnet hatte. Sobald er Toloria erreichte, wandte sich der Dimduorn nach Süden, und ein kleinerer Fluß verband sich mit ihm. Genau östlich des Zusammenflusses hatte Aryn einen Punkt gemalt: Ar-Tolor, der Sitz Königin Ivalaines von Toloria.

Ar-Tolor? War das ihr Ziel?

Sie zwang ihre Aufmerksamkeit nach unten, und in diesem Augenblick sah sie, wie der große Fluß eine scharfe Rechtskurve beschrieb. Mitten in der Krümmung floß ein anderer Fluß in den Dunkelwein, fast genauso, wie Aryn es aufgezeichnet hatte. Direkt dahinter erhob sich ein bleicher Umriß auf einem Hügel. Schlanke Türme wuchsen in den Himmel, und im Gegensatz zu Calavere tanzten auf allen sieben von ihnen Feuer. Also wagte es zumindest die Hexenkönigin, sich der Nacht entgegenzustemmen.

Grace erwartete ihren Abstieg, aber statt dessen schien sie sich nur noch schneller zu bewegen. Ar-Tolor glitt unter ihr vorbei und war verschwunden. Land floß vorbei wie schlammiges Wasser. Dann stiegen gezackte Umrisse empor, nahmen einen unregelmäßigen Bissen aus dem sternenübersäten Himmel. Berge.

Die Luft wurde heiß, bis sich Grace ausgetrocknet und spröde fühlte. Einen Augenblick später war es nicht länger Nacht; die Sonne brannte in einem Meer aus blutroten Wolken am Horizont. Die Morgendämmerung war hereingebrochen.

Nein, das stimmte nicht. Die Sonne befand sich hinter ihr, im Westen. Vor ihr stieg ein rosiger Vollmond über die Berge. Also nicht Tagesanbruch, sondern Sonnenuntergang.

Die Berggipfel waren nun ganz nah, und sie ging in den Sinkflug über. Am Fuß der Berge ragte eine Anhöhe aus dem Felsgestein, auf der sich ein Turm erhob. Das also war ihr Ziel. Aber worum handelte es sich?

Der Turm nahm an Größe zu und füllte ihr Blickfeld, und sie sah, daß ihr erster Eindruck falsch war. Der Turm war nicht einfach auf dem Berg errichtet worden. Man hatte ihn vielmehr aus ihm herausgemeißelt. Das Fundament des Turms verschmolz nahtlos mit der Anhöhe, und der Gipfel mit den drei Höckern erstreckte sich weit über ihm. Alles – Stein, Turm und Erker – war so grau wie Nebel.

Ein grauer Turm. Wo hatte sie von einem grauen Turm gehört?

Es blieb keine Zeit zum Nachdenken. Der Boden kam auf sie zu. Sie blieb auf dem Felsenkamm stehen, der vom Turm in die Berge führte. Dann hörte sie seit dem Beginn ihrer Reise das erste Mal andere Geräusche als nur das Rauschen des Windes.

»Er hat den Runenstein entehrt«, sagte eine tiefe, wütende Stimme. »Den Runenstein, das Herz unseres Turms und die Quelle von allem, was wir sind. Seine Strafe wurde entschieden.«

Eine Pause trat ein, dann antwortete eine andere Stimme. Sie klang trauriger, dumpfer. »Dann vollstreckt das Urteil.«

Die Schwerkraft des Turms zerrte an ihr, aber irgendwie schaffte es Grace, sich umzudrehen. Sie standen ein Dutzend Schritte weit entfernt – hätte sie Füße gehabt, um zu gehen. Einhundert Männer in Kutten so grau wie der Turm hatten sich in einem Halbkreis versammelt. Zwei von ihnen standen ein Stück weit abseits. Der eine hatte schwarzes Haar und ein hartes, narbiges Gesicht. Der andere war weißhaarig und ging gekrümmt; er stützte sich auf einen kunstvoll beschnitzten Stab.

Vor den Männern erhob sich in Graces Nähe ein schlanker, etwa drei Meter hoher Monolith. Seine Oberfläche war mit Symbolen übersät, die sie nicht entziffern konnte. Am Fuß der Steinsäule lag ein Haufen aufgeschichtetes Holz. Erst einen Augenblick später erkannte Grace, daß ein Mann an den Stein gefesselt war. Sein Kopf hing herunter, aber er hatte sandfarbenes Haar und einen kurzen Bart. Jetzt traten zwei Kuttenträger mit angezündeten Fackeln vorwärts und näherten sich dem Monolithen. Wer war der Gefangene? Und was hatte er getan, um eine solche Strafe zu verdienen?

»Hast du vor dem Ende noch etwas zu sagen?« fragte der Weißhaarige den Gefangenen.

»Er hat schon genug Lügen verbreitet«, höhnte der Mann mit dem harten Gesicht, aber ein Blick des Älteren ließ ihn verstummen.

Alle schwiegen, dann hob der Gefesselte den Kopf. Hätte Grace einen Mund gehabt, hätte sie aufgeschrien.

Es war Travis.

Ihre Gedanken rasten. Wieso war er hier? Und was geschah mit ihm?

»Ich habe Euch nur die Wahrheit gesagt, Oragien«, sagte Travis mit leiser Stimme.

Diese Worte ließen den alten Mann die faltigen Augen schließen. Der andere, der Narbige, machte eine scharfe Geste mit der Hand. Die beiden Fackelträger zögerten, dann traten sie vorwärts und stießen die flammenden Stöcke in das Holz. Rauch strömte empor.

Travis wandte den Kopf von dem Rauch ab, so daß Grace sein Gesicht sehen konnte. Sie fürchtete, daß seine Augen schwarz sein würden, aber sie waren so grau wie seine Kutte und voller Angst. Dann weiteten sie sich.

»Grace!« sagte er heiser.

Sie verspürte einen Schock. Sie wollte seinen Namen sagen, aber das war nicht möglich, da sie keinen Mund hatte. Hatte er sie irgendwie sehen können? Aber das war unmöglich, sie war ja nicht mal da. Vielleicht hatte er am Ende einfach nur ihren Namen ausgerufen, aus Entsetzen und Verzweiflung.

Der Rauch wurde dichter. Flammen krochen durch Holzhaufen auf den Saum seiner grauen Kutte zu. Travis sah wieder nach vorn. Nein, er hatte sie nicht gesehen. Seine Hände ballten sich zu Fäusten, und er brüllte in den Himmel.

»Olrigs Hand wird mich retten!«

Er irrte sich. Keine Götterhand senkte sich aus den Wolken, um ihn dem Feuer zu entreißen. Die Flammen stiegen höher.

Das konnte nicht passieren. Grace griff nach Travis, obwohl sie wußte, daß es sinnlos war, daß sie ihm nicht helfen konnte. Travis versteifte sich. Er warf den Kopf zurück, ein Schrei entrang sich seinen Lippen.

Dann sprangen die Flammen in die Höhe und umringten ihn, genau wie in dem Traum. Grace war zu nahe; die Hitze des Feuers saugte an ihr. Sie kämpfte dagegen an und schaffte es irgendwie, sich umzudrehen. Da – hinter ihr erstreckte sich ein beinahe unsichtbares, schimmerndes Band. Der Faden, der sie mit ihrem lebenden Körper auf Calavere verband.

Ihr letzter bewußter Gedanke bestand darin, nach dem dünnen Faden zu greifen. Dann verschmolz Travis' Schrei mit der Stimme des Feuers, und alles wurde rot.

28

Pochender Lärm weckte sie auf. Zuerst hielt Grace es für das Schlagen ihres Herzens, da es durch ihren ganzen Körper zu vibrieren schien. Dann ertönte der Laut erneut, begleitet von einer gedämpften Stimme.

»Lady Grace! Seid Ihr da?«

Langsam öffnete sie die Augen. Blutrotes Licht flutete in ihr Gehirn. War das das Feuer? Nein. Sie blinzelte und erkannte, daß keine Flammen durch das Fenster strömten, sondern das Licht des neuen Tages. Es war Morgen, und sie war noch immer unter den Lebenden.

»Mylady, öffnet die Tür!«

Sie hob den Kopf, und der plötzliche Schmerz, der ihre steifen Muskeln durchzuckte, ließ sie aufkeuchen. Was war nur geschehen? Es fühlte sich an, als wäre ihr Verstand zu Asche verbrannt, aber sie zwang sich dazu, sich an alles zu erinnern: der Turm aus grauem Stein, Travis, die Flammen. Eine neue Art Schmerz erfüllte sie. Das war kein Traum gewesen. Sie konnte in ihrer rechten Hand das heiße Metall der halben Münze fühlen.

Das Pochen an der Tür verstummte, und sie glaubte kaum verständliche Worte durch das Holz hören zu können: *Ich werde sie aufbrechen.* Grace stand mit vorsichtigen Bewegungen von dem Stuhl auf. Sie schlurfte zur Tür des Gemachs, schob die Eisenstange beiseite und öffnete sie.

Eine starke embarranische Schulter raste ihr entgegen. Sie hätte sie mitten ins Gesicht getroffen und ihre Nase blutig geschlagen, wäre es Durge nicht gelungen, im letzten Augenblick stehenzubleiben. Lirith stand mit verblüffter Miene genau hinter ihm. Grace schätzte, sie sah wie ausgespuckt aus.

Durge faßte sich schnell wieder, aber seine sorgenvolle Miene blieb. »Mylady, was ist geschehen?«

Sie wollte antworten, aber ihre Kehle war wie verdorrt.

Lirith rauschte an Durge vorbei; aus ihrem gelassenen Gesicht war jede Überraschung verschwunden. »Könnt Ihr nicht das Offensichtliche sehen, Herr Ritter? Sie braucht natürlich etwas zu trinken.«

Die Hexe legte Grace eine dunkle Hand auf den Arm und führte sie zum Stuhl zurück. Scheinbar verärgert füllte sie mit der auf der Anrichte stehenden Karaffe einen Pokal und reichte ihn ihr. Grace nahm ihn mit zitternder Hand entgegen. *Wein – nicht mehr nur ein Getränk, das man beim Essen zu sich nimmt.*

Sie trank einen kleinen Schluck. Der Wein brannte in ihrem Hals, aber sie stürzte den Rest herunter und gab Durge den Pokal. Ihr Zittern ließ etwas nach. Jetzt betrachteten der Ritter und die Hexe sie neugierig.

»Es ist Travis Wilder«, sagte sie, bevor einer von ihnen das Wort ergreifen konnte. »Er ist auf Eldh. Und er ist in Gefahr.«

Sie wollte ihnen alles erzählen, aber bevor sie mehr sagen konnte, zog Lirith an ihrer Unterwäsche und warf Durge einen vielsagenden Blick zu. Der unerschütterliche Ritter errötete doch tatsächlich und drehte sich um, während Lirith Graces Gewand von einem Stuhl nahm und ihr beim Anziehen half.

Wie immer waren Liriths Instinkte völlig richtig gewesen; während des Anziehens gelang es Grace, sich wieder zu fassen. Als sie wieder auf dem Stuhl saß, diesmal mit einem Becher dampfenden *Maddok* in der Hand, den eine Dienerin gebracht hatte, war sie in der Lage, mit ruhigen, präzisen Worten zu sprechen. Nicht, daß sie keine Dringlichkeit verspürt hätte; das Gegenteil traf zu. Aber wenn sie recht hatte, blieb noch Zeit, um Travis zu retten.

Als sie zum Ende gekommen war, schauten Durge und Lirith sie an – der eine erstaunt, die andere interessiert.

Lirith verschränkte die schlanken Arme vor dem Oberteil ihres rostfarbenen Gewandes. »Was Ihr da getan habt, war sehr dumm, Schwester. Und es war verboten. Sollte es Ivalaine jemals entdecken, würde sie Euch vielleicht aus der Gemeinschaft der Hexen verstoßen. Und das mit gutem Grund. Euer Tun hat Euch selbst in Gefahr gebracht, aber hätten ich oder Aryn den Versuch unternommen, Euch zurückzuholen, hätte es auch uns mitreißen können.«

Diese Rüge ließ Grace sich auf die Unterlippe beißen. Trotzdem ließ ihr Entsetzen etwas nach. *Sollte es Ivalaine jemals entdecken* … Grace hatte das Gefühl, daß Lirith ihre Worte mit Bedacht gewählt hatte. Die Hexe hatte nicht vor, Ivalaine zu erzählen, was geschehen war.

Grace hielt den Becher fester. »Ja, Lirith«, sagte sie, und es fiel ihr nicht schwer, einen reuigen Tonfall zu benutzen.

Durge strich sich über den Sichelbart. »Seid Ihr sicher, was den Mond betrifft, Mylady? Er war voll in Eurer … Vision?«

»Ja. Ich habe es genau gesehen. Es war wie damals beim Steinkreis. Was ich sah, ist noch nicht geschehen.«

»Aber wird es das auch?«

Durge und Grace wandten sich Lirith zu.

Die Hexe schritt auf und ab, das Kinn auf die Hand gestützt. »Es ist nicht so ungewöhnlich, einen Gegenstand als Fokus für Visionen zu nehmen. Mehrere Schwestern verfügen über diese Macht. Allerdings sehen sie für gewöhnlich nur Fragmente, und die betreffen Dinge der Vergangenheit. Ich habe von solchen Visionen gehört, wie Grace sie beschreibt – Visionen, die das erhellen, was geschehen wird, statt Schatten auf das zu werfen, was war. Aber diese Macht ist selten.« Sie warf Grace einen Blick zu. »Sehr selten.«

Durge trat von einem Fuß auf den anderen, und Grace umklammerte die Armlehnen des Stuhls.

»Aber wird es geschehen, Lirith?« fragte sie. »Das muß ich wissen. Kann das, was ich gesehen habe, aufgehalten werden?«

»Sollte man es denn aufhalten?«

Die Worte waren wie ein Schlag. Grace blieb der Mund offenstehen.

Lirith breitete die Hände aus. »Er kann Runen brechen, Schwester. Was, wenn er der Eine ist?«

Der Eine was? wollte Grace fragen. Aber sie kannte die Antwort bereits. *Der Runenbrecher.* Derjenige, den die

Hexen noch mehr fürchteten als die Krieger des Vathris-Kultes.

»Der Turm, den Ihr gesehen habt, kann nur der Graue Turm der Runensprecher sein«, sagte Lirith. »Und warum sollten die Grauen einen der Ihren zum Tode verurteilen, wenn sie nicht wüßten, daß er eine Gefahr darstellt?«

Grace schüttelte den Kopf. »Er ist mein Freund, Lirith. Und er hat jeden Bewohner Falengarths vor dem Fahlen König gerettet. Beantwortet Ihr nun meine Frage oder nicht?«

»Also gut, Schwester. Aber die Wahrheit ist, daß ich die Antwort nicht kenne. Vielleicht könnte Ivalaine die Frage beantworten. Doch ich habe den Eindruck, daß, wenn Ihr es so gesehen habt, es dann auch so kommen wird. Warum hätte es Euch ansonsten enthüllt werden sollen?«

Nein. Grace würde diese Antwort nicht akzeptieren. Wenn es noch nicht geschehen war, bestand immer noch die Chance, es zu verhindern. Wie oft war jemand für tot erklärt worden, nur um auf ihrem Tisch in der Notaufnahme wieder ins Leben zurückgeholt zu werden?

Sie schloß die Augen und dachte nach. Im Gegensatz zum Satelliten der Erde benötigte der Mond dieser Welt genau einen Monat, um zuzunehmen, abzunehmen und wieder zuzunehmen. Heute war der Mond noch einen Tag vom Neumond entfernt. Dann fünfzehn weitere Tage, bis er wieder voll war. Das gab ihr gerade vierzehn Tage Zeit. Sie zählte in Gedanken nach. Die Reise nach Ar-Tolor dauerte eine Woche. Und wie weit war es von dort zum

Grauen Turm der Runensprecher? Sie versuchte sich an die Karte zu erinnern. Vier Tage? Fünf?

Grace öffnete die Augen. Durge sah sie an, und zwar auf eine seltsame Weise. Wie immer ernst, aber auch erpicht. »Was denkt Ihr, Mylady?«

Natürlich. Er war Ritter und ein Mann der Tat. Wie lange war er hier im Schloß geblieben, hatte sich um ihre kleinen Bedürfnisse gekümmert, sie auf ihren kleinen Ausritten begleitet? Wie lange würden ihn solche Kleinigkeiten ausfüllen?

»Ich weiß es nicht«, sagte sie. »Noch nicht.«

Aber sie hatte eine Idee, und sie wurde mit jedem verstreichenden Augenblick klarer.

»Ich fürchte, wir haben bei all dem den König ganz vergessen«, sagte Lirith.

»Was ist mit dem König?«

»Er ist der Grund, warum wir in Euer Gemach kamen, Mylady«, sagte Durge. »Boreas hat mich gebeten, Euch zu holen.«

Grace stand auf und strich das Gewand glatt. »Nun, dann sollte ich wohl besser gehen.«

»Fühlt Ihr Euch denn wohl genug, Schwester?« fragte Lirith besorgt.

Grace schenkte ihr ein angespanntes Lächeln. Ein Treffen mit Boreas war wirklich das letzte, was sie jetzt brauchte. Aber sie mußte dem König etwas sagen, und es war besser, es hinter sich zu bringen.

»Es wird schon gehen«, log sie.

Zehn Minuten später betrat sie das Schlafgemach des Königs. Es mußte wirklich dringend sein, wenn er sie hierher bestellt hatte. Sie erwartete, für ihre Säumigkeit getadelt zu werden, aber Boreas grunzte nur und bedeutete ihr mit einer Geste, Platz zu nehmen.

Er saß am Tisch und brütete stirnrunzelnd über einem Blatt Pergament. Sein schwarzes Haar war vom Schlaf zerzaust, und er trug nur engsitzende Kniebundhosen und ein locker fallendes weißes Hemd, das vorn offenstand und ein Dreieck behaarte Brust entblößte. Er sah genau nach dem aus, was er war: ein barfüßiger Krieger, der sich gerade aus dem Bett gequält hatte.

Der König griff nach einer Schreibfeder, tauchte die Spitze in ein Tintenfäßchen und kritzelte etwas auf das Pergament. Er betrachtete sein Werk, dann legte er die Feder nieder und sah zu Grace hoch.

»Und, was ist, Mylady?«

Grace versuchte nicht, ihre Verblüffung zu verbergen. »Ihr habt nach mir geschickt, Euer Majestät.«

Er schnippte mit den Fingern. »Stimmt.« Seine blauen Augen funkelten. »Was hat Euch so lange aufgehalten?«

Grace stöhnte. Sie hätte aufgeben sollen, solange sie noch einen Vorsprung gehabt hatte. Ihre einzige Chance bestand darin, das Thema zu wechseln.

»Was ist das, Euer Majestät?« Sie deutete auf das Pergament auf dem Tisch.

»Das«, sagte er, faltete das Blatt und versiegelte es mit einem Tropfen Siegelwachs, »ist eine Bestätigungsurkunde.«

»Eine Bestätigungsurkunde?«

»Sagte ich das nicht gerade?«

Grace holte tief Luft. Es würde eine jener Unterhaltungen werden. Sie versuchte es erneut und wählte ihre Worte wie chirurgische Instrumente.

»Und was bestätigt die Urkunde, Euer Majestät?«

»Natürlich meine neue Gesandte in Perridon.«

»Gesandte?« Grace biß sich auf die Zunge, aber es war zu spät, das Wort zu unterdrücken.

Boreas schaute sie finster an. »Mylady, Ihr werdet schrecklich in Perridon versagen, wenn Ihr nur das Offensichtliche darlegt. Sämtliche auf Schloß Spardis gesprochenen Worte sind mit Halbwahrheiten vermengte Launen, die in ein Gespinst subtiler Irreführung eingehüllt sind. Und das nur, wenn Ihr mit einem Diener über Eure Frühstückswünsche sprecht. Langsam bekomme ich Bedenken, ob es richtig ist, Euch zu schicken.«

Grace umkrallte die Armlehnen. »Mich schicken? Wohin?«

Boreas verschränkte die Arme. Sie ließ sich auf ihren Sitz zurückfallen.

»Nach Perridon?« fragte sie in kläglichem Tonfall.

»Wie seid Ihr nur darauf gekommen, Mylady?«

Plötzlich war die Luft zu dick zum Atmen. Er wollte, daß sie in einer fremden Nation die Gesandte Calavans war? Sie brachte es kaum fertig, eine Dienerin um eine zweite Tasse *Maddok* zu bitten, geschweige denn Forderungen zu stellen und Verträge auszuhandeln. »Aber …«

»Aber warum Ihr?« Boreas erhob sich und ging zum Fenster. »Weil Ihr die beste Spionin seid, die ich habe.«

Als er das sagte, entschlüpfte ihm ein Seufzer, und etwas von dem Entsetzen, das sie verspürte, wich Verstimmung. Eine so schlechte Spionin war sie nun auch wieder nicht. Schließlich hatte sie geholfen, das Mordkomplott des Rabenkultes zu entlarven, der beim Rat der Könige einen der Herrscher hatte töten wollen.

»Und wen soll ich ausspionieren, Euer Majestät?«

»Alle. Ich möchte, daß Ihr mit jeder Person sprecht, die Pläne schmiedet, den Thron von Perridon an sich zu reißen – was in Spardis eine Liste sein dürfte, die aller Wahrscheinlichkeit die Köchin und den Stalljungen mit einschließt. Ich brauche Euch, um herauszufinden, wer der Vertrauenswürdigste des ganzen Haufens ist – falls es in dieser nebelverhangenen Domäne so etwas überhaupt gibt – und wer am ehesten pflichtgetreu als Regent des minderjährigen Prinzen dient, ohne die Kontrolle über die Domäne an sich reißen zu wollen. Das wird dann derjenige sein, den wir unterstützen, falls es zu einem Kampf um die Krone kommt.«

Es war unmöglich. Mittlerweile konnte Grace besser mit Menschen umgehen – also mit den Gesunden –, aber sie hatte gerade mal gelernt zu gehen, und jetzt verlangte Boreas von ihr, einen Berg hinaufzurennen. Das lag jenseits ihrer Möglichkeiten. Sie öffnete den Mund, um ihm zu sagen, daß sie unmöglich gehen konnte …

… und ein Bild blitzte vor ihrem inneren Auge auf. Sie sah wieder die Karte, die Aryn gezeichnet hatte. In der Mitte Falengarths befand sich Calavan. Perridon lag im Osten. Und dazwischen …

Toloria. Und der Graue Turm der Runensprecher.

Das war es. Sie würde Boreas nicht um Erlaubnis bitten müssen, Calavere verlassen zu dürfen. Und zweifellos würde er ihr Ritter als Begleitung mitgeben. Das war gut – sie machte sich keine Illusionen, was einer Frau zustoßen konnte, die auf einer mittelalterlichen Welt allein reiste.

In ihrem Bewußtsein kristallisierte sich der Plan heraus. Es war perfekt. Fast schon zu perfekt. Hatte sie den König irgendwie unbewußt beeinflußt? Hatte sie in ihm den Wunsch geweckt, sie nach Osten zu schicken?

Jetzt dachte sie wie Kyrene. Nicht jeder ihrer Wünsche war ein Zauber. Außerdem war das auch nicht wichtig. Es kam nur darauf an, daß sie vor dem nächsten Vollmond Travis aufspürte. Grace schaute auf und erwiderte den Blick aus Boreas' blauen Augen.

»Es wird mir eine Ehre sein, Euch zu dienen, Euer Majestät.«

29

Der Abend trieb auf leisen grauen Schwingen durch das Schloß. Draußen vor den hohen Fenstern sangen Tauben von Verlust und Trauer. Der Tag schwand dahin. Ihr letzter auf Calavere.

Grace ging den Korridor entlang, obwohl sie nicht die geringste Vorstellung hatte, wo sie sonst noch suchen sollte. Sie war zu Aryns Gemach gegangen, um der Baronesse zu erzählen, was geschehen war, daß sie eine Zeitlang nicht da sein würde. Aber die junge Frau war nicht in ihrem Gemach gewesen. Oder der Großen Halle, oder der Küche, oder auf einem der beiden Burghöfe. Die letzten beiden Stunden hatte Grace an jeder Stelle im Schloß gesucht, wo sich die Baronesse ihrer Meinung nach hätte aufhalten können.

Schließlich war sie bei dem kleinen Schrein im Nordflügel gelandet, der den Mysterien von Yrsaia der Jägerin geweiht war. Aryn schien zu glauben, daß sie nichts von den Gebeten wußte, die die junge Frau manchmal an Yrsaia richtete, aber sie hatte ihre geflüsterten Worte bei mehr als einer Gelegenheit gehört. Warum glaubte Aryn, ihre Religion als Geheimnis behandeln zu müssen?

Sie fürchtet, daß du sie mit anderen Augen siehst, wenn du die Wahrheit kennst.

Grace verstand das. Schließlich hütete sie ihre eigenen Geheimnisse.

Sie blieb stehen, seufzte und überlegte, zu Boreas

zu gehen und den König darüber zu informieren, daß sie sich um Aryn sorgte. Vielleicht konnte Boreas sie von ein paar seiner Wächter suchen lassen. Sie wandte sich um.

Durch eine offenstehende Tür drang ein leiser, rhythmischer Laut. Grace verharrte. Wo hatte sie diesen Laut schon einmal gehört? Sie hörte einen Augenblick länger zu, dann trat sie durch die Tür. Dahinter lag eine steinerne Wendeltreppe. Sie stieg die Stufen empor, und nach ein paar Drehungen wurde ihr klar, daß sie in einen der kleinen Türme stieg, die das Hauptgebäude flankierten. Das Klicken verstummte, um Augenblicke später noch lauter als zuvor erneut zu ertönen.

Grace trat vom Treppenabsatz in einen kurzen Korridor. An dessen Ende befand sich eine Holztür, die ein Stück weit geöffnet stand. Die Laute waren jetzt ganz deutlich zu hören. *Klick-klick. Bum. Klick-klick. Bum.* Sie näherte sich der Tür und blieb dann stehen, als sie die Laute endlich in dem Augenblick erkannte, in dem sie auch ihre Quelle sah.

Hierher hat sie sich also zurückgezogen.

Bis auf einen hölzernen Webstuhl und einen Stuhl war der kreisrunde Raum leer. Grace blieb eine Zeitlang – sie vermochte nicht zu sagen, wie lange – in der Tür stehen und sah zu, wie Aryn den Webstuhl bediente, wie sie das Webschiffchen mit der kleinen, verkrümmten Hand am Ende ihres verkümmerten Arms auffing, wenn es die Kettfäden passiert hatte. Nach sieben Durchgängen hörte Aryn auf, setzte das Webschiffchen ab und löste mit gezielten Bewegungen die Fäden, die sie gewoben hatte, dann nahm sie das Schiffchen und fing von vorn an. Darum hatten die Laute immer wieder ausgesetzt.

»Aryn?«

Das Schiffchen fiel polternd zu Boden.

Grace stürzte in den Raum und hob das Holzblöckchen auf, bevor Aryn reagieren konnte. Sie richtete sich wieder auf und drückte der Baronesse das Webschiffchen in die gute Hand.

»Ich wußte nicht, daß du da bist, Grace.«

Die Worte waren teilnahmslos, und Aryn sah nicht auf, als sie sprach. Grace preßte die Lippen aufeinander. In der Notaufnahme hatte sie genügend psychologischen Untersuchungen beigewohnt, um zu wissen, daß zwanghafte wiederkehrende Bewegungen und mangelnder Augenkontakt beunruhigende Anzeichen waren.

»Aryn, ist mit dir alles in Ordnung?« Grace stöhnte innerlich auf, bevor sie zu Ende gesprochen hatte. Manchmal waren Worte so verflucht wertlos.

Die junge Frau wandte sich wieder dem Webstuhl zu. »Ich webe nur, Grace. So wie Ivalaine es uns aufgetragen hat. Ich muß noch so viel lernen. Aber ich bekomme es anscheinend nicht richtig hin. Die Fäden ergeben nie das Bild, das ich haben will. Aber ich versuche es weiter.« Sie lächelte, doch es war ein mageres Lächeln.

Grace holte zischend Luft. Das war schlimmer, als sie gedacht hatte. Sie verfluchte sich, daß sie die Anzeichen nicht früher erkannt hatte. Aber sie wußte nur, wie man zerstörte Leiber wieder zusammenflickte, keinen zerstörten Verstand.

Aryn begann wieder zu weben und summte dabei leise

eine mißtönende Melodie. Grace verstand nur wenige Worte.

Mein Liebster kommt im Frühling zu mir,
ich web' eine Girlande aus Gold …
Und wenn er dann im Herbst begraben wird,
ein Leichentuch gegen die Kälte.

Grace kniete neben Aryns Stuhl nieder. Es würde eine so primitive Operation wie mit einem stumpfen Skalpell werden – sie hatte weder die Ausbildung noch den nötigen Instinkt für eine derartige Prozedur –, aber sie würde es versuchen müssen. Sie war zwar Notärztin, aber sie wußte genug über Psychiatrie, um zu erkennen, daß Aryn nicht die Webarbeit in Ordnung bringen wollte.

»Aryn«, sagte sie leise, aber eindringlich. »Aryn, hör mir zu. Den Wandteppich so hinzubekommen, wie du willst, wird es nicht besser machen. Ich weiß, daß etwas mit dir geschehen ist. Am Wintersonnenwendabend.«

Aryn hörte mit der Bewegung auf. Sie starrte mit steifem Körper ins Leere.

Du solltest sie allein lassen, Grace. Du könntest sie auf diese Weise in den Nervenzusammenbruch treiben.

Aber morgen würde sie Calavere verlassen. Das war ihre einzige Chance, um zu verstehen. »Was ist es, Aryn? Was willst du wirklich in Ordnung bringen?«

Schweigen. Grace zögerte, dann griff sie in die Höhe und berührte Aryns Schulter.

Ein Aufschrei wie von einem waidwunden Tier hallte

durch das Gemach; Grace sprang auf die Füße. Aryn warf den Kopf zurück, ihr Rücken bog sich durch, und ihr Schrei hallte von dem harten Stein zurück. Schließlich verwandelte sich ihre Qual in Worte.

»Ich habe ihn umgebracht!«

Zuerst glaubte Grace, sie meinte Garf, dann sank die Baronesse zusammen und stieß zwischen den Schluchzern Worte aus.

»Leothan. Ich habe ihn getötet, Grace. Mit meiner Magie habe ich ihn getötet. Am Wintersonnenwendabend.«

Grace schüttelte den Kopf, versuchte zu verstehen. Sie hatte schon lange nicht mehr an Leothan gedacht – den jungen Lord, der einst Aryns Aufforderung zum Tanz verschmäht hatte. Aber sie erinnerte sich vage, daß Leothan zu den Toten des Wintersonnenwendfestes gehört hatte. Sie war davon ausgegangen, daß die Feydrim ihn getötet hatten, so wie die Ungeheuer in dieser Nacht ein Dutzend anderer Menschen getötet hatten.

Aryns rechter Arm zuckte wie der gebrochene Hals eines Schwans gegen die Kettfäden des Webstuhls. Grace biß die Zähne zusammen; das war ein Schmerz, den sie kaum lindern konnte. Trotzdem wandte sie sich wieder der Baronesse zu.

»Erzähl es mir, Aryn. Bitte.«

Die junge Frau nickte, dann berichtete sie mit zögernder Stimme eine Geschichte, die Graces Blut in den Adern gefrieren ließ: wie Leothan Aryn in einen Nebenraum gelockt hatte, wie er sie hatte vergewaltigen wollen und sich dabei als Eisenherz zu erkennen gab, und wie schließlich die Wut aus Aryn herausströmte und Leothans Hirn in Brei verwandelte.

Als Aryn zum Ende kam, wiegte sie sich auf dem Stuhl vor und zurück. Grace umarmte sie unbeholfen und hielt den schmalen, zitternden Körper der Baronesse fest.

»Ist schon gut, Aryn«, murmelte sie. »Du hast getan, was du tun mußtest, und es ist vorbei.«

»Nein, Grace.« Krampfähnliches Schluchzen erschütterte den Körper der jungen Frau. »Du verstehst nicht. Ich habe ihn getötet.«

»Du mußtest dich schützen, Aryn.«

»Aber war das der einzige Weg?«

Grace schüttelte den Kopf. »Ich verstehe nicht.«

»Deine Gabe ist das Heilen, Grace. Das hat Ivalaine gesagt.« Die Baronesse packte ihre verkümmerte Hand. »Aber was ist, wenn ich nur anderen schaden kann? Was ist, wenn das *meine* Gabe ist?«

Nein. Aryn war genug von anderen bestraft worden für etwas, das jenseits ihrer Kontrolle lag. Grace würde nicht zulassen, daß sie sich selbst quälte. Ihre Macht machte sie genausowenig zu etwas Bösem wie ihr deformierter Arm. Sie ließ die Baronesse los.

»Du benutzt die Macht, die du hast. Verstehst du, Aryn? Du tust, was du mußt, um überleben zu können, und du benutzt dazu jede Fähigkeit, die dir zur Verfügung steht.« Sie packte Aryns Schultern und drückte zu. Hart. »Verstehst du?«

Aryn starrte sie mit tränenverschmiertem Gesicht an. Dann erzitterte sie ein letztes Mal, und ihr Körper entspannte sich. Ein Leuchten trat in ihre blauen Augen.

»Ja, Grace«, flüsterte Aryn. »Ja, ich verstehe. Ich muß die Macht benutzen, über die ich gebiete …«

Grace hielt den Atem an. Da war etwas Seltsames an der Art, wie die Baronesse diese Worte aussprach. Sie war nicht davon überzeugt, daß Aryn sie wirklich verstanden hatte.

Aber Aryns Zittern verschwand, und sie schaffte es ohne Hilfe, aufzustehen und mit Grace zurück zu ihrem Gemach zu gehen. Dort unterhielten sie sich bis tief in die Nacht, sprachen über alles, was ihnen in den letzten Monaten passiert war, und am Ende lachte Aryn – ein ehrliches, wenn auch zerbrechliches Lachen. Vielleicht war Grace zu ihr durchgedrungen. Zumindest hoffte sie es. Sie würde weit von Calavere fortreisen, und sie wußte nicht, wann sie zurückkehrte.

Als sich Grace endlich verabschiedet hatte, weinten sie beide, aber diesmal waren die Tränen das normale Nebenprodukt guter, alter Traurigkeit. Dann kehrte Grace in ihr eigenes Gemach zurück, legte sich für einige wenige Stunden ins Bett und stand lange vor Sonnenaufgang auf, um sich für die Reise vorzubereiten.

30

Sie brachen bei Tagesanbruch auf.

Grace ließ sich von Durge auf Shandis helfen. Die Stute stolzierte nervös im Kreis umher, konnte es kaum erwarten, daß es losging. Es hatte den Anschein, als wüßte sie, daß es hier um mehr als einen Spazierritt aufs Land ging, aber wieder einmal traute Grace dem Tier zuviel zu.

Aber vielleicht kann Shandis ja in Wahrheit die Zahl Pi auf zwanzig Stellen hinter dem Komma berechnen.

Grace entschied sich, damit aufzuhören, sich Sorgen zu machen, ob sie das Tier personifizierte.

Durge schwang sich auf Schwarzlockes Sattel, sein Kettenhemd klirrte. »Habt Ihr alle Vorbereitungen getroffen?« fragte der Embarraner die beiden anderen Ritter, die wie er auf hohen Schlachtrossen saßen.

»Ich bin fertig«, sagte Sir Meridar und überprüfte ein letztes Mal die an seinem Sattel festgeschnallten Ledertaschen.

Grace kannte Meridar. Er war der Ritter, der nach dem Angriff des Bären im Tal zu ihnen gestoßen war. Die Augen in seinem pockennarbigen Gesicht blickten freundlich.

Der letzte Ritter, Sir Kalleth, nickte knapp. »Wir müßten schon längst unterwegs sein. Der Tag nimmt seinen Lauf.«

Grace runzelte die Stirn, genau wie Durge. Kalleth

hatte etwas an sich, das ihr nicht gefiel, obwohl schwer zu sagen war, worum genau es sich handelte. Er war ein unscheinbarer, wenn auch kräftig gebauter Mann, mit graugesprenkeltem Haar und unauffälligen Gesichtszügen, wenn man von der gebrochenen und schlecht gerichteten Nase absah. Vielleicht war es die Unlust in seinen Augen. Was es auch war, Grace wünschte sich, Boreas hätte ihm nicht befohlen, sie zu begleiten.

Sowohl Meridar als auch Kalleth hatten dem neuen Orden von Malachor den Treueid geschworen. Als Graces Begleitschutz zu fungieren war ihre letzte Pflicht König Boreas gegenüber, bevor er sie aus seinen Diensten entließ. Nach der Rückkehr aus Perridon wollten die beiden Ritter zur neuen Festung des Ordens nach Galt reisen. Grace nahm sich vor, Meridar darum zu bitten, Beltan einen Gruß auszurichten. Sie vermißte den großen blonden Ritter und hoffte, daß es ihm gutging.

»Der König hat uns die Erlaubnis zur Abreise gegeben«, sagte Durge. »Es gibt nichts, was uns noch hier hält.«

Grace blickte sich auf dem Burghof um, doch es war weder etwas von Aryn noch von Lirith zu sehen. Aber warum hätten sie auch kommen sollen? Grace hatte sich gestern lange mit Aryn unterhalten, und sie hatte sich zuvor bereits beim Frühstück von Lirith verabschiedet.

Es ist besser, Abschiede nicht zu lange herauszuzögern. Das weißt du ganz genau, Grace.

Trotzdem fiel es schwer, keinen Stich der Enttäuschung zu verspüren.

»Seid Ihr bereit, Mylady?« fragte Durge.

Grace zögerte. Da war noch jemand, von dem sie sich

hatte verabschieden wollen. Aber als sie am gestrigen Nachmittag in den Garten gegangen war, hatte sie von Naida keine Spur entdecken können. In der kleinen Grotte, in der die Kräutermutter sonst gearbeitet hatte, war es völlig still gewesen. Als sich Grace zum Gehen gewandt hatte, hatte sie gesehen, daß der Baum in der Ecke abgestorben war. Seine braunen Zweige hingen herunter, als wollte er die anderen Pflanzen in einer letzten Umarmung umfangen. Grace hatte eine Hand an die Brust gelegt, sich umgedreht und den Garten verlassen.

Sie blickte in den makellosen Sommerhimmel hinauf. Es versprach ein heißer Tag zu werden. Sie suchte das blaue Firmament ab, und obwohl sie ihn nicht sehen konnte, wußte sie doch, daß er da war und dem Horizont entgegentrieb. Der Neumond.

Sie senkte den Kopf und erwiderte Durges Blick. »Los geht's.«

Sie ritten durch das Tor auf den Unteren Burghof. Grace betrachtete die steinernen Mauern, in denen sie die letzten acht Monate ihres Lebens verbracht hatte. Wann würde sie wieder ihren Fuß an diesen Ort setzen? Dann passierten sie das Schloßtor und begaben sich in die dahinter liegende Welt.

Am Fuß des Hügels schlugen sie ein zügiges, aber keineswegs schnelles Tempo an. Grace mußte sich dazu zwingen, den Rittern nicht zu befehlen, schneller zu reiten. Bis zum Vollmond waren es noch zwei Wochen; sie hatten mehr als genug Zeit für die Reise. Trotzdem fiel es schwer, das, was die Vision ihr gezeigt hatte, nicht bereits als geschehen anzusehen, daß ganz egal, wie schnell sie auch ritten, sie zu spät kamen. Sie konzentrierte sich aufs Reiten, und als ihr einfiel, sich nach Calavere umzudrehen, war das Schloß bereits hinter ihr verschwunden.

Sie ritten nach Norden zu der alten tarrasischen Brücke über den Dimduorn, bogen aber ein Stück davor nach Osten ab und erklommen eine grasige Anhöhe, die parallel zum Südufer des Flusses verlief.

»Warum überqueren wir den Dimduorn nicht einfach hier in Calavan?« hatte Grace am Vortag Durge gefragt, nachdem sie zusammen mit ihm eine Karte der Domänen studiert hatte. »Der Karte zufolge sieht es so aus, als müßten wir zusätzliche fünf Meilen nach Süden reisen, um die Brücke an der Grenze von Toloria zu überqueren.«

»Nein, Mylady«, hatte er erwidert. »Wir müssen uns auf der Südseite des Dunkelwein halten. Am Nordufer gibt es zu viele Nebenarme, und sie alle werden zu dieser Jahreszeit durch die Schneeschmelze angestiegen sein.«

Grace hatte das mit einem Nicken quittiert. Aber selbst fünf Meilen erschienen als zu großes Opfer für die Schnelligkeit.

Sie waren eine Stunde schweigend geritten, als sich Durge zurückfallen ließ und Schwarzlocke an Shandis' Seite lenkte. »Wir haben noch nicht über Ar-Tolor gesprochen, Mylady. Werden wir die Gastfreundschaft der Königin erbitten?«

Grace wollte ihm antworten, aber harte Worte kamen ihr zuvor.

»Wir reiten auf direktem Weg nach Perridon.«

Grace zuckte auf ihrem Sattel zusammen. Kalleth befand sich nur eine halbe Pferdelänge hinter ihr. Sie war sich nicht bewußt gewesen, daß er so dichtauf folgte.

Durges Schnurrbartenden zuckten. »Lady Grace ist eine enge Freundin der Königin. Was ist, wenn Königin Ivalaine eine Einladung ausspricht?«

»Dann wird Lady Grace höflich ablehnen«, sagte Kalleth und entblößte gelbe Zähne. Das war alles andere als ein Lächeln. »Wir werden in Ar-Tolor anhalten und von der Königin die nötige Erlaubnis erbitten, bevor wir ihre Domäne durchqueren, wie es das Protokoll verlangt. Aber dann werden wir uns auch schon wieder auf den Weg machen. Wir haben unsere Befehle von König Boreas, und da ist keine Rede von vergnüglichen Tagen in Ar-Tolor.«

Kalleth riß an den Zügeln seines Schlachtrosses – so hart, daß das Tier schnaubte und mit den Augen rollte –, und das Pferd drehte sich zur Seite und fiel zurück.

Grace warf Durge einen Blick zu. Der Ritter nickte ernst, sagte aber nichts. Unter Umständen würde es schwierig werden, die anderen beiden Ritter davon zu überzeugen, einen Umweg zum Grauen Turm zu machen. Meridar konnte vermutlich mit etwas Mühe überredet werden. Aber Kalleth schien so formbar zu sein wie ein Felsen. Trotzdem mußte Grace genau das schaffen.

Und was wirst du tun, wenn du beim Grauen Turm angekommen bist, Grace? Wie genau willst du Travis eigentlich helfen?

Aber sie hatte fünfzig Meilen, um sich das zu überlegen. Sie setzte sich auf ihrem Sattel zurecht und hielt den Blick auf den Horizont gerichtet.

Grace war in den vergangenen Monaten öfters ausgeritten, und ihre Reitkünste hatten sich verbessert, aber sie war noch nie einen ganzen Tag lang hart geritten, und als die Sonne ihre Schatten vor ihnen auf den Weg zeichnete, schmerzte ihr ganzer Körper. Gerade als sie fürchtete, sie würden niemals anhalten, sah sie nicht weit voraus dünne Rauchwolken in den Himmel steigen.

»Das Dorf Fuchslauf liegt direkt hinter der Anhöhe dort«, sagte Durge. »Wir werden Gaddimer, den örtlichen Lord, um seine Gastfreundschaft bitten.«

Grace nickte, dankbar, daß sie nahe genug am Dorf waren, um dort zu rasten. Auch wenn sie sich nicht sicher war, ob sie, wenn sie anhielten, es schaffen würde, ihre Finger von den Zügeln zu lösen.

Als sie den Fuß der Anhöhe erreichten, die sie von dem Dorf trennte, führte der Pfad durch eine Baumgruppe. Sie hatten sie fast passiert, als Kalleth hinter ihnen ein Zischen ausstieß.

»Wir werden verfolgt.«

Durge hielt sofort an. Er legte den Kopf schief, lauschte, dann machte er zwei knappe Gesten. Meridar und Kalleth rissen die Pferde herum und drangen auf der einen Seite der Straße ins Unterholz vor.

»Hier entlang, Mylady«, flüsterte Durge.

Er lenkte Schwarzlocke in das Unterholz genau gegenüber der Stelle, an der die beiden anderen Ritter verschwunden waren. Grace und Shandis folgten ihm. Sie warteten und beobachteten die Straße durch einen Blättervorhang. Dann hörte Grace Hufschlag, und sie hielt den Atem an.

Die Reiter kamen in Sicht. Sie waren zu zweit. Beide trugen dunkle Umhänge; trotz der Hitze des späten Sommernachmittages hatten sie die Kapuzen hochgeschlagen, um die Gesichter zu verbergen. Furcht durchfuhr Grace wie ein Stich. Rabenkultanhänger? Nein, die Anhänger des Raben hatten immer Kutten getragen, keine Umhänge. Dann also Straßenbanditen. Nicht ganz so furchteinflößend, aber immer noch gefährlich.

Die Reiter hielten ihre Pferde an. Die von Kapuzen verhüllten Köpfe wandten sich von einer Seite zur anderen, als hielten sie nach etwas Ausschau. Panik kroch Graces Hals hinauf. Wußten die Banditen, daß sich ihre Opfer zwischen den Bäumen versteckten? Die beiden steckten die Köpfe zusammen. Der eine schien etwas zu sagen, der andere nickte. Dann trieben sie ihre Pferde an. Grace seufzte erleichtert, als die beiden Vermummten ihre Reise fortsetzten.

Ihr Seufzer wurde zu einem Keuchen, als das Unterholz zu explodieren schien und ein Pferd in einem Blätterregen hervorbrach. Die beiden vermummten Reiter rissen die Köpfe hoch und mußten darum kämpfen, ihre scheuenden Pferde unter Kontrolle zu bekommen. Kalleth donnerte mit blankgezogener Klinge und einem Grinsen im Gesicht mit seinem Schlachtroß auf sie zu. Die Reiter griffen hektisch unter ihre Umhänge, als wollten sie darunter verborgene Waffen ziehen, aber ihnen blieb keine Zeit.

»Halt, Kalleth!« brüllte eine Stimme neben Grace.

Schwarzlocke stürmte wie ein dunkler Schemen nach vorn, hinaus aus dem Schutz der Bäume auf den Weg.

»Ich sagte halt!«

Durges Gesicht war eine starre Maske des Zorns. Im letzten Augenblick veränderte Kalleth die Richtung seines Hiebes, und die Klinge verfehlte einen der Reiter nur um Haaresbreite.

Der Ritter warf Durge einen giftigen Blick zu. »Was soll das?«

Durge antwortete nicht. Wortlos ritt er vor, packte die Kapuze des ihm am nächsten stehenden Reiters und riß sie zurück.

Grace holte zischend Luft. *Natürlich. Du hättest die Pferde erkennen müssen.* Sie trieb Shandis an und erreichte den Pfad zur selben Zeit wie Meridar.

Alle starrten Aryn an, die vom Sonnenlicht geblendet blinzelte. Sie war aschfahl und hob die Linke zur Kehle, die beinahe von Kalleths Klinge durchtrennt worden wäre. Der andere Reiter griff mit dunklen, schlanken Händen nach oben und schlug die verhüllende Kapuze zurück. Grace verspürte den nächsten Schock. Es war Lirith. Was taten die beiden hier?

Kalleth rammte sein Schwert in die Scheide. »Das ist ein närrisches Spiel, das Ihr da gespielt habt, meine Damen. Und es hätte Euch Euer Leben kosten können.«

»Dank Eurer Eile, Sir Kalleth«, sagte Durge mit harter Stimme.

Kalleth sah ihn stirnrunzelnd an, aber der Embarraner schaute nicht in die Richtung des Ritters.

Grace schüttelte den Kopf, suchte nach Worten. »Aryn, Lirith – was macht ihr hier?«

Aryns Furcht verschwand, ersetzt von einem strahlenden Lächeln. »Wir sind dir gefolgt, Grace. Wir kommen mit dir.«

Grace fehlten die Worte. Gestern noch war Aryn wegen ihrer Taten beim Wintersonnenwendfest völlig verzweifelt gewesen. Jetzt war sie fröhlicher, als Grace sie seit Monaten gesehen hatte. Liriths Blick suchte Grace, und sie erwiderte ihn. Daß Aryn dies getan hatte, war, wenn man ihr Alter in Betracht zog, fast noch verständlich, aber daß Lirith dabei mitmachte, war unvorstellbar.

»Vergebt uns«, sagte die dunkelhäutige Frau. »Aber wir wollten nicht, daß Ihr ohne schwesterlichen Beistand nach … Eurem Ziel reist.«

Meridar wandte sich Durge zu; auf seinem Gesicht zeichnete sich eher Erheiterung als Wut ab. »Und was machen wir nun mit diesen Banditen?«

»Heute ist es zu spät, um noch irgend etwas zu unternehmen«, sagte Durge. »Wir reiten nach Fuchslauf und hoffen, daß Lord Gaddimer genug Platz für uns alle hat. Zweifellos wird König Boreas Lady Aryn und Lady Lirith einen seiner Ritter nachschicken, wenn er ihre Abwesenheit entdeckt hat. Sie können in Gaddimers Herrenhaus auf sie warten.«

»Aber er wird nicht kommen«, sagte Aryn. Ihre Augen leuchteten. »Wenn Boreas unsere Abwesenheit entdeckt, werden wir einen Vorsprung von vielen Tagen haben, und nicht einmal das schnellste Schlachtroß des Königs wird uns einholen können.«

Die Ritter starrten Aryn an, und sie lächelte selbstgefällig. Lirith warf der Baronesse einen entsetzten Blick zu, und Graces Magen zog sich voller unheilvoller Ahnungen zusammen. Endlich begriff sie. Lirith hatte Aryn allein deshalb begleitet, um auf sie aufzupassen, in dem Glauben, daß Boreas' Männer sie einholten, bevor sie sich zu weit vom Schloß entfernt hatten. Aber die Baronesse hatte etwas getan – einen Zauber gewirkt –, um ihre Abwesenheit zu verbergen. Aber was? Liriths Miene nach zu urteilen, wußte sie es auch nicht.

Durge verlagerte das Gewicht auf dem Sattel. »Wenn Boreas keinen Mann ausgesandt hat, dann wird einer von uns morgen mit den Ladys nach Calavere zurückkehren müssen.«

Kalleth spuckte auf den Boden. »Und wer von uns wird das sein, Sir Durge?«

Der Embarraner murmelte etwas Unhörbares. Grace mußte die Worte nicht verstehen, um zu wissen, was er meinte. Sein Plan würde nicht funktionieren. Jeder der Ritter hatte den Befehl erhalten, nach Perridon zu reiten. Keiner würde freiwillig umkehren.

Es war Meridar, der die Lösung vorschlug. »Dann sollen die Ladys uns eben begleiten. Solange wir uns innerhalb der königlichen Grenzen befinden, werden wir kaum auf Gefahren stoßen. Wir sollten sie nicht in einem primitiven Dorf zurücklassen, sondern nach Ar-Tolor bringen, wo sie bei Liriths Königin bleiben können, bis es Boreas für angebracht hält, sie zurückzurufen.«

Es war ein guter Plan. Grace wußte, daß Durge ihm zustimmen mußte, und war darum überrascht, als er sie fragend ansah. Natürlich. Der Ritter konnte diese Entscheidung nicht treffen. *Du bist die Herzogin, Grace.*

Sie schluckte das verrückte Gelächter herunter, das in ihr aufstieg. »Wir tun, was Sir Meridar gesagt hat.«

Durge nickte. Meridar schien erleichtert, und Kalleth machte zwar keinen begeisterten Eindruck, aber er widersprach nicht. Aryn lachte, und Grace suchte wieder Liriths Blick. Die Hexe nickte. Sie würden später über die Baronesse reden.

»Die Nacht bricht herein«, sagte Durge. »Wir sollten schnell sehen, daß wir nach Fuchslauf kommen.«

Der Embarraner übernahm die Führung, die Frauen schlossen sich ihm an, Meridar und Kalleth bildeten den Abschluß. Grace blickte verstohlen zu den neben ihr reitenden Frauen hinüber. Trotz ihrer Unbesonnenheit war sie froh über ihre Gesellschaft. Durge war ein kühner und treuer Gefährte, aber er war ein Mann. Es würde gut sein, auf der Reise andere Frauen dabeizuhaben. Andere Hexen.

Aber wie hatte Aryn es geschafft, daß ihre Abreise von niemandem bemerkt worden war?

Grace trieb Shandis näher an die Stute der Baronesse heran. »Was hast du getan, Aryn?« flüsterte sie.

Die junge Frau zuckte mit den Schultern. »Nur das, was du gesagt hast, Grace.«

»Was soll das heißen, was ich gesagt habe?«

»Wenn du über Macht verfügst, dann benutze sie auch.«

Bevor Grace darauf etwas erwidern konnte, lächelte Aryn und trieb ihr Pferd zu einem Trab an.

31

Die Reisegruppe durchquerte die Domäne Calavan in östlicher Richtung und entfernte sich dabei niemals mehr als eine halbe Meile vom Südufer des Dimduorn.

Während sie durch das sanft gewellte Land ritten, kam Grace aus dem Staunen nicht mehr heraus. In der Zeit, die sie auf dieser Welt verbracht hatte, hatte sie sich nur selten außerhalb der Schloßmauern gewagt, und dann auch nur für kurze Ausflüge in die nähere Umgebung von Calavere. Da sie dabei immer von Massen dreckiger, übelriechender Menschen umgeben war, war sie zu der Überzeugung gelangt, daß es sich bei Falengarth um ein bevölkerungsreiches Land handelte, in dem es nur so von ähnlichen Burgen und Dörfern wimmelte. Sie hatte sich geirrt. Soweit sie von ihrem Aussichtspunkt auf Shandis' Rücken aus beurteilen konnte, war diese Welt so gut wie unbewohnt.

Am Anfang war das nicht so auffällig gewesen. Am ersten Tag waren sie mit vorhersehbarer Regelmäßigkeit auf Dörfer gestoßen – eins alle zwei Meilen. Fuchslauf, wo sie die erste Nacht verbracht hatten, war ein typisches Beispiel für sie alle gewesen. Ein steinernes Herrenhaus, das in etwa die Größe eines gewöhnlichen Mehrfamilienhauses auf der Erde hatte – auch wenn es eher für Jahrhunderte als für Jahrzehnte gebaut war – und über einen Stall verfügte, ein Dorfanger mit ein paar traurig aussehenden Kühen, die auf der Wiese grasten, ein Brunnen, ein Schrein für den von dem jeweiligen Gutsherren vorgezogenen Mysterienkult und etwa zwei Dutzend erbärmliche Hütten aus Stein, Holz, Lehm und Stroh, die auf den von Steinmauern eingegrenzten, etwa einen Viertelmorgen großen Feldern verteilt standen, von denen etwa ein Viertel brachlagen.

Es war nur schwer zu glauben, daß dies die Grundlage für das Wirtschaftssystem war, das die ganze Domäne ernährte. Aber als sie weiterritten, erkannte Grace, daß gar nicht so schrecklich viel Domäne ernährt werden mußte.

Sie reisten bei Tagesanbruch in Fuchslauf ab, nachdem sie sich von Lord Gaddimer, dem Gutsherrn, und seiner Frau verabschiedet hatten – ein nettes Paar mit von den Elementen zerfurchten, freundlichen Gesichtern, das drei hochgewachsene, ansehnliche Söhne hatte. Der älteste Sohn, der neunzehn Jahre alt war, half seinem Vater bei der Führung des Gutes, während sich die anderen in ein oder zwei Jahren nach Calavere oder zu der Burg eines von Boreas' Baronen begeben würden, um dort Knappen und schließlich hoffentlich nach einiger Zeit Ritter zu werden.

Am zweiten Tag der Reise nahm die Größe und Häufigkeit der Dörfer rapide ab. Den Grund dafür verstand Grace erst, als sie dann am Abend im ersten Dorf, das sie seit vielen Stunden gesehen hatten, anhielten. Wieder erbaten sie die Gastfreundschaft des örtlichen Gutsbesitzers, einem jüngeren, unverheirateten Mann namens Unreth, der reservierter als Gaddimer war, sie aber dennoch willkommen hieß. Als Unreths alte Dienerin eine zusätzliche Decke in das Gemach brachte, das sich Grace mit den anderen Frauen teilte, erkundigte sie sich nach Neuigkeiten aus Calavere.

»Kennt Ihr Elthrinde von Orsel?« fragte die alte Frau Grace mit zitternder Stimme. »Ihr müßt wissen, das ist meine Kusine. Sie ging nach Calavere, um in der königlichen Küche zu arbeiten.«

Aryn und Lirith schüttelten die Köpfe. Grace dachte nach, dann fiel ihr ein, daß sie den Namen tatsächlich kannte. Sie seufzte und ergriff die Hand der alten Frau. Warum war das nur so viel einfacher, wenn sie schlechte Neuigkeiten hatte?

»Ich kannte Elthrinde«, sagte sie. »Aber nicht sehr gut, fürchte ich. Vor ein paar Monaten bat mich ihre Enkelin, sie mir anzusehen. Ich bin … Ich bin Heilerin. Ich habe alles getan, was in meiner Macht stand. Aber ich fürchte, Elthrinde war vom Leben erschöpft, und sie starb.«

Die alte Frau dachte über die Worte nach, dann nickte sie. »War sie noch schön? Elthrinde war so schön, als sie zum Schloß des Königs aufbrach.«

Grace rief sich die alte Frau ins Gedächtnis zurück – zahnlos, arthritisch, gezeichnet von Lymphdrüsentuberkulose –, die auf dem flohverseuchten Bett in der Stadt am Fuße Calaveres nach Atem rang. »Ja, sie war noch immer schön. Wann habt Ihr sie zuletzt gesehen?«

Die Dienerin blinzelte überrascht mit den tränenfeuchten Augen. »Natürlich als sie Orsel verließ. Es war das Jahr, in dem wir beide unseren sechzehnten Sommer erreichten.«

Nachdem die alte Frau gegangen war, starrte Grace

auf die zusammengefaltete Wolldecke. Beim Rest des Gesprächs hatte sie erfahren, daß die Dienerin niemals nach Calavere gereist war, um ihre Kusine zu besuchen, obwohl es nur ein Ritt von zwei und ein Marsch von etwa vier Tagen war. Andererseits, hätte sie nicht wissen müssen, daß das der Fall sein würde?

Erinnere dich an deinen Geschichtsunterricht, Grace. Auf der Erde kamen die Menschen im Mittelalter kaum weiter als zehn Meilen über ihren Geburtsort hinaus.

Vermutlich verhielt sich das auf Eldh nicht anders. Allein der Adel schien öfters zu reisen. Eine schwierige Vorstellung – zumindest für jemanden, der es gewohnt war, in ein Auto zu steigen oder in ein Flugzeug zu springen und einen Kontinent zu überqueren. Auf der Erde waren die Meilen vielleicht geschrumpft, aber hier auf Eldh waren sie noch immer lang und abschreckend.

Sie brachen bei Tagesanbruch auf, und nachdem Orsel aus der Sicht verschwunden war, stießen sie den ganzen Tag auf kein weiteres Dorf, und die Bauernhöfe, an denen sie vorbeikamen, sahen so gut wie verlassen aus.

Grace hatte gehofft, es würde sich eine Gelegenheit bieten, mit Lirith zu sprechen – über Aryn und das, was bei ihrem Aufbruch in Calavere geschehen war –, aber am dritten Tag wußte sie, daß das nicht leicht werden würde. Auf dem Ritt war Aryn nie weit von ihr oder Lirith entfernt. Und in keinem der beengten Gutshäuser, in denen sie übernachteten, hatte sich ein Plätzchen gefunden, an dem sie unter vier Augen mit Lirith hätte sprechen können. Graces Fragen würden warten müssen.

Am dritten Tag war Grace das Reisen bereits leid. Ihr Reitgewand war heiß und unbequem, verzog sich immer im Sattel und sammelte in jeder Falte Staub, so daß sie am Ende des Tages völlig verschmutzt war und eine halbe Stunde damit verbrachte, sich sauber zu klopfen. Ihre Muskeln schmerzten ständig, und ihr Kiefer fühlte sich an, als hätte sie die letzten drei Tage auf einem Stück Gummi herumgekaut.

Im Gegensatz zu ihr schien Aryn die Reise außerordentlich zu genießen. Sie strahlte auf ihrer Stute, und während sich Grace bei jeder Rast sofort auf den nächstbesten Stein fallen ließ und sich darauf konzentrierte, nicht den kleinsten Muskel zu bewegen, streifte die Baronesse durch die Gegend und sammelte Kräuter, Blumen und Blätter. Abends breitete sie sie dann auf einem Taschentuch aus und sprach ihre Namen und ihren Nutzen mit Lirith durch. Sie lachte oft, und es klang immer so hell wie Silber.

Es wurde schnell offensichtlich, daß Sir Meridar von Aryn verzaubert war. Er machte sich nicht einmal die Mühe, sein Grinsen zu verbergen, wenn er sie beobachtete, und die Baronesse bat ihn oft um kleine Gefallen, die er ihr begeistert erfüllte, und jedesmal schenkte sie ihm ein Lächeln, das sich Graces Meinung nach an der Grenze zur Bosheit befand. Selbst wenn das pockennarbige Gesicht des gutmütigen Ritters nicht zu unansehnlich für die Baronesse gewesen wäre, war doch seine gesellschaftliche Stellung ohne jeden Zweifel zu tief.

Lirith schien dieses Verhalten ebenfalls zu bemerken, und die Hexe runzelte die Stirn, wenn Aryn Meridar bat, für sie Wasser zu holen oder ein Blatt von einem Ast zu pflücken. Sir Kalleth runzelte ebenfalls die Stirn, aber das war der einzige Gesichtsausdruck, zu dem er fähig zu sein schien. Und falls Durge es bemerkte, sagte er nichts.

Grace gab sich alle Mühe, sich keine Sorgen um Aryn zu machen. Offenbar ging es ihr gut, und Grace wußte, daß es besser war, es einfach zu akzeptieren. Es spielte keine Rolle, wie der Patient genas, Hauptsache, er tat es. Außerdem gab es genügend andere Dinge, über die sich Grace Sorgen machen mußte, und mit jeder zurückgelegten Meile nahmen sie sie mehr ihn Anspruch. Würden Durge und sie Meridar und Kalleth überreden können, zum Grauen Turm zu reiten? Und wenn ja, würden sie rechtzeitig dort eintreffen? Und falls sie dort eintrafen, wie sollte sie Travis helfen?

Am dritten Tag ihrer Reise war die Sonne im Untergehen begriffen, als Grace nicht weit voraus Rauch in den Himmel steigen sah.

»Auf der anderen Hügelseite muß ein Dorf sein«, rief Kalleth über den Lärm der Pferde hinweg.

Durge zog an Schwarzlockes Zügeln und ließ sich zurückfallen. »Das müßte Tarafel sein«, sagte der Embarraner. »Ich hatte gehofft, daß wir es nicht verpaßt haben. Wenn ich mich richtig erinnere, ist es im Umkreis vieler Meilen das einzige Dorf.«

Grace atmete erleichtert auf. Durge irrte sich nur selten.

Aryn beschattete ihre Augen. »Ich sehe keinen Rauch«, sagte sie. »Wo ist er denn?«

Meridar brachte sein Schlachtroß in die Nähe von

Aryns Stute. »Dort, Mylady«, sagte er, beugte sich nahe an sie heran und zeigte mit der Hand in die Richtung.

Die Baronesse nickte, dann drehte sie sich um und lächelte den Ritter an.

Grace knirschte mit den Zähnen, sagte aber nichts. Sie mußte sich nicht Lirith zuwenden, um zu wissen, daß die Hexe sie ansah.

»Dann los«, sagte sie.

Die Gruppe ritt den niedrigen Hügel herauf. Die Büsche, die auf ihm wuchsen, waren dichter, als es aus der Ferne den Anschein gehabt hatte, und als sie den Kamm erreichten, stand die Sonne schwer und tief hinter ihnen und warf rotes Licht auf das Land. Sie bahnten sich einen Weg durch die letzte verfilzte Mauer und blieben stehen.

Im ersten Augenblick glaubte Grace, der von dem Hügel geworfene Schatten würde ihren Augen einen Streich spielen. Alles war dunkel. Dann begriff sie. Der Rauch war zu dicht, um von Kochfeuern zu stammen. Und es war viel zu viel davon da.

Aryn schlug eine Hand vor den Mund, und Lirith stöhnte betroffen.

»Bei Vathris«, sagte Meridar. »Was ist hier passiert?«

Durge schüttelte den Kopf. Das Dorf war verschwunden.

Zumindest der größte Teil davon. Grace konnte die verbrannten und gesprungenen rechteckigen Linien steinerner Fundamente ausmachen, und hier und da standen noch die Überreste einer Mauer oder eines Schornsteins. Aber das war alles. Das Dorf Tarafel war bis auf den Boden niedergebrannt.

»Tiermänner.« Kalleth spuckte das Wort förmlich aus. »Sie müssen aus den Bergen geritten gekommen sein und das hier angerichtet haben.«

»Das glaube ich nicht«, sagte Durge. »Es gibt hier viele Meilen keine Stelle, an denen man den Dimduorn überqueren könnte.«

Kalleth starrte den Embarraner finster an, widersprach ihm aber nicht.

»Ich verstehe das nicht«, sagte Grace. »Die Feuer sind fast alle erloschen. Das muß schon länger her sein. Warum haben wir in Orsel nichts davon gehört?«

Aber sie hatte noch nicht zu Ende gesprochen, als sie die Antwort auch schon kannte. Aller Wahrscheinlichkeit nach waren sie die ersten Menschen von außerhalb, die seit Wochen in das Dorf gekommen waren. Aber wenn keine Invasoren die Siedlung vernichtet hatten, was dann? Grace konnte nicht glauben, daß sich ein Feuer auf diese Weise so ohne weiteres in einem Dorf ausbreiten konnte – selbst abseits stehende Häuser waren niedergebrannt.

Zum ersten Mal seit Tagen lächelte Aryn nicht, und ihre Stimme klang wie die eines kleinen Mädchens. »Aber wo sollen wir schlafen?«

Beinahe hätte Grace gelacht. Zweifellos erschien alles nicht länger wie ein großartiges Abenteuer.

Durge betrachtete den Horizont mit zusammengekniffenen Augen. »Neben der Baumgruppe, auf der anderen Seite des Dorfes, befindet sich ein Bauernhof. Sieht so aus, als wäre er unversehrt.«

Die mangelnde Auswahl verhinderte jede weitere Diskussion. Die Sechs ritten den Hügel hinunter und umgingen schweigend die Überreste des Dorfes. An einer Stelle lag etwas in ihrem Weg, das bis zur Unkenntlichkeit verbrannt hätte sein müssen, es aber nicht war. Die Arme waren über den Kopf gelegt, wie in einer letzten Geste des Ergebens. Oder des Entsetzens. Aryn keuchte auf und ließ den Kopf hängen. Grace zwang sich dazu, geradeaus zu blicken, als sie weiterritten.

Als sie den Hof erreichten, brach die Nacht herein. Im ersten Augenblick hielt Grace ihn für verlassen. Schwere Holzläden bedeckten die Fenster, unter der Tür schien kein Licht durch. Dann bemerkte sie den Rauch, der aus dem Schornstein quoll. Sie warf Durge einen Blick zu. Er nickte, drückte die Fersen in Schwarzlockes Flanken und ritt zu dem Bauernhaus, während die anderen ein Stück weit entfernt warteten.

Durge stieg ab und klopfte an der Tür. Er klopfte noch einmal, dann ein drittes Mal, und schien bereit, die wurmstichigen Bohlen einzutreten, als sich die Tür einen Spaltbreit öffnete. Grace sah, daß der Ritter einen Schritt zurücktrat. Warum? War er überrascht? Durge wechselte ein paar Worte mit der anderen Person, dann schloß sich die Tür wieder. Er stieg auf sein rußfarbenes Schlachtroß und galoppierte auf die anderen zu.

Was ist los? wollte Grace fragen, als er ruckartig anhielt, aber der Ritter ergriff zuerst das Wort.

»Eine Seuche«, sagte er mit grimmiger Miene.

Die anderen warfen ihm überraschte Blicke zu. Grace dachte über die Worte nach. *Eine Seuche.* War das der Grund für die Zerstörung des Dorfes? Sie hatte gehört, daß während der Zeit des Schwarzen Todes in Europa ganze Dörfer niedergebrannt worden waren, um die Ausbreitung der Beulenpest zu verhindern.

Grace ließ Shandis ein paar Schritte vorwärts gehen. »Wie viele sind in dem Haus krank?«

»Soweit ich sehen konnte nur einer«, erwiderte Durge. »Eine alte Frau machte die Tür auf. Ihr Mann ist krank.«

»Welche Symptome?«

»Das weiß ich nicht. Sie hat bloß gesagt, daß er hohes Fieber hat.«

Das reichte nicht. Fieber war ein Symptom zahlloser Krankheitsursachen, und Seuche war ein zu breiter Begriff, um weiterhelfen zu können. Auf dieser Welt konnte es Dutzende verschiedener pandemischer Krankheiten geben, die alle so schlimm wie die Beulenpest waren – oder schlimmer. Es gab nur eine Möglichkeit, wie sie herausfinden konnte, womit sie es zu tun hatten.

Bevor Durge nach Shandis' Zügeln greifen konnte, trieb Grace die Stute zum Galopp an.

»Grace!« rief ihr jemand hinterher, allerdings konnte sie nicht sagen, ob es Aryn oder Lirith war. Sie sah einen dunklen Schatten im Augenwinkel und wußte, daß Durge ihr hinterher ritt. Er würde zu spät kommen. Sie brachte Shandis vor dem Haus zum Stehen und ging zur Tür.

Durge war schneller, als sie gedacht hatte. Dreck spritzte hoch, als Schwarzlocke keine zwei Schritte von ihr entfernt rutschend zum Stehen kam. Durge sprang mit klirrendem Kettenhemd aus dem Sattel und legte ihr die Hand auf den Arm.

»Mylady, das ist Wahnsinn. Ihr könnt da nicht reingehen.«

Als Grace Durges Hand auf ihrem Arm spürte, stieg in ihrer Brust ein seltsames Gefühl auf. Es war keine Wut. Dafür war es zu kalt, zu abweisend. Die einzige Möglichkeit, es zu verstehen, bestand darin, es in Worte zu kleiden.

Wie kannst du es wagen, unsere Person zu berühren?

Sie sprach diese Worte nicht aus, aber ihr Blick mußte sie trotzdem vermittelt haben. Der Ritter riß erstaunt die Hand zurück. Grace drehte sich um, stieß die Tür auf und trat ein. Drinnen herrschte Dämmerlicht. Die Luft war von scharfem Rauch erfüllt sowie dem feuchten Geruch von Krankheit.

»Mylady«, krächzte eine Stimme. »Ihr dürft hier nicht eintreten.«

Grace entdeckte die Gestalt einer Frau, deren Umrisse vom flackernden Licht eines Herdfeuers erhellt wurden. Sie hockte zusammengekrümmt neben einer primitiven Bettstelle, barfuß und mit Lumpen bekleidet. Etwas auf dem Bett wand sich und stöhnte.

Zum allerersten Mal durchdrang ein scharfer Stich der Unsicherheit ihr Selbstvertrauen als Ärztin. Grace ignorierte es. Hier ging es nicht nur um Pflicht. Sondern um Notwendigkeit. Vage war sie sich Durges bewußt, der in der offenen Tür stand und den Umhangsaum vor Mund und Nase drückte.

»Schon in Ordnung.« Graces Stimme bebte. Sie räusperte sich und fing noch einmal von vorn an. »Ich bin Heilerin.«

Die Frau strich sich mit den Fingern durch das verfilzte Haar. Trotz Durges Beschreibung war sie nicht viel älter als Grace. Nur ausgelaugt und verbraucht vom Leben auf dieser Welt.

»Ihr könnt ihm nicht helfen«, sagte sie. »Ihr könnt keinem von ihnen mehr helfen. Es ist zu spät. Zu spät.«

»Ich will ihn ansehen«, sagte Grace.

Sie trat an das Bett. Das Stöhnen wurde lauter, der Rauchgestank penetranter. Die Gestalt unter der schmutzigen Decke krümmte sich zusammen und streckte sich wieder. Seltsamerweise erinnerte der Anblick Grace an eine Motte, die sich in ihrem Kokon wand und die Metamorphose durchmachte, deren Körper sich auflöste und verwandelte. Es erschien wie ein Wunder, aber es mußte auch sicher schmerzen. Sie griff nach der Decke.

»Nein, Mylady!« zischte die Frau. »Berührt ihn nicht!«

Grace zögerte. »Warum? Wird die Krankheit so übertragen?« Aber das war eine dumme Frage. Die Frau konnte nichts vom Konzept der Keimübertragung wissen.

»Es ist die Flammenpest, Mylady. Er wird bald wie die anderen sein. Er wird sich zu ihnen gesellen, wenn sie wiederkommen.«

»Die anderen? Wie viele sind denn an der Seuche erkrankt?«

Die Frau zeigte matt in Richtung Tür. »Alle. Es hat sie alle erwischt. Euch auch, wenn Ihr nicht geht. Ich bin die einzige, die übriggeblieben ist. Ich und Yaren. Oh, Yaren!«

Die Frau schlang die dünnen Arme um die aufgeschürften Knie, wiegte auf dem Boden vor und zurück und schluchzte, während Grace sie nur anstarrte. Hier stimmte etwas nicht. Die Worte der Frau ergaben keinen Sinn. Wenn die Seuche die anderen befiel, wie konnten sie dann zurückkommen? Grace stählte sich, griff nach der Decke und zog sie zurück.

Ihre Hand flog zum Mund, aber sie konnte ihr Keuchen nicht unterdrücken. Der Mann auf dem Bett hatte kaum noch etwas Menschliches an sich. Seine Haut war blasenübersät und sonderte Flüssigkeit ab, als wäre jeder Quadratzentimeter seines Körpers verbrannt worden. Die Fäulnisgase, die von ihm aufstiegen, waren so konzentriert, daß sie Grace den Atem raubten und es ihr schwindelte. An einigen Stellen hatte sich die verbrannte Haut in Streifen abgeschält, aber es wurden keine bloßen Muskelstränge enthüllt, sondern etwas anderes, etwas, das hart, glatt und so schwarz wie polierter Obsidian aussah.

»Was geschieht mit ihm?« flüsterte Grace und versuchte mühsam zu verstehen.

Der Mann schlug die Augen auf. Das eine war wunderschön und hob sich blau von seinem zerstörten Gesicht ab. Das andere war völlig schwarz – es gab weder eine Iris noch das Weiße des Augapfels zu sehen.

Ein schrilles Kreischen zerriß die Luft in der Hütte. Die Frau sprang mit vor Entsetzen verzerrtem Gesicht auf die Füße. *»Krondrim!«* schrie sie. *»Die Verbrannten!«*

Sie hätte beinahe Durge umgestoßen, als sie aus der Tür in das graue Zwielicht stürmte. Der Ritter sah Grace verständnislos an. Sie versuchte zu schlucken, aber ihr Mund war so trocken wie eine Wüste. Sie zwang sich dazu, sich wieder umzudrehen.

Der Mann auf dem Bett lag nun still und ruhig da. Er betrachtete sie mit seinem perfekten blauen Auge. Dann bewegten sich unglaublicherweise seine aufgeplatzten Lippen. Dunkle Flüssigkeit rann sein Kinn herunter. Trotz ihres Abscheus beugte sich Grace näher an ihn heran, um seine Worte zu verstehen. Dabei konnte sie die Hitze fühlen, die er ausstrahlte.

»Tötet mich«, flüsterte er.

Grace erschauderte. Sein blaues Auge sah zum Herd. Grace folgte dem Blick und sah den scharfen eisernen Schürhaken, der dort an den Steinen lehnte. Sie sah den Mann wieder an und öffnete den Mund, aber sie brachte keinen Ton hervor.

»Bitte.« Das Wort war so trocken wie Asche. »Solange Ihr noch könnt. Tötet mich.«

Grace fing an, den Kopf zu schütteln. Sie konnte es nicht tun. Es wandte sich gegen alles, was sie war, alles, wofür sie als Ärztin stand. Sie begann, sich wieder aufzurichten. Dann sah sie den Rauch, der dort von der Decke aufstieg, wo sie noch seinen Körper bedeckte. Der Stoff brannte.

Er wird bald wie die anderen sein …

Sein menschliches Auge fixierte sie. Ein Meer des Schreckens lag darin, während das andere so flach und leer wie das Weltall war. Es gab nur noch eine Behandlung für ihn.

»Bitte …«

Grace biß die Zähne zusammen, dann griff sie nach dem Schürhaken.

32

Es wurde wärmer, als sie nach Osten reisten. Kurz nach der Morgendämmerung kroch die Hitze aus dem feuchten, von der Sonne erwärmten Boden, bis Grace sie goldenem Nebel gleich in der Luft schweben sehen konnte. Die Luftfeuchtigkeit machte jeden Wärmeaustausch unmöglich, aber ihre Schweißdrüsen wußten das nicht und produzierten weiterhin große, nutzlose Bäche von Salzwasser, bis ihre Augen brannten und ihr Reitgewand schwer und durchnäßt war.

Die Feuchtigkeit kam durch die Nähe des Flusses sowie die dichte Vegetation; das östliche Calavan war viel wilder und dichtbewachsener als das Herz der Domäne, das seit Jahrhunderten bestellt wurde. Hier streckten sich schlanke Koniferen himmelwärts, obwohl sie ein Gewirr von Schlingpflanzen erdrückten und zurück auf den Waldboden zerrten. Seit dem Besuch der medizinischen Fakultät in North Carolina war Grace an keinem Ort mehr gewesen, an dem es so vor Leben wimmelte. Dort hatten alle Gegenstände über die ungewöhnliche Fähigkeit verfügt, ohne Vorwarnung Schimmel anzusetzen. Sie hielt an ihrem Gewand nach den ersten Flecken Ausschau.

Am vergangenen Abend waren die Reiter schweigend von dem Bauernhaus in Nähe der Ruinen Tarafels fortgeritten. Grace hatte keinem erzählt, was sie dort drinnen getan hatte, und Durge hatte ihre Handlungen nicht gesehen. Sie würde jedoch niemals das Gewicht des

Schürhakens in ihrer Hand vergessen oder den Widerstand, der ihr begegnet war, als sie die Spitze auf das Obsidianfleisch des Mannes gedrückt und es viel zu hart befunden hatte, um es durchstoßen zu können. Dann hatte ein saphirblauer Schimmer ihre Aufmerksamkeit erregt, und ihr war klargeworden, daß es an seinem Körper nur noch eine einzige weiche Stelle gab.

Sein Schrei war kurz, trocken und schrecklich gewesen. Durge war an ihre Seite gestürzt, aber da brannte die Decke bereits, und Flammen leckten die zundertrockenen Hüttenwände hinauf. Die zwei waren aus der Tür gestürzt, und als sie die anderen erreicht hatten, war das Bauernhaus ein feuriges Inferno. Was aus Yarens Frau geworden war, konnte keiner sagen. Die anderen hatten sie Augenblicke vor Grace und Durge aus dem Haus stürmen sehen, aber sie war in die andere Richtung gerannt und im Zwielicht zwischen den Bäumen verschwunden.

Als die Dunkelheit hereingebrochen war, hatten sie eine scheußliche Nacht in dem einzigen unversehrten Gebäude verbracht – einem windschiefen Stall, der in seiner letzten Inkarnation Hühner beherbergt hatte. Sie hatten nicht geschlafen und waren beim ersten Licht aufgebrochen, voller Erleichterung, diesen Ort verlassen zu können.

Die Sonne war gerade aufgegangen, als sie entdeckten, was aus Yarens Frau geworden war. Durge fand ihre Leiche; sie lag verkrümmt am Grunde einer Schlucht in einem flachen Strom. Offensichtlich hatte sie bei ihrer Flucht in der Dunkelheit den Rand der Schlucht nicht gesehen. Oder doch? Grace erinnerte sich an den entsetzten Schrei der Frau, und ihr fröstelte. Kalleth und Meridar stiegen von den Pferden und kletterten in die Schlucht. Die Ritter zogen die Leiche ans Ufer und bedeckten sie mit Steinen. Dann ritt die Gruppe weiter.

Grace bemühte sich zu verstehen, was da eigentlich geschehen war. Was für eine Krankheit war diese Flammenpest überhaupt? War der Auslöser ein Virus oder ein Bazillus? Wurde er durch Tröpfcheninfektion oder die Luft übertragen? Aber ihr war klar, daß diese Fragen nutzlos waren, daß sie es im Denver Memorial niemals mit einer solchen Krankheit zu tun gehabt hatte. Trotz seines grotesken Erscheinungsbildes hatte Yaren nicht im Sterben gelegen. Das hatten ihr ihre Instinkte als Heilerin gesagt. Aber wenn die Medizin keine Antwort geben konnte, dann vielleicht die Biologie. Eine Raupe durchlief in ihrem Kokon eine Metamorphose – warum nicht auch ein Mensch?

Aber wenn das der Fall wäre, in was würde er sich denn dann verwandeln?

Sie hatte den Gedanken noch nicht zu Ende geführt, als ihr auch schon die dazugehörige Antwort einfiel.

Krondrim. Die Verbrannten.

Der Aufschrei der Frau dröhnte ihr noch immer in den Ohren. Aber was hatte das zu bedeuten? Sie fragte die anderen, ob sie je diese Worte gehört hatten, aber sie waren allen unbekannt. Nur eines war sicher. Was auch immer die Krondrim darstellten, Yarens Frau hatte soviel Angst vor ihnen gehabt, daß sie in die Dunkelheit hinauslief und sich – ob nun absichtlich oder nicht – in einen Abgrund stürzte. Grace versuchte, die anderen Worte der Frau zu ignorieren.

… wenn sie wiederkommen …

Ihre Mission – und Travis – bereiteten ihr bereits genug Kopfzerbrechen.

Am Abend schlugen sie ihr Lager in einer Senke unterhalb einer Baumgruppe auf, da sie den ganzen Tag auf kein Dorf gestoßen waren, und Durge sagte, daß sie Glück hatten, wenn sie am Ende des nächsten Tages eines erreichten. Sie nahmen eine karge Mahlzeit zu sich, was weniger an mangelndem Proviant lag als vielmehr der Unlust, ein Feuer zu machen, dann legten die Frauen auf dem Boden ihre Decken aus, während sich die Ritter ein Stück abseits mit der Wache abwechselten.

Grace lag auf ihrer Decke auf dem unebenen Boden, schaute lange in die stille, heiße Nacht und beobachtete Meteore, die über den Himmel schossen. In ihrem ganzen Leben hatte sie noch nicht so viele Sternschnuppen gesehen. Eine Zeitlang spielte sie ein Spiel, zählte nach einer Meteorsichtung ihre Herzschläge. Aber sie kam nie weiter als bis acht oder zehn, bevor der nächste grelle Lichtpunkt den schwarzen Schleier über ihr zerriß. Das letzte, an das sie sich erinnerte, war der neue rote Stern, der über einer unregelmäßigen Reihe von Baumkronen aufstieg und die Welt in sein blutrotes Licht tauchte.

Sie erwachte in einem feuchten, grauen Schimmer, von klebrigem Schweiß bedeckt und zitternd. Im ersten Augenblick fürchtete sie, Fieber zu haben, und legte eine Hand an die Stirn, aber ihre Temperatur war nicht erhöht. Es war eine Kombination aus Sonnenbrand und dem kühlen Nachttau, das war alles. Sie erhob sich steif und mit schmerzenden Gliedern von ihrem provisorischen Bett. Wie sie feststellte, waren Lirith und die Ritter bereits wach, dann ging sie und weckte Aryn aus tiefem Schlaf. Nachdem das niedergebrannte Dorf die Baronesse kurze Zeit in Schrecken versetzt hatte, hatte sie am Vortag wieder zu ihrer Fröhlichkeit zurückgefunden. Selbst die Aussicht auf eine Übernachtung im Freien hatte sie nicht erschüttern können.

Als die Gruppe frühstückte, erwähnte Grace den Meteoritenregen. »Gibt es im Lirdath immer so viele Sternschnuppen?« fragte sie Durge.

Es war Kalleth, der darauf antwortete. »Nein«, sagte der Ritter scharf. »Das tut es nicht.«

Der Bissen Brot, den Grace gekaut hatte, blieb ihr im Hals stecken. Sie schaute auf und konnte gerade noch einen blutroten Funken ausmachen, der am Himmel unterging. Bestand zwischen dem roten Stern und den Meteoriten eine Verbindung?

Und was ist mit der Flammenpest? Hat die auch mit dem Stern zu tun?

Sie verwarf die Frage. Ein Zufall war keine Ursache, und im Augenblick hatte sie nicht den geringsten Beweis, daß die Flammenpest mit irgendeiner anderen Sache in Verbindung stand. Soweit Grace wußte, war sie ein räumlich isolierter Zwischenfall und nicht einmal eine Pandemie. Sie räumte die Frühstücksutensilien fort, während die anderen das Lager abbrachen.

Gegen Mittag kamen sie zu den verkohlten Überresten einer kleinen Häusergruppe. Grace sah sie zuerst gar nicht. Sie war ein Stück zurückgefallen, in tiefes Nachdenken über das Verbrennungsopfer in Tarafel versunken. Vor ihr unterhielten sich Aryn und Lirith leise, dann lachte die junge Frau.

Grace riß den Kopf hoch, als Aryns helles Gelächter plötzlich wie abgerissen verstummte. Im ersten Augenblick befürchtete sie einen plötzlichen Angriff, wie bei dem Bären. Dann erreichte sie den Kamm der Anhöhe, die sie hinaufritten, und blickte zusammen mit der Baronesse und der Hexe in das sich dahinter anschließende Tal. Durge ritt bereits zwischen den Ruinen her. Um ihn herum ragten die geschwärzten Steinfundamente mehrerer Häuser auf.

Es waren nicht genug, als daß sie sich als Dorf hätten qualifizieren können – eher ein kleiner Zusammenschluß mehrerer Bauernhäuser. Ansonsten sah es hier genauso aus wie in Tarafel. Die Zerstörung war komplett. Keines der Häuser war intakt geblieben. Genausowenig wie die Bewohner, wie Grace sah, als sie Shandis in die Tiefe lenkte.

»Es gibt keine Anzeichen, daß das Feuer von einem Haus auf das nächste übergegriffen hätte«, sagte Meridar. »Der dazwischen befindliche Boden ist unversehrt. Ich fürchte, daß diese Brände mit Absicht gelegt wurden.«

Durge kratzte sich das stoppelige Kinn. »Aber warum, Sir Meridar?«

Die Seuche, wollte Grace antworten. *Furcht. Säuberung.* Aber die Worte wollten nicht über ihre Lippen kommen. Sie konnte nur die verkrümmten Gestalten auf dem Boden anstarren, so schwarz wie Kohle, die geschrumpften Gliedmaßen zu letzten Posen der Qual verzerrt. Soviel dazu, daß Tarafel ein einzelner Zwischenfall war.

»Wir müssen hier weg«, sagte Aryn; ihre Stimme war halb Flüstern und halb Aufschrei. »Wir müssen sofort hier weg!«

Lirith legte der Baronesse die Hand auf den linken Arm. »Beruhigt Euch, Schwester«, sagte sie eindringlich.

Aryn schluckte, dann nickte sie, und ihr Zittern ließ etwas nach.

Kalleth spuckte auf den Boden. »Ihre Hoheit hat recht. Hier gibt es nichts für uns zu tun.«

Nein. Nein, wir müssen uns umsehen, wollte Grace sagen. In der Asche konnten Hinweise sein, etwas, das ihnen die Ursache der Seuche verraten würde – und die Richtung, in der sie sich bewegte. Hatte sie zuerst Tarafel getroffen? Oder diesen Ort? Sie mußten wissen, ob sie sich von ihr entfernten … oder auf sie zuritten. Aber Angst ließ ihre Kiefer erstarren wie das letzte Stadium einer Blutvergiftung. Shandis folgte den anderen Pferden. Grace konnte sich nur auf dem Sattel festklammern, als sie die versengten Ruinen hinter sich ließen.

Sie hielten mittags nicht an, und keiner sprach, als sie einen Weg entlangritten, der an sich ausbreitenden Feldern und mit Schlingpflanzen verhangenen Bäumen vorbeiführte. Grace wünschte, sie hätten die Pferde antreiben können, aber auf dieser Reise lagen noch viele Meilen vor ihnen, und sie konnten es nicht wagen, die Pferde jetzt zu erschöpfen.

Nach einiger Zeit kamen lange, dunkle Wolken von

Westen herangetrieben, und Donner hallte über das Land. Grace hoffte auf kühlenden Regen, aber der kam nicht. Statt dessen schlief der Wind ein und die Luft wurde drückend, während sich die Wolken zusammenzogen. Schließlich biß Grace die Zähne zusammen; sie war davon überzeugt, daß sie, wenn sich der Luftdruck nur noch ein kleines bißchen erhöhte, schreien müßte. Aryns Enthusiasmus war wieder verschwunden und von schmallippigem Schweigen ersetzt worden. Selbst Lirith sah blaß aus, und die Ritter trugen grimmige Mienen zur Schau. Schweiß rann ihre Gesichter herunter, und ihre Kettenhemden verströmten einen sauren, metallischen Gestank.

Alle seufzten erleichtert auf, als ein paar verirrte Strahlen der untergehenden Sonne durch eine Lücke in der Wolkendecke fielen und Durge von einer Erkundung zurückkam und verkündete, Anzeichen eines Dorfes gesehen zu haben.

»Ist es … in Ordnung?« fragte Aryn und verdrehte mit der linken Hand eine Haarlocke.

»Es gibt kein Zeichen von Feuer, Mylady, von Kochfeuern abgesehen. Wenn wir so weit geritten sind, wie ich glaube, dann heißt dieses Dorf Falanor.«

»Es ist Falanor«, sagte Kalleth. »Ich habe zusammen mit dem derzeitigen Lord unter Baron Darthus als Knappe gedient und bin einmal zu Besuch gewesen. Eddoc müßte uns gute Gastfreundschaft erweisen.«

»Ich könnte etwas Gastfreundschaft gebrauchen«, sagte Meridar. Er verlagerte das Gewicht auf dem Sattel und verzog das Gesicht. »Vor allem der Teil, den ich …«

Lirith hob eine Braue, und Meridar machte den Mund zu, während sein von der Sonne gerötetes Gesicht noch einen Ton dunkler wurde.

»Herr Ritter«, sagte die Hexe, »wenn Ihr meint, den Lord um Gastfreundschaft für Euer Hinterteil ersuchen zu müssen, dann hoffe ich, daß es kein zusätzliches Gemach für sich beansprucht. Denn sonst könnte sich Euer Unbehagen noch verstärken.«

Meridar wollte darauf etwas erwidern, aber ein züngelnder Blitz zerriß die Wolken, und krachender Donner hallte über das Land.

»Das Aussehen dieses Sturms gefällt mir nicht«, sagte Durge. »Es ist zu heiß. Wir sollten sehen, daß wir schnell nach Falanor kommen.«

33

Es war fast dunkel, als sie die hohen Schatten zweier Bäume passierten und einem ausgetretenen Pfad in das Dorf Falanor hinein folgten. Es waren keine Fackeln in Sicht, hinter keinem der mit geölter Schafshaut bespannten Fenster leuchtete warmer Kerzenschein. Nichts regte sich. Grace umklammerte Shandis' Zügel, von der Furcht ergriffen, daß dieses Dorf das gleiche Schicksal wie Tarafel erlitten hatte. Dann zuckte eine zerrissene rote Linie von Horizont zu Horizont, und im Licht des grellen Blitzes erfaßte Grace die Umrisse zweier Dutzend Häuser. Alle standen unversehrt.

Sie zwang sich aufzuatmen. Selbst in Calavere gingen die meisten Menschen bei Einbruch der Dunkelheit zu Bett. Und hier, in einem Dorf am Rand der Domäne, war es zweifelhaft, daß sie viel Talg übrig hatten für Luxus wie Kerzen oder Lampen. Alles schlief, das war's.

»Hier entlang«, übertönte Kalleths Stimme das Jammern des Windes. »Das Herrenhaus ist direkt dort vorn.«

Der nächste Blitz betonte die harten Linien im Gesicht des Ritters. Langsamer Donner rollte über das Land. Die anderen Reiter folgten ihm.

»Fühlt Ihr es, Schwester?«

Das Flüstern ließ Grace zusammenzucken; irgendwie war es viel beunruhigender als das Wüten des Sturms. Lirith hatte ihre Stute an Shandis' Seite gelenkt.

Wir werden beobachtet.

Liriths Lippen bewegten sich nicht, aber Grace hörte deutlich ihre Stimme. Das hätte sie überraschen sollen, aber die Worte der Hexe waren beunruhigender als die Art ihrer Kommunikation. Grace blickte in beide Richtungen, aber in dem Wechselspiel von Finsternis und grellem Licht war unmöglich etwas zu erkennen. Sie biß die Zähne zusammen, dann schloß sie die Augen und griff schnell mit ihren Gedanken nach der Weltenkraft.

Es war schwierig, und sobald sie das Netz des Lebens berührte, verlor sie es in der nächsten Sekunde. Doch es reichte, um die Leben zu fühlen, die sich in den Häusern zusammendrängten. Und die Furcht, die zusammen mit den Blitzen die Luft knistern ließ.

Sie öffnete die Augen. »Ich verstehe es nicht. Wovor haben sie solche Angst?«

Lirith erwiderte ihren Blick. *Vor uns.*

Sie zuckte zusammen, als die Worte in ihrem Bewußtsein erklangen. Hatte Lirith die Weltenkraft absichtlich benutzt, um auf Graces Unfähigkeit anzuspielen, selbst die geringsten magischen Fäden zusammenzuhalten?

Hör auf damit, Grace. Das ist dein Problem, nicht Liriths. Nur weil du anscheinend die Gabe nicht mehr benutzen kannst, bedeutet das nicht, daß jede Hexe damit aufhören muß.

Die Pferde blieben stehen, als vor ihnen eine Steinmauer in die Höhe wuchs. Sie hatten das Herrenhaus erreicht. Zu ihrer Erleichterung sah Grace Lichter hinter den Fenstern. Jemand war zu Hause.

Die Reiter stiegen im Hof ab, dann gingen Kalleth und

Durge zur Tür, während die anderen zusahen. Kalleth hob die Faust und klopfte dreimal, aber das dritte Klopfen wurde von einem Donnerschlag übertönt. Er hob die Hand, um erneut zu klopfen. In diesem Augenblick schwang die Tür auf, und goldenes Licht ergoß sich auf die Stufen.

Es fiel schwer, die Silhouette in der Tür zu erkennen. Grace kam zu dem Schluß, daß es sich um einen Mann handelte, aber ob jung oder alt, Diener oder Adliger, konnte sie nicht sagen. Auf jeden Fall kündete seine geduckte Haltung von Angst. Würde sich der Mann weigern, sie einzulassen? Aber das war unmöglich. Ob ängstlich oder nicht, niemand verweigerte die Bitte um Gastfreundschaft, die ein Ritter des Königs im Namen einer Baronesse, einer Herzogin und einer Gräfin von Toloria aussprach.

Durge hob den Arm, und der Mann riß den Kopf herum, um mit weit aufgerissenen Augen einen Blick auf die Frauen zu werfen. Grace konnte ein Lächeln nicht unterdrücken. *Wollen wir wetten, daß er keine Adligen zum Abendessen erwartet hat?*

Der Mann machte eine eilige Bewegung. Kalleth trat ein, und Durge kehrte zu den anderen zurück.

»Anscheinend ist Lord Eddoc nicht da«, sagte der Embarraner. »Aber der Mann ist der Verwalter von Falanor. Er steht dem Gut in Abwesenheit des Lords vor und hat uns das Haus geöffnet.« Er warf Grace einen Blick zu. »Sir Kalleth sieht sich die Räume an, um sich zu vergewissern, daß sie Euren Bedürfnissen entsprechen.«

»Ich bin sicher, sie sind ausgezeichnet«, sagte Grace,

dankbar, daß sie nicht draußen im Sturm schlafen mußten.

»Wann kommt Eddoc wieder?« fragte Aryn.

»Jastar – das ist der Verwalter – hat es nicht gesagt«, antwortete Durge.

Die Baronesse fröstelte. »Ist auch egal, solange wir reinkönnen. Dieser Sturm ist so seltsam. Er entfacht in mir ein Gefühl … als müßte ich schreien.«

Durge musterte Aryn, und auf seinem zerfurchten Gesicht zeichnete sich Besorgnis ab. Sie ließ die Schultern hängen und senkte den Kopf, offensichtlich verlegen über ihre Worte.

Es ist schon in Ordnung, wollte Grace sagen. *Wir alle fühlen uns, als müßten wir schreien.* Aber Lirith kam ihr zuvor. Die Hexe legte der Baronesse eine Hand auf den Arm.

»Ich warte immer, bis es donnert.« Ihre vollen Lippen verzogen sich zu einem Lächeln. »So kann mich keiner hören.«

Aryn nickte und lächelte ihr dankbar zu.

»Begleitet die Damen hinein«, wandte sich Durge an Meridar. »Ich kümmere mich um die Pferde.«

Grace war froh, als sich hinter ihnen die Tür schloß und etwas vom Getöse des Sturms aussperrte. Sie standen in einer schmalen Vorhalle. Kerzen erhellten die Luft mit öligem Licht, an den Wänden standen Bänke, damit Reisende sich setzen und ihre Lasten ablegen konnten. Außer ihnen war niemand da.

Tatsächlich, Grace? Und wer hat dann die Tür geschlossen?

Sie drehte sich um. Ein Junge von vielleicht elf oder zwölf Jahren stand neben der Tür. Ein Knappe? Grace registrierte seine nackten, schmutzigen Füße, die zerlumpten Kniehosen und das oft geflickte Hemd. Also ein Bauernsohn, der als Diener im Haus des Lords arbeitete.

»Wo ist der Verwalter?« fragte Meridar.

Der Junge wandte sein Gesicht dem Ritter zu. Obwohl schmutzig, war seine Haut frei von Krankheiten, und die grünen Augen unter dem braunen Haar, das in seine Stirn fiel, blickten klar. Er lächelte und zeigte Zähne, die bereits zu faulen anfingen.

»Verwalter Jastar ist mit Eurem Bruder gegangen, Mylord. Sie inspizieren die Gemächer des Hauses, um die besten auszusuchen.«

Grace hustete. Die Luft war trocken und schmeckte metallisch; das Schlucken fiel ihr schwer.

»Darf ich Euch etwas Wasser bringen, Mylady?« fragte der Junge.

Grace legte eine Hand auf den Hals und nickte.

»Darf ich, Mylady?«

Grace runzelte die Stirn. »Ja«, krächzte sie. »Ja, danke.«

Immer noch lächelnd ging der Junge zu einer Anrichte und hob einen Krug hoch. Erst als er das Wasser eingoß, erkannte Grace die Wahrheit. Er hörte nicht auf einzufüllen, bis die Flüssigkeit über den Rand des Zinnbechers floß und seine Hand traf. Dann drehte er sich um und hielt Grace den Becher entgegen, wobei er ihren Standort fast richtig erkannte.

Er ist gut – er hat sich gut angepaßt. Aber das ist bei Kindern meistens so. Aber du hättest es früher bemerken müssen. Kein Augenkontakt. Und er hat dich nicht nicken sehen als Antwort auf seine Frage. Frau Doktor, du verlierst dein Gespür – und das auf mehr als nur einem Gebiet.

Sie nahm den Becher aus seinen ausgestreckten Händen entgegen. »Wie heißt du?«

»Daynen, Mylady.«

»Bist du Eddocs Sohn?«

Darüber mußte er lachen. »Nein, Mylady. Mein Vater führt den Hof in den Bergen nördlich des Dorfes. Als ich mein Augenlicht verlor, bat er den Lord, mich in seinem Haushalt aufzunehmen, weil ich auf dem Hof für ihn nicht von Nutzen war und er mich nicht ernähren konnte.«

Grace stand der Mund offen. Ein Mann verstieß seinen Sohn, nur weil er erblindete? Aber es hätte sie nicht überraschen dürfen. Sie kannte die Regeln auf dieser Welt, und sie waren brutal. Liebe war ein Luxus, keine Notwendigkeit.

Sie wollte etwas erwidern, aber Kalleth betrat die Halle. Der Verwalter klebte an seinen Fersen.

»Hier entlang«, sagte Kalleth ohne Vorrede.

In diesem Augenblick trat Durge ein, und die Reisenden folgten Jastar. Jetzt, wo Grace den Verwalter in Ruhe betrachten konnte, sah sie, daß es sich um einen einfachen Mann handelte. Er war kleingewachsen und stämmig, hatte ein pockennarbiges Gesicht, so wie die meisten Männer auf dieser Welt. Sein Wams und die Hosen waren in den Farben des Waldes gehalten, mit einem braunen Kragen, an dem eine Kapuze hing. Seinem Körpergeruch nach zu urteilen, badete man hier im Hinterland nicht so oft wie auf Calavere. Aber sein Gesicht war freundlich und die Züge durchaus ansehnlich, und seine Verbeugung und die Geste, sich ihm anzuschließen, waren höflich, auch wenn Grace das Zittern seiner Hand nicht entgangen war.

Der arme Mann. Das ist vermutlich das erste Mal in seinem Leben, daß eine Baronesse in seinem Haus übernachtet, und dann ist sein Herr nicht da.

Sie folgten dem Verwalter eine Treppe hinauf in das zweite Geschoß und betraten einen Korridor, der das Haus von der einen Seite zur anderen durchmaß und von dem auf beiden Seiten Türen abzweigten.

»Dies ist Euer Raum, ehrenwerte Ritter«, sagte Jastar zu Durge und Meridar, als er vor einer Tür stehenblieb. Er setzte sich wieder in Bewegung und deutete auf eine andere Tür. »Und ich hoffe, dieses Gemach wird die Ladys zufriedenstellen. Es ist das größte im ganzen Haus.«

Als Grace den Korridor entlangging, summte eine Fliege an ihrem Gesicht vorbei, und sie roch einen Hauch von Verwesung. Sie rümpfte die Nase und schlug nach der Fliege.

»Fäulnisgeruch liegt in der Luft«, sagte Durge zu dem Verwalter.

Jastar breitete entschuldigend die Arme aus. »Ich fürchte, die Köchin hat zugelassen, daß in der Küche Fleisch verdarb, Mylord. Ich habe das Problem, das Haus von der schlechten Luft zu befreien.«

»Ich hoffe, er hatte mehr Erfolg, die Köchin loszuwerden«, murmelte Lirith.

Aryn ging zu einer Tür auf der gegenüberliegenden Seite des Korridors. »Was ist mit diesem Gemach, Verwalter?«

Der Mann zuckte zusammen. »Ich fürchte, Mylady, daß durch eine seltsame Laune der Anordnung der Gänge und Korridore der Geruch dort am stärksten ist. Es handelt sich um Lord Eddocs Gemach.«

Aryn wich vor der verschlossenen Tür zurück, dann neigte sie Grace den Kopf zu und raunte: »Ich hoffe um des Verwalters willen, daß sich der Gestank vor der Rückkehr seines Lords verflüchtigt.«

Grace konnte nur nicken, während sie sich darauf konzentrierte, durch den offenen Mund zu atmen.

Die Ritter zogen sich in ihren Raum zurück, und die Frauen folgten ihrem Beispiel. Das Gemach war wie versprochen groß und überraschend sauber und geruchsfrei. Es gab ein großes Bett mit einer Strohmatratze, das Lirith sich mit Aryn teilen wollte, und eine kleinere Bettstelle, die für Grace übrigblieb. Ein Fenster mit Scheiben aus Ölpapier war fest verschlossen, und alle paar Sekunden glühte es auf, wenn der nächste Blitz niederfuhr. Der Wind ließ die Dachbalken knarren, aber man hörte noch immer keinen Regen. Dieser Sturm bestand nur aus Hitze und Energie, ohne die Luft zu klären. Grace hoffte, daß er bald vorbei sein würde.

Nach kurzer Zeit kam Durge, um sich zu vergewissern, ob sie gut untergebracht waren. Bevor Grace ihm antworten konnte, erschien Daynen hinter dem Ritter in der Tür.

»Verzeihung«, sagte er, »aber der Verwalter bat mich zu bestellen, daß das Abendessen aufgetragen wurde.«

Als die Frauen und Durge den Großen Saal des Herrenhauses betraten, waren Kalleth und Meridar bereits da. Jastar leistete ihnen Gesellschaft. Sie saßen auf Bänken an einem abgenutzten Tisch, und der Verwalter bot eine Mahlzeit aus Brot, kaltem Braten, Käse und getrockneten Früchten mit Sahne an. Es war ein einfaches Essen, aber Grace hatte schon weitaus schlechter gegessen. Anscheinend hatte sich die Köchin gebessert.

Jastar war ein angenehmer, wenn auch langweiliger Gesellschafter. Er erkundigte sich nach ihrer Reise, fragte aber nicht nach Einzelheiten; Grace wußte, daß in den Domänen kein Untertan nach den Motiven der Adligen fragte. Während des Essens schwitzte der Verwalter beträchtlich, bis sein Wams große Flecken aufwies. Es war klar, daß der Mann nicht daran gewohnt war, mit Rittern und hochrangigen Damen Konversation zu betreiben. Aber er schlug sich tapfer, und Grace hoffte, daß sie Eddoc eine dementsprechende Botschaft würden zukommen lassen können.

Als sie mit dem Essen fertig waren, kam Daynen in den Saal und fing an abzuräumen. Grace sah ihm bei der Arbeit zu, erstaunt, wie wenige Fehler der Junge trotz seiner Behinderung machte. Dann zog eine andere, kleinere Person Graces Aufmerksamkeit auf sich.

Sie schlüpfte so lautlos wie ein Schatten in den Raum: ein Mädchen, das kaum älter als sieben sein konnte. Ein ärmelloses graues Kleidchen stellte seine einzige Bekleidung dar, und seine Füße und die dünnen, von Sommersprossen übersäten Arme waren nackt. Eine Flut flammendroten Haares verbarg den größten Teil des Gesichts und strömte über die Schultern. Die Kleine half Daynen, die Teller einzusammeln, und Grace starrte sie dabei an, ohne eigentlich sagen zu können, warum sie das tat. Etwas an dem Mädchen erregte ihre Aufmerksamkeit.

»Wie heißt du?« fragte sie, als das Mädchen den vor ihr stehenden Becher nahm.

Das Mädchen schüttelte nur den Kopf, hielt das Gesicht nach unten gerichtet und umklammerte den Becher. Grace sah Daynen an und wurde sich dann bewußt, daß er ihren fragenden Blick nicht sehen konnte. Aber er mußte ihr Schweigen gespürt haben und antwortete trotzdem.

»Ihr Name ist Tira. Sie kann nicht reden.«

Grace registrierte diese Information und beugte sich auf ihrem Stuhl vor. »Hallo«, sagte sie. »Ich heiße Grace.«

Das Mädchen sah noch immer nicht auf. Grace streckte die Hand aus, ergriff das Kinn der Kleinen und hob sanft ihr Gesicht. Das wilde Haar fiel zur Seite. Grace nickte, sie hatte so etwas erwartet.

Die linke Gesichtshälfte war erstaunlich hübsch: blaß, glatt, fein geformt. Die rechte war jedoch völlig vernarbt. Die Narben zogen den Mundwinkel nach unten, das Auge saß inmitten leuchtender rosafarbener Hautfalten. Das rechte Ohr war völlig verschwunden. Grace stellte ihre Diagnose: Verbrennungen dritten Grades am Kopf und im Gesicht, die verheilt waren. Sie strich über den rechten Arm des Mädchens und drehte ihn um. Glattes Gewebe bedeckte die Unterseite. Vermutlich waren unter dem dünnen Stoff des Kleidchens noch weitere Verbrennungen auf der rechten Seite ihres Oberkörpers. Es war erstaunlich, daß das Mädchen nicht an einer Infektion gestorben war. Auf der Erde hätten Hautverpflanzungen und kosmetische Chirurgie dabei geholfen, sein Gesicht wieder herzustellen. Hier würde es sein ganzes Leben lang entstellt sein.

»Du bist ein hübsches Mädchen, Tira«, sagte Grace mit sanfter Stimme, und sie meinte es auch.

Das Mädchen zog die Hand zurück, senkte den Kopf und trug einen Armvoll Geschirr aus dem Saal. Daynen folgte ihm. Grace sah den beiden nach.

»Hat Eddoc eigene Kinder?« fragte sie.

Kalleth antwortete. »Seine Frau starb vor einigen Jahren kurz vor der Geburt ihres ersten Kindes, und soviel ich weiß, hat er seitdem nicht wieder geheiratet.« Er sah den Verwalter an, der zustimmend nickte.

Lirith stützte das Kinn auf die Hand. »Lord Eddoc muß ein sehr gutherziger Mann sein, um anderer Leute Kinder aufzunehmen.«

»Manchmal zu gutherzig«, murmelte Jastar.

Grace runzelte die Stirn. Was hatte er denn damit gemeint? Fürchtete der Verwalter, daß die Kinder eine zu große Belastung für seinen Herrn waren? Aber bevor sie nachhaken konnte, stand Kalleth auf.

»Wir werden früh am Morgen aufbrechen.«

»Dann werde ich da sein, um Euch zu verabschieden, Mylord«, erwiderte der Verwalter.

Aber Grace wußte, daß die Ankündigung des Ritters genausosehr ein Hinweis für die Frauen war, sich doch bitte in ihr Gemach zurückzuziehen, wie auch eine Absichtserklärung für ihren Gastgeber.

Grace und Aryn schlossen sich Lirith an, die sich erhob, wünschten den Männern eine gute Nacht und gingen nach oben. Als sie das Gemach betraten, waren Daynen und Tira schon da. Die Kinder hatten die Betten mit frischen Laken bezogen. Als Daynen sie eintreten hörte, sammelte er schnell die alten Laken ein und ging in Richtung Tür. Tira folgte ihm, blieb aber stehen, als sie in Graces Nähe kam.

Daynen sagte: »Komm schon, Tira.«

»Nein«, widersprach Grace. »Schon in Ordnung.«

Sie kniete nieder und legte dem Mädchen die Hände auf die Schultern. Sie waren viel zu knochig. Sie strich dem Mädchen das Haar aus dem Gesicht.

»Du brauchst dich nicht zu verstecken. Nicht mit deinem hübschen Gesicht.«

Tira versteifte sich, aber Grace ließ sie nicht los. Das Mädchen entspannte sich und schaute auf, grinste und zeigte perfekte weiße Zähne. Grace erwiderte das Grinsen.

»Ihr habt eine gute Hand mit Kindern, Schwester«, meinte Lirith.

Jetzt war es Grace, die erstarrte. In der Notaufnahme hatte sie es mit grimmiger Entschlossenheit vermieden, Kinder als Patienten zu übernehmen. Kinder konnten zu entwaffnend sein. Zu ehrlich. Doch irgendwie fühlte sie sich in Tiras Gegenwart entspannt. Was war hier anders?

Ist das nicht offensichtlich, Grace? Stumme Kinder können wohl kaum schwierige Fragen stellen.

»Wann hat Tira aufgehört zu sprechen?« fragte sie Daynen.

»Sie war schon so, als Lord Eddoc sie fand.«

Aryn trat einen Schritt näher an sie heran. »Der Lord hat sie gefunden?«

Daynen nickte. »Als er im Frühling nach Perridon ritt, um seinen Cousin zu besuchen. Bei seiner Rückkehr fand er sie in der Wildnis des südlichen Perridons allein vor, wie sie durch das Gelände irrte. Es war unmöglich zu erfahren, was ihr zugestoßen war – sie konnte es nicht sagen. Also hat Lord Eddoc sie in seiner Gutherzigkeit mit nach Hause gebracht.«

»Woher kennt ihr ihren Namen?« fragte Lirith.

»Eigentlich kennen wir den gar nicht. Mein Herr nennt sie Tira. Ich glaube, das war der Name seiner Frau.«

Geschickt und zielstrebig tastete Grace den Hals des Mädchens ab, konnte aber keine Abnormitäten entdecken. Aller Wahrscheinlichkeit nach war Tira durchaus des Sprechens fähig. Aber ihre Verletzungen hatten mehr als ausgereicht, um eine Verhaltensänderung hervorzurufen. Es war nicht ungewöhnlich, daß Kinder auf ein Trauma reagierten, indem sie sich weigerten zu sprechen. Aber woher hatte sie diese Verbrennungen?

Weißt du das nicht, Grace? Auf welche Weise haben die Menschen dieser Domäne denn noch Verbrennungen erlitten?

Die rußgeschwärzten Überreste des Dorfes tauchten wieder vor ihrem inneren Auge auf, und der Mann auf der Bettstatt, der diese unmögliche Metamorphose durchmachte. Aber es konnte sich hier nicht um denselben Vorgang handeln, oder? Tiras Wunde war verheilt – es war bloß eine ganz normale Verbrennung.

»Tira und ich sollten gehen, Mylady«, sagte Daynen.

Grace nickte. »Du hast ihn gehört«, sagte sie zu dem Mädchen. »Geh – wir werden uns morgen wiedersehen.«

Daynen trat hinaus in den Korridor, und Tira wandte sich ab und trottete hinter ihm her. Doch an der Tür blieb sie stehen und drehte sich um. Sie sah Grace an und zeigte aus der offenen Tür, dann machte sie ihre Hand ganz steif und ließ sie mit einer ruckartigen Bewegung auf- und niederfahren.

Daynen runzelte die Stirn. »Was tut Tira da?«

Grace warf Lirith und Aryn einen Blick zu, dann schaute sie wieder zu dem Mädchen hin. Tira machte noch immer die seltsame Bewegung, und ihr Gesicht war eine reglose Maske.

»Ich bin mir nicht sicher«, sagte Grace. »Ich glaube … sie versucht uns etwas zu sagen.«

Daynen zuckte mit den Schultern. »Manchmal ist Tira komisch.« Er tastete umher, fand ihre Schulter und zog sie sanft zu sich. »Komm schon, Tira. Die Ladys müssen schlafen, und wir auch.«

Der Junge und das Mädchen verließen den Raum und schlossen hinter sich die Tür. Grace wandte sich den beiden Frauen zu, aber bevor sie etwas sagen konnte, ließ der nächste Donnerschlag das Haus erzittern.

34

Grace erwachte in aschgrauem Licht.

Sie setzte sich auf ihrem Bett auf, strich ein paar Haarsträhnen aus den Augen und blinzelte. Etwas war seltsam – ihre Ohren schienen zu dröhnen, und die stickige Luft des Gemachs lag drückend auf ihr. Dann erkannte sie, was es war.

Stille.

Sie wußte nicht, wann genau sie schließlich eingeschlafen war. Der Sturm hatte bis tief in die Nacht hinein gewütet. Selbst durch die geschlossenen Augenlider hindurch hatte sie die metallischen Lichtblitze sehen können, und trotz des über den Kopf gedrückten Federkissens hatte der Donner ihren Schädel dröhnen lassen. Irgendwann mußte sie dann in einen launischen Schlaf gesunken sein. Und jetzt …

Grace legte den Kopf schief und lauschte, aber da war nur das regelmäßige Atmen von Aryn und Lirith zu hören, die sich das Bett auf der anderen Seite des Gemachs teilten. Der Sturm war endlich weitergezogen.

Sie stand auf und zog sich an, achtete darauf, so wenig Lärm wie möglich zu machen. Es war sinnlos, Lirith und Aryn zu diesem Zeitpunkt zu wecken. Dem Licht nach zu urteilen, würde es noch dauern, bis die Morgendämmerung hereinbrach, und bei der unruhigen Nacht, die sie wahrscheinlich alle gehabt hatten, würden sie ohnehin später als geplant aus Falanor abreisen.

Es sei denn, Sir Kalleth marschiert hier mit angeschnallten Sporen rein und läßt uns alle zum Appell antreten.

Es hätte Grace nicht gewundert, wenn der strenge Ritter tatsächlich so etwas in der Art getan hätte.

Sie schlüpfte aus der Tür und drückte sie hinter sich ins Schloß. Als sie den Korridor entlangging, rümpfte sie die Nase. Der Verwesungsgestank hing noch immer in der Luft, stärker als je zuvor. Was hatte die Köchin bloß mit diesem Fleisch angestellt? Es zwischen die Deckensparren geklemmt? Sie eilte den Korridor entlang zur Treppe.

Als sie den Saal betrat, mußte sie feststellen, daß sie nicht die einzige Frühaufsteherin war, denn Meridar und Durge saßen an dem langen Tisch. Im Kamin brannte ein Feuer. Ihr war schon aufgefallen, daß egal wie heiß der Tag zu werden versprach, die Bewohner der Domänen immer ein Feuer entzündeten. Soweit sie sagen konnte, war das bei mittelalterlichen Menschen ein zwanghaftes Bedürfnis.

Daynen war gerade im Begriff, ein Tablett mit Brot, Käse und Trockenfrüchten auf dem Tisch abzustellen. Tira folgte ihm und trug voller Konzentration einen Tonkrug mit einer körnig aussehenden Flüssigkeit. Sie stellte ihn auf dem Tisch ab, ohne einen Tropfen zu verschütten.

»Hallo«, sagte Grace von der Tür aus.

Die Ritter erhoben sich, und Daynen lächelte.

»Guten Morgen, Mylady«, sagte er. »Habt Ihr gut geschlafen?«

Grace betastete den schmerzenden Hinterkopf, froh, daß der Junge den gequälten Ausdruck auf ihrem Gesicht nicht sehen konnte. »Aber ja.«

»Verwalter Jastar ist in aller Frühe aufgebrochen, um sich um Angelegenheiten im Dorf zu kümmern, aber er bat mich, dafür zu sorgen, daß Ihr alles bekommt, was Ihr braucht.«

»Wie geht es Lady Aryn?« fragte Meridar, bevor Grace Daynen danken konnte. »Und Lady Lirith«, fügte der Ritter verspätet hinzu, und seine pockennarbigen Wangen röteten sich.

Grace verspürte Mitleid. Sie wünschte sich, Meridar würde der Baronesse nicht diese Art von Gefühlen entgegenbringen. Andererseits war er kaum ein dummer Mann. Zweifellos wünschte er sich dasselbe.

»Sie schlafen noch«, sagte Grace.

Ein Ziehen an ihrem Gewand ließ sie nach unten sehen. Tira zeigte auf den Tisch. *Iß*. Grace ging in die Hocke, bis sie sich auf gleicher Höhe mit dem Mädchen befand.

»Danke«, sagte sie.

Tira nickte zögernd, dann senkte sie den Kopf und ließ das rote Haar über die glänzenden Narben auf ihrem Gesicht fallen. Sie eilte in eine Ecke des Saals. Grace seufzte. Etwas sagte ihr, daß das Lächeln, das sie am vergangenen Abend gesehen hatte, ein rares Geschenk gewesen war.

Sie nahm Platz und musterte das Frühstück. Die suppenartige braune Flüssigkeit in dem Krug entpuppte sich als Bier, obwohl sie keinen Unterschied hätte feststellen können, wenn jemand trockenes Brot und Wasser zusammengemixt hätte. Grace hätte eine Tasse mit kochendheißem *Maddok* mit einem Klecks Milch vorgezogen. In ihr wuchs der Verdacht, daß das Mittelalter auf der Erde nur drei Wochen statt zehn Jahrhunderte gedauert hätte, wäre genügend Kaffee dagewesen, um jedermanns Verstand anzukurbeln.

Sie trank von dem Bier, dann wandte sie sich Durge zu. »Wo ist Kalleth?«

Durges Ausdruck war so ernst wie seine graue Kleidung. »Ich weiß es nicht. Ich habe während der Nacht nach den Pferden gesehen, um mich zu vergewissern, daß ihnen die Furcht vor dem Sturm nicht geschadet hat. Als ich zurückkehrte, war er weg.«

Meridar brach einen Laib grobkörniges Brot entzwei. »Kalleth ist sehr früh aufgestanden, gerade als der Sturm nachließ. Mir hat er gesagt, er wolle sich etwas Bestimmtes ansehen, aber er hat nicht gesagt, worum es sich dabei handelte, und er ist auch noch nicht zurückgekehrt.«

Grace runzelte die Stirn. Das war eine seltsame Neuigkeit. Kalleth schien kaum der Typ von Mann zu sein, der einfach in die Nacht hinausging. Er mußte eine wichtige Sache zu erledigen gehabt haben. »Was sollen wir tun?« fragte sie.

»Wir warten«, erwiderte Durge. »Eine Zeitlang.«

Das Stück Brot, das Grace im Begriff war herunterzuschlucken, wollte nicht rutschen.

Sie aßen schweigend, und als sie fertig waren, verließen die Ritter das Haus, um die Pferde für die Reise vorzubereiten. Daynen räumte einen Teil des Geschirrs ab und ließ noch Essen für diejenigen stehen, die noch nicht aufgestanden waren. Grace fand sich allein mit Tira wieder. Sie versuchte mit dem Mädchen zu sprechen, aber Tira saß auf einer Bank, starrte ins Feuer und rührte sich nicht. Was auch immer Grace am Abend getan hatte, um zu dem Kind durchzudringen, entzog sich ihr jetzt genauso wie die Gabe. Sie war froh, als Daynen in den Saal zurückkehrte.

»Darf ich dich etwas fragen, Daynen?« sagte sie vorsichtig.

Er nickte und setzte sich auf eine Bank. »Aber natürlich, Mylady.«

»Ich bin Heilerin«, sagte sie. »Deine Augen haben mich neugierig gemacht. Darf ich dich fragen, wie du dein Augenlicht verloren hast?«

Er hob das Gesicht, und seine Locken fielen zurück. »Ich sah in die Sonne. Ich sah hinein und wandte den Blick nicht ab.«

Grace blieb der Mund offenstehen. Sie hatte mit einem Fieber gerechnet, vielleicht auch ein Schlag gegen den Kopf, aber doch nicht mit so etwas. In die Sonne zu starren würde die Netzhaut versengen und den optischen Nerv buchstäblich verschmoren. Es gab nichts, das Grace hätte tun können, um einen solchen Schaden zu beheben.

»Warum nur?« Die Frage entfuhr ihr unwillkürlich.

»Sie kommen in Flammen eingehüllt. Das hat mein Vater gesagt. Also wachte ich eines Tages auf und wußte, daß ich in die Sonne sehen mußte, weil sie das größte aller Feuer ist. Ich wußte, daß, wenn ich nur lange genug hineinschaue, ich erkennen würde, was wir tun müssen, um sie aufzuhalten.«

Grace schüttelte den Kopf und versuchte mühsam zu begreifen. »Von wem sprichst du? Wer kommt in Flammen eingehüllt?«

»Die Verbrannten.«

Grace hielt sich am Tischrand fest. »Du hast die Verbrannten gesehen?« Ihre Stimme war ein drängendes Flüstern. »Sag es mir, Daynen. Hast du sie gesehen?«

Er schüttelte den Kopf. »Nein, aber mein Vater sprach von ihnen. Ein Mann, der aus dem Westen kam, hat ihm von ihnen berichtet. Der Mann erzählte, daß die Menschen ein Fieber bekommen und daß einige von ihnen sterben, aber andere nicht, daß sie so schwarz wie die Nacht werden und sich in die Verbrannten verwandeln und zurückkommen, um jedermann anzuzünden. Er hat auch ein anderes Wort benutzt. *Kren … Krem …*«

»*Krondrim*«, murmelte Grace.

Er nickte. »Ja, das war es. Er sagte, die *Krondrim* würden kommen und uns holen, so wie jeden in seinem Dorf.«

Grace legte dem Jungen die Hände auf die Schultern und sprach in genau abgewägten Worten. Sie mußte es wissen, sie mußte sich sicher sein. »Daynen, das ist jetzt wichtig. Hat irgend jemand den Mann berührt – den, der aus dem Westen kam? Hatte jemand Kontakt mit ihm?«

Daynen machte ein nachdenkliches Gesicht. »Ich glaube nicht, daß Vater ihn angefaßt hat. Er hat gesagt, daß etwas mit ihm nicht stimmen würde, er würde schlecht riechen. Der Mann hat sich mit Jastar unterhalten, glaube ich, aber danach habe ich ihn nicht mehr gesehen. Er muß weiter nach Osten gereist sein.«

Entsetzen schnürte Graces Magen zusammen. Sie wünschte sich, sie hätte das saure Bier nicht getrunken.

»Und ich habe etwas gesehen, Mylady. In der Sonne. Kurz bevor alles schwarz wurde, habe ich es ganz deutlich gesehen.«

Sie rückte näher an ihn heran. »Was war es, Daynen? Was hast du gesehen?«

Ein Lächeln umspielte seine Lippen. Es war ein seltsamer Ausdruck – entrückt und freudig zugleich. Glückselig, das war das Wort. Der Ausdruck auf dem Antlitz eines gemalten Heiligen, dessen bleicher Körper von Pfeilen durchbohrt wurde.

»Mich selbst, Mylady. Ich trug ein Mädchen in meinen Armen, während ich auf den strahlenden Feldern der Sonne spazierenging. Es war wunderschön.«

Grace fiel dazu keine Erwiderung ein. Sie konnte ihm nicht sagen, daß es nur eine Halluzination gewesen war, eine letzte Anstrengung des Sehzentrums seines Gehirns, dem sengenden Lichtstrom einen Sinn abzugewinnen, bevor das ganze System überladen wurde. Er hatte auf der Suche nach Antworten in die Sonne geblickt und nur Dunkelheit gefunden.

Er seufzte und stand auf. »Ich werde nach oben gehen, Mylady. Ich habe Lord Eddocs Gemach gestern ausgelüftet, aber ich glaube, ich muß es noch einmal versuchen.«

Grace nickte steif, als er den Raum verließ, obwohl sie wußte, daß er es nicht sehen konnte. Dann trat eine andere Gestalt durch die Tür. Grace blickte in geheimnisvolle braune Augen.

»Das Kind hat die Sicht«, sagte Lirith.

»Glaubt Ihr wirklich? Oder ist er nur ein dummer Junge, der zu lange in die Sonne gestarrt hat?«

Lirith zuckte mit den Schultern. »Wer kann das sagen? Aber die einfachste Erklärung ist nicht immer die, die der Wahrheit am nächsten kommt, Schwester. Vergeßt das nicht.«

Grace dachte darüber nach, aber die Dinge ergaben kein klareres Bild. Sie stand auf. »Das gefällt mir alles nicht, Lirith. Es gibt hier keinerlei Anzeichen für die Flammenpest, trotzdem stimmt hier etwas nicht. Laßt uns Aryn wecken und die anderen holen. Wir müssen Sir Kalleth finden und aufbrechen.«

Die beiden Frauen gingen nach oben. Als sie die Tür ihres Gemachs erreichten, bemerkte Grace, daß die gegenüberliegende Tür einen Spaltbreit offenstand. Lord Eddocs Gemach. Daynen mußte es betreten haben, um das Fenster zu öffnen.

Eine Sekunde später traf Grace der würgende Gestank von Verfall. Er quoll beinahe greifbar aus der offenen Tür. Fliegen summten durch die Luft. Unwillkürlich ging sie zu der Tür zu Eddocs Gemach. Daynen stand mit gerümpfter Nase neben dem offenen Fenster und wedelte sich mit der Hand Luft zu. Grace sah an ihm vorbei zum Bett.

Die Verwesung war weit fortgeschritten. Der Tod war

vor drei Tagen eingetreten, vielleicht auch vier. Es war schwer zu sagen, weil Grace selbst von der Tür aus feststellen konnte, daß sich Lord Eddoc im Zwischenstadium der Flammenpest befunden hatte. Die Blasen waren deutlich zu sehen, genau wie die ersten schwarzen Flecke unter der Haut durchschimmerten. Die Todesursache war leicht festzustellen: Der Schnitt in seinem Hals war so tief, daß er ihn fast enthauptet hatte. Also war nicht seine ganze Haut verhärtet gewesen.

Der aufgeblähte Leichnam Lord Eddocs hielt Graces Aufmerksamkeit nur einen Augenblick lang gefangen. Auf dem Boden lag bäuchlings eine Gestalt in einer Blutlache. Sie brauchte sein Gesicht nicht zu sehen. Seine stämmigen Schultern und das graudurchsetzte Haar reichten aus. Das Messer ragte noch immer aus seinem Rücken. Seiner Position nach zu urteilen, hatte es zwischen zwei Rippen vorbei sein Herz durchbohrt. Sir Kalleth war tot gewesen, bevor er überhaupt gewußt hatte, wie ihm geschah.

Hinter ihr ertönte ein Keuchen. Lirith.

Der Laut ließ Daynen aufsehen. »Lady Grace? Seid Ihr das? Oder ist das Lady Lirith?«

Grace schüttelte den Kopf. Daynen war gestern in dem Raum gewesen. Aber er konnte nicht sehen. Er wußte nicht, was auf dem Bett lag.

Der Junge runzelte die Stirn. »Was ist denn, Mylady?«

Grace antwortete ihm nicht. Eine Bewegung erregte ihre Aufmerksamkeit. Sie drehte sich um und sah nach unten. Tira stand vor der Tür. Das rothaarige Mädchen starrte nach vorn, sein vernarbtes Gesicht war ausdruckslos. Wie schon am vergangenen Abend bewegte es den Arm in einer steifen, stoßenden Bewegung auf und nieder.

Grace wandte sich Lirith zu.

»Holt Durge.«

35

Die fünf Reisenden standen in schockiertem Schweigen vor der offenen Tür zu Eddocs Gemach. Nur das Summen der Fliegen war zu hören. Aryn war im gleichen Augenblick aus ihrem Gemach gekommen, in dem Durge und Meridar mit schweren Schritten die Stufen hinaufgelaufen kamen. Ihr Schrei hatte jedermanns Blut in den Adern erstarren lassen.

Wie mit einer großen Willensanstrengung wandte sich Aryn von dem schrecklichen Anblick im Gemach des Lords ab und drückte das Gesicht gegen Sir Meridars Brust. Zumindest dieses eine Mal schien die Handlung der Baronesse ehrlich und nicht manipulativ zu sein. Die Wut auf dem häßlichen Gesicht des Ritters wurde von Erstaunen ersetzt. Er versteifte sich, dann nahm er die schlanke junge Frau in seine starken Arme.

Lirith fand als erste die Stimme wieder. »Das also wollte Euch Tira gestern abend sagen, Grace.«

Durge sah Grace an. Das Gesicht des Embarraners war so hart wie von den Elementen geschliffener Felsen. »Wovon spricht Lady Lirith?«

»Tira.« Grace verschränkte die Arme. »Ich glaube … ich glaube, sie muß gesehen haben, was Jastar dort tat. Als er Eddoc tötete.«

Daynen stand im Korridor und starrte mit weit aufgerissenen, blinden Augen ins Nichts. Er hielt Tira fest gepackt. Der Ausdruck auf ihrem zur Hälfte geschmolzenen Gesicht war so gelassen wie immer; sie wickelte eine Locke ihres feuerroten Haares um den Finger.

»Kalleth muß den Verdacht gehabt haben, daß hier eine Untat geschah«, sagte Durge. Er wandte sich Meridar zu. »Darum wollte er sich kümmern, als er unser Zimmer verließ.«

Meridar schob Aryn mit sanften, aber zielgerichteten Bewegungen von sich. Lirith nahm die Baronesse und legte ihr einen Arm um die Schultern.

Meridar ballte eine Hand zur Faust. »Jastar muß in Eddocs Gemach gewartet haben, das Messer in der Hand, voller Furcht, daß einer von uns sein Werk bemerkt. Und Kalleth tat es. Dieser verdammte Verwalter soll verflucht sein. Dafür hole ich mir sein Blut!«

Grace erschauderte. Der freundliche Ritter, den sie kannte, war verschwunden. Nun schimmerte ein seltsamer Glanz in seinen Augen.

»Wartet.« Grace trat einen Schritt vor. »Ich glaube … ich glaube nicht, daß Ihr alles begriffen habt.«

Meridar starrte sie an. »Was gibt es da zu verstehen, Mylady? Der Verwalter hat seinen Herrn und unseren Gefährten getötet. Sein Leben ist verwirkt.«

Sie befeuchtete sich die Lippen. »Eddoc war an der Seuche erkrankt. Der Flammenpest. Seht nur, man kann die Verwandlung erkennen … sie hatte bereits begonnen. Ich glaube, Jastar hat ihn deswegen getötet. Damit sie sich nicht im ganzen Dorf ausbreitet.«

Meridar runzelte die Stirn. »Und Sir Kalleth? Hatte er auch die Seuche, Mylady?«

Grace trat unwillkürlich zurück; ihr Gesicht brannte,

als hätte man sie mit der breiten Seite einer Klinge geschlagen.

»Seid Ihr dabei?« wandte sich Meridar an Durge.

Durge starrte ins Leere, so reglos, als wäre er aus Stein gemeißelt, dann stieß er die Luft aus und erwiderte den Blick des anderen Ritters. »Holt Euer Schwert, Sir Meridar.«

Grace legte dem Embarraner eine Hand auf den Arm. »Durge … bitte …«

Er schüttelte den Kopf, und seine Worte waren bedauernd und erbarmungslos zugleich. »Mylady, wir müssen das tun.«

Vorsichtig, aber ohne zu zögern löste er sich aus ihrem Griff, dann schoben Meridar und er sich an ihr vorbei.

Grace sah ihnen nach und umklammerte dabei den Türrahmen. Nein, sie würde nicht zulassen, daß Zorn von ihr Besitz ergriff. Auf diese Weise wurden Leben genommen. Meridar war auf Rache aus, und sie wußte, daß Durge ihn nicht kontrollieren konnte. Es war nicht abzusehen, was der Calavaner jedem antun würde, der sich ihm in den Weg stellte. Draußen gab es nur Bauern. Es würde ein Blutbad werden.

Sie zog die Tür zu Eddocs Gemach zu, dann drehte sie sich um und fing Liriths Blick auf. Diesmal bedurfte es keiner Magie, um die Botschaft zu übermitteln.

Lirith schob die schluchzende Baronesse von sich. »Schwester, müßt Ihr in unserem Gemach bleiben?«

Aryn wischte sich die feuchten Wangen trocken und zwang die Schultern zurück. »Nein, ich kann hier nicht bleiben. Nicht mit …« Sie sah zu der verschlossenen Tür.

»Kommt«, sagte Grace. »Wir gehen zusammen.«

Sie bewegte sich auf die Treppe zu, und die anderen schlossen sich ihr an.

»Was wollt Ihr tun, Schwester?« fragte Lirith.

Grace sagte die Wahrheit. »Ich weiß es nicht.«

Die drei Frauen verließen das Herrenhaus und traten in dichten Nebel. Um sie herum erhoben sich gespenstergleich blasse Umrisse: Häuser und Bäume. Grace suchte sich einen Weg durch das Zwielicht, wobei sie die Erinnerung an den Vorabend zur Hilfe nahm, und führte die Gruppe durch das Dorf.

Sie hatten bereits den Rand von Falanors Dorfanger erreicht, als Grace die beiden kleinen Gestalten bemerkte, die Lirith und Aryn folgten.

Du Idiotin. Du hättest Daynen und Tira befehlen sollen, beim Haus zu bleiben. Wenn etwas passiert, könnten sie verletzt werden.

Aber jetzt war es zu spät. Es war keine Zeit, sie zurückzubringen. »Bleibt hinter uns«, befahl sie den Kindern.

Daynen nickte und verstärkte den Griff um Tiras Schultern. Das stumme Mädchen blickte in den Nebel, als könnte es dort etwas sehen. Grace fröstelte.

»Schwester«, flüsterte Lirith und berührte Grace. »Die Gabe.«

Grace blieb stehen. Sie schaute in den Nebel, konnte aber nur flüchtige Umrisse ausmachen. Sie schloß die Augen und zwang sich, die Weltenkraft zu berühren. Da – Sekundenbruchteile, bevor ihr das Netz entglitt, erkannte sie schimmernde Lebensfäden, die sich über den

Anger zogen. Sie riß die Augen auf. Sie waren nicht allein.

»Sei verflucht, Verwalter! Wo steckst du?«

Die Stimme, die keine zwanzig Schritte weit entfernt zu sein schien, ließ Grace zusammenzucken. Sie erkannte den wütenden Tonfall, selbst wenn sie ihn nicht sehen konnte. Meridar.

»Es ist besser, du zeigst dich, Jastar.« Diese Stimme war tiefer, ernster. Durge. »Du kannst dich nicht lange verstecken. Die Sonne geht auf, sie wird den Nebel wegbrennen.«

Stille. Dann ertönte rauhes Gelächter. »Nicht nur der Nebel wird brennen!«

Kettenhemden klirrten. Grace konnte sich vorstellen, wie sich die Ritter umdrehten, nach dem Sprecher suchten. Aber der Nebel hatte seltsame Auswirkungen auf Geräusche, einige dämpfte er, während er andere verstärkte.

»Ich kann nichts sehen«, zischte sie.

»Aber es ist so deutlich, Grace. Benutzt Euer Bewußtsein, nicht Eure Augen.«

Sie versteifte sich. Dann fühlte sie, wie eine schlanke Hand die ihre ergriff. Sie drehte sich um und sah in erschrockene, aber nun irgendwie auf seltsame Weise gefaßt blickende blaue Augen. Aryn.

»Es ist schon in Ordnung, Grace«, sagte die Baronesse. »Wir helfen dir.«

Grace schluckte mühsam, dann nickte sie. Lirith nahm ihre andere Hand, und Grace stand zwischen den beiden Hexen. Sie schloß die Augen, und sie konnte die von ihnen ausgehende Wärme spüren, die sie füllte. Ein Seufzen entfuhr ihren Lippen, und sie fühlte, wie ihre Furcht dahinschmolz. Wenn sie zuvor versucht hatte, mit der Gabe zuzugreifen, war das Netz der Weltenkraft ihrem geistigen Griff entschlüpft. Der Grund dafür war Angst – Angst, sie würde den schrecklichen Flecken aus Finsternis wiedersehen, der mit ihrem eigenen Lebensfaden verbunden war. Aber jetzt umgaben sie andere, hellere Fäden. Sie ließ zu, daß die Macht der beiden Hexen sie füllte, dann griff sie zu und berührte das Muster des Lebens, das auf dem Anger gewoben war.

Sie stöhnte auf. Durge und Meridar leuchteten in der Mitte des Angers wie kalter blauer Stahl. Die Dorfbewohner strahlten weniger hell, aber immer noch klar zu erkennen; sie drängten sich um den Rand der Grünfläche. Und dort, auf der anderen Seite des Platzes, stand jemand, der wie eine Kohle schwarz und glühend zugleich war. Sie riß die Augen auf.

»Jastar«, wisperte sie. »Er hat sie.«

Lirith und Aryn sahen sie fragend an. Sie öffnete den Mund, aber ihr blieb keine Zeit für Erklärungen.

»Verschwindet«, durchdrang die rauhe Stimme des Verwalters den Nebel. »Verschwindet, solange ihr noch könnt.«

»Nicht ohne Gerechtigkeit«, erwiderte Meridar. »Lord Eddoc und Sir Kalleth sind tot durch deine Hand, Verwalter Jastar. Dafür mußt du büßen.«

Grace schloß die Augen wieder. Meridar und Durge standen Seite an Seite, die Schwerter gezogen, der Richtung zugewandt, aus der Jastars Stimme kam. Geduckt und bereit. Aber die Ritter konnten die Dorfbewohner nicht sehen, die sich in diesem Augenblick von rechts und links näherten und deren Füße auf dem feuchten Gras keine Geräusche verursachten. Furcht und Haß hingen genauso dicht in der Luft wie der Nebel.

»Durge!« rief sie. »Durge, sie kommen von den Seiten!«

Sie hörte das Klirren der Kettenhemden, als die Ritter herumwirbelten, sowie die gezischten Flüche von der gegenüberliegenden Seite des Platzes. Aber es reichte nicht. Sie schloß wieder die Augen. Die Reihen der Dorfbewohner zögerten, dann setzten sie sich wieder in Bewegung, auf die Mitte der Wiese zu. Es waren zu viele von ihnen.

»Wir müssen etwas tun«, flüsterte sie.

Aryn zitterte. »Aber was, Grace?«

Verzweiflung erfaßte sie. Sie wußte es nicht. Was konnte sie schon gegen eine ganze Horde ausrichten? Wenn sich doch bloß dieser Nebel heben würde …

Grace, das ist es.

Es blieb keine Zeit mehr, darüber nachzudenken. »Helft mir«, sagte sie.

Ein ruhiges Bewußtsein berührte ihren Verstand. Lirith. *Was wollt Ihr tun, Schwester?*

Ich bin mir nicht ganz sicher. Wenn es funktioniert, werdet Ihr es sehen.

Daß sie Lirith allein in Gedanken geantwortet hatte, registrierte sie nur schwach. Sie umklammerte die beiden Hände – so fest, daß sie leise Schmerzenslaute hörte. Warme Macht flutete in ihren Körper. Die Weltenkraft flammte in ihrem Geist auf, und ihre strahlenden Fäden verliefen in jede Richtung.

Dann sah sie es: schattenhaft und kränklich pulsierte es noch gerade eben am Rand ihrer Sicht. Grace zuckte zurück, von dem Wissen erfüllt, daß wenn sie ihrem eigenen Faden folgte, er direkt in die Finsternis führen würde. Sie sammelte sich; es gab andere Stränge, denen sie folgen konnte. Mit imaginären Fingern ergriff sie die silbern schimmernden Fäden, die zu ihren Seiten Wurzeln geschlagen hatten, und folgte ihnen hinaus in das alles umspannende Netz der Weltenkraft.

Einen Augenblick lang war sie auf gefährliche Weise berauscht. Die Weltenkraft war so riesig; endlos und leuchtend verband sie alle lebenden Dinge. Es wäre so einfach, sich in dieser Faszination zu verlieren.

Weben, Grace. Du mußt weben.

Zuerst nahm sie imaginäre Hände, zog die Fäden zusammen, legte einen über den anderen. Aber das ging nicht schnell genug. Sie stellte sich noch mehr Hände vor, die Stränge sammelten und zusammenknüpften. Dann war es vollbracht. Es schwebte in der Luft und überspannte den gesamten Anger wie ein aus Sternenlicht gefertigtes Fischernetz. Grace spürte das Erstaunen, das von ihren Seiten ausging, aber für Erklärungen blieb keine Zeit. Die Dorfbewohner waren noch zehn Schritte von den Rittern entfernt. Fünf Schritte. Drei.

Zieht! rief Grace wortlos.

Da war Verwirrung, dann Begreifen. Sie griff mit den Gedanken zu und packte das schimmernde Netz im gleichen Augenblick, in dem sie fühlte, daß Aryn und

Lirith es ihr gleichtaten. Zusammen warfen die drei Hexen das Netz zur Seite.

Grace fühlte das Rauschen ebenso, wie sie es hörte. Sie öffnete rechtzeitig die Augen, um sehen zu können, wie der Nebel vor ihr in Bewegung geriet und auseinanderriß. Sonnenlicht strömte wie eine plötzliche Morgendämmerung in die klaffende Lücke hinein und erleuchtete den Anger, während die letzten Nebelschwaden an den Rand des Platzes trieben. Dort wogte eine graue Mauer sechs Meter in die Höhe.

Aryn keuchte auf, und Lirith musterte Grace mit einem Ausdruck, der kein Erstaunen verriet, sondern tiefes Interesse. Grace schüttelte den Kopf. Sie würde es Lirith später erklären – wenn sie konnte. Im Augenblick war dafür keine Zeit. Sie fühlte sich leer, aber dabei auf seltsame Weise triumphierend, wie nach einer Vierundzwanzigstundenschicht in der Notaufnahme, in der sie nicht einen Patienten verloren hatte.

Furchterfüllte Aufschreie erklangen, als der Nebel verschwand. Die Dorfbewohner kamen auf dem feuchten Gras rutschend zum Stehen, in den Händen hielten sie Knüppel und Werkzeuge. Ihr Mut schwand mit dem Nebel. Es war eine Sache, sich an einen Mann anzuschleichen, der einen nicht sehen konnte. Es war eine völlig andere, sich zwei wütenden Rittern gegenüberzusehen, deren Klingen scharf, gezogen und bereit waren. Durge schwang sein riesiges Breitschwert. Die Dorfbewohner stolperten einen Schritt zurück.

»Nein!« brüllte eine schrille Stimme. »Wir sind viel mehr als sie. Wir müssen sie töten, bevor sie uns töten!«

Die Dorfbewohner zögerten, sie sahen sich mit schmutzigen, vernarbten und erschöpften Gesichtern um. Was hatte Jastar diesen Leuten erzählt?

Grace schaute in seine Richtung. Jetzt, wo sie wußte, worauf es ankam, waren die Anzeichen offensichtlich; sie hätte sie früher erkennen müssen. Andererseits kam der Ausbruch plötzlich. Sein Wams war durchnäßt, nicht nur vom Nebel, sondern vor allem vom Schweiß, das Haar klebte auf seiner mit Asche beschmierten Stirn. An seinem Hals und auf den Handrücken zeigten sich ein paar kleine Blasen. Seine Augen verfärbten sich bereits schwarz.

»Zurück«, fauchte Meridar die Dorfbewohner an. »Zurück, und euch wird nichts geschehen. Wir wollen nur ihn haben.«

»Jastar«, sagte Durge. »Laß nicht zu, daß deine Leute durch deine eigene Dummheit zu Schaden kommen. Ruf sie zurück und tritt vor, um dein Urteil mit Würde entgegenzunehmen.«

»Ihr werdet es sein, der gerichtet wird, Herr Ritter.« Jastar entblößte die Zähne. »Ihr und Euresgleichen, die diesem Dorf den Tod bringen würden. Euer Sir Kalleth hat Lord Eddoc getötet. Ich habe es mit eigenen Augen gesehen, und ich tötete den Mörder, bevor er erneut zuschlagen konnte.«

In der Menge ertönten Unmutsäußerungen. Ein paar der Dorfbewohner traten vor und hoben ihre Knüppel und Heugabeln. Entsetzen erfüllte Graces Brust. Sie mußte dem hier ein Ende bereiten. Aber wie? Sie konnte die Luft vom Nebel reinigen, aber diese Wut, dieser

Verrat, dieser Haß? Sie wollte etwas sagen, aber kein Laut kam über ihre Lippen.

»Deine Worte kann man leicht als Lüge entlarven, Verwalter«, fauchte Meridar. »Eddocs Leiche ist verwest. Wir sind erst gestern abend eingetroffen. Aber er ist schon seit Tagen tot.«

Wieder flackerte Unsicherheit in den Augen der Dorfbewohner. Sie blickten zu Jastar herüber, dann wieder zu den Rittern. Grace begriff. Das hier waren Menschen, die ihr ganzes Leben einer Autoritätsperson gehorcht hatten. Im Augenblick wollten sie nur wissen, wem sie zuhören sollten, wer ihnen sagen würde, was sie zu tun hatten.

Furcht machte die Atmosphäre so angespannt wie eine Trommel. Alles stand still, dann trat eine kleine Gestalt vor und blieb neben Grace stehen. Eine kleine Hand tastete nach oben und ergriff die ihre. Tira.

Jastars Gesicht verzerrte sich zu einer Maske furchterregender Schadenfreude. »Da, seht doch! Seht euch das verbrannte Kind an. Sie paktieren mit ihm!«

Eine mit einem schäbigen Kleid in der Farbe des Erdbodens bekleidete Frau zeigte auf Tira. »Sie wird uns die Seuche bringen. Jastar hat gesagt, daß sie das tun wird.«

Durge runzelte die Stirn. »Von welchem Wahnsinn sprichst du da, gute Frau?«

Die Frau rang ihre knotigen Hände. Sie war zahnlos und faltig, und der Knochenschwund ließ sie gekrümmt gehen. Grace schätzte, daß sie gerade mal dreißig Jahre alt war.

»Es ist die Flammenpest.« Ihre geschwollenen, rotgeränderten Augen waren voller Furcht. »Diejenigen, die es trifft, verbrennen innerlich, aber sie werden nicht sterben. Sie werden so schwarz wie die Nacht und kehren zurück, um uns alle zu verbrennen. Sie wird das gleiche tun. Sie wird uns alle anzünden, jawohl, das wird sie!«

Daynen trat an Tiras Seite. »Du hast unrecht!« rief er mit gerötetem Gesicht. »Tira wird niemandem etwas antun.«

Grace packte ihn bei der Schulter und zog ihn zurück. Neben ihr meldete sich eine ruhige Stimme zu Wort. Lirith.

»War das Mädchen nicht schon verbrannt, bevor Lord Eddoc es herbrachte, gute Frau, bevor diese Plage begann?«

Die Hexe hatte noch nicht zu Ende gesprochen, als Grace auch schon wußte, daß ihre Worte umsonst gewesen waren, daß Vernunft hier sinnlos war.

Jastar hob die Faust. »Vielleicht ist ja alles von ihr ausgegangen. Sie hätte sterben müssen. Versteht ihr nicht? Sie ist diejenige, die uns das alles eingebrockt hat. Tötet sie zusammen mit den Rittern!«

Diese Ansprache entfachte neue Energien in den Dorfbewohnern, wie eine Sturmböe, die durch eine Baumgruppe fuhr. Die Ritter stellten sich vor die drei Frauen und die Kinder, die Schwerter bereit, die Gesichter wie aus Stein gemeißelt. Es würde ein Massaker geben.

Und plötzlich verstand Grace.

»Du hast unrecht, Jastar«, sagte eine Stimme, die so kühl, klar und voller Autorität war, daß alle stehenblieben und zuhörten. Grace war kaum erstaunt, als sie erkannte, daß die Stimme ihr gehörte.

Sie trat zusammen mit Tira vor, fort von Daynen und den Hexen, vorbei an den überraschten Rittern. Die Dorfbewohner wichen vor ihr zurück. Ein paar fingen sogar an, sich vor ihr zu verbeugen und hielten dann inne, offensichtlich überrascht von ihrem Verhalten. Grace fühlte eine Macht, die nichts mit der Gabe zu tun hatte. Sie hüllte sie ein wie ein goldener Mantel, und sie sträubte sich auch nicht dagegen. Diese Menschen wünschten sich jemanden, dem sie gehorchen konnten, und sie würde diese Person sein.

Jastar drohte ihr mit der Faust, suchte atemlos nach Worten. »Du hast die Seuche! Du und dieses Ungeheuer von einem Mädchen!«

Grace trat einen weiteren Schritt vor. »Nein, du bist derjenige, der sich mit der Seuche angesteckt hat, Jastar. Du hast alle Symptome. Fühlst du es denn nicht? Sogar jetzt, in diesem Augenblick, steigt in dir die Hitze auf.«

Alles drehte sich um und starrte Jastar an. Er öffnete den Mund, aber es ertönte nur ein würgender Laut. Grace setzte sich wieder in Bewegung, und er wich zurück.

Ihre Stimme war leise und gnadenlos. Es bestand kein Anlaß, sie zu heben. »Sogar in diesem Augenblick wirst du zu einem von ihnen, Jastar. Du weißt es. Du hast Sir Kalleth ermordet, weil er die Wahrheit entdeckte. Und darum sollen sie auch Tira töten. Weil sie die einzige ist, die gesehen hat, wie du Eddoc berührtest, als du ihn getötet hast. Aber da wußtest du nicht, wie sie übertragen wird, nicht wahr, Jastar? Daß du, als du Eddoc tötetest, um die Seuche aufzuhalten, sie über dich selbst gebracht hast.«

Ein Zittern durchlief seinen Körper. Sie konnte die ersten verräterischen Qualmwölkchen sehen, die von den Schultern des Wamses aufstiegen. Streß schien die Symptome zu verschlimmern, bemerkte sie mit klinischer Objektivität.

»Nein, du irrst dich!« Seine Stimme war ein Wutschrei. »Tötet sie!«

Durge und Meridar stürmten los, um Grace zu beschützen, aber sie waren zu langsam. Jastar zog ein Messer aus dem Gürtel und warf sich mit unheimlicher Geschwindigkeit nach vorn, bis sein Gesicht nur noch Zentimeter von dem ihren entfernt war. Hitze ging in dichten Wogen von ihm aus, der Gestank von verbranntem Fleisch stieg ihr in die Nase. Als sie in seine Augen blickte, verblichen die letzte Reste von Weiß und Braun und ließen nur Schwärze zurück.

»Stirb!« zischte er.

Das Messer zuckte herab …

… und fuhr nur Zentimeter an Graces Hals vorbei. Auf Jastars Gesicht machte sich Überraschung breit. Grace hatte den Ausdruck schon viele Male zuvor gesehen. Menschen rechneten nur selten mit dem Tod.

Sie trat mit Tira zurück und sah zu, wie Jastar vornüber ins Gras fiel. Eine Heugabel ragte aus seinem Rücken. Die Hitze ließ die hölzernen Zinken augenblicklich verkohlen. Grace schaute auf und blickte in das breite, derbe Gesicht eines Bauern. Er nickte kurz. Die Dorfbewohner starrten den toten Verwalter an, dann drehte sich einer nach dem anderen um und verließ den Anger. Der Mann, der den tödlichen Stoß geführt hatte, schloß sich ihnen an.

Grace streckte die Hand aus. »Wo gehst du hin?«

Das lederige Gesicht des Mannes war ausdruckslos. »Ich werde in meinem Haus warten«, sagte er mit belegter Stimme.

Sie schüttelte den Kopf. »Worauf warten?«

»Daß sie kommen, Mylady. Und daß die ganze Welt in Flammen aufgeht.«

Der Mann drehte ihr den Rücken zu, ging zum Rand der Wiese und verschwand in der Nebelwand. Er war der letzte: Alle Dorfbewohner waren verschwunden. Grace war sich bewußt, daß Lirith und Aryn an ihrer Seite standen; Daynen stand zwischen ihnen in der Mitte. Auf der anderen Seite waren Durge und Meridar, die noch immer ihre Schwerter hielten. Aber Grace sah keinen von ihnen an.

Statt dessen folgte sie Tiras ruhigem Blick nach oben, hinauf zu dem roten Stern, der tief am Morgenhimmel leuchtete und den Nebel in eine Feuersbrunst verwandelte.

36

Der Regen prasselte aus einem grauen Himmel und wusch alles weg, was er darstellte und was er dargestellt hatte.

»Blut und Knochen!« fluchte ein Mann, dessen Stimme vom Wüten des Sturms gedämpft wurde. »Was war das?«

»Was war was?« Diese Stimme war tiefer und heiserer, und das letzte Wort wurde von einem krachenden Donnerschlag übertönt.

Travis blinzelte Wasser aus den Augen. Es war schwer zu erkennen, wo er war. Aus allen Richtungen schlossen ihn dunkle Wände ein. Ihm war kalt – schrecklich kalt. Wie war er nur hierhergekommen?

Asche zu Asche, Staub zu Staub …

Die gekrächzten Worte hallten durch seine Gedanken. Er schloß die Augen, und Bilder stiegen in ihm auf: der alte Friedhof auf dem Hügel, der ganz in Schwarz gekleidete, vogelscheuchendürre Prediger, das rechteckige Loch im Boden. Wieder las er die noch neuen Worte, die in den Steinblock gemeißelt waren. *Im Tode beginnen wir …*

Er öffnete die Augen und betrachtete die Wände aus nasser Erde. Dort, wo er hockte, quetschte sich Schlamm zwischen seinen nackten Zehen in die Höhe. Ja – jetzt verstand er. Darum war ihm auch so kalt. Er war tot. Aus welchem Grund sollte er sonst nackt in einem Grab hocken?

Der Donner verklang.

»... grab weiter. Es wird bald dunkel sein. Bei diesem komischen Sturm vielleicht sogar noch früher.« Ein schleifendes Geräusch unterbrach die heisere der beiden Stimmen.

»Ich kann nicht graben. Nicht, wenn man uns beobachtet. Ich sage dir, ich habe etwas gesehen.«

»Was denn?«

»Das weiß ich nicht.«

Das schleifende Geräusch endete mit einem dumpfen Scheppern. »Tja, vielleicht siehst du ja besser, wenn du aufhörst, aus deinem Arsch zu schauen, Darl.«

»Suklath möge mich aufschlitzen! Ich weiß, was ich sah, Kadeck. Dort drüben ist etwas. Es war wie ein Licht. Und nein, es war kein Blitz. Es war silbrig und ganz tief am Boden.«

Ein Stöhnen ertönte. »Schon gut, schon gut, verflucht noch mal. Wenn das alles ist, damit du gräbst, dann laß uns ...«

Ein Donnern übertönte alle anderen Laute, ein Blitz erleuchtete die Wände des Grabes. In dem grellen Licht entdeckte Travis das zusammengeknüllte Bündel, das zu seinen Füßen lag. Instinktiv griff er danach, und erst dabei wurde ihm bewußt, daß er bereits etwas in der Rechten hielt.

Er bog die Finger zurück und betrachtete den Gegenstand. Es war ein kleiner Halbkreis aus Silber, der matt auf seiner Handfläche glänzte. Richtig, der Prediger hatte sie ihm gegeben, bevor er in das Grab gestiegen war. Die vage Erinnerung an eine Geschichte stieg in ihm auf, etwas über tote Männer, die eine Münze brauchten, um den zu bezahlen, der sie über einen breiten, stillen Strom ruderte. Aber mußte die Münze nicht unter der Zunge des Toten liegen? Ja, er war sich sicher, daß es sich so verhielt. Er öffnete den Mund und schob sich das kühle Geldstück in den Mund. Es schmeckte metallisch, wie Blut.

Knirschende Laute näherten sich, Stiefelschritte auf Kies, und er drückte sich eng an die schlammige Grabwand. Er verdrehte den Kopf. Über ihm tauchten zwei Schatten im Halbdunkel auf. Er erstarrte. Etwas sagte ihm, daß er nicht entdeckt werden wollte – nicht hier, nicht jetzt, und vor allem nicht von diesen Männern.

Die Schatten zögerten – hatten sie ihn gesehen? Dann gingen sie weiter, und der Regen verschluckte sein Aufatmen. Nach kurzer Zeit hörte er wieder das leise Schaben. Es schien dunkler zu werden; das Licht versickerte. Irgendwie bereitete ihm das Unbehagen, aber er war sich nicht sicher, wieso. Die Toten brauchten doch gar kein Licht.

Bei Durnachs Hammer, du bist nicht tot, Travis. Und jetzt verschwinde aus diesem Loch!

Diesmal war es nicht die krächzende Stimme des Predigers, die in seinem Kopf sprach. Diese Stimme war wütend und vertraut. Travis antwortete mit einem leisen Gedanken.

Jack?

Aber die Stimme war bereits verhallt. Trotzdem bestand die Möglichkeit, daß sie vielleicht ja recht hatte.

Seine Beine schmerzten von der Hockstellung, und seine Zähne klapperten so sehr, daß es schwierig war, die dabei entstehenden Geräusche zu dämpfen. Wenn das der Tod war, dann hatte er erstaunliche Ähnlichkeit damit, unbekleidet in einem kalten, nassen Loch im Boden zu sitzen.

Aber wenn er nicht tot war, was sollte er dann tun? Das Denken fiel so schwer. Was er auch tat, er hatte das Gefühl, daß das hier kein guter Aufenthaltsort war. Die beiden Stimmen kamen ihm nicht besonders freundlich vor. Er mußte hier weg und einen etwas wärmeren und trockeneren Ort finden, an dem er sich konzentrieren konnte.

Er richtete sich in dem Grab auf und verzog das Gesicht, als er die steifen Beine streckte. Das Loch war nicht tief, und sein Kopf erreichte den Rand, bevor er sich gerade hingestellt hatte. Er legte den Kopf schief und lauschte, aber es gab keine Unterbrechung in dem Regen oder den rhythmischen Lauten der Schaufeln. Travis hob das Kleiderbündel auf, plazierte es außerhalb des Lochs und ergriff den Rand, um sich hochzuziehen.

Mit Regen getränkte Erde verflüssigte sich unter seinen Händen. Sein Halt schmolz dahin. Er rutschte zurück in das Grab und landete mit einem Aufstöhnen. Die Schaufeln verharrten.

»Da! Hast du das gehört, Kadeck?«

Ein Zögern, dann: »Aye, das habe ich.«

»Siehst du, ich habe es dir ja gesagt.«

»Pst! Sei still, Dummkopf.«

Panik schoß in Travis hoch. Er stand wieder auf, drehte

den Kopf und sah durch den grauen Regenschleier ein blutrotes Licht aufblitzen. Er griff erneut nach dem Grabrand. Dicke Schlammbrocken lösten sich und regneten auf ihn herab. Aber er blieb von der Furcht getrieben in Bewegung, nahm Hände und Füße, kletterte und grub sich einen Weg aus dem Grab frei.

Mit einem letzten Ruck rollte er über den Rand und fiel vornüber auf den regengetränkten Boden. Dabei hätte er beinahe die Münze verschluckt, und er biß die Zähne zusammen, um das zu verhindern, dann kam er stolpernd auf die Beine und schnappte sich dabei das Kleiderbündel.

Eine glühende Klinge zerschnitt den schiefergrauen Himmel, Licht brach sich seine Bahn. In diesem losgelösten Augenblick bot sich Travis ein seltsamer Anblick. Grabsteine standen in allen möglichen Winkeln da und warfen verrückte Schatten, vom Wind zerfurchte Statuen blickten mit dunklen, moosgefüllten Augen von ihren Sockeln herunter. Keine zehn Schritte weit entfernt beugten sich zwei Männer über ein Grab. Der eine – er war ziemlich dürr, hatte eine Hakennase und ein fliehendes Kinn – hielt eine Schaufel. Der andere – er war klein, stämmig und hatte ein Schweinsgesicht – war gerade im Begriff, mit einem muskulösen Arm nach einer Spitzhacke zu greifen. Das Grab zwischen ihnen war rücksichtslos aufgerissen worden. Eine stark verweste Leiche ragte aus ihm heraus; ihr lippenloser Mund klaffte auf, als wäre sie durstig und wollte den Regen auffangen, während ihre verschrumpelten Arme weit ausgestreckt waren, als könnte sie es kaum erwarten, sich zu befreien.

Das Licht des Blitzes funkelte auf goldenen Armbändern, juwelenbesetzten Ringen und Perlenketten.

Das Zwielicht hüllte das Bild erneut in sein Dunkel. Die Grabräuber verschwanden aus der Sicht.

»Da! Ich habe dir doch gesagt, daß ich etwas gesehen habe.«

»Beug mich vornüber, damit es mir Sulath von hinten besorgen kann.«

Die Stimmen flüsterten heiser, aber durch einen Trick der feuchten Luft konnte Travis jedes Wort verstehen. Oder war dafür etwas anderes verantwortlich – war es ein anderer Trick, der damit zu tun hatte, daß man die Sprache verstand? Wenn er sich doch bloß hätte erinnern können.

»Wir müssen hier verschwinden. Er ist einer der Finsteren, der aus dem Grab zurückkommt, um uns zu töten!«

»Du dämlicher, hirnloser Schwachkopf! Das ist doch bloß Schlamm, Darl. Er ist ein Mann, und er hat gesehen, was wir hier tun, und wenn er es dem Grafen erzählt, sind wir diejenigen, die man verbrennt. Und ich sage dir, *wir* kommen danach nicht wieder.«

Regen spritzte in Travis' Augen; es war unmöglich, etwas Genaueres zu sehen. Er stolperte zurück, rutschte auf einem Stein aus, gewann das Gleichgewicht zurück und schaute auf. Da war wieder das rote Aufblitzen. Es tanzte jetzt und kam näher. Dann begriff er. Es handelte sich um eine Laterne.

»He, du da!«

Diesmal war es ein Ruf, der gehört werden sollte.

»He, komm heraus, Freund! In solch einer Nacht sollte man sich nicht an einem Ort wie diesem hier aufhalten. Wir machen ein Feuer. Warum kommst du nicht zu uns und wärmst dich auf?«

Die Stimme war fröhlich. Beinahe hätte er sie für bare Münze genommen. Dann sah er das gerundete Eisen, das im Licht der Laterne blutrot aufblitzte.

»Keine Angst, Freund! Ich sage dir was – wenn du jetzt rauskommst, teilen wir unsere Beute mit dir. Die alte Gräfin hier braucht ihre Juwelen doch nicht mehr. Und sie hat mehr als genug davon, um uns alle zu reichen Männern zu machen. Komm her, und wir geben dir mehr Gold, als du dir jemals hättest träumen lassen.«

Und dazu gibt es einen Schlag mit der Spitzhacke in den Hinterkopf, vollendete Travis den Satz. Wenn er noch nicht tot war, würde das bestimmt dafür sorgen. Er wich einen weiteren Schritt zurück.

Wieder ertönte Geflüster, und doch war es fast so laut und klar wie die Rufe. »Laß uns hier einfach verschwinden, Kadeck. Mir gefällt dieser Ort nicht.«

»Halt's Maul, du Wurm. Und jetzt folge mir. Und wenn du ihn siehst, verpaß ihm einen Schlag mit der Schaufel auf den Kopf.«

Das rote Auge der Laterne kam näher. Dann verschwand es plötzlich. Travis drehte sich um und lief los. Ein Blitz zuckte über den Himmel, und einen Herzschlag lang ließ das Licht jede Bewegung erstarren.

»Da ist er!«

»Schnapp ihn dir!«

Dunkelheit hüllte Travis ein. Er raste weiter, die nackten Füße rutschten auf dem nassen Gras aus. Dann stieß er gegen die scharfe Kante eines Grabsteins, und Schmerz durchzuckte ihn. Er stöhnte dumpf auf, geriet ins Stolpern, hätte beinahe das Bündel fallen lassen, drückte es enger an die Brust und lief weiter.

»Ich habe ihn gehört. Da lang!«

Der Ruf ertönte aus unmittelbarer, schrecklicher Nähe, aber er wagte nicht, sich umzudrehen. Regen trommelte auf seine nackte Haut, sein Atem kam stoßweise. Nur noch eine kurze Weile, und er würde stürzen und nicht wieder auf die Beine kommen. Nur noch eine kurze Weile, bis scharfes Eisen seinen Schädel zerschmettern würde.

Jack, du hattest unrecht. Ich bin tot.

Ein weiterer Lichtblitz erhellte die Nacht. Vor Travis klaffte eine schwarze Grube auf: ein offenes Grab, das auf seinen neuen Bewohner wartete. Zum Ausweichen blieb keine Zeit. Travis schrie auf und warf seinen Körper vorwärts. Der Boden öffnete sich unter ihm …

… dann traf er auf der anderen Seite auf, landete auf dem Bauch, rutschte durch den Schlamm und wurde von einem umgestürzten Marmorblock aufgehalten. Er schaute auf, als der Himmel in Scherben aus silbernem Feuer zersplitterte, und sah die Verfolger herankommen, deren mörderische Absichten ihnen in die Gesichter geschrieben standen. Sie sahen die offene Grube zu spät. Sie rissen die Arme hoch, aber ihre Stiefel fanden in dem Schlamm keinen Halt. Wie ein Mann stürzten die Grabräuber über den Rand und in das Grab. Aus Flüchen wurden schmerzerfüllte Aufschreie.

Travis wartete nicht darauf, daß sie wieder herauskletterten. Er zog sich an dem seltsam geformten Stein hoch, gegen den er geprallt war, und erst da erkannte er, was es war: eine umgestürzte Statue, die in zwei Hälften zerbrochen war und deren graues Antlitz von den Elementen und den wütenden Schlägen von Vandalen beschädigt war.

Travis schaute auf den Steinmann in dem langen Gewand herunter, starrte in Augenhöhlen, die trotz ihrer Zerstörung irgendwie friedlich blickten. Dann wandte er sich ab, stolperte an der Statue vorbei und floh vom Friedhof.

37

Scharfe Steine schnitten in Travis' nackte Fußsohlen, Nesseln bissen in seine Schienbeine. Die Dunkelheit war undurchdringlich – von den unregelmäßigen Augenblicken greller Helligkeit abgesehen, wenn ein Blitz vom Himmel zuckte. Jedesmal riß Travis den Kopf hoch und versuchte einen schiefen Baum oder eine zusammengesackte Steinmauer zu entdecken – irgendeine Landmarke, an der er sich orientieren konnte. Wenn die Dunkelheit ihn dann wieder einhüllte, stolperte er weiter, in der Hoffnung, daß er sich von seinen Verfolgern fortbewegte und ihnen nicht in die Arme lief. Er konnte hinter sich keine Rufe hören, auch nicht das Stampfen von Stiefeln, andererseits übertönte sein Keuchen beinahe das Krachen des Donners und das Wüten des Sturms.

Gerade als er fühlte, daß Herz und Beine ihm ihre Dienste versagen würden, sah er es; das grünliche Licht eines Blitzschlags zeichnete seine Umrisse nach. Ein Blinzeln später war es wieder verschwunden, aber die Silhouette blieb bestehen, in seine Netzhaut eingebrannt: die kantigen Linien eines Gebäudes.

Travis war klar, daß er hätte weiterlaufen müssen, daß die Diebe nicht weit hinter ihm sein konnten. Aber er mußte sich ausruhen, und wenn es nur für eine Minute war. Seine Lungen fühlten sich an, als wären sie mit glühendem Blei gefüllt, dabei zitterte er am ganzen Leib, und seine Gliedmaßen schienen aus kaltem Lehm geformt zu sein. Er stolperte in Richtung des Hauses weiter.

Der nächste Blitz flackerte zu spät auf, um zu verhindern, daß er genau dagegen lief. Schmerz durchzuckte seinen Schädel, und er taumelte zurück. Aber bevor das Licht verblaßte, hatte er sich den gedrungenen Steinbau eingeprägt. Ein Teil der Wand war zerstört; ein Haufen Geröll türmte sich vor der Lücke auf. Wo war er? Er versuchte sich daran zu erinnern, welche Gebäude in der Nähe des Friedhofs Castle Height standen. Aber das war sinnlos, oder? Er spuckte in die Hand und betrachtete die halbierte Silbermünze. Das hier war nicht Castle City.

Eldh braucht dich, mein Sohn. Sie rufen dich bereits. Kannst du sie hören?

Nein, er befand sich an einem Ort, der sehr weit von Colorado entfernt war. Ein Kribbeln der Aufregung machte sich in seiner Brust breit, verwandelte sich aber schnell in ein Frösteln. Er mußte sich aufwärmen. Auf allen vieren kroch er über den Steinhaufen und kletterte in das Haus.

Die Hütte war kaum größer als drei Quadratmeter, der Boden war mit Erdklumpen und einer Art dornigem Gestrüpp bedeckt. Das Dach war größtenteils eingefallen, bedeckte aber noch eine Ecke, die relativ trocken war. Er duckte sich in dieser Ecke zusammen, drückte sich an die Mauer und versuchte, wieder zu Luft zu kommen. Es kam ihm so vor, als würde er heißes Wasser inhalieren. Aber einige Augenblicke später normalisierte sich sein Atem wieder.

Erst dann fiel ihm wieder das Bündel ein, das er noch

immer unter dem Arm geklemmt hielt. Seltsam, er hielt es vor sich hin, konnte aber nicht erkennen, worum es sich handelte.

Du mußt sehen können, Travis. Mach dir Licht.

Die Stimme, die in seinem Kopf sprach, hätte ihn alarmieren müssen. Aber sie hörte sich so sehr nach seinem Freund Jack an, daß ihm statt dessen wärmer und weniger allein zumute war. Bevor ihm überhaupt klar wurde, was er da tat, murmelte er das Wort.

»Lir.«

Aus dem Nichts flammte ein perliger Schimmer auf und blieb in der Mitte der Hütte schweben.

Travis blinzelte; jetzt konnte er die Wände, die Zerstörung und die Dinge in seinen Händen genau sehen. Dumpfes Entsetzen ergriff von ihm Besitz. Was war das für ein Licht? Er mußte darüber nachdenken, verstehen, was er gerade getan hatte, aber jemand schien seinen Verstand in eine Decke gewickelt zu haben, die alles dämpfte.

Das Bündel war voller Schlamm, aber als er den Dreck wegwischte, fand er die Enden einer verknoteten Schnur. Er öffnete sie mit zitternden Fingern, dann setzte er das Bündel ab und wickelte es auseinander.

Die Außenseite des Tuchs mußte imprägniert sein, denn es war steif und knisterte, und es hatte den Schlamm und die Feuchtigkeit von den darin eingewickelten Dingen abgehalten. Travis strich über weichen Stoff. Dann hob er das zusammengefaltete Kleidungsstück hoch und schüttelte es auseinander. Es war eine nebelgraue Kutte.

Irgendwie kam sie ihm bekannt vor, er konnte aber nicht sagen, warum das so war. Nicht, daß es eine Rolle gespielt hätte. Sie war trocken und sah warm aus. Er zog sie sich über den Kopf – der Regen hatte ganze Arbeit geleistet und den Schlamm von seinem Körper gespült –, dann strich er den grauen Stoff glatt. Er seufzte. Die Kutte fühlte sich ... *richtig* an.

Das Tuchbündel war noch nicht leer. Er bückte sich und kam mit einem Umhang wieder hoch. Er war an den Rändern ausgefranst, aber er war dick und so grau wie die Kutte. Als er ihn in dem bleichen Licht bewegte, tanzten die Farben des Regenbogens über den Stoff wie ein Ölfleck auf einer Pfütze. Er warf sich den Umhang über die Schultern.

Eine schnelle Untersuchung förderte noch mehr Gegenstände zutage. Da war ein kleiner Beutel aus weichem Leder, der an einer Schnur befestigt war. Er war leer, aber Travis konnte sich seinen Zweck denken. Sorgfältig verstaute er die Silbermünze in dem Beutel. Er zögerte, dann nahm er den Knochentalisman – die Rune der Hoffnung – von seinem Hals, wickelte das Lederband darum und verstaute ihn ebenfalls in dem Beutel. Er zog ihn zu und hängte ihn sich um den Hals.

Als nächstes lag ein dicker Ledergürtel in dem Bündel, und er legte ihn an. Dann waren da seine geliebten Wildlederstiefel. Er zog sie sich an. Der letzte Gegenstand in dem Bündel war ein schmales Stilett, dessen Knauf aus einem blutroten Edelstein bestand. Er berührte die Messerspitze; ihre Schärfe ließ ihn zusammenzucken. Er steckte es in den Gürtel und schob es nach hinten, wo es vom Umhang verborgen wurde.

Es war Zeit zu gehen; er konnte nicht in der Hütte bleiben. Die Grabräuber wußten, daß er einen Unterschlupf suchen würde. Und es waren Männer, die den Umgang mit Leichen gewohnt waren. Eine mehr oder weniger würde ihnen nicht das mindeste ausmachen. Er ging zu der Mauerlücke. Dabei dachte er, daß es gut wäre, das Licht zum Erlöschen zu bringen, aber er hatte den Gedanken noch nicht zu Ende geführt, als es auch schon lautlos erlosch. Die Nacht stahl sich wieder in die Ruine. Travis bewegte sich in die andere Richtung.

Der Regen war zu einem leichten Nieseln geworden, der Donner verklang in der Ferne. Der Sturm endete, aber die Nacht schien dunkler als je zuvor. Rote Flecken tanzten vor ihm in der Luft. Sie verschwanden bei jedem Blinzeln, um danach einer nach dem anderen wieder in seinem Blickfeld aufzutauchen.

Er ertastete sich seinen Weg eher, als daß er ihn sah, und nach wenigen Schritten stolperte er durch eine Lücke im Unterholz. Vor ihm erstreckte sich ein heller Strich. Eine Straße. Er verspürte frische Hoffnung. Er wußte noch immer nicht, wo er war – zumindest nicht genau –, aber eine Straße bedeutete Menschen. Menschen, die ihm helfen konnten.

Travis betrat die Straße. Eigentlich war es mehr ein Pfad, der sich zwischen Bäumen und kleinen Felsen wand, aber man konnte ihm selbst in der Dunkelheit leicht folgen. Der Umhang hielt den Nieselregen ab, dafür strömte der Schweiß in Travis' Augen und rann unter der

Kutte seine Seiten hinab. Die Funken tanzten weiterhin vor seinen Augen, und langsam fragte er sich, ob er nicht vielleicht krank war, ob das der Grund dafür war, daß ihm das Denken und das sich Erinnern so schwer fielen.

Ja, genau, das mußte es sein. War da nicht etwas mit einem Fieber oder einer Krankheit gewesen? Da war ein Mann gewesen. Nein, kein Mann – ein Freund. Das Fieber hatte ihn verzehrt. Nur daß Travis jetzt Flammen sah. Es ergab keinen Sinn. Hatte der Mann, sein Freund – Travis schien sich nicht an seinen Namen erinnern zu können –, hatte der Mann ihn berührt? Er war sich nicht sicher, warum das so war, aber aus irgendeinem Grund schien das wichtig zu sein.

Vor ihm in der Dunkelheit blitzten hellere Funken auf, nur daß sie eher goldfarben als rot waren. Travis versuchte sie fortzublinzeln, aber diesmal flimmerten sie nicht. Schließlich wurden sie zu hellen Rechtecken. Fenster. Es waren Fenster, die von innen erleuchtet wurden.

Er hob den Kopf und entdeckte noch mehr Lichter in der Ferne. Eine Stadt? Vielleicht. Aber wenn es eine Stadt war, war sie zu weit entfernt. Seine Beine schmerzten, und sein Hals fühlte sich an, als hätte er eine Handvoll zerstoßenes Glas geschluckt. Er stolperte auf das in der Nähe liegende Gebäude zu. Wo Lichter waren, mußte es auch Menschen geben.

Travis blieb vor dem Gebäude stehen. Wäre da nicht die Helligkeit hinter den durchsichtigen Fenstern gewesen, hätte er es vermutlich für verlassen gehalten. Entlang der steinernen Fundamente wuchsen Disteln, und das Strohdach hing besorgniserregend durch. Über der

Tür, deren Farbe abblätterte, hing ein Schild, aber falls es jemals Worte getragen hatte, machte die Dunkelheit sie zu einem Geheimnis. Trotz des Windes konnte er rauhe Stimmen und schallendes Gelächter hören.

Er senkte die Schultern und trat zur Tür. Es gab keine Klinke, also drückte er gegen das verwitterte Holz. Ächzend schwang die Tür nach innen auf.

Das Gelächter verstummte, abgeschnitten wie von einem stumpfen Messer.

Rauchgeschwärzte Balken hingen niedrig über einem langen Raum, der Boden war mit schmutzigem Stroh bedeckt. Im offenen Kamin prasselte ein Feuer, während viele Kerzen matten Lichtschein und einen ranzigen Geruch verbreiteten. Drei aus Planken gezimmerte Tische nahmen den größten Teil des begrenzten Platzes ein. An ihnen saß ein halbes Dutzend Männer auf Bänken. Sie trugen grobe, braune Wämser, schlammbeschmutze Hosen und enganliegende Lederhauben. Sie waren alle kleingewachsen und muskulös. Sie starrten Travis mit kleinen, dunklen Augen an.

Zinsbauern. Freie Männer, das schon, aber in ihrem Benehmen sind sie kaum mehr als Bauernburschen. Travis, sei vorsichtig.

Travis betrat den Raum. Ein Luftzug schlug die Tür hinter ihm zu.

Er senkte den Kopf, um den finsteren Blicken zu entgehen, und setzte sich an das Ende des Tisches, der kaum belegt war. Wer auch immer diese Leute waren, sie schienen nicht begeistert zu sein, ihn zu sehen. Vielleicht fürchteten sie auch nur Fremde. Aber Travis hatte nicht vor, sie zu belästigen. Er brauchte nur einen Ort, an dem er einen Augenblick lang verschnaufen und nachdenken konnte, an dem er die nächsten Schritte entscheiden konnte. Er wußte, daß er sich nicht länger auf der Erde befand, aber er mußte herausfinden, wo genau er war. Auf diese Weise würde er auch in Erfahrung bringen, wohin er sich wenden mußte. Er hatte Freunde hier, dessen war er sich sicher, selbst wenn er sich im Augenblick nicht an ihre Namen erinnern konnte. Er mußte sie finden.

Gemurmel durchbrach das Schweigen, und diesmal half ihm die halbierte Münze nicht, es zu verstehen. Er beugte sich über den Tisch. Selbst der matte Kerzenschein bereitete ihm Unbehagen. Das Licht schien zu pulsieren, die Luft zu dehnen und zu strecken.

Vor ihm tauchte ein Schatten auf, und er hob den Kopf, obwohl ihn diese Handlung schwindelig werden ließ. Eine Frau stand vor ihm. Es war unmöglich zu sagen, ob sie jung oder alt war, denn ihr Gesicht war eine Masse aus verkrustetem Schorf. Ihr braunes Kleid war mit Essen, Schweiß und Blut befleckt, ihr Kopf wurde von einem formlosen Tuch bedeckt. Die einzigen Züge, die Travis richtig ausmachen konnte, waren ihre Augen, und die blickten hell und waren voller Furcht. Mit zitternder Hand stellte sie einen kleinen Tonkrug auf dem Tisch ab, dann eilte sie fort und verschwand hinter einem Vorhang.

Travis starrte den angeschlagenen Tonkrug an. Er griff danach, aber es fiel ihm schwer, seine Hand dazu zu veranlassen, sich auf genau die Weise zu bewegen, die er wollte, und er hätte ihn beinahe umgestoßen. Erst als er beide Hände nahm, schaffte er es, den Krug zu nehmen und ihn an die Lippen zu führen. Ein metallischer Geruch machte sich in seinem Kopf breit, und sein Mageninhalt stieg ihm so schnell in den Hals, daß ihm kaum genug Zeit blieb, ihn wieder herunterzuschlucken. Er setzte den Krug mit einem lauten Klirren ab und konnte nur mit Mühe verhindern, ihn umzustoßen. Doch etwas von der Flüssigkeit spritzte auf den Tisch: sie war dick, braun und so körnig wie Erbrochenes.

Schließlich begriff er: die Nähe einer Stadt, die Tische, die Männer, die Frau, die ihm ein Bier gebracht hatte. Dieses Haus war eine Art von Lokal. Eine Schenke.

Nein, ein Saloon …

Die Erinnerung kehrte zurück; sie wurde wie mit scharfen Klingen freigelegt. Sein ganzer Körper versteifte sich. Wie hatte er das nur vergessen können? Travis vermochte es nicht zu sagen, aber jetzt kehrte sie mit grell aufflackernden Bildern zurück, die heller und heißer als die Blitze waren. Der Mine Shaft, Max, das Feuer.

Oh, Max …

Der Schmerz in seiner Brust war frisch, als wäre es eben erst passiert, als hätte er gerade erst gesehen, wie sein Freund von den Flammen verschlungen wurde. Er schloß die Augen, kramte in seinem Verstand herum und entdeckte, daß er sich wieder an alles erinnern konnte. Deirdre, die Sucher, Duratek. Das Kind Samanda und Schwester Mirrim mit den blinden Augen. Aber nichts davon erklärte, was geschehen war. Warum hatte Bruder Cy ihn an diesen Ort geschickt?

Eine letzte Erinnerung tröpfelte aus der Wunde in seinem Verstand.

Der Schlüssel … Ja, du bist es, dem ich den Schlüssel geben muß.

Diesmal war es ein anderer, den Travis in den Flammen sah, dessen schwarze Kutte sich wie verbranntes Papier aufrollte.

Sei auf der Hut – es wird dich verzehren …

Travis schauderte. Diese Erinnerung war wichtig, vielleicht sogar noch wichtiger als alles andere. Er suchte nach einem Grund, aber es war unmöglich, sich zu konzentrieren. Das Zittern war schlimmer geworden, seine Hände zappelten wie sterbende Fische auf der Tischplatte herum und hinterließen feuchte Spuren. Seine Zunge war ein bleischwerer Klumpen in seinem Mund, und es fühlte sich so an, als hätte ihm jemand heiße, harte Steine unter die Achselhöhlen gesteckt.

Ein schleifendes Geräusch, dem das Gepolter schwerer Stiefel folgte, übertönte seine Gedanken. Travis öffnete die Augen und zwang sich aufzusehen. Er schaute in ein Paar kleiner, mißtrauisch blickender Augen.

»Ihr da, verschwindet«, sagte der Mann.

Sein Akzent war so gedehnt, daß selbst die Magie der Silbermünze ihn kaum verständlich machen konnte. Travis versuchte etwas zu erwidern, aber kein Ton kam aus seinem Mund. Er fuhr sich mit einer Zunge wie Sandpapier über die trockenen Lippen und versuchte es erneut.

»Ich … ich muß nur noch einen Augenblick lang hier sitzen.«

Die dicken Finger des Mannes griffen nach dem Eßmesser in seinem Gürtel. Er stank, und auf seinem bärtigen Gesicht flackerten Haß und Wut. Schatten schwebten am Rand von Travis' verschwommener Sicht. Sein Blick glitt zu dem Vorhang in der Wand, und er sah furchterfüllte grüne Augen, die ihn anstarrten. Dann wurde der Vorhang mit einem Ruck geschlossen, und die Augen waren verschwunden.

»Eure Art ist hier unerwünscht«, sagte der Zinsbauer.

Travis wandte sich wieder dem Mann zu. Eigentlich hätte er Angst verspüren müssen, das war ihm klar, aber es war so schwer, etwas anderes als die Hitze zu spüren, die in ihm aufstieg. Wie lange würde es dauern, bevor ihn das Feuer erfaßte, wie es den Mann in Schwarz erfaßt hatte? Wie es Max erfaßt hatte?

Travis zwang die Worte hervor. »Welche … Art?«

»Männer in Grau«, zischte der Zinsbauer.

Travis fing an, den Kopf zu schütteln. Dann fiel sein Blick auf die weiche graue Kutte, die er trug, und er erinnerte sich wieder an die umgestoßene Statue auf dem Friedhof. Vielleicht verstand er ja doch.

Sprich eine Rune, Travis.

Aus Schatten wurden Männer, als zwei weitere Zinsbauern in sein Blickfeld traten. In ihren Augen stand Abscheu.

»Verschwindet, grauer Mann«, knurrte einer von ihnen.

Die Luft schmolz, verwandelte Farben in Rauch. Travis hielt sich an der Tischkante fest, um nicht zu stürzen.

Jetzt, Travis! Sprich eine Rune. Diese Männer wollen dich töten.

Es war so schrecklich schwer, als müßte man sich durch geschmolzenes Felsgestein bewegen. Aber Travis zwang sich dazu zu gehorchen. Er öffnete den Mund, fing an, den Männern eine Hand entgegenzustrecken, ein einzelnes Wort zu formen.

Krond.

Aber bevor er dem Wort Stimme verleihen konnte, zog er die Hand zurück. Etwas stimmte nicht, und zwar auf schreckliche Weise. Es gab einen Grund, warum er das nicht tun wollte.

Travis!

Es war zu spät. Travis sackte zurück. Er hätte der Stimme nicht mal mehr gehorchen können, wenn er gewollt hätte. Harte Hände ergriffen seine Schultern, krallten sich in seine Kutte, zerrten ihn von der Bank und stießen ihn gegen die Wand. Da war ein knirschender Laut, und Schmerz perlte durch seinen Körper, obwohl er ihn durch die Hitze und das Feuer hinweg kaum spürte. Jeden Augenblick war es soweit. Er öffnete die Augen und sah eine geballte Faust vor seinem Gesicht schweben.

Krack!

Zuerst hielt Travis es für das Geräusch der Faust, die sein Gesicht traf. Dann sah er mit seiner schwankenden Sicht die Schenkentür zersplittern.

»Halt!« befahl eine Stimme.

Die Männer erstarrten, der Haß auf ihren Gesichtern verwandelte sich in Entsetzen. Sie duckten sich zusammen, angriffslustige Rüden wurden zu räudigen Tölen.

»Laßt ihn sofort los!«

Die Stimme war edel und so klar wie ein Horn, und ihr Klang ließ Travis' Herz einen Freudensprung machen. Er versuchte den Sprecher zu erkennen, aber ein Schleier hatte sich über seine Augen gesenkt, und er konnte nur eine große Gestalt ausmachen, die ein unirdisch wirkender Lichtkranz umgab. Die Gestalt kam heran, und die Bauern wichen zurück. Eine kühle Hand berührte Travis' Arm.

»Fürchtet Euch nicht«, sagte der leuchtende Mann mit melodischer Stimme. »Ich bin jetzt bei Euch.«

Travis lächelte und versuchte dem leuchtenden Mann zu sagen, daß alles in Ordnung war, daß ihn jetzt das Feuer verschlingen würde. Aber bevor er ein Wort sagen konnte, wich die letzte Kraft aus seinen Beinen, und der schmutzige Boden raste auf ihn zu.

Max, ich komme.

Dann löste sich die Welt auf, aber nicht in Feuer, sondern in Dunkelheit.

38

Es war sehr spät. Oder sehr früh.

Grace starrte von ihrer provisorischen Bettstatt auf dem Boden in die Himmelskuppel und beobachtete, wie der Mond der schwarzen Linie des Horizonts entgegensank. Vermutlich würde ihr der Satellit der Erde mittlerweile merkwürdig vorkommen – so klein, so kalt, so schrecklich fern. Sie hatte sich in der Zwischenzeit an den riesigen, honiggoldenen Mond Eldhs gewöhnt.

Sie zählte sorgfältig in Gedanken, aber der Mond bestätigte ihre Schlüsse. Die Kugel nahm an Größe zu und war als fast perfektes Viertel zu sehen.

Heute ist der siebte Tag seit unserem Aufbruch aus Calavere, Grace. Das bedeutet, nur noch acht Tage bis zum Vollmond. Acht Tage, bis …

Grace kniff die Augen zusammen. Im Süden löste sich ein silbriges Wolkengespinst auf und enthüllte einen pulsierenden roten Fleck. Er verlieh dem Mond einen blutroten Schimmer.

Ein leises Klirren hallte durch die Luft, gefolgt von dem tiefen, beruhigenden Laut einer vertrauten Stimme.

»Mylady. Alles in Ordnung?«

»Durge.« Sie sprach den Namen wie ein Gebet.

Der Ritter ging neben ihr in die Hocke. In dem schwachen Licht sah sein Gesicht so zerklüftet wie der Mond aus, aber ihr entging nicht die Sorge, die in den tiefliegenden Augen schimmerte. Wie schon so oft fiel Grace seine Kompaktheit auf. Durge war kein großer Mann, aber selbst in der Dunkelheit waren der Umfang seiner nach vorn gekrümmten Schultern, die Breite seiner Brust und die Härte seiner Arme und Beine deutlich zu sehen. Mit fünfundvierzig hielt sich der Ritter vermutlich für alt, aber für Grace war er wie ein vom Wind verwitterter Felsen, der durch die lange Zeit, die er den Elementen getrotzt hatte, scheinbar nur noch stärker geworden war.

Er legte den Kopf schief. »Mylady?«

»Ich habe mir nur den Mond angesehen.«

Durge nickte. Sie brauchte nicht mehr zu erklären.

»Ihr solltet noch etwas schlafen, Mylady. Es sind noch zwei Stunden bis zur Morgendämmerung.«

»Ja«, erwiderte sie, aber sie rührte sich nicht, und er auch nicht.

»Erreichen wir heute Ar-Tolor?« fragte sie nach einer Weile.

»Das hatte ich gehofft, Mylady. Aber wir wurden in Falanor … aufgehalten. Ich wünsche mir nur, daß es uns gelingt, vor Einbruch der Dunkelheit die Brücke über den Dimduorn zu überqueren und Toloria zu betreten. Von dort sind es bis zum Schloß der Königin nur noch fünf Meilen auf einer guten Straße.«

Grace dachte darüber nach, dann schaute sie an Durge vorbei. Im schwachen Licht der Überreste des Feuers konnte sie mühsam fünf schlafende Gestalten ausmachen. Zwei drängten sich eng aneinander: Daynen und Tira. Lirith und Aryn schliefen in der Nähe von ihnen. Nur die letzte Gestalt lag ein Stück abseits.

»Wie geht es Meridar?« fragte Grace.

»Er … ruht sich aus, Mylady. Der Wein, den Ihr ihm gegeben habt, scheint ihn beruhigt zu haben.«

Beinahe hätte Grace in der Dunkelheit gegrinst, aber ihre Züge waren so angespannt, daß sie fürchtete, sie könnten zerspringen. Sie hatte Meridar nach dem Essen nicht nur Wein gegeben, und Durge wußte das. Grace fühlte sich unbehaglich, daß sie Kräuter in den Becher des Ritters geschmuggelt hatte. Einen Mann zu betäuben schien mehr die Methode einer Hexe vom Schlag einer Kyrene zu sein statt einer Lirith oder einer Ivalaine.

Aber während sie Falanor hinter sich ließen, war Meridar zusehends unruhiger geworden. Er hatte nicht mit den anderen gesprochen, sondern nur zusammengesunken auf seinem Sattel gesessen, war ein Stück abseits von den anderen geritten und hatte oft vor sich hin gemurmelt und den Kopf geschüttelt. Zuerst hatte Grace es für Trauer über Kalleths Tod gehalten. Vielleicht machte sich Meridar Vorwürfe, weil er seinen Kameraden nicht hatte retten können. Aber als ihre Schatten länger wurden und es auf den Abend zuging, hielt sie diese Diagnose für immer weniger zutreffend. Sie wagte es, Shandis neben Meridars Schlachtroß zu lenken und den Ritter zu fragen, ob alles in Ordnung war. Zu ihrer Verblüffung hatte er gelacht.

»Wut bietet eine gute Rüstung für die Furcht, Mylady«, hatte er mit harter Stimme gesagt. »Und Haß schmiedet aus Feigheit ein scharfes Schwert.«

Darauf hatte Grace keine Antwort gewußt, und sie hatte nur zugesehen, wie Meridar seinem Pferd die Sporen gab und vorausgaloppierte.

Nach einem freudlosen Abendessen, bei dem Meridar nichts gegessen hatte, hatte Durge Grace beiseite gezogen. *Schlaf würde ein guter Balsam für seinen Geist sein, Mylady, falls man ihn dazu bringen könnte*, hatte der Ritter geflüstert.

Die Worte hatten Grace überrascht. Durge schien bei allen Angelegenheiten der Hexen stets Unbehagen verspürt zu haben. Aber sie hatte genickt und war zu ihrer Satteltasche gegangen, um die Kräuter zu holen.

Jetzt fröstelte sie und hielt sich die Schultern. Seltsam, wie die Tage so schwül sein konnten, wo doch die Nächte so kühl waren.

»Werdet Ihr Euch wieder schlafen legen, Mylady?«

Sie nickte, da sie Durge nicht sagen wollte, daß Schlaf unmöglich war. »Was ist mit Euch?«

»Ich werde Wache halten. Das ist Ruhe genug für mich.«

Grace blickte den Ritter an, und wieder einmal erfüllte dieser Mann sie mit Staunen. Sie wünschte sich, sie könnte eine Möglichkeit finden, um ihm klarzumachen, was für ein Wunder er doch darstellte. Aber selbst ein Röntgengerät – vorausgesetzt, sie hätte eins gehabt – hätte die Tiefe, Stärke und Güte seiner Seele nicht auf Film bannen können. Statt dessen beugte sie sich impulsiv und ohne weiter darüber nachzudenken vor und drückte ihm ihre Lippen auf die Wange. Er riß die Augen auf.

Grace gähnte, als Müdigkeit sie überwältigte, und plötzlich fragte sie sich, ob sie nicht wohl doch würde schlafen können. Sie legte sich hin. »Werdet Ihr in der Nähe sein, Durge?«

Sie hörte Leder quietschen, als er aufstand. »Ich bin immer in der Nähe, Mylady.«

Grace holte tief Luft. Vielleicht würde sie nie jemanden anderen lieben. Vielleicht blieb ihr diese Art der Nähe für immer verschlossen. Aber möglicherweise war das hier in gewisser Weise viel besser. Wie konnte Liebe jemals eine derartige Sicherheit bieten?

Eine Sternschnuppe raste über den Himmel, aber Grace wünschte sich nichts. Statt dessen schloß sie die Augen und schlief.

Als sie erwachte, war es am östlichen Horizont bereits hell, und alle anderen waren bereits auf den Beinen. Grace stand auf, gesellte sich zu ihnen und aß ihr Frühstück aus hartem Brot, Johannisbeeren und Wasser – niemand schien Lust zu haben, das Lagerfeuer wieder in Gang zu bringen –, dann half sie dabei, das Lager abzubrechen. Sie brachen auf, als die rote Sonnenkugel in den Himmel stieg.

Der Schlaf schien Sir Meridar gutgetan zu haben. Beim Frühstück sprach er kontrolliert, und nach ihrem Aufbruch folgte er widerstandslos Durges Befehlen. Vielleicht hatte er das Schlimmste überstanden. Dann fing Grace zufällig kurz seinen Blick auf, und in seinen einst so freundlich blickenden braunen Augen stand ein solches Unbehagen, daß sie schnell wegsah. Was auch immer mit Meridar nicht stimmte, es würde sich nicht mit ein paar getrockneten Kräutern und ein paar Stunden Schlaf kurieren lassen.

Unterwegs trieben Durge und Meridar ihre Pferde oft ein gutes Stück voraus oder ließen sich weit zurückfallen, um dann von hinten im Galopp zu den anderen aufzuschließen. Grace mußte nicht fragen, um den Grund dafür zu kennen, um zu wissen, wonach sie Ausschau hielten.

Ich werde in meinem Haus warten.

Worauf warten?

Daß sie kommen, Mylady. Und daß die ganze Welt in Flammen aufgeht.

Graces Hände verkrampften sich um Shandis' Zügel. Sie war nicht dazu bereit, aufzugeben und sich zu verstecken. Noch nicht, nicht solange Travis noch immer ihre Hilfe brauchte. Und nicht solange es noch Hoffnung auf ein Heilmittel gab.

Irgendwann war die Straße am Vortag nach Süden abgewichen, fort vom Dimduorn. Grace wußte, daß sie die Biegung durchschnitt, die der Fluß machte, und nun südöstlich auf die Brücke zuführte, über die sie nach Toloria kamen. Die Straße schlängelte sich durch tiefe Täler und über lange Hügelkämme.

Aryn ritt ganz in Graces Nähe, den Blick immer nach vorn gerichtet. Worüber dachte die junge Frau nach? Grace vermochte es nicht zu sagen. Die Baronesse war seit Falanor sehr still gewesen, aber keineswegs verzweifelt, nicht so wie nach Garfs Tod. Doch irgendwie störte ihre Ruhe Grace viel mehr, als es Tränen getan hätten.

Direkt hinter der Baronesse kam Lirith, und vor ihr saß Daynen im Sattel. Er wippte unterwegs mit den dürren, in den verblichenen Kniebundhosen steckenden Beinen, hielt das Gesicht der Sonne entgegengestreckt, plauderte munter und befragte Lirith oft nach der Gegend, durch die sie ritten. Bei diesen Gelegenheiten beugte die Hexe stets ihren Kopf hinunter, als wären ihre Antworten allein für ihn bestimmt, und jedesmal machte sich auf seinem Gesicht ein Lächeln breit.

Lirith stellte für Grace in vielerlei Hinsicht noch immer ein Rätsel dar. Sie hatte mit keinem Wort zu verstehen gegeben, was sie von all dem hielt – ihrer Reise, der Flammenpest, Sir Kalleths Tod. Trotzdem war Grace froh über ihre Anwesenheit. Ganz egal, was auch geschah, Lirith schien die Fähigkeit zu haben, immer an das wirklich Wichtige zu denken. So wie sie es gewesen war, die als erste die offensichtliche Wahrheit ausgesprochen hatte: Sie konnten Daynen und Tira nicht in Falanor zurücklassen.

Grace schaute auf die kleine Gestalt, die vor ihr auf dem Sattel hockte. So leicht und so still, daß sie manchmal ganz vergaß, daß Tira dort saß. Ihre Knochen unter dem Kleidchen waren so dünn wie die eines Vogels. Nur ihr Haar schien als einziges über eine echte Substanz zu verfügen: Es war dick, lockig und so hell wie ein Feuer.

Das Mädchen sah auf, als würde es ihren Blick spüren. Wie immer drängten sich Grace zuerst die Gegensätze von Tiras Gesicht auf – die eine Seite war ganz zart, mit einem Grübchen versehen und exquisit, die andere eine glänzende Maske aus Narbengewebe. Ein flüchtiges Lächeln umspielte Tiras Mundwinkel, dann senkte sie den Kopf und ließ das Haar nach vorn fallen, damit es ihr Gesicht verbergen konnte. Doch ihr kleiner Körper senkte sich nach hinten und drückte sich an Graces Leib. Grace versteifte sich, dann zwang sie sich dazu, sich zu entspannen und diese Nähe zu akzeptieren. Denn was hatte sie schon groß von einem behinderten Kind zu befürchten?

Ihre Untersuchung am Abend zuvor hatte ihre früheren Vermutungen bestätigt; große Teile von Tiras rechter Körperseite waren mit Narben bedeckt. Wie sie diese Verbrennungen überlebt hatte, war ein genauso großes Geheimnis wie die Frage, was ihr zugestoßen war. Vor ihrem Aufbruch in Falanor hatte Grace noch einmal den Versuch unternommen, Tira zum Sprechen zu bringen. Sie schien sich von ihren Fragen nicht sonderlich bedrängt gefühlt zu haben, aber sie hatte auch keinen Laut von sich gegeben. Statt dessen hatte sie gebeugt dagesessen und mit einem kleinen Gegenstand auf ihrem Schoß gespielt, den Grace nicht erkennen konnte.

Frustriert darüber, daß sie nicht zu ihr durchdrang, hatte Grace schließlich eine andere Taktik bemüht und gefragt, ob sie sehen dürfe, womit Tira da spielte. Tira hatte ihr den Gegenstand hingehalten. Es war eine kleine, primitive Puppe, die aus mit einem ausgefransten Lappen umwickelten Stück Holz bestand. Grace hatte die Puppe entgegen genommen, sie umgedreht und zischend Luft geholt. Die eine Seite des Puppenkopfs war verkohlt, als hätte man ihn absichtlich ins Feuer gehalten. Tira hatte die kleinen Finger ausgestreckt, die Puppe zurückgenommen und sanft über das verfilzte, aus Bindfäden gefertigte Haar gestrichen.

Danach waren Grace die Fragen ausgegangen. Aber

ihr war klar gewesen, daß Lirith recht hatte, daß man weder Tira noch Daynen in Falanor zurücklassen konnte. Die Dorfbewohner hatten sich voller Furcht in ihren Hütten eingeschlossen. Es war niemand da, der sich um die Kinder kümmern konnte.

Sie hatte damit gerechnet, daß Meridar protestieren würde, aber der Ritter hatte Tira und Daynen kaum eines Blickes gewürdigt.

»Wo sollen wir sie hinbringen?« hatte Durge gefragt.

»Nach Ar-Tolor«, hatte Lirith erwidert. »Ivalaine wird dafür sorgen, daß man sich um sie kümmert.«

Als Daynen das hörte, hatte er gelächelt. »Ich habe gehört, daß die Königin sehr schön ist.«

Grace hatte das Gesicht verzogen und in die leblosen Augen des Jungen gesehen.

Jetzt, wo sie durch die Morgensonne ritten, spürte Grace Tiras mageren, warmen Körper, und obwohl es ein seltsames Gefühl war, war es zugleich auf seltsame Weise unwiderstehlich. Sie hob eine Hand, um die roten Locken des Mädchens zu berühren – und hielt inne. Tira spielte wieder mit der Holzpuppe, ließ sie auf Shandis' Hals tanzen, streichelte ihr vom Feuer geschwärztes Antlitz.

Grace schluckte und senkte die Hand.

Gegen Nachmittag erreichten sie den Rand eines Waldes. Die Straße verlief unter einem gebogenen Baldachin aus Grün und schlängelte sich zwischen hohen Bäumen mit grauer Rinde vorbei.

Grace war versucht, mit der Gabe zuzugreifen, zu versuchen, das um sie herum befindliche Leben zu ertasten, aber sie tat es nicht. Die Magie, die sie auf dem

Anger von Falanor gewirkt hatte, hatte keinen mehr erstaunt als sie selbst. Aryn hatte ihre Bewunderung darüber zum Ausdruck gebracht, wie Grace auf ihre und Liriths Fäden zurückgegriffen hatte, und die Tolorianerin hatte Grace lange und breit befragt, wie sie diese Tat zustande gebracht hatte.

»Ich habe schon zuvor erlebt, daß man die Weltenkraft auf diese Weise verwebt«, sagte Lirith mit Nachdruck, »aber ich habe noch nie ein so großes Netz gesehen, oder eines, das einen solchen Windstoß verursacht. Wie habt Ihr dies nur geschafft, Lady Grace?«

Grace dachte darüber nach, schüttelte dann aber den Kopf. »*Ich* habe das nicht geschafft. Ich wob die Weltenkraft, aber das war auch schon alles. Ich konnte … ich konnte meinen eigenen Strang nicht berühren. Die ganze Macht kam von Euch, Lirith. Und von Aryn.«

Sie wandten sich der Baronesse zu, aber Aryn drehte den Kopf und starrte in die Ferne, als hätte dort etwas ihre Aufmerksamkeit erregt.

»Wir sprechen in Ar-Tolor darüber«, sagte Lirith dann.

Grace hatte dazu nur nicken können. *Da bin ich mir sicher.*

Die Straße verkleinerte sich zwischen den Bäumen zu einem schmalen Pfad, und sie waren gezwungen, nacheinander zu reiten. Durge führte die Gruppe auf Schwarzlocke an, dahinter kamen Grace und Tira auf Shandis. Die anderen folgten ihr, und Meridar bildete den Schluß.

Grace seufzte. Im Wald war es dunkler und kühler. Aber das Gefühl von Erleichterung schwand schnell dahin. Es war zu still in dem Wald. Hätte sie nicht die

Bewegungen kleiner Tiere hören sollen, oder das Gezwitscher von Vögeln? Statt dessen gab es da außer dem Stampfen der Pferdehufe und dem Klirren der Kettenhemden nur das leise Ächzen der Bäume, das sich immer mehr wie das Flüstern trockener, ferner Stimmen anhörte, je länger Grace ihm lauschte.

Gerade als sie das Gefühl hatte, daß die Stille sie gleich schreien lassen würde, verbreiterte sich der Weg, und eine Lichtung öffnete sich vor den Reitern. Grace brachte ihr Pferd neben Durges zum Stehen, und ein beißender Geruch stieg ihr in die Nase. Eine Brise wehte Sand auf und ließ sie blinzeln.

Die Lichtung war nicht natürlichen Ursprungs. In einem perfekten, hundert Schritte durchmessenden Kreis war alles – Bäume, Sträucher, Unterholz – zu feiner grauer Asche verbrannt. Der Boden war geschwärzt und wies Risse auf, wie ein Tontopf, den man zu lange im Töpferofen hatte stehenlassen. Aryn keuchte auf und hob eine Hand an den Mund, während Durge einen leisen Fluch ausstieß.

»Was ist das?« fragte Daynen. Er reckte das Gesicht in die Höhe, bewegte es von einer Seite zur anderen. »Es riecht nach Feuer.«

Grace brachte nur ein Nicken zustande.

»Da hinten ist etwas«, sagte Lirith und zeigte auf die gegenüberliegende Seite des Brandkreises. »Am Rand des Kreises. Ich kann nicht genau … erkennen, was es ist.«

Grace warf der Hexe einen Seitenblick zu. Etwas sagte ihr, daß Lirith nicht ihre Augen bemüht hatte. Sie wandte sich wieder der besagten Richtung zu. Ja, jetzt konnte sie es erkennen – auf dem verbrannten Boden lag etwas Dunkles und Formloses.

»Ich werde es mir ansehen«, verkündete Meridar.

Durge nickte. »Seid vorsichtig, Sir Meridar.«

Aber der Ritter hatte seinem Pferd bereits die Sporen gegeben. Das Schlachtroß donnerte durch den Kreis; seine Hufe ließen Aschewolken in die Höhe spritzen. Dann brachte der Ritter das Tier zum Stehen, stieg ab und kniete nieder, um sich etwas genauer anzusehen. Er stand wieder auf und winkte ihnen mit der Hand zu.

Als sie den anderen Rand des Kreises erreichten, war Meridar bereits wieder aufgesessen. Shandis stieß ein Wiehern aus und legte die Ohren an, und Grace sah auf die zusammengeschrumpfte Figur auf dem Boden herunter. Erleichterung durchfuhr sie, und erst jetzt erkannte sie, was sie gefürchtet hatte zu sehen. Doch es handelte sich um keinen Menschen.

»Ich halte es für einen Wolf«, sagte Meridar.

Durge führte eine behandschuhte Hand ans Kinn. »In der Tat. Aber ich habe noch nie gehört, daß ein Wolf darauf wartet, daß ihn ein Waldbrand einholt. Warum ist er nicht geflohen?«

»Ist das nicht offensichtlich?« fragte ein zarte Stimme. »Es war kein Waldbrand.«

Die anderen drehten sich überrascht zu Aryn um. Hatte sie etwas gespürt, was Lirith entgangen war? Aber vielleicht brauchte man keine Magie, um zu wissen, wer – nein, *was* – das Feuer ausgelöst hatte. Grace richtete den Blick wieder auf den verbrannten Wolfskadaver, und sie dachte an den Bären zurück – das Tier, das aus dem Unterholz hervorgebrochen war, um Durge anzugreifen und Garf zu töten. Sie erinnerte sich an sein Knurren, als wäre er von Sinnen gewesen. Und an die verbrannten, blasenübersäten Stellen in seinem Pelz.

Plötzlich verstand sie. Sie holte tief Luft und öffnete den Mund, um den anderen von ihrer Erinnerung zu berichten und was sie bedeutete.

Ihre Worte wurden von einem hellen Fanfarenstoß übertönt. Der Laut hallte zwischen den Bäumen und wurde von der Lichtung zurückgeworfen. Bevor einer der Reiter etwas sagen konnte, trat ein Mann aus den Schatten zwischen zwei Bäumen. Er war hochgewachsen, aber das war auch schon alles, was Grace sehen konnte, denn ein langer, brauner Umhang verhüllte seinen Körper, und eine grüne Kapuze hing ihm tief ins Gesicht.

Neben ihr ertönte Durges Fluch, und Grace riß rechtzeitig den Kopf herum, um ein Dutzend weiterer Gestalten aus dem Wald treten und am Rand des Kreises Aufstellung nehmen zu sehen. Sie alle trugen Umhänge und Kapuzen in Waldfarben. Hier und da ragten Schwertgriffe unter den Umhängen hervor.

Eine kleine Hand griff fest nach Graces. Sie sah hinunter in Tiras furchterfüllte Augen, und sie legte einen Arm um das Mädchen und drückte es an sich. Lirith und Aryn sahen Grace verblüfft an, und Daynen starrte stumm und mit angespannter Miene geradeaus. Er brauchte weder Augen noch Magie, um die Gefahr zu spüren.

»Wir wollen keinen Ärger mit euch«, sagte Durge. »Laßt uns passieren, und keinem wird etwas geschehen.«

Der Embarraner saß aufrecht und mit grimmigem Gesicht im Sattel. Meridars Hand tastete sich dem Schwertgriff entgegen, aber Grace wußte, daß es sinnlos war. Ganz egal, über welches Geschick Durge und Meridar auch verfügten, sie standen nur zu zweit einem ganzen Dutzend gegenüber. Und die Bewaffneten hatten sie eingekreist.

Durge warf Grace einen Blick zu. Sie verstand die darin liegende Botschaft: *Wenn es anfängt, reitet los.* Durge nickte Meridar zu, dann griff er nach dem riesigen Schwert, das auf seinen Rücken geschnallt war.

Ein neuer Laut durchbrach die Stille des leblosen Kreises. Es war Gelächter.

»Haltet ein, Sir Durge. Es war auch so schon ein übler Tag. Ich will ihn wirklich nicht damit beenden, auf der Spitze Eures Breitschwertes zu tanzen.«

Durge erstarrte, als die ihnen am nächsten befindliche Gestalt vortrat, die Arme hob und die grüne Kapuze zurückschlug. Grace starrte den Mann atemlos an, dann verwandelte sich ihre Furcht in warme Freude. Mit einer schnellen Bewegung löste sie sich von Tira, glitt von Shandis' Rücken und rannte los, um sich dem großen, grobknochigen Mann mit dem sich lichtenden blonden Haar und dem Lächeln, das an die Morgenröte nach einer dunklen Nacht erinnerte, in die Arme zu werfen.

»Ich finde es auch schön, Euch wiederzusehen, Lady Grace«, sagte Beltan mit einem Kichern und drückte sie fest an sich.

39

Es ist nicht mehr weit, Euer Durchlaucht«, sagte der große, rothaarige Mann, der Graces Pferd führte.

Grace seufzte. Sie hatte geglaubt, diesen Titel meilenweit hinter sich gelassen zu haben, aber anscheinend war das ein Irrtum gewesen. Der Mann – nein, der *Ritter*, berichtigte sie sich, denn trotz der einfachen Kleidung waren er und seine Gefährten alle Ritter des Ordens von Malachor – hatte sich tief verbeugt, als Beltan ihren Namen sagte.

Dabei war sie sich immer weniger sicher, ob sie der Titel und der damit einhergehende Gehorsam störte, vielmehr kam sie zusehends zu dem Schluß, daß es etwas anderes war. Aber was?

Es kommt dir richtig vor, Grace. Daß sich die Männer vor dir verbeugen. Es ist, als müßte das so sein.

Nein, der Gedanke war absurd. Sie war ein Nichts, ein Niemand. Der Tag, an dem sie glaubte, tatsächlich von adligem Geblüt zu sein, würde der Tag sein, an dem sie genug Eberwurzeltee getrunken hatte, um ihr Gehirn in Matsch zu verwandeln, der ihr aus den Ohren lief. Sie griff mit der einen Hand in Shandis' Mähne, hielt mit der anderen Tira fest und ließ den Ritter sie durch den stillen Wald führen.

Grace hoffte, daß sie das Lager der Ritter bald erreicht hatten. Sie konnte es kaum abwarten, Beltan von dem wahren Ziel ihrer Reise zu berichten, aber er und die

Mehrzahl der Männer waren vorausgegangen, um alles für die Reisenden vorzubereiten.

»Wir müssen über vieles sprechen, Grace«, hatte Beltan auf der Lichtung gesagt, und seine fröhliche Miene hatte sich verdüstert. »Aber es ist besser, nicht an diesem Ort davon zu sprechen. Wir können uns darüber unterhalten, wo es sicher ist und nachdem Ihr Euch ausgeruht und gegessen habt.«

Er und die anderen waren danach wieder so schnell zwischen den Bäumen verschwunden, wie sie aufgetaucht waren.

»Kommt, Euer Durchlaucht«, hatte der rothaarige Ritter gesagt und Shandis' Zügel ergriffen. »Wir müssen die Pferde einen anderen Weg entlangführen.«

Zwei andere Ritter waren vorgetreten, um sich Aryns und Liriths Pferden anzunehmen. Alle drei Männer erschienen schrecklich jung – keiner von ihnen konnte viel älter als fünfundzwanzig sein –, aber sie erinnerte sich daran, gehört zu haben, daß hauptsächlich jüngere, landlose Männer dem Orden von Malachor beitraten. Einen Augenblick lang war sie an Garf erinnert worden, aber sie hatte diesen Gedanken schnell verdrängt. Dieser Wald war auch so schon viel zu düster für ihren Geschmack.

»Sir Tarus«, sagte Durge. Der Embarraner ritt neben Meridar am Ende der Gruppe. »Was könnt Ihr uns über den verbrannten Kreis berichten?«

Der rothaarige Ritter, der Graces Pferd führte, nickte ernst. »Mylord, da fragt Ihr am besten nachher Sir Beltan. Er hat diesen Ort entdeckt.«

»Was gibt es da zu wissen«, sagte Aryn ganz ruhig. »Er ist tot. Völlig tot.«

Die Baronesse hielt den linken Arm um den Körper geschlungen; Grace biß sich auf die Unterlippe. Hatte Aryn versucht, in dem verbrannten Kreis die Weltenkraft zu berühren?

Durge musterte sie, dann blies er Luft durch seinen herunterhängenden Schnurrbart. »Es war Pech, so unerwartet auf diesen Ort zu stoßen.«

»Und doch war es Glück, auf Lord Beltan zu stoßen, nicht wahr?« meinte Lirith nachdenklich.

Darauf schien der ernste Embarraner keine Erwiderung zu haben, obwohl er offensichtlich danach suchte. Liriths Lippen verzogen sich zu einem rauchroten Lächeln, und selbst Grace mußte lächeln. Nur Lirith konnte an einem solchen Ort einen Scherz machen. Wieder war Grace dankbar dafür, daß die Hexe sich mit Aryn davongestohlen hatte, um sie auf dieser Reise zu begleiten.

Es war gut, daß die Ritter von Malachor sie führten, denn selbst wenn Grace an dem Lager vorbeigegangen wäre, hätte sie es übersehen. Tarus brachte Shandis vor einer dicken Mauer aus Bäumen mit silberner Rinde zum Stehen, die für Grace genau wie jeder andere Teil des Waldes auch aussah. Er führte zwei Finger zum Mund und stieß einen leisen Pfiff aus.

Aus dem Zwielicht unterhalb eines Baumes lösten sich zwei Schatten und traten in einen Strahl goldenen Lichts. Grace legte überrascht eine Hand an die Brust. Die Männer standen keine fünf Schritte weit entfernt, aber sie hatte sie nicht gesehen. Ihre Kleidung verschmolz perfekt mit dem sie umgebenden Wald – obwohl Grace an einigen Stellen unter den grünen und braunen Umhängen das Funkeln von Stahl sah. Die Ritter salutierten Tarus, indem sie die Faust an die Brust legten, und der rothaarige Mann erwiderte die Geste.

»Sie warten schon auf euch«, sagte einer der Ritter.

Tarus schaute zu Grace hinauf. »Kommt, Euer Durchlaucht. Unsere Reise endet hier vorn.«

Sie gingen zwischen zwei Bäumen vorbei, und erst jetzt registrierte Grace, daß es sich in Wirklichkeit um einen ziemlich breiten Pfad handelte, der durch den Wald führte. Sie folgten ihm vielleicht eine Minute oder so, bevor das Geräusch von auf Stein plätschernden Wassers zu hören war. Die Bäume wichen auseinander, und der helle Ton eines Horns durchschnitt die Luft. Grace zuckte überrascht zusammen, und Tarus grinste.

»Willkommen in unserer bescheidenen Festung, Mylady.«

Grace reichte dem Ritter Tira, dann blickte sie sich um, während sie und die anderen abstiegen. Eigentlich war es kein richtiges Tal, aber die Bäume standen hier weniger dicht beieinander; ein kleiner Bach verbreiterte sich und floß sprudelnd über eine Reihe flacher Steine. In der Nähe standen eine Handvoll Segeltuchzelte, aber es waren die Baumwipfel, die Graces Aufmerksamkeit auf sich zogen. Tira löste sich aus Tarus großen, sanften Händen und trat vor, während sie ernst in die Höhe blickte.

Sechs Meter über dem Boden erstreckten sich zwischen einem Dutzend gigantischer Bäume aus Seilen und Holzplanken gezimmerte Laufgänge. An die Stämme waren

Leitern genagelt, die zu auf den mächtigen Ästen errichteten Holzhütten führten. Grace wollte etwas sagen, aber bevor sie die richtigen Worte fand, löste sich aus einer in der Nähe stehenden Gruppe von Rittern eine große Gestalt und kam auf sie zu.

»Grace, da seid Ihr ja.«

Beltan grinste, und wie immer fand es Grace erstaunlich, wie die einfache Handlung des Lächelns das Gesicht des blonden Ritters verwandeln konnte. Im Gegensatz zu seinem Onkel König Boreas war Beltan kein besonders ansehnlicher Mann. Er war groß und gerade gewachsen, aber schlank, mit langem weißblonden Haar, das oben auf dem Kopf bereits dünner wurde. Seine grünen Augen waren hell, aber eher klein, und sein Gesicht – das von einem dünnen gelben Schnurrbart geschmückt wurde, der beide Seiten des Mundes einrahmte – war breit und unauffällig. Doch wenn er lächelte, war es, als würde ihn ein Licht anstrahlen, welches das, was freundlich, aber reizlos war, in Schatten hüllte und dafür das Verborgene hervorhob, das edel und schön war.

Grace erwiderte das Grinsen des Ritters. Es war gut, ihn lächeln zu sehen. Es hatte auf Calavere eine Zeit gegeben, wo dieser Ausdruck nur selten zu sehen gewesen war.

»Langsam fragte ich mich schon, ob Sir Tarus Euch wohl verloren hat.« Beltan blinzelte dem rothaarigen Ritter zu.

Tarus breitete die Arme zu einer vorgeblichen Entschuldigung aus. »Ich habe bloß den schöneren Weg genommen.«

Beltan hob die Hand an den Mund und flüsterte halblaut: »Sir Tarus ist nicht der hellste Bursche, und er hat noch nicht so richtig begriffen, daß ein Baum wie der andere aussieht. Aber er ist hübsch anzusehen, also behalte ich ihn in meiner Nähe.«

Der rothaarige Ritter lächelte bloß, als hätte er kein Wort davon verstanden. Grace unterdrückte ein Lachen.

Lirith schwebte heran; sie hielt den Saum ihres Reitgewandes gerade hoch genug, um die Blätter am Boden nicht zu berühren. »Seid Ihr sicher, daß Ihr und Eure Männer hier arbeiten?« Sie schaute zu den Bäumen hinauf. »Für mich sieht das alles verdächtig nach Vergnügen aus.«

Tarus kratzte seinen roten Spitzbart. »Die Baumfestungen waren Sir Beltans Idee«, sagte er trocken.

Der große Ritter zuckte mit den Schultern. »Welcher König hat je bestimmt, daß Arbeit kein Vergnügen sein kann?«

Lirith lachte, aber dann verblaßte Beltans Lächeln.

»Und es gibt andere Gründe, warum man sich in der Nacht nicht am Boden aufhalten sollte.«

Sie folgten Beltan durch das Lager zu einem Kreis aus Baumstümpfen, die man um eine Feuergrube postiert hatte. Unterwegs zählte Grace fünfzehn Männer, und sie schloß aus der Anzahl der Baumhäuser, daß sich die gleiche Anzahl auf Patrouille oder auf Wachposten befand.

Daynen plauderte unablässig, während Lirith ihn am Ellbogen führte; er erkundigte sich nach dem Aussehen der Ritter und nach der Anzahl der Baumfestungen und stellte noch andere Fragen, deren Beantwortung der Hexe schwerer fiel. Glücklicherweise kam Tarus ihr zu Hilfe und erklärte, wie die Ritter das Lager gebaut hatten. Als sie den Kreis erreichten und sich setzten, wandte sich Daynen an einen anderen Mann und fragte ihn aus. Lirith warf Tarus einen dankbaren Blick zu. Der rothaarige Ritter verneigte sich.

»Ihr solltet lieber zweimal nachdenken, bevor Ihr mir einen solchen Respekt erweist, Krieger aus Calavan«, sagte Lirith.

»Warum denn das, Mylady?« fragte Tarus.

Lirith stützte den Ellbogen auf die eine Hand und tippte sich mit dem Zeigefinger der anderen Hand an die dunkle Wange, als würde sie nach den richtigen Worten suchen. »Königin Ivalaine ist meine … *Herrin.*«

Tarus hob eine Braue. Er schien ehrlich überrascht zu sein, aber nur einen Augenblick lang, denn dann kehrte das Grinsen zurück. »Ich verstehe. Bedeutet das, daß Ihr mit Eurem Finger wedelt und mich in einen Busch verwandelt, Mylady?«

»Habt Ihr keine Angst, Krieger?«

»Oh, ich zittere.«

Lirith lachte, aber das Lachen endete in einem Seufzer, und als sie wieder sprach, war die Ausgelassenheit aus ihrer Stimme verschwunden. »Ich hoffe nicht, daß einmal der Augenblick kommt, an dem das der Wahrheit entspricht, Krieger Vathris'. Tatsächlich gibt es unter Euren Glaubensgenossen Leute, die die Meinung vertreten, daß dieser Augenblick bereits da ist.«

»So wie unter Euren Schwestern, Mylady.«

Lirith nickte.

Grace verfolgte das Gespräch mit Interesse. Ihr war bekannt, daß die Anhänger von Vathris dazu neigten, die Hexen mit Mißtrauen zu betrachten. Aber was genau hatte Lirith gemeint? Welcher Augenblick war der Meinung einiger zufolge bereits gekommen?

Bevor sie danach fragen konnte, war Beltan da, gab ihr mit einer Geste zu verstehen, sich auf einen der Stümpfe zu setzen, und drückte ihr einen Zinnbecher in die Hand. Erst jetzt erkannte sie, wie durstig sie war, und sie hob den Becher und trank. Es war gekühlter und gewürzter Wein.

Die anderen Reisenden gesellten sich zu ihnen in den Kreis. Lautlos kletterte Tira auf Graces Schoß. Graces Überraschung dauerte nur einen Moment, dann zog sie das Mädchen näher zu sich heran.

Grace, sie braucht dich.

Oder war es genau anders herum?

»Wie heißt du?« fragte Beltan mit sanfter Stimme und kniete vor Grace und dem Kind nieder.

Tira sah schüchtern auf, beugte sich aber genauso schnell wieder über ihre Puppe und ließ das rote Haar ins Gesicht fallen. Beltan warf Grace einen Blick zu.

»Was ist mit ihr passiert?«

Grace befeuchtete sich die Lippen. »Ein Brand.«

Beltan stand auf und gab Tarus ein energisches Zeichen. Der junge Ritter nickte und ging. Grace wußte, daß keiner sie stören würde, solange sie sich unterhielten.

»Darum seid Ihr hier, nicht wahr, Beltan? Wegen des Feuers.«

Alle Blicke richteten sich auf Aryn. Grace erwartete Furcht in ihrem Gesicht zu sehen, aber das Antlitz der Baronesse war so ruhig und unberührt wie ein Teich im Licht der Morgendämmerung.

Beltan ging in dem Kreis auf und ab. »Ich war in unserer Festung in Galt, als wir das erste Mal von ihnen hörten. Das war vor zwei Monaten, ich wollte gerade eine Gruppe Ritter auf eine Übungspatrouille führen. Dann hörten wir, daß mehrere Dörfer niedergebrannt worden waren, zwei im Nordosten von Calavan, ein paar mehr im Marschland von Toloria, jenseits von Ar-Tolor. Wir glaubten, daß sich einige der Tiermänner, die im Fal Erenn hausen, zusammengeschlossen hatten und auf einen Raubzug gegangen waren; daß sie es geschafft hatten, den Dimduorn zu überqueren. Ich nahm dreißig Ritter und wir ritten hierher, um ein Lager aufzuschlagen und Wache zu halten.«

Zum ersten Mal seit Betreten des Lagers meldete sich Meridar zu Wort. Seine Stimme war heiser. »Aber es waren keine Tiermänner, oder?«

Beltan biß die Zähne zusammen, dann nickte er.

»Habt Ihr sie gesehen?« wollte Grace wissen. Das Zittern ihrer Stimme überraschte sie. »Die *Krondrim.*«

Beltan rieb sich das Kinn. »*Krondrim.* Ja, ein alter Mann hat dieses Wort benutzt, um sie zu beschreiben. Aber normalerweise nennt man sie die Verbrannten.« Er schüttelte den Kopf. »Nein, ich habe keinen von ihnen gesehen. Nur ihr Werk.«

»Wie lange?« fragte Durge.

Beltan zuckte mit den Schultern. »Wie lange sie schon

aus den Fal Erenn herunterkommen? Das ist schwer zu sagen. Zwei Monate, drei. Vielleicht sogar länger. Aber wir erfuhren erst vor ein paar Wochen von ihrer Existenz. Als sie …«

»Als sie keine Meile von hier entfernt einen Teil des Waldes niederbrannten«, vollendete Durge den Satz.

Beltan wandte sich dem Embarraner mit versteinertem Gesicht zu. »Das war kein Wald, Durge. Das war das Dorf Carnoc.«

Es dauerte einen Augenblick lang, bevor sie weitersprechen konnten. Sie hatten schon verbrannte Dörfer gesehen, aber in jedem davon waren zumindest ein paar Ruinen übriggeblieben. Doch die Zerstörung in dem Kreis war total gewesen. Nur der verbrannte Kadaver eines Tieres – den Grace jetzt für den eines Hundes hielt – war übriggeblieben. Nun verstand sie, warum sein Anblick sie so gestört hatte.

»Es gab da einen Bären mit Brandwunden«, sagte sie, bevor sie der Mut verließ.

Aryn versteifte sich, und Lirith ergriff die linke Hand der Baronesse. Beltan legte den Kopf schief und hörte zu.

»Er griff uns eine Meile von Calavere entfernt an. Er …« Es fiel noch immer so schwer, darüber zu sprechen. »Er tötete einen Freund von uns. Der Bär hatte schreckliche Brandwunden. Der Schmerz hat ihn in den Wahnsinn getrieben. Ich dachte, er wäre in einen Waldbrand geraten, aber …«

Beltan schüttelte den Kopf. »Das sind schlimme Neuigkeiten. Bisher blieben sie, also die Verbrannten, in der

Nähe der Morgenrotberge. Euch zufolge ist es also möglicherweise ein paar von ihnen gelungen, das Hochland von Galt zu durchqueren, um in die Fal Sinfath zu gelangen.« Er fuhr sich mit der Hand durch sein dünner werdendes Haar. »Aber ich schätze, in gewisser Weise macht das durchaus Sinn.«

Lirith runzelte die Stirn. »Wieso macht das Sinn, Sir Beltan?«

Der große Ritter ging in die Hocke, nahm einen Zweig vom Boden und kratzte eine vertikale Linie in die Erde. »Hier sind die Fal Erenn«, sagte er und malte ein paar grobe Umrisse unter die Linie. »Und hier ist das Marschland von Calavan und Toloria. Die letzten Monate hat es nur wenige Berichte über Zwischenfälle mit den Verbrannten gegeben, und sie alle spielten sich in diesem Gebiet ab ...« – er zeigte auf das Gebiet unterhalb der Berge – »...hier und hier.«

»Und jetzt?« fragte Durge.

»Jetzt hören wir fast jeden Tag neue Geschichten, und sie kommen ...« – Beltan zögerte, dann malte er einen Kreis um seine Karte – »aus diesem ganzen Gebiet.«

»Natürlich«, murmelte Grace. Ihre Gedanken rasten und setzten sämtliche Beweisstücke zusammen. »Das ist die Ausbreitung einer jeden pandemischen Seuche. Die ersten Zwischenfälle sind isoliert – der Infektionskreis vollzieht sich so rasch, daß er schneller tötet, als er sich weiterverbreiten kann. Aber jetzt hatte die Seuche Zeit, sich anzupassen. Sie tötet ihre Wirtsträger nicht so schnell, und das bedeutet, daß sich das betroffene Gebiet vergrößern kann. Allein die Tatsache, daß auf dieser Welt nicht so viel gereist wird, hat ihre schnellere Ausbreitung verhindert.«

Sie schaute auf und mußte feststellen, daß die anderen sie anstarrten.

Durge schüttelte den Kopf. »Was wollt Ihr damit sagen, Mylady?«

»Sie will damit sagen«, sagte Beltan, warf das Stöckchen weg und stand auf, »daß die Verbrannten – die *Krondrim* – auf die Reise gegangen sind.«

»Aber warum?« fragte Lirith. »Was wollen sie?«

Darauf wußte keiner eine Antwort. Die Stille des Waldes senkte sich über sie. Grace holte tief Luft. Es war Zeit, das zu beenden.

»Beltan«, sagte sie leise. »Da ist noch mehr.«

Sie wußte nicht, woher er es wußte. Vielleicht lag es an dem Tonfall ihrer Stimme oder dem Ausdruck in ihrem Gesicht. Vielleicht war es auch etwas anderes, ein Gedanke, den sie projizierte. Was es auch war, der blonde Ritter suchte ihren Blick.

»Es ist Travis Wilder«, sagte er. »Stimmt's?«

Sie konnte bloß steif nicken. Beltan kniete vor ihr nieder und griff um Tira herum, um ihr die großen Hände auf die Schultern zu legen. Sein Blick war so hart wie Stahl.

»Was ist mit ihm, Mylady? Ihr müßt es mir sagen.«

In trockenen, emotionslosen Worten erzählte sie von dem Traum, der Vision, und dem Zweck ihrer Reise. Dabei war sie sich vage bewußt, daß sie Meridar davon nie etwas verraten hatte. Aber falls der Ritter deshalb wütend war, ließ er sich nichts anmerken. Er starrte noch immer die Karte an, die Beltan in den Boden gezeichnet hatte.

Als sie geendet hatte, stand Beltan auf.

»Von hier ist es nicht weit bis zur Brücke über den Dimduorn«, sagte der Ritter. »Wir können heute abend in Toloria sein, und morgen um diese Zeit in Ar-Tolor.«

Grace schüttelte den Kopf. »Ich verstehe nicht.«

»Ich komme mit Euch«, sagte der blonde Ritter.

40

Travis stand in Flammen.

Das Feuer hätte die Welt hell erleuchten müssen, statt dessen war sie dunkel und erstickend. Heißer, schwarzer Stoff umgab ihn, hüllte seine Gliedmaßen ein. Dieser Ort schien eine Gruft zu sein – beengt und lichtlos, mit steinernen Wänden. Wie war er hierhergekommen?

Die Hände. Ja, das war es. Die Hände hatten aus der Finsternis zugegriffen, ihm die Kleider vom Leib gerissen, so daß er wieder nackt war. Sie hatten ihn durch umherwirbelnde Dunkelheit gezerrt, seinen Körper mitleidlos durchgeschüttelt, sein Fleisch mit glühenden Nadeln traktiert und sie tief in die Gelenke gestoßen. Dann hatte die Bewegung aufgehört, und er war hier gewesen. Die Hände hatten ihn in ein Leichentuch aus Schatten gewickelt, und die Flammen waren in die Höhe geschossen, um an ihm emporzulecken.

Hielten sie ihn für tot? Sie hatten ihn auf einen Begräbnisscheiterhaufen gelegt. Er mußte losbrüllen, sie wissen lassen, daß sie einen schrecklichen Fehler begangen hatten, aber die Hitze versiegelte seinen Mund, schmolz Knochen und zerriß Sehnen. Sie verbrannten ihn bei lebendigem Leibe.

Bruder Wilder?

Das wilde Prasseln der Flammen verdichtete sich zu Stimmen.

Bruder Wilder, könnt Ihr mich hören? Versucht, den Kopf zu bewegen, wenn Ihr mich versteht.

Die Stimme war freundlich, aber streng. Travis wollte ihr gehorchen, aber geschmolzene Fesseln umgaben seinen Körper und lähmten ihn.

Wißt Ihr, welche Krankheit ihm zusetzt?

Das war eine andere Stimme. Glatter und zischender, irgendwie schärfer.

Ich bin mir nicht sicher. Aber ein wütendes Fieber hat von seinem Körper Besitz ergriffen. Bruder Eriaun hat viele Runen des Kühlens über ihn gesprochen, aber ich fürchte, sie haben nur wenig oder gar nichts bewirkt.

Ist es also die Feuerkrankheit?

Bei Olrig! Sagt doch nicht so etwas. Wie soll das möglich sein, wenn er aus so großer Ferne kommt?

Vergebt mir, Großmeister. Ich habe nur gehört, daß sie angeblich auf diese Weise beginnt. Aber Ihr habt natürlich recht. Es ist unmöglich, daß die Krankheit einen Ort erreicht hat, der so weit entfernt ist wie der, von dem er kommt.

Die leise Stimme war zerknirscht, doch irgendwie machte sie das nur noch verabscheuungswürdiger. Die freundlichere Stimme – die des Mannes mit dem Titel Großmeister – antwortete nur mit einem Grunzen.

Travis wußte, daß er sprechen mußte, ihnen sagen mußte, daß sie sich irrten, daß die Krankheit, von der sie sprachen, tatsächlich seine Welt erreicht hatte. Er wollte die Augen aufschlagen, aber er war sich nicht sicher, ob er es auch geschafft hatte. Dann stach ein Licht so hell wie die Morgenröte in seinen Schädel. Er zuckte zurück, ließ sich in die Dunkelheit sinken. Aber bevor das Licht verschwand, glaubte er, in ihm einen Schatten gesehen zu haben. Nein, keinen Schatten, sondern einen Mann mit scharfen blauen Augen und einem weißen Bart. Jack? War Jack gekommen, um die Flammen zu löschen?

Die Stimmen entfernten sich.

Bruder Wilder!

Es ist sinnlos, Großmeister. Er kann Euch nicht hören.

Nein, Ihr irrt Euch, Bruder Larad. Habt Ihr denn nicht gesehen? Er hat die Augen geöffnet – nur kurz, aber er tat es.

Wenn Ihr es sagt, dann ist es …

Die Stimmen verklangen wie Rauch im Wind, dann hüllten ihn die tobenden Flammen wieder ein.

Einige Zeit später wurde er sich bewußt, daß er aufwachte. Er lag still da, lauschte, aber da war nichts zu hören, und die Stille war wie Balsam für seine geschundene Seele. Vielleicht hatte das Feuer seine Arbeit getan. Aber falls dies der Tod war, dann war er immerhin besser als das Sterben. Die Gruft war jetzt kühler, von silbernem Licht erfüllt.

Er hörte ein Rascheln. Er drehte den Kopf zur Seite. Daß er sehen konnte, wurde ihm erst einen Augenblick später bewußt, denn er erinnerte sich nicht, die Augen geöffnet zu haben.

Er konnte nicht viel sehen. Selbst dieses weiche Licht trieb Glasscherben in seine Augen. Die Gruft bestand hauptsächlich aus einem grauen Schemen, allerdings konnte Travis einige Dinge ausmachen, die möglicherweise Steinmauern waren, und er spürte, daß er auf einer

Art Bett oder Trage lag. Er blinzelte, und ein weiterer Gegenstand nahm Konturen an.

Zuerst fragte sich Travis, ob der Mann einer der beiden Sprecher war, die er zuvor gehört hatte, aber dann sagte ihm etwas, daß das nicht der Fall war. Der Mann schien jung zu sein. Sein Gesicht war breit, nicht besonders ansehnlich und bartlos; selbst im Sitzen schien er ziemlich klein zu sein, obwohl seine Arme und Schultern einen kräftigen Eindruck machten. Der Mann trug eine braune Kutte, und aus irgendeinem Grund kam das Travis falsch vor. Hätte die Kutte nicht grau sein müssen?

Der Mann lächelte – ein grotesker Ausdruck, aber nicht furchteinflößend. Er mußte Travis' Bewegung gesehen haben, denn er stand auf und trat aus seinem Blickfeld. Das verursachte ein starkes Gefühl der Panik in Travis, aber einen Augenblick später war der Mann wieder da, mit einer Tasse in der Hand. Ein kühler Geruch stieg in Travis' Nase. Wasser.

Wie lange war es her, daß er etwas getrunken hatte? Er versuchte die Zunge zu bewegen, aber sein Mund hätte genausogut mit Zement gefüllt sein können. Der Mann kniete neben dem Bett nieder, schob einen dicken Arm unter Travis' Nacken hindurch und hob seinen Kopf an. Travis versuchte zu trinken, aber das meiste von dem Wasser spritzte auf sein Kinn und seine Brust. Doch eine kleine Menge drang zwischen seine Lippen, und er schmeckte Metall. Der Mann legte ihn wieder zurück.

Das Gewicht der Dunkelheit ließ das graue Licht zusammenbrechen. Travis wußte, daß er nicht viel Zeit hatte.

Wo bin ich?

Aber er hatte die Worte nur in Gedanken gesprochen. Das reichte nicht. Er zwang seine aufgesprungenen Lippen dazu, Laute zu formen.

»Wo …?«

Diesmal war Travis davon überzeugt, das Wort gesprochen zu haben. Aber der Mann schüttelte nur den Kopf, lächelte wieder und legte einen Finger an die Lippen. Er stellte den Becher ab, dann tätschelte er Travis' Hand. Travis versuchte erneut zu sprechen, aber die Erschöpfung bemächtigte sich seiner. Er bemerkte noch, wie man ihm etwas Feuchtes auf die Stirn legte. Das Licht zog sich zu einem Stecknadelkopf zusammen und verschwand.

Danach wurde die Welt gelegentlich hell, um wieder in der Dunkelheit zu verschwinden, wie eine Leinwand, auf der die einzelnen Bilder eines Schwarzweißfilms flackerten. Gelegentlich nahmen in den Perioden der Helligkeit mühsam Bilder Gestalt an: der Mann in der braunen Kutte, dann ein leerer Stuhl, nackter Stein, Männer in helleren Kutten, die eng beieinanderstanden und murmelten. Einmal schwebten zwei Gestalten über ihm, die wie Elfen leuchteten, die eine in Onyx und Silber, die andere in Himmelblau und Gold. Es kam ihm so vor, als würde eine kühle Hand über seine heiße Stirn streichen und Linderung bringen.

Laß nicht vom Leben ab, sagte die Goldelfe. *Wir müssen gehen, aber wir kehren bald zurück.*

Dann beschlug die Linse seiner Sicht, und das Bild war verschwunden. Für lange Zeit blieb das Licht dann weg, und er fürchtete, daß das Ende gekommen und dies alles war, was es jemals geben würde. Dann schossen wieder die Flammen in die Höhe, und er wußte, es war noch nicht vorbei.

Diesmal war das Feuer hartnäckig, als wollte es ihn voller Verzweiflung verbrennen, sein Wesen zu Asche reduzieren. Als die Flammen ihre höchste Stellung erreicht hatten, kehrten die Halluzinationen zurück. Zuerst waren da die Schatten, dann griffen Hände nach ihm, das hämisch grinsende Oval eines Männergesichts schwebte über ihm, ein Wort wurde geflüstert. *Krond.*

Eine Stimme rief: »Verschwinde!«

Er wußte, daß es seine Stimme war, aber er hatte keine Kontrolle über sie.

Olrig hilf, er verbrennt. Könnt Ihr nichts tun, Bruder Eriaun?

Das liegt jenseits meiner Macht, Großmeister.

Nein, es liegt jenseits unser aller Macht. Wie so viele Dinge in diesem Zeitalter. Selbst Olrig kann uns nicht mehr helfen.

Das Ende war nun nahe. Ein letztes Mal legte sich die heiße Dunkelheit über Travis, hüllte ihn ein wie die Falten einer schwarzen, glimmenden Kutte. Endlich verstand er. Er war jetzt das Brandopfer. Das würde seine Transformation sein.

Feuer schmiedete seinen Körper zu einer Gerte. Sein Rückgrat krümmte sich durch, und er legte den Kopf in den Nacken, während er Luft aus seinen entflammten Lungen ausstieß und damit wieder einmal Worte formte, die nicht von ihm stammten.

»Es wird dich verzehren!«

Dann schlug das Feuer über ihm zusammen und verbrannte alles.

Finsternis.

Stille.

Nach einiger Zeit … Licht.

Eine schmale, graue Linie zeichnete sich gegen die Finsternis ab. Die Linie breitete sich aus, als Travis die Augen aufschlug.

Er blinzelte, und das Licht dröhnte im gleichen Rhythmus wie das dumpfe Dröhnen in seinem Schädel. Aber es war erträglich. Sein Körper schmerzte, als wäre er mit Schlägen traktiert worden, aber wenigstens war er sich der kratzigen Decke bewußt, und er konnte Finger und Zehen bewegen. Sie waren also doch nicht verbrannt.

Bevor ihm klar wurde, was er da tat, setzte er sich auf. Die Bewegung ließ ihn schwindelig werden, aber er biß die Zähne zusammen, und schließlich gelang es ihm, den Schwindel zu verdrängen. Als er sich kräftig genug fühlte, um die Augen zu öffnen, tat er es und blickte sich an dem kleinen, von Dämmerlicht erhellten Ort um.

Es war keine Gruft, soviel war klar. Es war aber auch kein richtiges Schlafgemach. Es ähnelte eher einer Mönchszelle. Der Raum war kaum groß genug für die schmale Bettstatt, auf der er lag, und die steinernen Wände waren nackt. In Deckennähe war ein Fensterschlitz in die Wand hineingeschlagen worden, durch den das Licht einfiel. Die einzigen anderen Gegenstände in dem Raum waren ein Stuhl und ein Tisch, beides schmucklos und aus Holz gefertigt.

Ein schleifendes Geräusch ertönte, und er sah rechtzeitig hin, um zu verfolgen, wie sich die niedrige Holztür öffnete. Ein kleiner, stämmiger Mann in einer braunen Kutte, der einen Becher und einen Krug trug, trat ein. Er blieb wie angewurzelt stehen, als er Travis sah. Dann grinste er schief und drehte sich um, um wieder zu gehen.

Warte, wollte Travis sagen, aber heraus kam nur ein Krächzen. Die Tür schloß sich, und der Mann war verschwunden.

Sollte er aufstehen und ihm hinterhergehen? Travis war sich nicht sicher, ob er das schaffen würde, und bevor er sich zu dem Versuch entschließen konnte, öffnete sich die Tür erneut. Diesmal traten zwei Männer in grauen Kutten in die enge Zelle, und der Mann in der braunen Kutte schlurfte hinter ihnen her. Einer der Männer war in Travis' Alter; er hatte schwarzes Haar und schwarze Augen, und sein Gesicht war voller Narben. Der andere Mann war alt; sein Haar und sein Bart waren weiß, und seine Augen funkelten wie blaue Steine. Er stützte sich auf einen hölzernen Stab voller kunstvoller Verzierungen, aber trotz seines offensichtlichen Alters ging von ihm ein Eindruck der Stärke aus.

»Nun«, sagte der Schwarzhaarige säuerlich, »er sieht nicht gerade wie ein Runenmeister aus.«

Der Ältere runzelte die Stirn. »Denkt nach, bevor Ihr sprecht, Bruder Larad. Er kann Euch hören.«

Der Mann mit den Narben im Gesicht nickte zerknirscht, aber seine Augen leuchteten, als er Travis musterte.

Der alte Mann trat vor das Bett. »Wißt Ihr, was geschehen ist?«

Travis dachte nach, aber es war wie der Versuch, mit einem stumpfen Messer Nebel zu bedeutungsvollen Umrissen zu formen. »Ich war krank«, erwiderte er, und das Sprechen schmerzte.

Der Alte nickte. »Und wißt Ihr, wer ich bin?«

Travis musterte das faltige Gesicht des Mannes. Im Augenblick war es ruhig, weise und friedlich – aber dieses Gesicht konnte auch wütend sein, oder? »Ich habe Euch in der Schenke gesehen. Ihr seid der leuchtende Mann.«

Das reizte den Dunkelhaarigen zum Lachen. »Soll das Euer neuer Titel sein, Oragien? Und ein schöner Titel. Viel dramatischer als ›Großmeister‹.«

Oragien warf seinem Begleiter einen verweisenden Blick zu, bevor er sich wieder Travis zuwandte. »Ja, ich bin Euch in der Schenke in der Nähe des Dorfes zu Hilfe gekommen. Aber das ist jetzt nicht wichtig.«

Travis musterte die nebelgrauen Kutten der beiden Männer und stellte überrascht fest, daß er verstand. »Das hier ist der Graue Turm, nicht wahr?«

Oragien – der alte Mann – nickte ernst. »Das ist er.«

»Und Ihr seid Runensprecher.«

»Das sind wir.«

Travis wollte die Lippen befeuchten, aber seine Zunge war wie ein Stück Holz. »Wie … wie bin ich hergekommen?«

Oragien packte seinen Stab fester. »Wir haben Euch gerufen.«

Travis dachte darüber nach. Ihm fiel wieder ein, was

man ihm auf dem alten Friedhof auf dem Hügel gesagt hatte. *Sie rufen dich bereits. Kannst du sie nicht hören?*

Das also hatte Bruder Cy damit gemeint. Aber es erklärte noch immer nicht, warum er sich auf Eldh befand. Travis öffnete den Mund, aber seine Kraft reichte nur für ein Wort.

»Warum?«

Oragien wollte ihm antworten, aber der dunkelhaarige Mann kam ihm zuvor, und seine Worte trafen Travis wie Splitter, die sich ins Fleisch bohrten.

»Es ist ganz einfach, Bruder Wilder. Der Großmeister hat es uns allen verkündet. Ihr werdet die Runensprecher retten.«

EXCALIBUR – fremde Welten voller Magie und ungekannter Gefahren, grandiose Epen von Mythen und Wundern, übermenschlichen Schicksalen und der erlösenden Kraft der Liebe.

(70109)

(70108)

(70100)

(70105)

(70110)

(70121)